Loreth Anne White

In dunklen Tiefen

EDITION M

Das Buch

Immobilienmogul Martin Cresswell-Smith ist das Beste, was Ellie je passiert ist. Ihr Leben mit ihm in einem australischen Küstenstädtchen scheint wie ein Märchen. Doch hinter verschlossenen Türen spielt sich eine ganz andere Geschichte ab, die mit dem brutalen Mord an Martin endet.

Ellie ist die Hauptverdächtige. Aber Senior Constable Lozza Bianchi hat Zweifel. Während der Fall eine komplizierte Wendung nach der anderen nimmt, wird die Ermittlerin das Gefühl nicht los, dass sie manipuliert wird. Dass Ellie etwas zu verbergen hat. Dass einige Geheimnisse noch nicht an die Oberfläche gekommen sind.

Die Autorin

Loreth Anne White ist eine mehrfach preisgekrönte Autorin, die sowohl Thriller als auch Mystery- und Romantic-Suspense-Romane schreibt. Sie stammt ursprünglich aus Südafrika, lebt jedoch mittlerweile mit ihrer Familie in den Coast Mountains an der Westküste Kanadas. An diesem Ort sagenhafter Abenteuer und Romantik kam sie auf den Gedanken, ihre Karriere bei der Zeitung aufzugeben und sich in die Welt der Romane zu begeben, in eine Welt der gefährlichen Männer und abenteuerlustigen Frauen.

Wenn sie nicht schreibt, findet man sie beim Schwimmen, Ski- oder Radfahren und beim Wandern oder Joggen mit ihrem schwarzen Labrador. Im Sommer ist sie häufig mit ihrem Mann unterwegs, sucht nach abgelegenen Campingplätzen und den besten Plätzen zum Fliegenfischen.

LORETH ANNE WHITE

IN DUNKLEN TIEFEN

THRILLER

Aus dem Amerikanischen von Diana Bürgel

EDITION M

Die amerikanische Ausgabe erschien 2020 unter dem Titel
»In the Deep« bei Montlake, Seattle.

Deutsche Erstveröffentlichung bei
Edition M, Amazon Media EU S.à r.l.
38, avenue John F. Kennedy, L-1855 Luxembourg
Juni 2022

Die Übersetzung dieses Buches wurde durch Amazon Crossing ermöglicht.

Umschlaggestaltung: semper smile, München, www.sempersmile.de
Umschlagmotiv: © Logan Olausen / ArcAngel
Lektorat: Cathérine Fischer
Korrektorat: Manuela Tiller/DRSVS
Gedruckt durch:
Amazon Distribution GmbH, Amazonstraße 1, 04347 Leipzig /
Canon Deutschland Business Services GmbH, Ferdinand-Jühlke-Straße 7,
99095 Erfurt /
CPI Books GmbH, Birkstraße 10, 25917 Leck

ISBN: 978-2-49670-950-6

www.edition-m-verlag.de

Für Jay und Melanie und ihr Stück vom Paradies, das mich zu dieser Geschichte inspiriert hat.

Der Mordprozess

Ich glaube, dass du glaubst, was du gesehen hast, aber was du gesehen hast, ist nicht das, was du denkst.
Harry Houdini

Jetzt, Februar, Supreme Court, New South Wales

Ich sehe die Menge, sobald die von meinen Anwälten gemietete Limousine in die Straße einbiegt. Beim Anblick unseres schwarzen Audi brandet eine Woge aus Menschen heran. Die Polizei hat Mühe, die Anstifter des Mobs in Schach zu halten. Ich sehe weit aufgerissene, schreiende Münder. Kameras. Reporter. Mikrofone. Rote, verschwitzte Gesichter in der Sommersonne Sydneys. Allerdings kann ich nichts hören. Im Inneren des klimatisierten Wagens ist es kühl und still. Während wir uns dem Gerichtsgebäude nähern, nehmen die Buchstaben auf den Plakaten, die in unsere Richtung – in meine Richtung – geschwenkt werden, allmählich schärfere Konturen an.

Mörderin!
Gerechtigkeit für Martin!
Sperrt sie ein!

Ich fühle mich wie Alice im Wunderland. *Ab mit dem Kopf* … Das kann alles nicht wirklich passieren. Es kann einfach nicht wahr sein. Ich presse mir die Handflächen fest auf die Oberschenkel, entsetzt über die Brutalität, die mein Prozess entfesselt hat. Ich versuche, eine ausdruckslose Miene aufzusetzen. Mein juristisches Team hat mich gecoacht. Da klatscht ein Mann die heutige Titelseite des *City Herald* gegen die Fensterscheibe neben meinem Kopf. Ich zucke zurück. Mein Herz schlägt schneller beim Anblick der zornigen schwarzen Lettern, die auf dem oberen Teil der Seite prangen.

Des Mordes an ihrem Ehemann
beschuldigt: Cresswell-Smith-Prozess
beginnt

Unter der Schlagzeile ein Foto von mir.

Daneben ein Bild von Martin. Ein Grafiker hat einen gezackten Blitz zwischen unseren Gesichtern erschaffen – als würde sich ein Riss durch die Seite ziehen. Ein Symbol für den tödlichen Abgrund zwischen uns. Ich spüre ein Zittern tief im Bauch. Auf dem Foto sieht er so vital aus. Ich habe ihn einmal geliebt. Ich habe ihn von ganzem Herzen geliebt.

Eine Polizistin in einem hellblauen kurzärmeligen Hemd und einer kugelsicheren Weste reißt den Mann vom Auto fort. Ihr Gesicht unter der Kappe ist rot. Ich spüre das erste Aufflackern der Panik.

Unser Fahrer bremst ab. Uniformierte Beamte schieben die rempelnden Gaffer zurück, während Verkehrshütchen beiseitegeräumt werden, um uns Platz zum Parken zu machen.

Menschen drängen sich auf der Treppe bis hinauf zum Eingang des Gerichtsgebäudes. Ganz oben auf den Stufen warten weitere Journalisten mit Mikrofonen. Eine Reporterin sticht besonders hervor, sie trägt ein blutrotes Jackett. Sie ist groß, und ihr weißblondes Haar schimmert in der sengenden Februarsonne. Melody Watts. Ich erkenne sie aus den Abendnachrichten, den Sydney News. Ein Schwarm Kakadus fliegt hinter ihr auf. Weißgelbe Blitze, die sich zwischen den Gebäuden emporschwingen und in die strahlend blaue Ferne entschwinden. Ein Zeichen, denke ich. Weil ich nicht ins Gefängnis gehen kann. Ich *werde* frei sein. Wie diese Vögel, die dort so weit, weit oben der Sonne entgegenfliegen. Meine Anwälte haben die Sache im Griff. Sie werden berechtigte Zweifel bei den Mitgliedern der Jury aufkommen lassen. Sie sind die Besten in ihrem Geschäft, was ihre Preisliste beweist. Wir werden gewinnen.

Ich bin ein Opfer.

Ich bin verletzlich.

Ich bin keine Mörderin.

Dies ist die Rolle, die ich verkörpern muss. Ich muss die Jury der zwölf Geschworenen davon überzeugen, dass ich genau das bin. Ich muss die Vorstellung meines Lebens abliefern.

Und ja, es wird eine Show werden. Denn genau dafür sind diese Menschen hergekommen. Theater. Alle hier wollen ein Spektakel, einen reißerischen Mordprozess vor dem Supreme Court mit internationalen Verwicklungen. Und ich bin dabei der Star. Ich bin es, die offenbar gegen die natürliche Ordnung der Dinge verstoßen hat, und wenn die natürliche Ordnung auf den Kopf gestellt wird, bringt das die menschliche Psyche in Aufruhr. Diese Leute dort wollen mich sehen. Den Freak. Das Böse. Und sie wollen miterleben, wie ich bestraft und weggesperrt werde, damit sie ihre Kinder abends in ihr sicheres Bett bringen und so tun können, als könnten sie alles Übel aussperren. Sie wollen sich einprägen, wie ich aussehe, falls ihnen in

Zukunft auf der Straße jemand wie ich entgegenkommt. Damit sie die Straßenseite wechseln und dem Ungeheuer ausweichen können, bevor es ihnen zu nah kommt. Bevor es sie berührt, sie infiziert, sie verlockt und verhext.

Ich sehe zu Peter Lorrington, meinem Barrister, hinüber, der mich vor Gericht vertreten wird und der in seiner eleganten schwarzen Robe mit dem weißen Kragen neben mir sitzt. Seine Perücke liegt auf seinem Knie. Er trägt Ohrhörer und sieht sich eine Live-Übertragung der Nachrichten auf seinem Smartphone an. Im Kopf gehe ich noch einmal durch, was er mir vorhin gesagt hat.

»Mord besteht aus zwei Elementen – der Absicht des Angeklagten und der Tat. Die Staatsanwaltschaft muss der Jury beides beweisen. Sie muss beweisen, dass Sie sowohl vorhatten, Martin zu töten, als auch, dass Sie ihn tatsächlich getötet haben. Für diese Gleichung fehlt der Anklage allerdings das Schlüsselelement. Und vergessen Sie nie – vor einem Geschworenengericht kann alles passieren. Alles. Am Ende müssen wir nur zeigen, dass es berechtigte Zweifel gibt. Das schaffen wir.«

Lorringtons Strategie beruht darauf, sowohl die polizeiliche Ermittlungsarbeit zu untergraben als auch eine alternative Darstellung der Ereignisse zu liefern, die zu den forensischen Beweisen passt. Eine Geschichte, in der ich Martin nicht ermordet habe. Eine Geschichte, in der die Polizei Mist gebaut hat. Seine Geschichte wird gegen die des Staatsanwalts stehen. Genau das ist ein Geschworenenprozess letztendlich – ein Kampf zweier Geschichten. Ein Kampf um das Herz und die Gefühle der Geschworenen. Lorrington sagt, dass ein Geschworenenprozess mehr von Emotionen als von reiner Logik abhängig ist.

Ich bin ein Opfer. Ich wurde verleumdet. Ich bin keine Mörderin.

Tief durchatmen. In die Rolle schlüpfen …

Opfer.

Mit schweißnassen Händen streiche ich über meinen beigen Rock. Beige ist neutral. Genau wie meine flachen Schuhe in einem Nude-Ton. Neutral. Meine Bluse ist schlicht, weiß. Das Weiß der Unschuld. Ich rücke meine hübsche Hornbrille zurecht. *Hart arbeitende Frau* sagt die Brille. Mein Haar ist frisch geschnitten. Kein Nagellack. Ich könnte eine Bibliothekarin sein. Ich könnte deine Schwester sein, deine Mutter. Deine Freundin. Ich könnte du sein. Züchtig. Zurückhaltend. Empathisch. Sensibel. Verleumdet – zu Unrecht an den Pranger gestellt.

Ich habe diese Rolle in meinem Leben schon oft und gut gespielt. Ich kann es wieder tun. Ich bin geübt darin, Masken zu tragen. Genau genommen bin ich darin sogar Expertin. Ich habe von einem der Besten gelernt. Von meinem Ehemann. Dem Verstorbenen. Martin Cresswell-Smith.

Das Auto hält. *Bumm, bumm, bumm* macht mein Herz.

Lorrington nimmt die Ohrhörer ab und dreht die Lautstärke auf seinem Smartphone auf, damit ich mithören kann. Es ist die Journalistin dort draußen ganz oben auf der Treppe – Melody Watts. Ihr australischer Akzent ist unverkennbar.

»... die Angeklagte trifft in diesem Moment mit ihrem Barrister und Anwalt ein.«

Die Kameraperspektive wechselt, und auf einmal sehen wir unser Auto von oben. Der Effekt ist surreal. Melody Watts fährt fort: »Mrs Cresswell-Smith befindet sich seit der Anklageerhebung vor knapp über einem Jahr gegen Kaution auf freiem Fuß. Die Kaution wurde auf eins Komma fünf Millionen Dollar festgesetzt. Damals beurteilte der Richter Robert Lindsay die Beweislage zwar nicht als schwach, befand jedoch letztendlich, dass die Stärke der Anklage durch eine Reihe von Faktoren aufgewogen würde, darunter auch die Notwendigkeit, dass sich Mrs Cresswell-Smith mit ihrem Anwaltsteam auf den Prozess vorbereiten müsse. Dazu kam die Tatsache, dass sie bisher in New South Wales nicht straffällig geworden ist. Er sagte« – Melody Watts warf einen Blick in ihr Notizbuch, um die genauen Worte des Richters wiederzugeben – »›Während Mord zwar das schwerwiegendste aller Verbrechen darstellt, soll eine Ablehnung eines Antrags auf Kaution dennoch nicht als Strafe eingesetzt werden, da im Kautionsgesetz immer noch die Annahme der Unschuld zugrunde gelegt wird.‹« Sie blickt in die Kamera, und ihre strahlend weißen Zähne blitzen im Sonnenlicht. »Mrs Cresswell-Smith wurde nicht als Gefahr für die Allgemeinheit erachtet und hat darüber hinaus ihren Pass abgegeben.«

Lorrington setzt die Perücke auf und zupft seine Robe zurecht. Auf einmal ist mein Mund staubtrocken.

Wir steigen aus dem Wagen.

Es ist, als würde man gegen eine Mauer laufen, so heiß und feucht ist die Luft. Die Geräuschkulisse wirkt explosiv. Die Leute rempeln einander an, reden durcheinander, rufen, höhnen. Smartphones werden in die Höhe gereckt, um Aufnahmen zu machen, Fotos zu schießen. Pressekameras mit gewaltigen Teleobjektiven zoomen mein Gesicht heran. Mein Barrister berührt mich am Ellbogen und führt mich sanft die Treppe hinauf. Seine Robe weht hinter ihm her. Die Journalisten drängen nach vorne, Mikrofone werden mir entgegengestreckt. Sie sind auf Blut aus. Um die Einschaltquoten in die Höhe zu treiben. Die klassischen Medien sterben aus, und die Verzweiflung ihrer Vertreter ist hässlich.

»Mrs Cresswell-Smith, haben Sie Ihren Mann getötet?«

»Haben Sie es getan? Haben Sie Martin umgebracht?«

Ein greller Erinnerungsblitz blendet mich, und fast gerate ich ins Stolpern. *Blut. Martins Blut. Das Fischmesser … die Wut in Martins Augen. Der bittere Gallegeschmack von Verrat in meiner Kehle.*

»Wie lange haben Sie den Mord an ihm geplant?«

Zorn breitet sich in mir aus wie ein Ballon voll heißer Luft. Mein roher Hass auf Martin drückt gegen meine sorgfältig errichteten emotionalen Mauern. Ich balle die Hände an meiner Seite zu Fäusten und beiße die Zähne zusammen, während ich flankiert von meinem Anwaltsteam in ihren fließenden schwarzen Roben die Stufen emporsteige.

»Unschuldig bis zum Beweis der Schuld!«, ruft eine dicke Frau.

»Miststück! Sie hat sich selbst zur Witwe gemacht!«

Der Zornballon platzt und sprengt meine Fassade in eine Million funkelnder Scherben. Ich möchte jemandem körperliche Gewalt antun, fahre herum, öffne den Mund und forme die Lippen zu einer heftigen Erwiderung.

Ich sehe eine Kamera vor mir. Klick.

Verdammt.

Mein Anwalt nimmt mich am Arm. »Reagieren Sie *nicht*«, zischt er mir ins Ohr. »Sehen Sie *nicht* in die Kameras. Lächeln Sie *nicht*. Sagen Sie *nichts*.«

Doch es ist schon zu spät. Ich habe den Köder geschluckt, den mir der Fotograf mit dieser widerlichen Beleidung entgegengeschleudert hat. Er hat mein verbissenes, verzerrtes Gesicht auf dem Foto festgehalten. Die Wildheit in meinem Blick.

Ich zittere vor Adrenalin. Schweiß prickelt auf meiner Oberlippe und sammelt sich unter meinen Armen.

»Gerechtigkeit für Martin! Gerechtigkeit für die Familie Cresswell-Smith!«

Auf einmal sehe ich sie. Martins Eltern. Seine Schwester steht rechts von ihnen, sein Bruder links. Der Schock trifft mich, als ich dem Blick seines Bruders begegne. Das genetische Echo ist verblüffend. Es ist, als stünde Martin dort vor den Türen des Gerichtsgebäudes und sähe auf mich herab, verurteilend, verdammend, von jenseits des Grabes. In ein paar Jahren würde Martin genauso aussehen wie sein Bruder jetzt, wenn …

er noch leben würde. Der Gedanke reißt ein Loch in meinem Bauch auf.

Wie kann so etwas überhaupt passieren?

Wann hat es angefangen?

Als wir nach Jarrawarra Bay gezogen sind? Als die Knospen des Spotted-Gum-Eukalyptus aufblühten und die Flughunde kamen?

Nein, es hatte schon davor begonnen …

Schau genau hin, Kleine, schau auf die Muscheln, rufe ich mir die Stimme meines Vaters ins Gedächtnis, kläre meinen Fokus. *Das Leben ist ein Muschelspiel, und bei einem Muschelspiel gewinnt nur der Muschelspieler. Niemals der Zuschauer. Entweder ist man selbst der Muschelspieler, oder man ist der Verlierer.*

Ich habe vor, bei dieser Vorstellung der Muschelspieler zu sein. Langsam sehe ich auf, hebe den Blick zu dem imposanten Gebäude vor mir, in dem die Mühlen der Gerechtigkeit mahlen. Ich stelle mir die Gesichter der Jury vor.

Ihr werdet mich hier wieder herausmarschieren lassen. Weil ich euch meine Geschichte verkaufen werde.

Ihr werdet schon sehen.

Damals

LOZZA

Vor über einem Jahr, 18. November, Agnes Basin, New South Wales

Das Boot der Jarrawarra Bay Police schnitt ein V in das dunkle Wasser des Agnes River, während es geschmeidig voranglitt. Senior Constable Laurel »Lozza« Bianchi stand an der Steuerbordseite des Boots neben Constable Gregg Abbott. Sie betrachtete die immer tiefer werdenden Schatten zwischen den Mangrovenbäumen, die sich am Nordufer zu einem undurchdringlichen Dickicht verflochten. Sie waren zu viert an Bord. Constable Mac McGonigle stand am Steuer und lenkte sie in die Richtung, die ihnen der alte Krabbenfischer Barney Jackson wies. Barney hatte die Leiche gefunden und den Notruf abgesetzt.

Die schwüle Nachmittagshitze war drückend. Die Luft schmeckte schal auf Lozzas Lippen. Alles war gespenstisch still, abgesehen von dem Grollen des Motors und dem gelegentlichen leisen Schleifgeräusch, wenn eine der riesigen Schirmquallen, die von der Gezeitenströmung in Richtung Meer getrieben wurden, gegen den Bug stieß und glatt durchtrennt wurde. Die Quallen waren groß wie Volleybälle und zogen gekräuselte, mit giftigen Nesselzellen übersäte Tentakel hinter sich her.

Kleinere Salzwasserkanäle gingen von dem Gezeitenfluss ab und wanden sich labyrinthartig bis ins Herz der Mangrovenwälder. Lozza wusste, dass der schlickige Grund der Kanäle voller Schlammkrabben war, deren Panzer so groß werden konnte wie der Kopf eines Mannes und die sowohl Alles- als auch Aasfresser waren. Die Schlammies waren aggressive Raubtiere, die mit ihren kräftigen Scheren sogar Muscheln knacken konnten. Oder Finger abtrennen. Was auch immer tief in den nassen Schatten des Waldes auf sie wartete, es würde von den Schlammies nicht unberührt geblieben sein.

Sie kamen an einem schiefen alten Steg vorbei. Modrige Stützpfeiler ragten aus dem Wasser. Die an kleine Kormorane erinnernden Schwarzscharben hockten auf den Pfeilern und ließen die Flügel zum Trocknen herabhängen, während sie dem Polizeiboot nachsahen.

In der Ferne grollte Donner.

Gregg sah auf. »Glaubst du, das Gewitter zieht hierher?«

Lozza folgte seinem Blick. Zwei Fischadler zogen hoch über den aufragenden Eukalyptusbäumen ihre Kreise, ihre Silhouetten hoben sich vor den lang gezogenen Wolkenstreifen ab, die in der späten Abendsonne in einem brachialen Zinnrot und Orange leuchteten.

»Weiß der Teufel«, sagte sie leise. »Allerdings wird es bald dunkel. Es wäre gut, wenn wir einen Blick auf die Wasserleiche werfen könnten, solange wir noch einen Rest Licht haben.«

»Sobald die Sonne hinter den Bäumen da verschwindet, fangen diese verdammten Hunde an zu schwärmen«, kommentierte Gregg. »Wenigstens sind sie hier nicht ganz so schlimm wie im Süden von Jarra.«

Wie aufs Stichwort barst in diesem Moment eine Kolonie riesiger Flughunde aus dem Blätterdach der Eukalyptusbäume hervor und erhob sich in einer Kakophonie aus schrillem Kreischen in den Himmel. Die Erde schien auszuatmen, sich zu regen, und eine leichte Brise erhob sich. Die Atmosphäre auf dem Fluss veränderte sich.

»Mistviecher«, murmelte Gregg und sah dem Schwarm blinzelnd hinterher. »Sie zanken die ganze Nacht in dem Spotted Gum vor meinem Schlafzimmerfenster. Klingt wie bei einem Hexensabbat. Und sie stinken.«

Alle waren gereizt wegen der gewaltigen Flughunde, die aus rätselhaften Gründen vor Kurzem massenhaft in diese Region eingewandert waren. Die ersten Schwärme waren eingetroffen, als der Spotted Gum auf einmal zu blühen begonnen hatte, und dann waren immer mehr und mehr Riesenfledermäuse über den Highway herangeflogen wie ein Omen des Bösen. Ihre Anzahl wuchs, bis fast jedes Gebäude, jeder Fels, jeder Baum und jedes Fahrzeug in der Stadt südlich von Jarrawarra unter der Masse ihrer Leiber verschwunden war.

»Wie in einem Hitchcock-Film«, kommentierte sie.

Irgendwo stieß ein Kookaburra seinen Ruf aus. Es klang wie ein Lachen.

Das Boot schaukelte, als Mac sie in das kabbeligere Wasser des Agnes Basin lenkte. Es war ein gewaltiges Flussbecken – fast vierzig Quadratkilometer groß –, und alles war voller Quallen. Wie in einem Glas Bubble Tea.

»Noch etwa einen halben Kilometer an der Ostseite da lang«, sagte Barney und wies Mac den Weg, seine Stimme klang heiser und brüchig. »Dann müssen Sie in einen tiefen, schmalen Kanal einbiegen. Da ist es dann.« Barneys Gesicht war unter einem Netz roter Adern sehr blass. Schweiß schimmerte auf dem Gesicht des alten Mannes, und er wischte sich mit dem Ärmel über die Stirn. Dabei bemerkte Lozza, dass seine Hände zitterten. Vielleicht brauchte Barney einen Drink. Oder vielleicht war er auch erschüttert. Oder beides.

Barney hatte nach seinen »nicht konformen« Krabbenfallen sehen wollen. Stattdessen hatte er die Leiche eines blonden Mannes gefunden, die sich unter Wasser in seinen Leinen verfangen hatte.

»Da – das ist der Eingang zum Kanal.« Barney deutete auf eine dunkle Lücke zwischen den Mangrovenbäumen. »Fahren Sie da rein.«

Mac bremste ab und steuerte das Boot vorsichtig in den Kanal. Wasser schlug gluckernd gegen den Bug. Die heiße Luft wurde noch schwüler. Äste griffen von beiden Seiten nach ihnen, und Zweige kratzten leise über den Bootsrumpf. Mac drosselte den Motor noch weiter. Je tiefer sie in den Mangrovenwald fuhren, desto dunkler wurde es. Stickiger. Ganze Stechmückenwolken sirrten über dem Wasser, und winzige Käferchen verfingen sich in den orangeroten Härchen, die sich um Lozzas Gesicht kräuselten, trotz aller Bemühungen, sie zu einem ordentlichen Haarknoten zu bändigen.

Mac schaltete die Scheinwerfer ein, und auf einmal waren überall unheimliche Umrisse und Schatten. Es war, als sickerte die Ahnung einer Präsenz aus dem Sumpf, als würde sich hier etwas verbergen, abwartend, bereit zuzuschnappen. Ein fauliger Gestank hing in der Luft.

»Glaubst du, er ist es?«, fragte Gregg. »Cresswell-Smith?«

»Wäre seltsam«, gab sie zurück.

»Stimmt. Weil er zehn Kilometer weit draußen auf dem Meer über Bord gegangen ist. Wie kann er dann hier angetrieben worden sein? Logisch wäre das nicht.«

Lozza warf dem frischgebackenen Constable, der gerade erst seine Probezeit hinter sich hatte, einen Blick zu. Er redete zu viel. Besonders wenn er nervös war. Oder eigentlich immer. Was ihr furchtbar auf die Nerven ging. Sie wurde eher still, wenn es in ihrem Job ernst wurde. Darüber hinaus war ihr allerdings klar, dass sie zum Teil nur deswegen so gereizt reagierte, weil Gregg gut aussah und weil sie sich insgeheim zu ihrem surfbegeisterten Kollegen hingezogen fühlte. Er war älter gewesen als die meisten anderen, als er mit der Ausbildung zum Polizisten begonnen hatte. Nebenher leitete er immer noch seine Surfschule, und er hatte auch Lozzas Tochter das Surfen beigebracht. Doch gut aussehende Männer tendierten dazu, Lozza nicht auf *diese* Weise wahrzunehmen. Weshalb sie dazu tendierte, ihnen gegenüber eine gewisse Verstimmtheit an den Tag zu legen.

Donner krachte und Blitze zuckten über den Himmel. Für Sekundenbruchteile verwandelte sich die Umgebung in ein starres Schwarz-Weiß-Bild. Ein paar dicke Regentropfen klatschten auf das Wasser. Lozza dachte an den Tag zurück, an dem sie Martin Cresswell-Smiths Frau am Strand getroffen hatte. Es wäre Lozzas Aufgabe, Ellie zu informieren, falls es tatsächlich ihr Ehemann war, der sich in Barneys Krabbenfallenleinen verfangen hatte. Ihr ging durch den Kopf, was Ellie bei der Befragung gesagt hatte.

»Ich hoffe, Sie finden ihn nicht. *Und wenn Sie ihn finden, dann hoffe ich, dass er tot ist und dass er gelitten hat.«*

»Da!« Auf einmal deutete Barney auf etwas. »Ich habe meine Krabbenfallen an ein paar Wurzeln hinter dem Steg da drüben gebunden.«

Mac schaltete den Motor aus, und sie trieben auf den Wellen weiter in Richtung des Stegs, wobei sie dem Plätschern des Wassers gegen den Bootsrumpf lauschten. Wieder ein Blitz, gefolgt von grollendem Donner. Die Sonne versank hinter dem Horizont, die Gewitterwolken drängten sich am Himmel, und mit einem Schlag wurde es viel dunkler.

Lozza nahm ihre Taschenlampe vom Gürtel, schaltete sie ein und ließ den Strahl über den Steg gleiten. Sie sah, wo

Barney ein paar ausgefranste Seile an die Mangrovenwurzeln geknotet hatte. Der Steg selbst war neu – Teil des kontrovers diskutierten Agnes-Basin-Bauprojekts, das Martin Cresswell-Smith und seine Frau Ellie vorangetrieben hatten. Barney hatte Lozza erklärt, dass er über der Wasseroberfläche absichtlich alt aussehende Seile verwendet hatte, um die Tatsache zu verheimlichen, dass sich darunter illegale Krabbenfallen befanden. Doch unter Wasser waren die alten Seile mit grellorangefarbenen Polypropylenleinen – oder Polyprops, wie Barney sie nannte – verknotet, die zu den Fallen führten. Als Barney früher am Tag hierhergekommen war, um nach den Fallen zu sehen, hatte er an seinen Leinen gezogen, doch eine davon hatte festgehangen. Anstatt die Leine durchzuschneiden und damit vielleicht eine Falle voller guter Schlammies zu verlieren, hatte er beschlossen, mit dem Sohn eines Freundes zurückzukehren, der ihm dabei helfen sollte, die Leine zu entwirren. Der Teenager war mit Taucherbrille und Flossen ins Wasser gesprungen, hatte sich an den orangeroten Polyprops bis zum Grund gezogen und sich plötzlich Auge in Auge mit einer in den Leinen festhängenden Leiche gefunden.

Der Junge war panisch, wild mit den Armen rudernd und nach Luft schnappend aufgetaucht. Barney hatte ihm erklärt, dass sie »es« nicht einfach dort unten lassen könnten. Immerhin könnte »es« jemand sein, den sie kannten. Also hatte der arme Junge all seinen Mut zusammengenommen und war ein zweites Mal hinabgetaucht. Er hatte die Leinen mit einem Messer durchtrennt, woraufhin die Leiche wie ein Gasballon an die Oberfläche geschossen war. In einer kleinen Bucht hinter dem Steg war sie schließlich gegen die Mangrovenwurzeln getrieben und dort hängen geblieben.

»Es hat sich in den Wurzeln verfangen«, hatte Barney erklärt. »Dann haben wir gemacht, dass wir aus dem Kanal gekommen sind, raus ins Flussbecken, wo wir besseren Handyempfang hatten. Und dann hab ich euch Cops angerufen.«

Mac ließ das Polizeiboot am Steg vorbeitreiben und drehte es so, dass die Scheinwerfer die seichte Bucht erleuchteten. Fast sofort sahen sie es – das Aufleuchten fischbauchweißer Haut. Ein Khakishirt. Gelbblondes Haar. Keine Hose. Die weißen Pobacken trieben wie Halbmonde auf dem Wasser, während die Leiche im Wurzelgeflecht der Mangroven sacht auf den Wellen schaukelte, gefangen in der schwachen Strömung, die sie ans Ufer drückte.

Rasch bekreuzigte sich Barney.

»Vertäu das Boot am Steg«, sagte Lozza an Mac gewandt. »Gregg und ich können uns vom Ende des Stegs einen Weg bis zur anderen Seite der Bucht bahnen.« Mac ließ den Motor wieder an, dumpfes Grollen ertönte und Luftblasen stiegen auf, dann machte das Boot einen Satz in Richtung Steg und stieß leicht dagegen, Schatten sprangen umher. Wellen schlugen schlürfend gegen die Stützpfeiler und Wurzeln. Direkt über ihnen zerriss der nächste Blitz den Himmel, gefolgt von einem ohrenbetäubenden Donnern. Der Regen wurde stärker und tupfte das dunkle Wasser. Silberne Tropfen im Scheinwerferlicht.

Lozza und Gregg kletterten auf den Steg. Beide leuchteten sich den Weg mit ihren Taschenlampen, als sie den Sumpfwald betraten. Lozza zog ihren Schlagstock und benutzte ihn, um sich damit einen Pfad durch Gräser und Schilf zu bahnen. Sie machte sich Sorgen wegen der Schlangen und hoffte, dass der Lärm sie verjagen würde. Gregg blieb dicht hinter ihr. Fluchend wedelte er die Moskitowolken fort. Es schien, als würden die Plagegeister sein Blut verlockender finden als ihres.

Was Lozza freute. Offenbar umschwärmten also nicht nur die Frauen diesen Adonis-Cop.

Endlich waren sie bei der Wasserleiche. Die Leiche war eindeutig männlich. Sie lag mit dem Gesicht nach unten im

Wasser, die Arme zu beiden Seiten ausgestreckt. Das Khakishirt passte zu der Beschreibung der Kleider, die Martin Cresswell-Smith getragen hatte, als er vor vier Tagen zum Fischen hinausgefahren war. Auch der dichte blonde Haarschopf passte. Der Körper hatte die richtige Größe und in etwa die richtige Statur. Er war ein verdammt gut aussehender Kerl gewesen – wie ein kräftiger, braun gebrannter Rugbygott. Großspurig, aber durchaus charmant, wenn er es wollte. Trotzdem hatte Lozza etwas Unheimliches unter Martin Cresswell-Smiths Bronzeteint wahrgenommen.

Am Uferrand ging sie in die Hocke und betrachtete die Szene, wobei sie aufpasste, dass sie nicht die glitschige Böschung hinunterrutschte oder irgendetwas berührte. Sie kannte das Vorgehen. Jahrelang war sie bei der Mordkommission von New South Wales gewesen, bevor sie an die South Coast gezogen war und sich allgemeineren Pflichten zugewandt hatte.

Ein weiterer Blitz zuckte über den Himmel, während Lozza den Strahl der Taschenlampe langsam über die Leiche wandern ließ.

»Glaubst du, er ist es?«, fragte Gregg.

Das glaubte Lozza allerdings, aber Gregg hatte recht – logisch war das nicht. Martin Cresswell-Smiths Boot war dabei gesehen worden, wie es die Bootsrampe bei Bonny River verlassen hatte, und bis dorthin war es eine halbstündige Fahrt die Küste entlang. Er hatte sich bei der Seerettung angemeldet und angegeben, dass er aufs Meer hinausfahren wollte, in südöstlicher Richtung. Wenn er auf offener See einen Unfall gehabt hatte, dann konnte seine Leiche unmöglich die ganze Strecke nach Norden an der Küste entlang, in die Flussmündung des Agnes River und durch das Agnes Basin in diesen Kanal gespült worden sein.

»Und falls er es wirklich ist, wo ist dann sein Boot?«, fuhr Gregg fort. »Wo ist die *Abracadabra*?«

»Gregg, halt mal eine Minute den Mund. Bitte.«

Wieder wedelte Gregg die Moskitos fort. Fliegen summten über der Leiche. Lozza leuchtete die linke Hand des Mannes an. Ein Ehering mit einem roten Stein steckte am Ringfinger. Sie hatte diesen Ring schon einmal gesehen. An Martin. Allerdings fehlte die Rolex am Handgelenk. Martin Cresswell-Smith hatte am Tag seines Verschwindens eine sehr teure bronzefarbene Rolex Daytona getragen.

Gregg schlug nach einer Stechmücke. Seine heftige Bewegung ließ das Licht seiner Taschenlampe durch die Mangroven schießen. Ein schwarzes Etwas brach aus der Dunkelheit hervor. Erschrocken wich Gregg der panischen Schwarzscharbe aus, wobei er zu nah an die Kante der Uferböschung trat. Er rutschte aus und fiel mit einem lauten Platschen ins Wasser. Fluchend und wild um sich schlagend versuchte er, wieder an Land zu kommen, stieß dabei jedoch gegen die Leiche. Sie rollte auf den Rücken.

Gregg erstarrte.

Lozza wurde ganz still.

Leere Augenhöhlen starrten zu ihnen herauf. Lippen und Nase waren abgerissen, die Weichteile der Leistengegend fehlten, und an ihre Stelle war eine sich windende Masse aus Fischläusen getreten. Doch da war noch etwas anderes, das Lozzas Aufmerksamkeit bannte.

Der Haken eines silbernen Gaffs steckte tief in der Brust des Verstorbenen. Auf dem Griff stand in schwarzen Lettern das Wort »Abracadabra«. Hemd und Oberkörper des Mannes waren mit klaffenden Löchern übersät, die von einem Messer stammen mussten. Jemand hatte mindestens fünfzehn Mal auf ihn eingestochen. Lozza beugte sich vor und leuchtete mit ihrer Taschenlampe genauer hin. Ein Band aus dunklen Druckstellen zog sich um den geschwollenen Hals des Mannes. An den Handgelenken entdeckte sie Fesselungsspuren. Um die nackten

Knöchel hing immer noch ein Seil. Lozzas Herz schlug langsam und regelmäßig. Ihr Blick wanderte am rechten Arm des Mannes entlang. Ihm fehlten drei Finger. Glatt abgetrennt über dem Gelenk. Sauberer als das Werk einer Schlammkrabbe.

Platschend kletterte Gregg aus dem Wasser und kämpfte sich das Ufer hoch. Er machte zwei Schritte ins Gras hinein, stützte die Hände auf die Knie und würgte.

Lozza wandte ihre Aufmerksamkeit wieder dem Seil um die Knöchel des Verstorbenen zu. Polyprops. Gelb und blau. Nicht Barneys. Wenn sie eine Glücksspielerin wäre, dann hätte sie darauf gewettet, dass der andere Teil der gelb-blauen Leine an etwas Schwerem befestigt gewesen war, das den Toten unter Wasser hatte halten sollen, wo die Krabben, Fische, Fischläuse und anderes Mangrovengetier sein Skelett binnen weniger Tage blank gefressen hätten. Dann hätten sich die Knochen voneinander gelöst und wären im weichen Schlick versunken. Von der Leiche wäre nichts übrig geblieben. Doch dann waren Barney und seine Krabbenfallen aufgetaucht und dem Mörder in die Quere gekommen.

Ihre Gedanken schossen zurück zu Ellie – ihr vorgeblicher Gedächtnisverlust und ihr seltsames Verhalten. Ein ungutes Gefühl breitete sich in Lozzas Bauch aus. Hatte Ellie sie hereingelegt? Führte sie die Polizei an der Nase herum? Die ganze Zeit?

Denn dies hier war todsicher kein Unfall beim Hochseefischen gewesen. Dies hier war kein Ehemann, der auf dem Meer verschwunden war. Dies hier war Mord.

Lozza griff nach ihrem Handy, um Meldung zu machen. Gregg und sie mochten zwar die erste Anlaufstelle in diesem Gebiet sein, doch dies hier war Sache des State Crime Command.

Und im Augenblick war Ellie Cresswell-Smith ihre Schlüsselverdächtige.

Der Mordprozess

Jetzt, Februar, Supreme Court, New South Wales

Ich konzentriere mich darauf, die Hände im Schoß gefaltet zu halten, als sich die Staatsanwältin Molly Konikova erhebt. Sie legt ihre Heftmappe auf der ihr zugewiesenen Seite des Rednerpults ab. Sie ist winzig – vogelähnlich – und verschwindet fast in ihrer Seidenrobe, die um ihren Körper schlackert wie zu groß geratene schwarze Flügel. Schmale Lippen. Hakennase. Knochige, fahrige Hände. Ihr mausbraunes Haar hängt ihr unter der grauen Perücke in schlaffen Strähnen bis zum Kinn. Ich werde aufgeregt – sie ist eine Witzfigur, eine Karikatur, ungeschickt und schwach. Sicherlich wird die Jury aus den zwölf vernunftbegabten Bürgern, die mir auf der anderen Seite des Raums gegenübersitzt, meinen Verteidiger sehr viel ernster nehmen als dieses spatzenhafte Wesen, oder? Mein Barrister ist groß und hellhäutig, mit einem Schopf dunkler, dichter Haare. Er ist durchtrainiert, und seine Robe wirkt eher elegant als düster. Ein Mann, der Ruhe und Kultiviertheit ausstrahlt, ein Mann, der weiß, wie die Jury tickt, und der sich mit Taschenspielertricks auskennt, weil er selbst ein Magier ist.

Konikova mustert mich. Ihr Blick ist kühl. Direkt. Fast stählern. Habe ich sie vielleicht falsch eingeschätzt? Nein, ich glaube nicht. Sie wartet einen Moment, dann wendet sie sich der Jury zu – sieben Männer, fünf Frauen. Die Männer im Durchschnitt älter. Meine Chancen liegen bei den Männern, denke ich. Frauen sind die schlimmsten Kritiker anderer Frauen. Vermutlich, weil wir die Fehler, die wir in anderen Frauen sehen, an uns selbst nicht zugeben wollen. Wenn wir kritisch sind und andere Frauen verurteilen, attackieren wir damit auch jene Seiten an uns selbst, die wir am meisten verabscheuen.

Stille senkt sich auf den Gerichtssaal. Die Spannung wird greifbar. Die Luft ist zu warm, kein natürliches Licht. Angst erblüht in meiner Brust. Mein Blick flackert zu den verschlossenen Türen. Ich habe es noch nie sonderlich gut vertragen, eingesperrt zu sein. Auf einmal überkommt mich bei der Vorstellung, Jahr um Jahr in einer Zelle zu sitzen – fünfundzwanzig Jahre bis lebenslänglich –, ein solches Grauen, dass ich es in Form von Galle in der Kehle aufsteigen spüre. Ich lecke mir über die Lippen. Konzentriere mich darauf, meine Hände ruhig zu halten. Ich richte die Zehenspitzen auf die Bankreihe der Jury aus, wie man es mir beigebracht hat. So ist der Blickwinkel der Jury auf mich am vorteilhaftesten, hat man mir gesagt.

Konikova beginnt mit ihrer Rede, und ihre Stimme verblüfft mich. Sie passt nicht zu ihrer Erscheinung. Es ist eine gewaltige Stimme, die durch das Mikrofon noch verstärkt wird. Selbstsicher und zugleich freundlich. Mein Herz schlägt schneller.

Mir wurde gesagt, dass die Stimme für Anwälte entscheidend ist. Eine Stimme, die nicht trägt, stellt einen permanenten Nachteil dar. Immerhin ist es eine Theatervorstellung. Barrister sind Darsteller, perfekte Geschichtenerzähler, und nicht jeder Jurist hat das Zeug dazu, Strafverteidiger zu werden. Vielleicht habe ich die Staatsanwältin tatsächlich unterschätzt. Das war ein Fehler.

»... und im Laufe dieser Gerichtsverhandlung wird sich eines herauskristallisieren«, sagt sie. »Das schockierende Porträt einer Frau, die so verbittert war, so wütend, eifersüchtig und betrogen, so hasserfüllt, dass sie verschlagen und systematisch die ultimative Rache an ihrem Ehemann plante. Mord.« Konikova hält einen Moment inne. Das einzige Geräusch im Saal ist das Kratzen der Kreidestifte der Gerichtszeichnerin.

»Zugegeben«, fährt Konikova fort, »das Opfer, Martin Cresswell-Smith, war selbst kein Engel. Allem Anschein nach war er ein Soziopath, der das Schlimmste in seiner Frau zum Vorschein gebracht hat, doch genauso hat auch sie das Schlimmste in ihm zum Vorschein gebracht. Mr und Mrs Cresswell-Smiths Beziehung hat sich zu einer Spirale der Grausamkeit entwickelt, zu einer verschlagenen Schlacht um Leben – und Tod.« Eine weitere Pause. Die Gerichtszeichnerin blickt auf, betrachtet mich und setzt den Stift wieder aufs Blatt. Ich frage mich, wen – oder was – sie sieht.

Ich bin ein Opfer. Ich bin harmlos. Verleumdet.

»Dieser schreckliche Krieg, den Mr und Mrs Cresswell-Smith austrugen, blieb nicht auf das Paar allein beschränkt. Sie haben auch unschuldige Mitmenschen in den Abgrund gerissen.«

Ein Murmeln erhebt sich auf der Zuschauertribüne. Viele der Anwesenden sind Polizisten. In den Zeitungen wurde spekuliert, dass Lorringtons Strategie darauf beruhen könnte, die leitenden Ermittelnden in diesem Fall – Detective Senior Constable Laurel »Lozza« Bianchi, Detective Sergeant Corneil Tremayne und Constable Gregg Abbott – zu diskreditieren und als inkompetent darzustellen. Für sie ist es also persönlich. Die Geschworenen scheinen sich kaum merklich vorzubeugen. Die Staatsanwältin hat sie an der Angel. Nun beginnt sie damit, sie einzuholen. Sie alle wollen ihren Teil zur Aufklärung beitragen. Sie *wollen* einen Bösewicht haben. Sie wollen sehen, wie dieser Bösewicht sich windet, untergeht und vom Gesetz bestraft wird. Sie müssen sehen, dass ein Held triumphiert. Das wird ihr Weltbild wieder geraderücken. Konikova gibt ihnen genau das, wofür sie hergekommen sind: eine Chance, ihre ehrenhafte Bürgerpflicht zu tun und ein grässliches Unheil zu sühnen. Ich weiß, wie so etwas funktioniert.

Ich hasse sie. Es fällt mir schwer, mich auf ihre Worte zu konzentrieren, die in meinem Kopf zu verwischen scheinen.

»... und Schritt für Schritt, gegründet auf unwiderlegbare forensische Beweise, auf Polizeiberichte, auf Zeugenaussagen und auf die Einschätzung eines Experten im Bereich der forensischen Psychologie, wird die Staatsanwaltschaft der ehrwürdigen Richterin und den Geschworenen demonstrieren, dass die Angeklagte« – sie macht eine Geste in meine Richtung, wartet darauf, dass mich die Geschworenen direkt anblicken, dass sie ganz genau hinsehen – »eine verschlagene, kalte, berechnende Verbrecherin ist. Ein Chamäleon hinter der unschuldigen Fassade. Lassen Sie sich nicht von ihr täuschen. Denn letztendlich wird Ihnen keine andere Wahl bleiben, als sie in allen Punkten für schuldig zu erklären.«

Wie eine unsichtbare Strömung läuft ein Rascheln durch die Zuschauermenge. Journalisten, die fieberhaft in ihre Notizblöcke kritzeln. Ich schlucke. Ein Schweißtropfen rinnt zwischen meinen Brüsten hinab. Ich setze all meine verzweifelte Hoffnung auf Freiheit in Peter Lorrington und sein juristisches Team.

Konikova neigt den Kopf in Lorringtons Richtung. »Zweifellos wird mein geschätzter Rechtskollege versuchen, die Dinge zu verschleiern. Er wird versuchen, Sie in die Irre zu führen. Er wird Ihnen alternative Versionen der Ereignisse anbieten, die zu den Fakten passen. Aber denken Sie daran, dass es nicht mehr ist als das: ein Märchen. Schall und Rauch. Wahrscheinlich wird er eine Geschichte von einer Märtyrerin für Sie spinnen, die einem tyrannischen und gewalttätigen Ehemann zum Opfer gefallen ist, der sie buchstäblich an den Rand des Wahnsinns getrieben hat.« Konikova schweigt und nickt. »Ja, er hält Sie für leichtgläubig. Die Psychologen sagen, dass Leichtgläubigkeit ein tief sitzender Teil von uns allen ist. Wenn man in eine Geschichte verstrickt wird, die Emotionen bei uns auslöst, dann ist es schwer, achtsam zu bleiben. Ihre Pflicht besteht allerdings darin, nicht nachzugeben, in Ihrer Wachsamkeit nicht nachzulassen, die Augen fest auf den Spielball gerichtet zu halten.«

Lorrington streicht seine Robe glatt und sieht zur Decke hinauf. Als wäre er gelangweilt.

»Die Verteidigung wird versuchen, die harte Arbeit der Polizei schlechtzumachen. Die Verteidigung wird versuchen, Ihnen zum Ersatz andere Verdächtige anzubieten. Alles, um bei Ihnen die vage Möglichkeit eines berechtigten Zweifels aufkommen zu lassen. Wenn Sie der Verteidigung Glauben schenken, wird das bedeuten, dass Sie eine Frau davonkommen lassen, die ihren eigenen Ehemann ermordet hat. Das dürfen Sie nicht zulassen. Sie sind hier, um Ihre Bürgerpflicht zu erfüllen. Sie sind hier, um ein Unrecht zu sühnen, und es ist ein schlimmes Unrecht. Lassen Sie uns gemeinsam für Gerechtigkeit sorgen.« Konikova nimmt ihren Platz wieder ein und greift nach ihrem Wasserglas.

»Mr Lorrington?«, fordert die Richterin Geraldine Parr ihn auf. »Haben Sie etwas hinzuzufügen?«

Langsam erhebt sich mein Barrister. Nun wird offensichtlich, wie groß er ist. Die Atmosphäre verändert sich. Seine Erscheinung ist respekteinflößend. Alle warten auf seine Darbietung, darauf, dass er Konikova widerlegt. Er lächelt. Verdammt, er lächelt tatsächlich. Fast möchte ich mit ihm lächeln – aus alberner Erleichterung darüber, dass dieser fantastische Rechtsvertreter hinter mir steht. Ihm wird nachgesagt, dass sich Zuschauer, Richter und Geschworene in seinen eleganten, hellen Händen in Wachs verwandeln.

»Amüsiert Sie etwas, Mr Lorrington?« Scharf mustert ihn die Richterin über den Rand ihrer Lesebrille hinweg. »Oder bekommen wir noch einen Überblick Ihrer Verteidigungsstrategie zu hören?«

Mir ist bewusst, dass die Eröffnungsrede meines Barristers sehr knapp und allgemein ausfallen wird. Es obliegt der Verteidigung, sich die gesamte Argumentation der Staatsanwaltschaft anzuhören und alle Zeugen der Anklage zu Wort kommen zu lassen, bevor sich die Anwälte eisern auf eine bestimmte Version der Ereignisse festlegen.

»Euer Ehren«, verkündet Lorrington in seinem donnernden Bariton und umfasst die Ränder seines Rednerpults. »Wie es scheint, hat sich die Frau Staatsanwältin hier die Freiheit genommen, meine Verteidigungsstrategie schon einmal für mich zu umreißen.«

Gelächter erklingt aus den Zuschauerrängen. Auf den Gesichtern einiger der Geschworenen erkenne ich ein Schmunzeln. Die Gerichtszeichnerin blättert hastig eine Seite um, arbeitet schneller.

»Ruhe«, ruft der Gerichtsdiener.

»Allerdings«, fährt Lorrington fort und wendet sich an die Jury, »hat die Frau Staatsanwältin recht damit, dass es eine alternative Version der Ereignisse gibt. Eine, die besser zur Beweislage passt. Wir werden Euer Ehren demonstrieren, dass nicht alles so ist, wie es die Staatsanwaltschaft möglicherweise darstellen wird. Und auch in einem weiteren Punkt liegt die Frau Staatsanwältin vollkommen richtig – behalten Sie den Ball im Auge. Lesen Sie zwischen den Zeilen ihrer Beweisführung, und lassen Sie niemals, nicht für einen Moment, in Ihrer Achtsamkeit nach, denn Ihre Bürgerpflicht besteht nicht darin, eine unschuldige Frau für ein Verbrechen ins Gefängnis zu schicken, das sie nicht begangen hat. Es ist Ihre Aufgabe, für Gerechtigkeit zu sorgen. Diese Last liegt nun auf Ihren Schultern.« Mit einem eleganten Schwung der Robe lässt er sich neben seinem Assistenzanwalt nieder.

»Ihr erster Zeuge, Frau Staatsanwältin?«, fragt die Richterin.

Konikova erhebt sich. »Euer Ehren, wir rufen Detective Senior Constable Laurel Bianchi von der South Coast Police in den Zeugenstand.«

Die Türen des Gerichtssaals schwingen auf.

Eine Polizistin mit krausem, karottenrotem Haar, Sommersprossen und einem Sonnenbrand im Gesicht tritt ein. Ihre Wangen sind rot. Sie sieht aus, als wäre ihr heiß in ihrer Anzughose, ihrer weißen Bluse und dem schlecht sitzenden Blazer. Ein fester Knoten formt sich in meinem Bauch, als Lozza zum Zeugenstand geht. Sie ist stämmig und bewegt sich mit unverkennbarem Selbstbewusstsein, die Arme leicht von der Hüfte abgespreizt, wie um einem imaginären Waffengürtel Platz zu bieten. Als sie näher kommt, erkenne ich die Narbe auf ihrer Stirn.

Sie setzt sich in den Zeugenstand neben der Bankreihe der Jury. Sie sieht mich nicht an.

Der Gerichtsdiener erhebt die Stimme: »Ruhe, bitte.« Dann wendet er sich an Lozza, die unter Eid aussagen wird. »Sie schwören, dass Sie nach bestem Wissen die reine Wahrheit sagen und nichts verschweigen werden? Um dieser Vereidigung zuzustimmen, antworten Sie mit ›Ich schwöre es‹.«

»Ich schwöre es.«

Aber du wirst es bereuen.

Mein Blick ruht auf der Narbe an ihrer Schläfe.

Weil die Fehler, die du begangen hast, dein aufbrausendes Temperament, dein Hang zur Gewalt mir in die Hände spielen werden, Lozza Bianchi. Lorrington wird dich auseinandernehmen. Damit ich gewinne.

Zu dumm, dass dein kleines Mädchen erfahren muss, was seine Mutter wirklich ist. Ein Ungeheuer.

Adrenalin rauscht heiß durch meine Adern. Das Spiel hat begonnen. Ich habe Blut geleckt.

Konikova streicht über ihre Unterlagen. »Bitte nennen Sie dem Gericht Ihren vollständigen Namen.«

Die Polizistin beugt sich zum Mikrofon vor. »Detective Senior Constable Laurel Bianchi. Jarrawarra Bay. South Coast Police District.«

»Detective Bianchi, können Sie dem Gericht beschreiben, wo Sie sich vor etwas über einem Jahr am achtzehnten November befunden haben?«

Lozzas Blick huscht zu mir.

Fehler. Jetzt habe ich dich.

Doch während mir die Polizistin in die Augen sieht, spüre ich, wie mich leise eine schmale Klinge der Angst durchdringt. Vielleicht habe ich auch Lozza Bianchi falsch eingeschätzt.

Genau wie ich falsch eingeschätzt habe, wie furchtbar die Geschichte zwischen Martin und mir außer Kontrolle geraten würde, damals, als alles begann. In einer kalten Januarnacht auf der anderen Seite der Welt vor über zwei Jahren.

Damals

ELLIE

Vor über zwei Jahren, 9. Januar, Vancouver, BC

Es war ein stürmischer Tag. Der beißende Wind ließ die kahlen Zweige des Ahornbaums gegen die Fensterscheiben peitschen, als ich Chloes Festtagskleidchen endlich zusammenfaltete.

Sorgfältig, sanft legte ich es in einen Koffer auf die anderen Dinge, die Chloe gehört hatten und von denen ich mich immer noch nicht trennen konnte. Ich starrte die kleinen Kleider an, lauschte dem Wind. Erinnerungen stiegen in mir auf. Kleine Elefanten tanzten über das Kleid. Aus irgendeinem Grund hatte meine Tochter Elefanten geliebt.

Chloe hatte dieses Kleid an ihrem dritten Geburtstag getragen. Gerade erst sechsunddreißig Monate alt, und ihr ganzes Leben noch vor sich. Ihre Glieder waren immer noch kindlich rund. Ihr Lächeln so strahlend. Die Haut hauchzart. Diese Ahnung eines Versprechens, einer verheißungsvollen Zukunft, vibrierte um sie. Die Erinnerung an ihr ansteckendes kleines Kinderlachen, wenn ihr Daddy sie am Bauch kitzelte, erfüllte meine Seele. Vor meinem inneren Auge sah ich auf einmal ihre kleine Faust, um ein Sträußchen welkender Wildblumen geballt, die sie mir an einem Frühlingstag voller zitronengelbem Sonnenschein hinstreckte. Fast konnte ich mein kleines Mädchen riechen, ihren Körper in meinen Armen fühlen. Darauf folgte ein Gefühl, als würde ich ausgeschabt, ein gewaltiges Loch des Verlusts in meinem Bauch. Schmerz – selbst nach zwei Jahren war er noch immer körperlich spürbar. Drei Monate und zwei Tage nach dieser Geburtstagsfeier, nachdem sie dieses Kleid getragen hatte, war es passiert. Neununddreißig Monate und zwei Tage nachdem ihr Leben auf dieser Welt begonnen hatte.

Wofür?

Was zum Teufel hatte das alles zu bedeuten? Warum überhaupt noch weitermachen?

Eine Weile war mir alles gleichgültig gewesen.

Ein Teil von mir war an jenem Tag mit meinem Kind gestorben – ertrunken. In Folge dieser Tragödie war meine Beziehung zu Doug, unsere Ehe, verschrumpelt wie nie gepflückte Trauben an einem Rebstock.

Ich hatte alles an Doug ausgelassen. Ich hatte es an mir selbst ausgelassen. Wahrscheinlich war Dougs endgültiger Verrat schließlich nur die Strafe, die ich selbst auf mich herabbeschworen hatte. Meine Therapeutin hatte gesagt, dass meine Wut auf ihn nur die äußere Manifestation meiner eigenen Schuld sei. Sie hatte gesagt, dass ich meinen Ehemann quälen würde, um ihn dazu zu zwingen, mich zu hassen. Als eine Art Strafe für mich selbst. Sie hatte gesagt, dass ich die Schuldgefühle loslassen müsse, weil Chloes Tod nicht meine Schuld gewesen sei.

Da war ich mir nicht so sicher.

Vielleicht würde ich es im Grunde niemals sein.

Meine Therapeutin hatte mir geholfen, aber nicht rechtzeitig, um unsere Ehe zu retten. Wir hatten unser gemeinsames Leben um meine Schwangerschaft herum erbaut. Um die pränatalen Yogakurse, um die gefeierten Ultraschallbilder, Babypartys, Babyeinkäufe, um das Fest, auf dem wir verkündeten, dass es ein Mädchen war, um das Einrichten von Chloes Zimmer, um die Schwierigkeiten beim Stillen, um die Umstellung auf feste Nahrung, darum, einen Vorschulplatz zu reservieren, einfach darum, Eltern zu sein. Wir waren eine dreiköpfige Familie, und wir hatten vor, einmal zu viert oder vielleicht sogar zu fünft zu sein. Und dann waren wir auf einmal nichts mehr. Die Mutter, die Ehefrau, mein *Ich* existierten nicht mehr. Nach und nach verlor ich meine Freundinnen aus der Mutter-Kind-Gruppe. Ich hatte niemanden mehr, dem ich die wunderschönen Kinderbücher vorlesen konnte. Doug würde niemals die Stützrädchen von Chloes Kinderfahrrad abmontieren und ihr beibringen, wie man richtig fuhr. Ich hatte Kinderbücher illustriert, doch auf einmal konnte ich meiner Arbeit nicht mehr nachgehen. Ich hatte damit aufhören müssen.

Ich schloss die Augen und holte tief Luft. Es war Januar. Winter. Die Weihnachtshölle war vorüber. Neues Jahr. Schon bald würde es Frühling werden. Ein Neuanfang. Ein neues Ich. Eine neue Ellie.

Doug hatte im vergangenen Herbst wieder geheiratet. Es hatte mich innerlich zerrissen, doch mittlerweile war die Wut darüber, dass er mit dieser neuen Frau zusammen war, verschwunden. Ich hegte keine Fieberträume mehr, in denen ich ihnen beiden Gewalt antat. Dougs Hochzeit hatte etwas gelöst. Auf einmal war mir die Vorstellung unerträglich, länger in dieser Hülle eines Hauses zu sitzen und mich daran zu klammern, was ich mit Chloe und ihm hier geteilt hatte, während er damit beschäftigt war, sich am anderen Ende der Stadt ein neues Zuhause aufzubauen und neue Babys mit einer anderen in die Welt zu setzen. Auf einmal war ich frei, ich konnte alles loslassen – tatsächlich sehnte ich mich verzweifelt danach.

Im nächsten Monat würde ich in eine Wohnung in die Innenstadt ziehen. Es war eine der Immobilien meines Vaters, ich würde also nicht an einen langwierigen Mietvertrag gebunden sein oder Ähnliches, falls es nicht funktionierte. Ich hatte einige Aufträge angenommen, um mich langsam wieder ins Illustrationsgeschäft vorzutasten. Ich würde nach und nach mehr Aufträge annehmen können. Oder ich konnte einfach verschwinden, reisen, alles, was ich wollte.

Ich klappte den Kofferdeckel zu und schloss den Reißverschluss. Es war ein zufriedenstellend endgültiges Geräusch. Als ich den Koffer vom Bett wuchtete, fiel mein Blick auf die Kissen auf der Seite des Betts, auf der Doug früher geschlafen hatte, und wie aus dem Nichts überfiel mich die Sehnsucht danach, wieder in den Armen gehalten zu werden. Während Schneeregen gegen die Fenster schlug und die tief hängenden, dunklen Wolken mich niederzudrücken schienen, versuchte ich mich daran zu erinnern, wann ich zuletzt einen wirklich bedeutungsvollen Kontakt zu einem anderen Menschen gehabt hatte – eine lange Umarmung, ein inniger Händedruck. Mein Herz zog sich zusammen, der Schmerz war so ursprünglich und unverhüllt, dass ich an die verlassenen Hunde in ihren Käfigen im Tierheim denken musste, die darauf warteten, adoptiert zu werden. Gestreichelt und geliebt zu werden. Ich dachte daran, wie sie hin und her liefen, wie sie sich verzehrten, dahinwelkten und starben, wenn sie niemand zu sich holte. Eine liebevolle Berührung war für Tiere und Menschen wie Sonnenschein und Wasser für Pflanzen.

Ich schüttelte diese Gefühle ab und zog den Koffer zur Tür. Die Umzugshelfer würden morgen hier sein. Ich war bereit. Bei meiner letzten Therapiesitzung hatte meine Therapeutin gesagt, wenn ich Chloes Sachen wegräumte, würde das nicht bedeuten, dass ich mein kleines Mädchen vergessen wollte, sondern dass ich endlich einen Weg gefunden hatte, mit meinem

Verlust zu leben. Ich durfte nicht erwarten, dass mein Schmerz ein versöhnlicher und gutmütiger Begleiter sein würde. Das Trauermonster würde mir trotzdem unvorhergesehen auflauern, hatte sie gesagt. Immer und immer wieder. Unberechenbar. Wankelmütig. Bösartig. Trügerisch. Es ging darum, es als das zu erkennen, was es war, wenn es zuschlug – das Monster –, und darum, freundlich zu mir selbst zu sein und von anderen nicht zu erwarten, dass sie verstanden, was ich durchmachte. Denn es gab keine vorgeschriebene Chronologie der Phasen und Prozesse, die man durchlaufen musste … für jeden war es anders.

Später, als ich das Haus verließ, um mich mit meinem Vater zu einem besonderen Geburtstagsessen zu treffen, nur er und ich, trug ich neue kniehohe Stiefel mit sehr hohen Absätzen, ein schwarzes Jerseykleid, in das ich zum ersten Mal seit Langem wieder hineinpasste, und dunkelroten Lippenstift. Mein Haar war schimmernd gebürstet und fiel mir offen über den Rücken. Ich fühlte mich stabil. Mutig. Zuversichtlich.

Dieses Mal, versprach ich mir selbst, würde zwischen mir und meinem Dad alles gut gehen.

Damals

ELLIE

In der Lobby des Hartley Plaza Hotel am Strand von Vancouver war viel los. Hauptsächlich tummelten sich dort Menschen in Businesskleidung mit Namensschildchen, die offenbar alle wegen der AGORA Convention hier waren. AGORA war ein weiterer der brillanten Einfälle meines Vaters. Eine Veranstaltung, die vermögende Risikokapitalanleger mit Visionären zusammenbringen sollte, die finanzielle Rückendeckung für ihre Projekte brauchten. Ich bahnte mir einen Weg durch die Menschengruppen bis zur Mallard Lounge.

In der Lounge war es kein bisschen ruhiger. Die Gäste saßen in niedrigen Ledersesseln um tiefe Tische mit flackernden Kerzen. Entlang der gegenüberliegenden Wand verlief eine dunkle Holztheke, dahinter hingen große Spiegel. Ein Klavierspieler saß an einem Stutzflügel und sorgte für dezente Jazzmelodien. In einem gewaltigen Kamin brannte ein Feuer. Deckenhohe Fenster boten Sicht auf den Wasserflugzeughafen, und draußen verwandelte sich der Regen langsam in Schnee.

Ich wartete am Empfang und suchte unter den Gästen nach meinem Vater. Fast sofort entdeckte ich ihn. Groß, mit einem silbernen Haarschopf, der einen angenehmen Kontrast zu seiner Sonnenbräune bot. Dabei dachte man sofort an Jachten und Reisen und exotische Orte. Man konnte ihn kaum übersehen, diesen distinguierten Sterling James Hartley.

Die Empfangsdame nahm mir den Mantel ab, und ich strich mein Kleid über der Hüfte glatt. Als mein Vater mich sah, sprang er auf und hob die Hand. Die Leute drehten sich nach ihm um. Betrachteten ihn. Immer. Was mein Vater auch tat, ihm galt stets alle Aufmerksamkeit. Er strahlte diese Art von Energie aus. Er nahm Raum ein. Ich spürte das Aufflackern von Vorfreude.

»Ellie! Hier drüben.«

Ich lächelte und schob mich eilig zwischen den Tischen hindurch auf ihn zu, wobei ich mir der Blicke bewusst war, die auf mir ruhten. Ich hatte mir mit meiner Erscheinung Mühe gegeben, was ihm hoffentlich gefallen würde. Gleichzeitig verachtete ich mich selbst dafür, dass ich überhaupt Wert auf sein väterliches Kopfnicken legte. Dann sah ich die Frau an seiner Seite – die Frau, die bis jetzt von der gewaltigen Lehne ihres Sessels verborgen worden war. Gertenschlank und höchstens zehn Jahre älter als ich. Ihr platinblonder Longbob saß perfekt, und sie hatte einen Schmollmund. Meine Laune sank in den Keller.

»Ellie, das hier ist Virginie Valente«, sagte mein Vater. »Sie kommt aus Mailand.«

Ich brachte ein verkrampftes Lächeln zustande, als er mich auf die Wange küsste, und sagte ihm leise ins Ohr: »Alles Gute zum Geburtstag. Ich dachte, heute Abend wären es nur du und ich.«

»Ach, wirklich?« Dad grinste und trat einen Schritt zurück. »Ich war der Meinung, es wäre eine großartige Gelegenheit, damit Virginie und du euch kennenlernen könnt.«

Ich setzte mich.

Virginie lächelte. »Es ist so schön, dich zu sehen, Ellie.«

»Ja. Reizend.« In diesem Moment beschloss ich, meinem Vater das Geschenk nicht zu geben, das ich für ihn in meiner Handtasche hatte.

»Was kann ich dir bestellen, Ellie? Virginie und ich trinken gerade einen Whisky, und …«

»Wein«, antwortete ich. »Sloquannish Hills Pinot gris. Danke.« Damit hatte ich das Gift meiner Wahl benannt. Auf einmal lechzte ich danach, und ich wollte unbedingt wenigstens in einem Punkt die Kontrolle übernehmen an diesem runden, niedrigen Tisch, an dem ich eindeutig das fünfte Rad am Wagen und zutiefst verbittert darüber war.

Der Kellner brachte die Flasche und hielt meinem Vater gekonnt und unterwürfig das Etikett hin, damit er es studieren konnte.

»Schon gut«, sagte ich zum Kellner. »Er trinkt so was nicht. Der Wein ist für mich.«

Die Augen meines Vaters wurden schmal, und er musterte mich. Meine Wangen brannten. Virginie rutschte auf ihrem Platz herum und griff nach ihrem Glas, um die Anspannung zu durchbrechen.

Der Kellner goss einen kleinen Schluck zum Probieren in mein Glas.

»Lassen Sie die Flasche einfach hier. Danke.«

Während sich der Kellner zurückzog, griff ich nach der Flasche und schüttete Wein in mein Glas. Schön voll. Er war herrlich kühl. Kleine Tautropfen bildeten sich außen am Glas. Ich trank einen großen Schluck. Vertraute Wärme breitete sich in meiner Brust aus. Wie die Umarmung eines alten Freundes. Schon fühlte ich mich besser. Ich trank noch ein paar weitere Schlucke, bis der angenehme Schwindel einsetzte. Irgendwo war mir bewusst, dass ich mich hatte ködern lassen. Ich wusste, dass elektrische Impulse in meinem Hirn gerade neuronale

Verbindungen entlangrasten. Tief eingefahrene Spurrillen, die meine aus der Trauer über mein verlorenes Kind entstandene Sucht gegraben hatte. Im Grunde war ich schon fort, verloren in einem alten Bewältigungsmechanismus. Jedenfalls für diesen Abend.

Schweigend sah mich mein Vater an.

Ich zuckte mit den Schultern und fragte mich, ob er Ms Mailand hier wohl erzählt hatte, dass seine Tochter nach dem Tod seines kleinen Enkelkindes gefährlich weit in den Abgrund des Alkohols und der verschreibungspflichtigen Medikamente gerutscht war.

Eine depressive Säuferin, genau wie ihre Mutter ...

Wahrscheinlich nicht. Ich trank einen weiteren Schluck Wein. Wahrscheinlich hatte Dad schon vergessen, dass er überhaupt eine Enkeltochter gehabt hatte. Er musste auf der ganzen Welt Kinder und Enkel haben, von denen ich nichts wusste.

»Wollen wir uns mal die Speisekarte anschauen?«, fragte Virginie mit einem Akzent à la Sophia Loren. Eine Femme fatale aus Europa, die sich benahm wie in einem alten James-Bond-Film. Zum Kotzen. Teure Ringe. Teuer manikürte Fingernägel. Vielleicht war sie nicht einmal ganz so jung. Nur gut erhalten. Mit Schönheitsoperationen? Ich beugte mich vor, um sie genauer zu betrachten. Der Alkohol nahm mir bereits die Hemmungen. Ja, die Lippen waren kosmetisch aufgepolstert, entschied ich. Tatsächlich war ich mir da sicher. Bei der Oberlippe hatte man es etwas übertrieben. Ich konnte vergrößerte Lippen nicht ausstehen. Die Frauen sahen damit aus wie Enten. Genau genommen *hasste* ich aufgefüllte Lippen. Sie machten mich ehrlich gesagt richtig aggressiv. Vage schimmerte das Bild von Dougs neuer Frau vor meinem inneren Auge, und rasch griff ich nach meinem Glas und nahm einen weiteren tiefen Schluck.

»Ich nehme das Charcuterie-Brett«, beschloss Virginie.

»Und ich nehme die Ente«, sagte ich mit Blick auf ihre Lippen. Ich kannte die Speisekarte. Doug und ich waren mit meinem Dad oft im Mallard gewesen. Bevor Chloe ertrunken war. Doug und Daddy hatten sich gut verstanden, weil Doug wie er in der Immobilienbranche war. Daddy hatte einige der großen Projekte meines Ex-Manns finanziert, was für sie beide sehr gewinnbringend gewesen war.

Mein Vater gab die Bestellung auf. Ich machte gute Fortschritte mit meiner Weinflasche. Das Essen kam.

Virginie griff nach ihrer Gabel. »Also, Ellie ...«

»Wie bitte?«

Sie wirkte verwirrt.

Ich malte vor meinem Ohr Kreise in die Luft. »Tut mir leid, ich kann dich nicht verstehen – du musst lauter sprechen. Die Musik ist so lärmig. Die Leute hinter mir schreien so.«

Sie sah zu dem Tisch direkt hinter mir, wo eine Brünette in ihrem Ledersessel saß und stumm durch ihr Smartphone scrollte. Ihr gegenüber saß eine andere Frau, die schweigend auf ihrem iPad arbeitete, während sie an einem Glas Wein nippte.

Virginie beugte sich weiter zu mir vor, bis ich ihre Lippen genau vor Augen hatte, und sagte: »Dein Vate*rrr* hat mir e*rrr*-zählt, dass du in eines seine*rrr* Apa*rrr*tments in de*rrr* Innenstadt ziehst.«

Ich goss den letzten Schluck Wein in mein Glas. »Hat Daddy dir auch erzählt, dass ihm das ganze Gebäude gehört, mit allen Apa*rrr*tments?«

»Ellie«, warf mein Vater warnend ein.

Ich ignorierte ihn und hob die Hand, um den Kellner zu rufen. Ich deutete auf meine leere Flasche und machte ihm ein Zeichen, damit er eine neue brachte.

»Ellie«, wiederholte er. »Schau mich an.«

Ich begegnete seinem Blick. Seine scharfen blauen Augen blitzten, und er hatte die Brauen darüber gesenkt. Ein gefährliches Zeichen.

»Jep?«

»Bist du sicher, dass du so viel trinken solltest? Nach dem, was passiert ist?«

Zornig starrte ich ihn an, und auf einmal hämmerte mein Herz wild. »Du meinst, nach dem, was nach Chloes Tod passiert ist? Meinst du das, Dad?«

Sanft legte Virginie meinem Vater die manikürte Hand auf den Unterarm, um ihn zu beschwichtigen, dann wandte sie sich wieder an mich. »Ich wohne in einem Hotel in der Innenstadt, solange ich in Vancouver bleibe. Wir könnten uns zum Kaffee treffen, Ellie, oder zusammen in ein Spa gehen …«

»Ja, klar.« Ich griff nach der frischen Flasche Wein, schenkte mir nach und knallte die Flasche wieder auf den Tisch. Ich nahm mein Glas und trank einen Mundvoll. »Klingt fantastisch. Ich würde gern ein bisschen Spaß mit dir haben, bevor mein Vater dich wieder eintauscht.« Ich sprach laut. Ich spürte, dass die Leute an den Tischen um uns herum die Ohren spitzten, aber es war mir egal, ob mich irgendjemand hörte. Ob irgendjemand hörte, wie sich die »haltlose Hartley-Erbin« – wie mich irgendein Boulevardblatt einmal genannt hatte – in dem Hotel, das den Familiennamen trug, mit ihrem Vater stritt. Ich hatte genug. Genug von meinem ständig abwesenden Vater. Von seinen Frauen. Von meinem alten Leben. Ich hatte genug von der alten Ellie, die einfach alles in sich aufsaugte wie ein Schwamm, um dann triefend vor toxischen Gedanken und Gefühlen wieder nach Hause zu gehen. Ich hatte genug von Daddys Goldgräberweibchen in ihren Designeroutfits, die über Luxusjachten oder Abenteuertrips und Spa-Behandlungen plapperten. »Der Durchschnitt pro Freundin liegt bei etwa fünfzehn Monaten. Höchstens.«

»Du solltest Virginies Angebot annehmen, Ellie«, gab mein Vater zurück. Knapp, kalt. »Sie ist eine fantastische Fitnesstrainerin. Sie könnte dir ein paar Tipps fürs Abnehmen geben.«

Wumm. Ich starrte ihn an, mit offenem Mund, das Glas auf halbem Weg zum Mund in der Luft.

»Ich habe eine Menge abgenommen«, sagte ich leise und stellte mein Glas ab. »Ich hatte gehofft, es würde dir auffallen.«

»Ellie.« Er beugte sich vor. »Du bist schon weit gekommen, aber …«

»Ach, ihr beiden!« Virginie lachte atemlos und wedelte mit der Hand durch die Luft, wie um die Spannung zu vertreiben. »Ihr erinnert mich an meinen eigenen Vater und mich selbst. Wir haben uns immer furchtbar gestritten wegen …«

»Ellie streitet nicht«, kommentierte mein Vater. »Ellie ist passiv-aggressiv. Die stillen Wasser vergisst man gern. Die Schlangen im Gras.«

Meine Augen brannten.

Hastig wechselte Virginie wieder das Thema. »Ich habe gehört, dass du Kinderbücher malst, Ellie?«

»Ich illustriere«, antwortete ich, ohne meinen Vater aus den Augen zu lassen. »Ich habe Bildende Kunst und Englische Literatur studiert.«

»Wie cha*rrr*mant«, gurrte sie. »Hast du schon daran gedacht, deinen eigenen Verlag zu gründen? Kinderbücher zu veröffentlichen?«

Ich atmete tief durch, senkte den Blick und schenkte mir noch mehr Wein nach. Sorgfältig dachte ich darüber nach, was ich antworten sollte. Denn ja, ich hatte tatsächlich schon daran gedacht. Es war ein Traum, der mir sehr am Herzen gelegen hatte und der mit jeder Gute-Nacht-Geschichte für Chloe ein wenig weitergewachsen war. Ein Traum, der gestorben war, als ich mein kleines Mädchen verloren hatte.

»Virginie hat recht.« Mein Vater betupfte sich den Mund mit einer Leinenserviette und griff nach seinem Scotch. »Das ist eine fantastische Idee. Du fängst mit Kinderbüchern an, und dann, wenn du Fuß gefasst hast, könntest du dich an ein paar richtige Bücher wagen.«

»Richtige Bücher?«

»Du weißt, was ich meine.« Er nippte an seinem Whisky.

»Nein, das weiß ich nicht. Meinst du, Kinderbücher sind so etwas wie Stützräder, bis man mit etwas Wichtigerem anfängt?«

»Was ich sagen will, ist, dass du dich nicht von dem, was du früher getan hast, davon abhalten sollst, in die Zukunft zu wachsen. Nur weil es einfach oder bequem ist, bedeutet es nicht, dass du an diesem Punkt bleiben musst. Veränderungen sind schwer. Immer. Aber du kannst sein, wer und was auch immer du sein willst, Ellie.« Er lehnte sich in seinem Ledersessel zurück, das Whiskyglas in der Hand. »Ich will sagen, dass du nicht zulassen darfst, dass deine Tragödie dich formt. Verändere die Geschichte. Sei ein Chamäleon. Pass dich an.« Er deutete mit dem Glas auf mich. »Es liegt an dir.«

Alles Blut wich mir aus dem Gesicht. Ein Summen setzte in meinen Ohren ein.

»Ich meine es ernst«, fuhr er fort. »Wir alle wählen unsere ganz eigene Lebensgeschichte, die Geschichte, die wir über uns selbst glauben wollen. Wenn wir nur stark genug an eine neue Geschichte glauben, dann werden andere das auch tun.« Er trank einen Schluck. »Tatsächlich ist das zum Teil der Grund, warum ich dich gebeten habe, dich heute Abend zu uns zu gesellen.«

Natürlich gab es einen Grund. Wie hatte ich nur so dumm sein können, anzunehmen, dass dies einfach ein Treffen zwischen Vater und Tochter an seinem fünfundsechzigsten Geburtstag werden sollte? Eine quecksilberne Erinnerung flackerte auf – die Freude und das Staunen auf Chloes Gesicht, wenn ich ihr ihre Lieblingsgeschichte vorlas. Mal wieder. Weil sie mich – mal wieder – darum gebeten hatte. Der Klang ihres Lachens an den lustigen Stellen. Ihr dicker kleiner Finger, mit dem sie auf die Bilder zeigte. Heiße Tränen stiegen in mir auf. Diese Momente, die ich mit Chloe geteilt hatte, *waren* echt. Diese Bücher *waren* echt. Lebensweisheit, verpackt in Fantasie. Meine Arbeit, durch die ich dabei half, Kinderbücher zu erschaffen, war wertvoll.

Ich hatte einen gewaltigen Fehler gemacht, als ich beschlossen hatte, an diesem Abend hierherzukommen. Ich hatte gedacht, es wären nur wir beide, und in der »Geschichte«, die ich mir ausgedacht hatte, waren die Worte meines Vaters folgende gewesen: *Hey, du siehst hübsch aus, Ellie. Du hast abgenommen. Du bist stark. Ich bin so stolz auf dich, weil du es geschafft hast, das alles durchzustehen …* Wie hatte ich solche Gedanken nur zulassen können? Was für eine Frau Mitte dreißig brauchte noch die Zustimmung und Liebe ihres Vaters? Was für eine Frau brauchte einen Ehemann, die Berührung eines Mannes … den Duft des Haars ihres Kindes, das Gefühl eines kleinen Körpers in den sehnsüchtigen Armen?

»Ich meine es ernst, Ellie. Bring mir eine Idee – irgendeine. Ein Verlagsprojekt, ein Kunstunternehmen, vielleicht eine Galerie, ein Einzelhandelsgeschäft. Wenn du mir einen halbwegs vernünftigen Businessplan erstellst, dann werde ich dein Unternehmen finanzieren. Du hast das Spiel hier und jetzt gewonnen.« Er machte mit dem Glas eine ausschweifende Geste. »Die Hälfte der Leute hier in diesem Hotel möchte in diesem Augenblick nichts lieber, als an deiner Stelle zu sein und eine solche Gelegenheit zu bekommen.« Er beugte sich vor. »Du könntest ein maßgeschneidertes kleines Unternehmen führen und nur die Projekte annehmen, die dich wirklich interessieren …« Seine Worte verschwammen zu Hintergrundrauschen, während die Musik immer lauter wurde und der Klang des Stimmengewirrs in meinem Kopf toste.

Klein.

Maßgeschneidert.

So *maßgeschneidert* wie Virginie mit ihrem kosmetisch aufgepusteten Entenschnabel. Ich starrte ihn an. Er hatte nie respektiert, was ich tat. Er hatte *mich* nie respektiert. Seit dem Tod meiner Mutter, als ich neun Jahre alt gewesen war, hatte er mich nur als lästigen Dorn im Auge betrachtet. Ich nahm mein Glas und leerte es. »Deshalb bin ich also hier?«, sagte ich leise und schenkte mir nach. »Du willst ein bisschen Geld für mich hinauswerfen – für dein kleines Ellie-Problem, bevor du und deine neue Herzensdame hier euch auf irgendein jahrelanges Midlife-Crisis-Abenteuer begebt?« Ich wusste, dass er eine große Reise plante. Was ich allerdings nicht gewusst hatte, war, dass er eine Frau mitnehmen würde. Aber natürlich tat er das. »So wie du immer nur Geld in mich investiert oder mich an irgendeinem kostspieligen Ort geparkt hast, seit Mum gestorben ist. Für dich sind alle elterlichen Pflichten damit erledigt, was?«

Er blinzelte.

»Ja.« Meine Stimme wurde lauter, was sogar mich selbst überraschte. »Ich hätte schon längst den Mut aufbringen sollen, dir das ins Gesicht zu sagen. Ich hätte weniger … wie hast du es doch genannt? ›Passiv‹ sein sollen. Du denkst, du musst nur ein paar Millionen in den Wind schießen« – meine Stimme wurde schrill, aber ich konnte mich einfach nicht mehr beherrschen – »und mir irgendein Risikoprojekt vor die Nase halten, als wäre ich einer dieser geldgierigen Speeddater, die für die Konferenz hergekommen sind. Und schon kannst du deine Hände in Unschuld waschen, weil du dein kleines Ellie-Problem endlich losgeworden bist und frei sein kannst. Jetzt, nachdem du die fünfundsechzig erreicht hast und die letzten Jahrzehnte deines Lebens genießen willst!«

Virginie ließ ihren entsetzten Blick über die Leute an den Tischen um uns herum schweifen. Sie waren verstummt und lauschten nun unverhohlen. Ein, zwei von ihnen sahen in unsere Richtung, wandten den Blick dann jedoch rasch wieder ab.

Ich konnte die Schlagzeilen der Klatschspalten schon jetzt vor mir sehen. *»Hartley-Erbin« erleidet weiteren Nervenzusammenbruch in der Öffentlichkeit. Sterling James Hartley und seine Treuhandfonds-Tochter geraten bei seiner berühmten AGORA Convention im Hartley Plaza in Streit.*

Mittlerweile zitterte ich leicht von dem Adrenalin, das durch meine Adern rauschte. »Du glaubst wirklich, mit Geld könntest du alles lösen, was? Vielleicht hättest du einfach mal versuchen sollen, mir ein einziges Mal eine Gute-Nacht-Geschichte vorzulesen, als ich noch klein war, oder du hättest deine Enkeltochter …«

»Sprich leiser«, knurrte er.

»Ach, nicht passiv genug für dich?«

»Es ist nur ein Angebot, Ellie. Etwas, mit dem du dich beschäftigen kannst und das dir dabei hilft, dich von … den Dingen abzulenken. Damit du raus und wieder unter Menschen kommst. Selbstständige Arbeit ist so einsam. Du sitzt ganz allein in deinem Atelier. Das ist nicht gut.«

Ich starrte ihn an, mein Herz hämmerte. Ich wollte ihm entgegenschleudern, dass ich *gern* allein war. Aber er hatte recht. Ich brauchte Gesellschaft. Ich brauchte eine Familie. Keine Finanzierung.

Virginie und mein Vater wechselten einen Blick. Er nickte und hob die Hand, um die Rechnung kommen zu lassen. Dann beugte er sich vor und nahm meine Hand in seine. Groß, warm. Das neunjährige Mädchen in mir verzehrte sich vor Sehnsucht.

»Virginie und ich gehen jetzt. Wir haben heute Abend noch eine andere Verabredung.«

Ich nickte mit verkniffenem Mund.

»Wir rufen dir ein Taxi.«

Ich schwieg.

»Du sollst nur wissen, dass das Angebot steht. Was auch immer du willst, was auch immer du dafür brauchst. Vielleicht möchtest du es ja auch einmal mit der Immobilienbranche versuchen, wie früher mit Doug …«

»Das war Dougs Sache. Nicht meine.«

Seine Kiefermuskeln spannten sich. Wieder nickte er. »Ruf mich an. Virginie und ich brechen bald zu unserer Tour auf und haben zwischendurch vielleicht eine ganze Weile lang keinen Handyempfang. Besonders in der Sahara oder auf der Reiseroute durch die Antarktis gegen Ende des Jahres. Solltest du mich einmal nicht persönlich erreichen können, dann ruf Sarah Chappel an – sie ist meine neue persönliche Assistentin im Büro. Ich hinterlasse ihr entsprechende Anweisungen. Dasselbe gilt für meinen Rechtsberater. Er kann sich dein Angebot ansehen und den Ball ins Rollen bringen, damit du loslegen kannst.«

Er erhob sich. Virginie tat es ihm hastig nach. Endgültigkeit. Ich konnte es fühlen. Ich war vierunddreißig. Mittlerweile sollte ich über meinen Schmerz hinweggekommen sein, und mein Vater zahlte mich aus, damit er sich ohne schlechtes Gewissen auf seine Weltreise konzentrieren konnte. Seine Pflicht war getan. Dieser Gedanke hallte in meinem Kopf nach wie der Klang einer Kirchturmglocke. Sterling Hartley unterschrieb seinen letzten Scheck. Sein Gewissen war rein.

»Mach dir keine Mühe wegen dem Taxi«, sagte ich.

»Ellie …«

»Ich bleibe noch. Trinke noch etwas.«

Er musterte mich.

»Hey, du hast doch gerade selbst gesagt, dass ich mehr unter Menschen muss. Tja, jetzt bin ich es.«

Er zögerte, dann küsste er mich flüchtig auf die Wange. Ich winkte den Kellner herbei und bestellte einen Martini, während ich meinem Vater nachsah, der zur Bar ging. Er lehnte sich über den Tresen und sagte etwas zu dem Barkeeper, der einen rasierten Schädel und einen dunklen Bartschatten aufwies und wie ein Wrestler gebaut war. The Rock warf einen Blick in meine Richtung und nickte. Wahrscheinlich hatte mein kontrollsüchtiger Vater ihn angewiesen, ein Auge auf sein unberechenbares erwachsenes Kind zu haben. Einen Moment lang wollte ich glauben, dass ich ihm etwas bedeutete. Doch es war viel wahrscheinlicher, dass sich mein soziopathischer Erzeuger darum sorgte, ich könnte eine Szene machen und ihn noch weiter beschämen.

Ich wandte ihm den Rücken zu und betrachtete mein Spiegelbild in den großen Fenstern. Langes, schimmerndes Haar, so dunkel, dass es fast schwarz war. Blasser Teint. Eng anliegendes Kleid. Kniehohe Stiefel. Gar nicht übel. In einem Versuch, eleganter zu wirken, schlug ich die Beine übereinander. Mein Martini kam, und als ich die ersten Schlucke trank, läutete mein Handy.

Ich stellte das Glas ab und kramte in meiner Handtasche. Dana. Mein Herz zog sich zusammen. Ich vermisste Dana schrecklich. Ich vermisste alle meine früheren Freundinnen – unsere Streifzüge durch die Nacht. Das war alles viel zu lange her. Eilig nahm ich ab.

»Ellie«, rief Dana, sobald ich das Handy am Ohr hatte. »Was hast du heute Abend vor? Ich könnte ein paar Drinks vertragen.«

»Wegen Tom?«

Ein tiefes Lachen. »Wie hast du denn das erraten? Ja, wir haben uns mal wieder gestritten. Seine Arbeit ist schuld. Der Stress.«

Ich lächelte, auf einmal selig betrunken. Begeistert von der Vorstellung, Dana zu sehen. »Wir treffen uns in der Mallard Lounge im Hartley«, sagte ich. »Ich bin schon hier, gut vorgeglüht, und ich könnte einen Mädelsabend mit einer alten Freundin auch verdammt gut brauchen.«

Dana versicherte, dass sie in ein paar Minuten da sein würde. Sie wohnte gleich um die Ecke. Ich legte auf, und während ich mein Handy wieder in die Tasche schob, fiel mein Blick in der Reflexion der Fensterscheibe auf die Brünette, die immer noch hinter mir saß. Sie schien mich zu beobachten, während sie leise in ihr Handy sprach. Ich sah nach links. Dort saß ein Mann. Der mich ebenfalls im Auge behielt. Ich blickte mich im Raum um und spürte das plötzliche Aufflackern eines unguten Gefühls. Wie laut war ich wirklich gewesen?

Damals

ELLIE

Dana kippte einen Tequila-Shot und knallte ihr Glas hart auf den Tresen. Ihre Wangen waren rot, ihre Augen leuchteten. »Scheiß Männer!«

Ich lachte. Nach meiner Boho-Freundin drehten sich alle Köpfe um. Sie legte gern Tarotkarten, meditierte und maß ihren Puls nach einem »Waldbad« – etwas, das normale Menschen einfach einen Waldspaziergang nannten. Ihr Haar war dicht und wellig und kastanienbraun, ihre Haut klar und schön. An diesem Abend trug sie einen langen Rock, Lederstiefel, große Kreolen und ein breites Lächeln. Dana sprühte vor Leben, ein drastischer Kontrast zu meiner niederschmetternden Situation. Ihre Anwesenheit an diesem Abend entzündete einen Funken Neid in mir, begleitet von tiefer Zuneigung. Ich wollte ein bisschen Feuer. Ich wollte mich dem Abgrund der Depression und Trauer nicht ergeben, der sich beim Anblick der neuesten Freundin meines Vaters vor mir aufgetan hatte.

»Scheiß auf alle!«, pflichtete ich ihr nicht weniger inbrünstig bei und kippte meinen eigenen Tequila. Ich winkte The Rock, damit er uns eine weitere Runde brachte. Wir bestellten mehr

Essen und noch mehr Alkohol. Und wir lachten. Prustendes Gelächter, bis uns der Bauch wehtat. Voller Wärme und Freundschaft. Als ich auf die Uhr sah, war ich überrascht, wie spät es schon war. Die Umzugshelfer würden früh am Morgen auftauchen. Ich musste meine Siebensachen packen und machen, dass ich ins Bett kam.

»Gott, also das … das hab ich wirklich gebraucht, Dana. Danke.«

Sie stupste mich auf die Nase und stieß ein leises Grunzen aus. »Du lallssst.«

»Hast du gerade gegrunzt? Du hast gegrunzt!«

»Hab ich nicht.«

»Doch, hassst du.«

Wir prusteten los und neigten die Köpfe zueinander. The Rock ließ uns nicht aus den Augen. Ich flüsterte Dana ins Ohr: »Was glaubs du, wie viel Daddy ihm bessahlt hat?« Mit dem Daumen deutete ich auf den Barkeeper. »Dem da, The Rock.«

Sie kicherte, hickste, riss sich dann zusammen und richtete sich auf. »Wir sind erwachsen, Ellie. Erwachsene benehmen sich nicht so.« Sie versuchte, eine ernste Miene aufzusetzen, doch ihre Mundwinkel zuckten.

Wieder brachen wir in kreischendes Gelächter aus. Schließlich fragte ich: »Wird man jemals wirklich erwachsen?«

Sie griff nach ihrer Handtasche auf dem Tresen. »Wahrscheinlich.«

»Nein, ich meine das ernst. Manchmal fühle ich mich immer noch wie ein kleines Mädchen. Es ist, als wäre mein neunjähriges Selbst mein wahres Ich, das nur in diesem erwachsenen Körper lebt.«

Sie hielt inne, und ihre Miene wurde ernst. Sie zögerte. »Meine Großmutter hat etwas ganz Ähnliches gesagt, bevor sie gestorben ist. Sie hat gesagt, dass sie sich im Innern immer noch wie ein kleines Mädchen fühlt, dass die Leute um sie herum sie aber wie diese dumme alte Frau behandeln, die einfach zu langsam ist für diese schnelle, junge Welt.«

»Und jedes Mal, wenn ich meinen Vater sehe, werde ich wieder zu diesem kleinen Mädchen. Es ist, als würde er irgendeinen Schalter umlegen.«

»Wehr dich nicht dagegen, Ellie. Mach einfach dein Ding. Mach dir wegen ihm keinen Kopf.«

Wieder nickte ich und kramte in meiner Handtasche nach einem Taschentuch. Ich schnäuzte mich. Da fiel mir die Frau auf, die neben Dana an der Bar saß. Sie tippte auf ihrem Handy herum und saß ein bisschen zu nah bei uns. Offenbar belauschte sie uns. Neben ihr gab es einen freien Platz – sie hätte ein Stück rücken können. Etwas in mir wurde ganz still. War das dieselbe Frau, die beim Abendessen hinter mir gesessen hatte? Ich konnte nicht klar denken. Sicher war ich mir nicht. Kurz begegneten sich unsere Blicke, dann sah sie weg. Ihr zu einem eleganten Bob geschnittenes Haar strich ihr über die Schultern. Designerjackett und Designerrock. Schlank und sportlich. Eine Geschäftsfrau. Wahrscheinlich war sie wegen der AGORA Convention hier. Eine leise Sehnsucht erfüllte mich. Mehr zu sein. Ein bisschen mehr wie diese kultivierte Geschäftsfrau oder ein bisschen mehr wie Dana. Mein Vater hatte recht. Ich *konnte* diese Frau werden. Ich konnte alles sein. Ich musste mich nur dafür entscheiden.

»Weißt du, Ellie, ich finde, du solltest es tun.«

Ich richtete meine Aufmerksamkeit wieder auf Dana. »Was?«

»Sein Geld nehmen.«

Ich versetzte ihr einen Blick.

»Nein, ich meine das ernst. Über wie viel Geld sprechen wir hier?«

Das beantwortete ich mit einem trockenen Lachen. »Du weißt doch, was er wert ist. Forbes-Magazine-Listen und so. Wahrscheinlich könnte ich so viel haben, wie ich will.«

»Auch … mehrere Millionen?« Auf einmal wirkte Dana vollkommen nüchtern.

Ich nickte.

»Tja, und was willst du?«

Ich betrachtete mich im Spiegel hinter der Bar. Was wollte ich?

Ich wollte Chloe zurück. Ich wollte das, was ich mit Doug gehabt hatte. Ich wollte wieder diese kleine Familie sein. Ich wollte jemanden, der stolz auf mich war. Ich wollte mit meiner Kunst weitermachen. Meine Bedürfnisse waren nicht extravagant. »Der Titel der Hartley-Erbin ist an mich total verschwendet«, sagte ich leise. »Eine riesengroße Geldverschwendung.«

»Ja«, gab sie zurück. »Ist echt mies, wenn man reich ist.«

Ich schnaubte.

»Im Ernst, Ellie, denk darüber nach.« Sie sah auf ihre Uhr. »Oh, Mist. Ich muss nach Hause. Morgen muss ich früh raus. Kommst du allein heim?«, fragte sie, während sie von ihrem Barhocker glitt.

»Ist ja nur eine kurze Taxifahrt über die Brücke. Und du?«

»Ich gehe zu Fuß. Ist nur ein Block. Das kriege ich hin. Das ist das Schöne daran, wenn man in der Innenstadt wohnt – man ist überall gleich da. Wird dir gefallen.«

Ich nickte.

Sie küsste mich auf die Wange, und wir umarmten einander.

»Oh … oh, warte, warte.« Sie wühlte in ihrer Handtasche herum und zog ihr Handy hervor. »Das muss ich zur Erinnerung festhalten.« Sie rief The Rock rüber. »Könnten Sie?«

Er lächelte und nahm Danas Handy.

Die Arme umeinandergeschlungen strahlten wir betrunken vor dem Hintergrund der Lounge in die Kamera.

»Mit meinem auch.« Ich reichte dem Glatzkopf auch mein Handy.

Er schoss ein Foto, zoomte und schoss noch eines. Wir hatten ein albernes Grinsen im Gesicht.

Auf einmal wirkte Dana wieder seltsam nüchtern. »Lass von dir hören, ja?«

»Mache ich. Versprochen.«

Und ich meinte es auch so. An diesem Abend einfach loszulassen war die richtige Entscheidung gewesen. So etwas hatten wir schon viel zu lange nicht mehr gemacht. Ich sah Dana nach, während sie sich durch die Tische in Richtung Ausgang schlängelte. Allmählich leerte sich die Lounge. Die Grundstimmung der Gäste veränderte sich. Wieder überkam mich das scharfe Gefühl, beobachtet zu werden. Ich sah mich um. The Rock hatte den Blick seiner dunklen Augen auf mich gerichtet und telefonierte. Sprach er über mich? Mit wem? Ich schüttelte die unangenehme Ahnung ab und ging zur Garderobe, um meinen Mantel zu holen. Ich hängte ihn mir über den Arm und durchquerte die Lobby mit etwas unsicheren Schritten in Richtung Toiletten.

Als ich fast dort war, blieb ich mit dem Absatz in einer Rille der Steinfliesen hängen und stolperte nach vorn. Ein Mann machte einen Satz, stützte mich und hielt mich am Ellbogen fest.

Mein Gesicht wurde heiß vor Verlegenheit.

»Ich …« Ich schnitt eine Grimasse und deutete auf den Boden. »Die Fliesen sind uneben. Bin mit dem Absatz hängen geblieben.« Seine Augen waren verblüffend blau, seine Haut olivfarben, sein Blick unverwandt, direkt. Er hatte dichtes, skandinavisch blondes Haar. »Ich habe schon seit einer ganzen Weile keine so hohen Absätze mehr getragen – bin wohl aus der Übung.« Ein Lachanfall formte sich in meiner Brust, doch ich kämpfte ihn nieder und versuchte, einen ernsten Eindruck zu machen.

»Warum nicht?«

»Was?«

»Warum haben Sie keine hohen Absätze getragen?«

Ich musterte ihn und spürte, wie mein Herz schneller schlug. Da war etwas an ihm – eine Intensität, eine warme Ausstrahlung und stille Kraft.

»Ach, egal, tut mir leid – ich wollte nicht unverschämt sein«, sagte er und ließ meinen Ellbogen los. »Ich wollte nur … Sie stehen Ihnen. Hohe Absätze, meine ich.« Offensichtlich verlegen fuhr er sich durchs Haar, das ihm jedoch sofort wieder in die Stirn fiel. Er war größer als ich in meinen hohen Stiefeln. Gut gebaut. Vielleicht ein bisschen mehr Körpermasse als unbedingt nötig, aber so etwas hatte mir an Männern schon immer gefallen. Ganz besonders mochte ich dicke Oberschenkel, und seine zeichneten sich deutlich unter der Businesshose ab. Er trug die Art von Kleidern, die auch Doug getragen hatte – der Doug, in den ich mich verliebt hatte, und was auch immer ich inzwischen für Doug empfinden mochte, wie kompliziert und furchtbar verwirrend meine Empfindungen auch sein mochten, ich stellte fest, dass ich mich zu diesem Mann hingezogen fühlte.

Ich zog mir den Trageriemen meiner Handtasche über die Schulter und räusperte mich. »Danke.«

»Was?«

»Für das … äh … mit den Absätzen. Das Kompliment.«

Er lachte. Mir gefielen die Fältchen, die sich dabei in seinen Augenwinkeln bildeten, und ich mochte auch die Grübchen in seinen Wangen. Nervös erwiderte ich sein Lachen.

»Ähm, könnte ich … kann ich Sie zu einem Drink einladen?« Er deutete auf den schwach beleuchteten kleinen Pub, dessen Eingang sich gleich rechts von uns befand.

»Eigentlich wollte ich gerade gehen.«

»Natürlich. Kein Problem.«

»Außerdem … habe ich schon ein bisschen was getrunken.«

»Wie wäre es dann vielleicht mit etwas zu essen?« Sein Lächeln wurde breiter. »Um den Alkohol aufzusaugen.«

Ich bemerkte, dass er einen australischen Akzent hatte. In den sich vielleicht eine Spur Britisch mischte. Untermalt von etwas Kanadischem, oder war es etwas Amerikanisches? Es hatte kein bisschen spöttisch geklungen, als er »um den Alkohol aufzusaugen« gesagt hatte. Dieser Moment – sein Verhalten – war seltsam vertraut, beiläufig, locker. Ungezwungen. Ich zögerte, tief in mir erwachte etwas, von dem nur noch Bruchstücke vorhanden gewesen waren. Ich warf einen Blick in die Richtung, in der Dana verschwunden war. Ich dachte an mein kaltes Haus am North Shore auf der anderen Seite der Brücke. Hohl, voller gepackter Kisten. Chloes leeres Zimmer. Wie lange war es her, dass mich ein Mann auf diese Weise bemerkt hatte? Nach Chloes Tod hatte ich viel zugenommen, und ich war das zusätzliche Gewicht immer noch nicht wieder ganz los, doch ihm schien das egal zu sein. Was ich in seinem Blick las, war Bewunderung. Es fühlte sich gut an.

»Ich bin wegen dieser Convention in der Stadt«, erklärte er. »Und es war ein furchtbar langer Tag. Ich muss ein bisschen runterkommen, und ich könnte Ihre Gesellschaft wirklich gut gebrauchen.«

Ich wusste, dass in diesem dunklen Pub Brandys beim Kaminfeuer serviert wurden und dass eine der Wände von einem Bücherregal gesäumt war. Lauter Erstausgaben hinter Glastüren. Die Sessel waren tief und bequem.

»Ich bin Martin.« Er hielt mir die Hand hin. »Martin Cresswell-Smith.«

»Ellie Tyler.« Ich legte meine Hand in seine.

»Also, Ellie Tyler, wie wäre es mit etwas zu trinken und einem Happen zu essen?«

Ich zögerte, hielt seinen Blick. Hatte ich die falschen Signale ausgesendet? Hatte ich unabsichtlich die falsche Art von Aufmerksamkeit auf mich gezogen? Er sah nicht nach einem Serienmörder aus, und hier im Hotel war ich sicher, oder? Was konnte schon passieren?

Du kannst sein, wer und was auch immer du sein willst, Ellie …

Ich lächelte. »Klar. Warum nicht?«

Damals

ELLIE

Ich überprüfte, ob er einen Ehering trug. Tat er nicht. Was nicht bedeutete, dass er nicht verheiratet war, doch beim Händewaschen hatte ich beschlossen, dass ich machen würde, dass ich hier wegkam, wenn ich einen Ehering entdeckte. Die Kellnerin brachte ein Käsebrett und zwei Gläser Port. Martin hatte einen niedrigen Tisch vor dem Kamin gewählt, mit zwei Sesseln, die halb zum Feuer hin ausgerichtet waren. Es fühlte sich vertraulich an. Intim.

»Ich war so frei, hoffentlich macht es Ihnen nichts aus«, sagte Martin und deutete auf den Käse und den Port. »Wir können auch etwas anderes bestellen, wenn Sie …«

»Das sieht fantastisch aus.« Ich griff nach dem Glas, erleichtert darüber, dass auch er ein wenig nervös wirkte. Was mir verriet, dass er nicht routinemäßig Frauen auf dem Weg zur Toilette aufriss. Vielleicht hatte er in mir tatsächlich etwas Besonderes gesehen.

Er hob sein Glas. »Cheers«, sagte er und stieß mit mir an. »Auf die Zufallsbegegnungen. Darf ich du sagen?«

»Auf die Zufallsbegegnungen. Und ja, gern.«

Die Form seiner Hände gefiel mir. Trotz seiner leichten Nervosität strahlte er die Art von müheloser Autorität aus, die alter Reichtum mit sich brachte. Dank meines Vaters war ich schon vielen Männern mit dieser Aura begegnet. Außerdem waren da noch die bronzefarbene Rolex und die goldenen Manschettenknöpfe mit den eingravierten Initialen MCS, die mir in Verbindung mit dem eleganten Schnitt seiner Kleidung und den Bolvaint-Schuhen verrieten, dass Martin Cresswell-Smith an finanziellen Erfolg gewöhnt war. Ich spürte, wie sich etwas in mir zu öffnen begann. Hoffnung. Die Möglichkeit, dass ich vielleicht wieder leben konnte – wirklich leben. Lachen. Sogar lieben.

»Woran denkst du gerade, Ellie?«

»Daran, dass du nicht wie ein Serienmörder aussiehst.«

Er lachte. Laut. Ein voller, ansteckender Klang. Als er sich vorbeugte, funkelten seine Augen spitzbübisch. »Aber ich *könnte* dich entführen. Ich könnte dich von hier an einen dunklen und entlegenen Ort bringen.«

»Zu riskant. Zu öffentlich. Hier sind überall Überwachungskameras.« Ich deutete zur Decke.

Er sah nach oben. »Wirklich?«

Ich zögerte. Eigentlich war ich noch nicht bereit, ihm zu verraten, wie viel ich über dieses Hotel wusste, das unseren Familiennamen trug. »Na ja, wahrscheinlich schon. Zumindest in der Lobby. Und da würdest du mich schon durchbringen müssen, oder?«

»Hmm.« Er ließ die dunkle, burgunderrote Flüssigkeit in seinem Glas kreisen. Der Schein des Feuers fing sich darin. »Ich könnte einen der Dienstboteneingänge auf der Rückseite nehmen.«

»Wenn man die Hinterausgänge einfach aufmacht, löst das den Feueralarm aus.«

Er grinste schief. »Okay, du hast gewonnen. Also keine Entführung.«

Ich lächelte und griff nach einem handgebackenen Cracker, tauchte ihn in Frischkäse und schob ihn mir in den Mund.

»Woher stammt dein Akzent?«, fragte ich, während ich kaute.

»Frag lieber, woher er nicht stammt.« Er schwieg einen Moment, und ich hatte das Gefühl, dass er darüber nachdachte, wie viel er mir über sich erzählen sollte. »Geboren wurde ich in Australien. Melbourne. Meine Mutter ist Kanadierin. Mein Vater ist im Bereich der Grundstückserschließung tätig. Einkaufszentren. Internationale Resorts. Also sind wir viel herumgekommen, als ich jung war. Wir haben drei Jahre in England gelebt, und ich bin auch dort zur Schule gegangen. Dann waren wir eine Weile in den USA – Nevada. New York. Dann Portugal und Frankreich. Ein Jahr in der Karibik. Ein paar Monate am Roten Meer, wo wir in einem Tauchresort gewohnt haben. Ein Projekt meines Vaters. Oft auch in Toronto. Da wohne ich jetzt. Mein Unternehmenssitz befindet sich in Toronto.«

»Und du bist wegen der AGORA Convention hier?«

Er nickte. »Es ist für mich eine Gelegenheit, ein Bauvorhaben in New South Wales anzupreisen. Wir hatten Investoren, größtenteils aus China, aber aufgrund einer bürokratischen Entwicklung zwischen der australischen und der chinesischen Regierung mussten sich meine Finanziers vor Kurzem zurückziehen.« Er trank einen kleinen Schluck Port. »Also bin ich jetzt auf der Suche nach neuen Kapitalanlegern und möchte hier ein paar Dinge ins Rollen bringen.«

»Was für ein Bauvorhaben ist es denn?«

Er blickte mir in die Augen, musterte mich, und ich fragte mich, was er wohl sah: eine beschwipste hirnlose Gans, an die eine tiefgehende Erklärung verschwendet wäre, oder jemanden, der ernsthaftes Interesse an der Sache hatte?

»Es ist ein Urlaubs- und Wohnanlagenprojekt an der Küste, mit dem Auto etwa vier Stunden von Sydney entfernt«, antwortete er. »Ein Luxusjachthafen mit einer Lodge und ein paar Ferienhäusern in einem Flussmündungsgebiet.« Einen Moment lang sah er ins Feuer, dann lächelte er und fuhr fort: »Das Gebiet liegt nur ein kleines Stück nördlich von einem Ort, den ich als Kind sehr gern mochte. Wir haben mehrere Familienurlaube dort verbracht. Ein Ort namens Jarrawarra Bay. Wir sind jedes Jahr nach Weihnachten dorthin geflogen, als ich neun, zehn und elf Jahre alt war. Mit zwölf war ich zum letzten Mal dort.« Er zögerte. »In gewisser Weise waren diese Jahre die besten – irgendwie die echtesten – meines Lebens.«

Mir wurde kalt. Gerade eben hatte ich fast genau dasselbe gedacht: dass die Jahre vor meinem zehnten Geburtstag – bevor meine Mutter gestorben war – die wahrhaftigste, echteste Zeit meines Lebens gewesen war. Ich hatte dies sogar einer Journalistin gegenüber erwähnt, die einen Artikel für ein Magazin über mich geschrieben hatte, über die »trauernde Hartley-Erbin«. Zur Abwechslung war es mal ein mitfühlender Bericht gewesen. Die Journalistin hatte selbst ein Kind verloren, und sie hatte mich verstanden. Ich starrte in seine babyblauen Augen, während Erinnerungen in mir aufstiegen.

»Was ist los?«, fragte er vorsichtig. »Du siehst aus, als hättest du einen Geist gesehen.«

»Ach, nichts. Es ist nur … als hättest du meine Gedanken gelesen.« Ich lächelte und spürte eine wachsende Verbundenheit mit diesem warmen, attraktiven, aufmerksamen, charmanten Mann, der genauso fühlte wie ich. »Ich habe schon öfter genau dasselbe gedacht. Erzähl mir von diesen Urlauben.« Ich griff nach meinem Glas und nippte daran, erfasste diesen Mann mit allen Sinnen, der viele Alkohol des Abends hüllte alles in eine angenehme Wärme und ließ meine letzte Zurückhaltung schmelzen. »Warum war das eine so glückliche Zeit?«

»Hm, ich schätze, weil ich mich damals noch mit meinem Vater verstanden habe. Bevor ich ihn enttäuscht habe.«

Mein Herz schlug schneller.

»Klingt verrückt«, sagte er.

»Nein, das verstehe ich. Wirklich. Hast du Geschwister?«

»Einen älteren Bruder und eine ältere Schwester. Ich bin das Nesthäkchen.« Er wirkte verlegen. »Und ja, wie sich herausgestellt hat, bin ich außerdem eine Enttäuschung für die Familie.«

»Warum das?«

Martin lehnte sich zurück, das Portglas in der Hand. »Alle Mitglieder meiner Familie sind – oder waren – Spitzensportler. Richtige Prachtexemplare. Im Gegensatz zu mir, besonders als ich noch ein Kind war. Meine Schwester war ein Kinder-Tennisstar, bevor sie zur Topmanagerin wurde. Mein Bruder hat Rugby gespielt, und er hätte Profi werden und es richtig weit bringen können, wenn da nicht dieser Bootsunfall gewesen wäre, an dem meine Familie mir die Schuld gibt.«

»Was ist passiert?«

»Ich habe nicht auf den ›Captain‹ gehört, der zufälligerweise mein Vater war. Wir sind aus der Flussmündung gefahren, und große Wellen sind über eine Sandbank geschlagen, die von der Gezeitenströmung direkt an der Mündung aufgeworfen worden war. Bei Brandung an einer solchen Sandbank muss das Timing genau stimmen. Bei so etwas passieren die meisten Bootsunfälle – beim Auslaufen bei Brandung. Ich habe nicht auf eine Anweisung gehört, bin im Weg gestanden … das Ende vom Lied war, dass unser Boot von einer gerade brechenden Welle getroffen wurde. Die Bootsnase wurde in die Luft geschleudert, und das Boot ist nach hinten gekippt. Beim Aufprall hat sich mein Bruder das Rückgrat gebrochen.« Als Martin dies aussprach, veränderte sich seine Stimme. Genau wie sein Gesicht. Schmerz. Ungelöster Schmerz. Mir zog sich das Herz zusammen.

»Wie auch immer ... Jeremy – mein Bruder – ist letztendlich wieder gesund geworden, aber er konnte nicht mehr Rugby spielen. Stattdessen ist er in die Immobilienentwicklung gegangen, wie mein Vater, und mein Dad hat alles in ihn investiert: Zeit, Geld, Liebe ...« Seine Worte verklangen.

»Weil er damit etwas wiedergutmachen wollte?«

Wieder trank Martin einen kleinen Schluck. »Zum Teil, ja, ich glaube schon. Aber auch, weil er Jeremy nach seinem Vorbild formen wollte, weil er ihn sozusagen darauf vorbereiten wollte, das Familienimperium zu übernehmen. Mich hat mein Vater einfach aus seinem Leben gestrichen. Nichts, was ich getan habe, war ihm gut genug, und es waren weiß Gott ein paar verrückte Ideen dabei. Ich habe immer wieder versucht, seine Aufmerksamkeit zu bekommen, aber am Ende habe ich dabei nur Mist gebaut.« Er lachte, doch dieses Mal lag keine Freude darin. »Ich war der kleine Taugenichts, das schwarze Schaf. Ein bisschen dick, überhaupt nicht sportlich, nicht so schön und athletisch wie die anderen. Nicht einmal so groß. Sogar meine Mutter ist größer.«

Aber mir gefiel dieser Taugenichts. Mir gefiel das, was aus ihm geworden war. Perfekte Gesichtszüge oder dünne, triathletische Körper hatten mich ohnehin nie sonderlich angesprochen.

»Das Ende der Geschichte war, dass ich mit neunzehn aus Australien weggegangen bin und eigentlich auch nie zurückgeblickt habe.«

»Allerdings bist du auch in die Immobilienentwicklung gegangen, genau wie dein Vater«, sagte ich. »Und dann wäre da noch das Jachthafenprojekt in Australien.«

Wieder lachte er. Warm. Alles an Martin war warm. Einnehmend. »Volltreffer, ja«, sagte er auf sehr australische Weise. »Es ist ein echtes Herzensprojekt. Ich hätte sagen sollen, dass ich nie zurückgeblickt habe, bis dieser kleine Flecken Erde vor ein paar Jahren begonnen hat, nach mir zu rufen. Da habe ich begriffen, dass ich mich immer noch nach dieser Küste sehne, an der wir eine so wunderschöne Familienzeit verbracht haben. Vielleicht ist es der kleine Junge in mir.« Er trank den letzten Schluck. »Oder vielleicht will ich es auch nur, weil mein Bruder vor ein paar Jahren versucht hat, dieses Land zu kaufen und ein Bauprojekt dort umzusetzen. Er hat es aber nicht geschafft.«

Ich hob die Brauen. »Dann ist es also ein Rachefeldzug?«

»Nein. Eher so was wie: Ich werde euch schon zeigen, dass ich kein Loser bin. Jeremy hat es nicht hingekriegt, aber ich schaffe das.«

»Nur sind dir jetzt deine chinesischen Investoren abgesprungen.«

»Ja. Aber ich bin hier. Ich habe ein paar Verbindungen geknüpft, die sich hoffentlich auszahlen werden.«

»Also, für mich siehst du nicht wie ein Loser aus, Martin.« Ich griff nach meinem Glas.

Etwas in seinem Gesicht veränderte sich. Sein Blick hielt meinen. Die Luft zwischen uns verdichtete sich, und ich spürte Wärme tief aus meinem Bauch aufsteigen.

Er sah weg, räusperte sich. »Ja, na ja, vielleicht ist es auch wieder nur das innere Kind, das unterbewusst immer noch versucht, Daddys Aufmerksamkeit zu bekommen. Trotzdem, es ist ein verdammt gutes Projekt. Genug von mir. Erzähl mir von dir, Ellie Tyler.«

Also tat ich es. Ich erzählte ihm, dass ich Illustratorin für Kinderbücher war und freiberuflich arbeitete. Dass ich geschieden war, weil meine Ehe nicht funktioniert hatte. Ich sagte ihm, dass ich in ein Apartment umziehen würde, weil wir unser großes, leeres Haus in North Shore verkauft hatten. Doch ich erzählte ihm nicht von Chloe. Auch meinen Vater ließ ich unerwähnt. Diese Teile meiner selbst musste ich noch schützen. Das hatte ich auf die harte Tour gelernt, und ich wollte, dass die

Menschen, die ich kennenlernte, erst mich sahen – mein wahres Ich –, bevor sie mich als Produkt des Hartley-Imperiums einordneten. Das Wunderbarste an Martin war die Art, wie er mir zuhörte. Er schenkte mir seine ungeteilte Aufmerksamkeit, als wäre ich das Einzige auf der ganzen Welt, was in diesem Moment wichtig war, hier, in diesem warmen Kokon einer gemütlichen Bar.

»Dann lebst du jetzt also in Toronto?«, fragte ich.

»Toronto ist meine Basis. Ich reise *sehr* viel. Im Moment bin ich an mehreren Entwicklungsprojekten in Europa beteiligt – Spanien und Portugal. Und auf den Turks- und Caicosinseln. Auf den Cookinseln habe ich auch etwas in der Hinterhand. Keine Frau, keine Kinder, also gehe ich eben, wohin mich die Arbeit ruft.«

Meine Hoffnungen loderten auf. Der Alkohol hatte mich locker gemacht, weshalb ich mich zu fragen traute: »Ein Typ wie du und keine Frau? Ich hätte gewettet, dass du vergeben bist.«

»Ich war lange in einer Beziehung, bis vor Kurzem. Allerdings haben wir nie geheiratet. Und jetzt ist es vorbei.«

»Das tut mir leid.«

»Muss es nicht.« Er zögerte, und ich erhaschte ein verräterisches Glitzern in seinen Augen. »Ich wollte eine Familie. Kinder – mehrere. Ich wollte das volle Programm: weiße Hochzeit, Treueschwüre, ganz traditionell. Sie nicht. So einfach war das. Als ich dann Druck gemacht habe …« Seine Stimme verklang. Er rückte seine Krawatte zurecht. Ich hatte ein schlechtes Gewissen, weil ich nachgehakt hatte. Jetzt hatte ich die Stimmung verdorben.

»Ich war eben nicht ihr Mr Right, das ist alles. Ich glaube, irgendwie hat sie sich immer eine Hintertür offen gehalten.« Er wechselte das Thema. »Also, was hat dich heute Abend ins Hartley Plaza gebracht, wenn nicht die AGORA Convention?«

»Ach, nur ein Treffen mit einer langjährigen und sehr guten Freundin von der Kunstakademie.«

»Was ja geradezu nach hohen Absätzen schreit.«

»Allerdings.« Ich lachte. »Weißt du etwa nicht, dass sich Frauen nur schick machen, um andere Frauen zu beeindrucken?«

»Was ist mit deiner Familie? Hast du Geschwister?«

Ich schüttelte den Kopf.

Schweigend musterte er mich, sein Blick war so direkt, so intensiv, dass es sich beinahe anfühlte, als würde er mit der Hand unter den Stoff auf meiner Brust gleiten und meine nackte Haut berühren. Fast wünschte ich mir, dass er es tun würde. Ich beugte mich vor. Er senkte die Stimme zu einem Flüstern, das ich im ganzen Körper spüren konnte.

»Ich habe noch nie jemanden getroffen, der Kinderbücher illustriert. Ich kenne eine Menge Leute, aber du bist die Erste, die Kinderbücher zum Leben erweckt.«

Ich zog mein Handy hervor und zeigte ihm ein paar Aufnahmen meiner Arbeit. Wir hielten die Köpfe dicht nebeneinander über das Display. Ich roch sein Aftershave. Sein Atem strich mir über die Wange.

»Fantastisch, Ellie. Wunderschön.« Er berührte meine Finger, als er mir das Handy zurückreichte. Er sah mich an. Er sah mich wirklich an, dieser Mann, der Kinder wollte. Der von traditionellen Eheschwüren träumte. Der Familienurlaube am Meer liebte. »Wirklich toll«, murmelte er. »Wie hast du mit dieser Arbeit angefangen?«

Ich räusperte mich. »Ich habe Bildende Kunst und Literatur studiert und bin danach auf die Kunstakademie gegangen. Ich wollte Künstlerin werden – Galerieausstellungen, das ganze Programm. Dann habe ich irgendwie herausgefunden, dass ich das Illustrieren liebe, besonders für Kinder, und … und mir gefällt die Freiheit, die man als Freiberuflerin hat. Man kann reisen, durch die Welt ziehen.« Mein Herz schlug schnell.

Mir war heiß, und auf einmal war ich ganz aufgeregt. Gerade hatte ich eine Entscheidung getroffen – ja, ich wollte reisen. Ich wollte diese Flexibilität. *Dies* war meine neue Geschichte. Meine Wahl, meine Entscheidung. Abenteuerlustige Ellie.

»Also keine feste Beziehung für dich? Keine Kinder?«

Wumm. Meine Stimmung kippte, einfach so.

Ich versuchte zu lächeln, doch mein Mund wollte mir nicht gehorchen. »Ich … ich gehe jetzt lieber.« Ich griff nach meiner Handtasche zu meinen Füßen.

Er legte die Hand auf meine. »Musst du?«

Hatte er Sex erwartet? Würde er wütend werden, wenn ich Nein sagte?

»Ich muss nach Hause. Morgen habe ich einen frühen Termin.«

Er zögerte, dann zog er rasch einen Kugelschreiber aus der Tasche und schrieb eine Nummer auf eine Serviette. »Ich fand es wirklich schön, mich mit dir zu unterhalten, Ellie Tyler.« Keine Spur von Enttäuschung in seiner Stimme. Weshalb er mir gleich noch besser gefiel. Martin Cresswell-Smith war ein Mann, der mein Freund werden könnte. Auf einmal begriff ich, dass ich eigentlich sehr gern Sex mit ihm gehabt hätte. Ich wollte es. Sogar unbedingt.

»Es war aber viel zu kurz, und ich würde dich gern wiedersehen.« Er hielt mir die Serviette hin. »Meine Handynummer. Ruf mich an. Bitte.«

Keine Drohung. Es war allein meine Entscheidung. Ich hatte die Wahl, ob ich anrufen würde. Oder nicht. Ich konnte die Serviette auf dem Weg nach draußen einfach in den erstbesten Mülleimer werfen. Oder ich konnte sie behalten. Ich nahm sie, und wieder berührten sich unsere Finger. Ein Schauer jagte mir über den Rücken.

Ich räusperte mich. »Bist du noch eine Weile in der Stadt?«

»Noch vier Tage in diesem Hotel. Am Montag checke ich aus. Wirklich, Ellie, ruf an. Jederzeit. Wie gesagt, ich reise viel.« Er zögerte, hielt meinen Blick. »Aber die Entfernung ist für mich kein Hinderungsgrund.«

Wir ließen diese Worte zwischen uns in der Luft hängen – ein körperliches, ektoplasmisches, schillerndes Versprechen. Ich steckte die Serviette ein.

Er bestellte die Rechnung, und ich sah, wie er sie auf sein Zimmer schreiben ließ. Ich stand auf, etwas wackelig. Er half mir in den Mantel und legte mir leicht die Hand an die Taille, während er mich aus der Bar in die Lobby hinausführte. Der Druck seiner Finger war sowohl sanft als auch fest. Sowohl erotisch als auch unverfänglich. Sowohl kontrollierend als auch charmant, ritterlich.

Er begleitete mich nach draußen und wartete, bis ich sicher im Taxi saß. Ich ließ mich in den warmen Rücksitz sinken, und er winkte mir vom Hoteleingang zum Abschied zu. Als das Taxi losfuhr, legte ich die Hand an die kühle Fensterscheibe und sah ihm durch die wirbelnden Schneeflocken nach. Ich kam mir vor wie in einem Liebesfilm.

»Wohin?«, fragte der Taxifahrer.

Nach Hause.

Ich nannte ihm meine Adresse.

Nur dass es sich nicht mehr wie mein Zuhause anfühlt.

Schon mussten wir an einer roten Ampel wieder anhalten. Inmitten der fallenden weißen Flocken warteten wir darauf, dass es grün wurde. Ich drehte mich um und spähte durch die Glasfront des Hotels in die hell erleuchtete Lobby. Dort stand Martin und unterhielt sich mit einem Mann und einer Frau. Etwas nagte an mir. Eine Erinnerung. Martin sagte etwas zu dem Paar und alle drei lachten. Dann ging der Mann davon, und die Frau lief neben Martin her zu den Aufzügen. Da erkannte ich sie – es war die Frau, die vorhin am Tresen der Mallard Lounge neben uns gesessen hatte. Oder doch nicht?

Meine Erinnerungen waren verschwommen.

Die Ampel wurde grün, und das Taxi fuhr an.

»Stopp!«, rief ich dem Fahrer zu. »Anhalten!«

Er trat auf die Bremse. Ich stieß die Tür auf und stolperte auf die verschneite Straße hinaus. Vorsichtig eilte ich auf meinen High Heels zum Hotel zurück.

»Hey«, hörte ich den Fahrer rufen, aber ich achtete nicht auf ihn, sondern hastete durch die Drehtür ins Hotel. Mein Herz schlug wild.

Damals

LOZZA

Vor über einem Jahr, 18. November, Agnes Basin, New South Wales

Warmes Regenwasser lief Lozzas Nacken hinab, während sie in der Dunkelheit in der Hocke saß und Fotos schoss. Das Blitzlicht tauchte die im Wasser treibende Leiche in ein makabres Relief. Weiße Haut vor schwarzem Wasser, leere Augenhöhlen in diesem Gesicht ohne Nase. Der lippenlose Mund geöffnet. Sie drückte auf den Auslöser. Klick. Blitz. In ihrem Kopf kreisten die Worte, die sie gehört hatte, kurz bevor die Meldung des Leichenfunds reingekommen war.

»Ellie ist nicht das, was sie zu sein scheint … Diese Art Frauen können die gefährlichsten von allen sein, wenn sie betrogen oder verletzt werden, weil man es von ihnen am wenigsten erwartet. Sie können tödlich sein. Hast du gewusst, dass sie auf ihren Ex-Mann eingestochen hat …?«

Die schiere Menge der Stichwunden auf der Brust der Wasserleiche sprach von Wut, von hemmungsloser Gewalt. Rot glühende Raserei. Denn man musste nicht so oft auf jemanden einstechen, um ihn zu töten. Doch da waren auch die Seile, die abgetrennten Finger – war es eine geplante Folter gewesen? Sadismus? Und warum fehlte die Hose? Wo war das Boot? Wie war der Tote hierhergekommen, in diesen Kanal?

Nichts daran ergab einen Sinn.

Lozza stand auf und wartete, bis Gregg endlich aufhörte, sich zu übergeben. Die Moskitos hatten dichte Wolken um sie gebildet. Der Regen fiel stetig, und Wasser tropfte ihr vom Schild des Polizei-Caps.

»Alles klar?«, fragte sie.

Er nickte, sein Gesicht war gespenstisch weiß im Schein der Taschenlampe.

»Gehen wir zurück zum Anleger.«

Sie machte Meldung. Der Empfang war unregelmäßig, aber sie kam durch. Sie kehrten zum Polizeiboot zurück.

Barney saß unter dem Schutzdach. Der Regen lief in silbernen Rinnsalen über McGonigles Jacke.

»Geschätzte Ankunftszeit für das Team der Forensik und jemanden von der Mordermittlung in etwa zwei Stunden«, sagte Lozza, als sie beim Boot angekommen waren, das noch immer am Steg vertäut lag. »Wir müssen das Gebiet absperren, während wir warten.« Sie wandte sich an Barney. »Da ist ein Pfad am Ende des Stegs. Wohin führt der?«

»Zu einer verlassenen Farm«, antwortete Barney. »Die Bauleute von der Agnes Marina haben neben dem Haus so eine Art Gerüst aufgebaut. Für potenzielle Käufer, die vielleicht auf die Plattform da hochklettern und sehen wollen, welchen Ausblick man von der Lodge hat, wenn sie mal gebaut ist.«

Lozza drehte sich zu Gregg um. »Sperr den unmittelbaren Bereich um den Fundort mit Polizeiband ab«, wies sie ihn an. »Wir können diesen Bereich ausweiten, sobald wir eine bessere Vorstellung vom Umfang des Tatorts haben. Ich gehe mal diesen Pfad entlang. Dem Verstorbenen fehlen Finger.

Ich schätze, dass er nicht hier gestorben ist, sondern irgendwo anders umgebracht wurde, und dass dann jemand versucht hat, ihn in diesem Kanal voller großer Schlammies loszuwerden.« Lozza wandte sich an Barney. »Können Sie mir den Weg zum Farmhaus zeigen?«

»Sind Sie irre? Auf keinen Fall geh ich da hin. Nicht zu diesem Haus. Bei dem Wetter? Vergessen Sie's.« Wieder schlug er ein Kreuz.

Donner grollte, und der Regen wurde noch stärker. Die auf das Wasser treffenden Tropfen spritzten gut einen halben Meter hoch, und als ein Blitz den Mangrovensumpf erhellte, sah es aus, als befänden sie sich in einem silbern köchelnden Hexenkessel.

Lozza ließ Mac beim Boot zurück und übergab ihm die Verantwortung für das Funkgerät, während Gregg den Tatort mit blau-weißem Absperrband sicherte. Langsam bahnte sie sich ihren Weg den schmalen, dunklen Pfad entlang durch die dicht stehenden Bäume. Ein nasses Spinnennetz klatschte ihr ins Gesicht, und sie erschrak. Sie wischte die klebrigen Fäden weg und ging weiter. Sumpfgräser peitschten im Wind. Zweige krallten sich in ihre Jacke.

Eine Eidechse, groß wie ein kleiner Hund, huschte über den Weg. Lozza blieb stehen und konzentrierte sich darauf, ihren Atem zu beruhigen, bevor sie weiterging.

Es gab keinen zeitlichen Abstand mehr zwischen Blitzen und Donnern. Da sah sie das Haus. In der Ferne war ein unaufhörliches tiefes Grollen zu hören. Der Wald erhob sich schwarz um sie herum, und der Regen prasselte sogar noch stärker herab. Kleine Flüsse zogen sich durch den Sumpf. Vorsichtig folgte Lozza dem Pfad, bis sie das verfallene Gebäude erreicht hatte.

Es war eingeschossig und hatte ein Blechdach, auf dem der Regen laut trommelte. Eine überdachte Veranda führte um das Haus herum. Der nächste Blitz zeigte ihr die Silhouette des niedrigen Gebäudes vor dem Hintergrund der knorrigen Bäume.

Sie trat zur Eingangstür. Die Bodendielen der Veranda waren verrottet, und die Tür hing in rostigen Angeln. Knarrend schwang sie auf.

Eine Fledermaus schoss heraus, und Lozza duckte sich. Kleine Krallen streiften über ihr Cap, dann flatterte das Tier laut kreischend in den Sumpf hinaus. Sie betrat das Haus. Die Luft darin war stickig und heiß. Es roch nach Urin und Exkrementen und … nach etwas noch Schlimmerem. Wie verrottendes Fleisch. Sie ließ den Strahl der Taschenlampe durch den Raum schweifen. Ein kaputter Tisch. Zwei Stühle mit Metallbeinen. Eine Küchenzeile mit einem alten Herd. Sie ging weiter ins Haus hinein. Die Hitze und der Gestank wurden stärker. Lozza hielt sich den Arm vor Mund und Nase. Der Regen prasselte auf das alte Wellblechdach und tropfte durch die Löcher. Auf dem Boden hatten sich Pfützen gebildet.

Sie betrat ein Zimmer am Ende des Flurs. Es dauerte einen Moment, bis sie begriff, was sie sah.

Ein Stuhl mitten im Raum. Daneben lag ein Herrenbootsschuh. Seile hingen von einem Deckenbalken. Die Seilenden streiften den Stuhl. Neue Seile. Gelb und blau – dieselben Farben wie bei den Polyprops, die um die Knöchel der Wasserleiche gebunden waren. Unter dem Stuhl waren dunkle Flecken auf den Holzdielen zu erkennen.

Blut?

Urin?

Lozza sah auf und ließ den Strahl der Lampe den Deckenbalken entlangwandern, bis dorthin, wo die Polyprops daran festgeknotet waren. Sie spürte, wie ein Gefühl des Grauens in ihren Körper sickerte. Langsam trat sie in den Raum, brachte die Luft um sie in Bewegung. Spinnenweben waberten in dem Hauch. Eine noch intensivere Hitze schlug ihr entgegen, der

Gestank wurde durchdringend. Sie leuchtete in eine Ecke. Exkremente.

Menschlich?

Sie trat näher. Neben den Fäkalien lagen eine zerknüllte Cargohose und Boxershorts, die einmal weiß gewesen waren. Die Hose war blutgetränkt. Die Shorts waren mit Extrementen verschmiert. Der Gestank war erstickend. Lozza leuchtete wieder zum Stuhl hinüber und erstarrte, als sie etwas Kleines vor der Wand liegen sah.

Vorsichtig ging sie darauf zu. Die Dielen knarrten unter ihren Stiefeln. Ein Gecko huschte davon, und draußen schrie ein Tier. Sie ging in die Hocke, den Arm immer noch fest vor Mund und Nase gedrückt.

Die fehlenden Finger der rechten Hand der Leiche. Drei.

Daneben lag eine Art Gartenschere oder Knipszange. Auf dem Griff stand der Name von Cresswell-Smiths Boot. *Abracadabra.*

Langsam richtete sich Lozza auf und wich zurück, da sie den Tatort möglichst unangetastet lassen wollte. Der Absatz ihres Stiefels stieß gegen etwas, das klappernd über die Holzdielen rutschte. Sie schwang herum und richtete das Licht darauf. Ein Messer. Genauer, ein Fischermesser. Blutig. Und hinter der Klinge noch weitere Kleidungsstücke.

Die Bretter unter Lozzas Füßen knarrten, als sie sich vorsichtig näherte, eine dunkle Vorahnung in der Kehle. Neben dem Kleiderhaufen ging sie in die Hocke. Eine königsblaue Windjacke und ein hellblaues Nike-Baseball-Cap. Blutig. Das Label in der Innenseite der Jacke war noch zu lesen.

Die Jacke stammte aus Kanada.

Lozza dachte an Ellies weichen kanadischen Akzent, an ihre großen, sanften Augen.

»Ich hoffe, Sie finden ihn nicht. *Und wenn Sie ihn finden, dann hoffe ich, dass er tot ist und dass er gelitten hat.«*

Sie dachte an die Zeugen, die gesehen hatten, wie Martin und Ellie mit ihrem Boot rausgefahren waren. Ellie in ihrer königsblauen Windjacke und ihrem hellblauen Cap, ihr langer dunkler Pferdeschwanz, der im Wind wehte. Denn eigentlich war der Wind zu stark für einen guten Angeltag gewesen. Ellie, die nach Hause zurückkehrte.

Mit behandschuhten Fingern hob Lozza das Cap hoch und untersuchte es genauer. Ein paar lange dunkle Haare – fast schwarz – hatten sich im Klettverschluss auf der Rückseite verfangen.

Donner krachte. Lozza zuckte zusammen und sah auf. Vor dem zerbrochenen Fenster flammten mehrere Blitze auf, die diesen Raum des Grauens in ein schwarz-weißes Relief verwandelten. Ihr war übel.

Sorgfältig legte sie das Cap wieder dorthin zurück, wo es gelegen hatte. Dann stand sie auf und verließ den Raum rückwärts auf demselben Weg, auf dem sie ihn betreten hatte.

Damals

ELLIE

Vor über zwei Jahren, 9. Januar, Vancouver, BC

Ich hastete in Richtung Fahrstühle, bog um eine Ecke und sah, wie Martin gerade in eine der Kabinen trat. Die Frau ging davon. Unerhörte Erleichterung durchflutete mich – die Vorstellung, dass er vielleicht mit dieser attraktiven Geschäftsfrau aus der Mallard Lounge zusammen sein könnte, hatte mich aus dem Taxi springen lassen. Ich durfte nicht länger auf das Leben warten. Ich musste es mit beiden Händen packen und den herrlichen Nektar herauswringen, bevor es mir irgendjemand wegschnappte.

Die Fahrstuhltüren begannen sich zu schließen.

»Warte!« Ich rannte los.

Er sah mich. Wirkte erschrocken. Er hielt die Hand vor die Fahrstuhltür, damit sie nicht weiter zuglitt. Unsere Blicke trafen sich.

»Ellie?«

Ich atmete schwer, sowohl vor Angst als auch vor Freude. Mein Herz hämmerte und pumpte Adrenalin durch meine Adern. Ich erkannte, dass er allein im Fahrstuhl war.

»Was ist los, Ellie?«

Aus dem Augenwinkel sah ich, wie die Brünette kurz stehen blieb und sich umdrehte. Zweifel flackerten in mir auf. Doch dann wandte sich die Frau wieder ab und verschwand um die nächste Ecke.

Ich trat in die Fahrstuhlkabine und legte die Hand an Martins Gesicht. Seine Augen wurden dunkel. Ich las Verlangen darin.

»Ellie?«, flüsterte er.

Ich hob den Kopf und strich mit den Lippen über seinen Mund. Die Türen glitten zu. Sein Atem ging schneller. Er umfasste meinen Nacken, ließ die Finger in mein Haar gleiten und zog mich an sich. Fest presste er seinen Mund auf meinen. Mit der freien Hand drückte er auf den Knopf für eines der obersten Stockwerke. Ich griff nach seinem Gürtel und öffnete ihn.

Er fuhr an meinem Oberschenkel hinauf, unter mein Kleid. Der Fahrstuhl setzte sich in Bewegung und glitt geschmeidig immer weiter hinauf.

Martins Körper war fest, seine Schenkel waren breit. Er schob ein Knie zwischen meine Beine, drückte den Mund noch fester auf meinen und ließ die Zunge zwischen meine Lippen gleiten. Er schmeckte nach Port. Mit beiden Händen umfasste er meinen Po und zog mich mit einem Ruck an sein Becken. Ich spürte seine Erektion an meiner Lende. Meine Sicht verschwamm, alles wurde schwarz und rot, als er eine Hand in meinen Slip schob. Ich sackte gegen ihn, schmolz in seine Berührung. Ein leises Stöhnen grollte in seiner Kehle, als er mit einem Finger in mich eindrang. Mir war schwindlig, in meinem Kopf wirbelte ein Kaleidoskop der Lust. Er stieß in mich hinein, härter, tiefer, sein Kuss wurde drängender. Ich verlor mich in diesem herrlichen, blendenden Gefühl und spürte, wie sich ein Druck in mir aufbaute, bis ich glaubte, jeden Moment explodieren zu müssen.

Fieberhaft streifte ich ihm die Hose herunter.

Er war schnell.

Unser Sex war animalisch. Brachial.

Ich keuchte, als er in mich hineinstieß, und drückte eine Hand gegen die Spiegelwand der Kabine. Als er in mir kam, war es, als würde ich in tausend Stücke zerspringen. Ich konnte nicht atmen. Nichts mehr sehen. Ich kämpfte darum, wieder zu mir zu kommen.

Ein leises *Ping* erklang.

Ich blinzelte. Wir hatten den zweiunddreißigsten Stock erreicht. Die Türen ruckten.

Rasch löste sich Martin von mir. Als die Türen aufglitten, zog ich meinen Rock hinunter. Meine Hände zitterten. Er sah mir in die Augen, während er seine Hose schloss. Intensiv. Wie ein Wolf. Sex mit Martin war, als würde man von einem Wolf verschlungen.

Vor der Kabine wartete niemand. Gott sei Dank. Martin stieg aus und blickte den Korridor entlang. Das Licht war gedämpft. Der Gang leer.

Er streckte mir die Hand hin. »Komm«, flüsterte er. Noch immer waren seine Augen wie dunkle Teiche, das weiche Blau war von den erweiterten Pupillen verschluckt worden.

»Komm mit in mein Zimmer, Ellie Tyler«, sagte er.

Meine Lippen prickelten. Alles in mir fühlte sich weich an. Mir war heiß. Ich fühlte mich mächtig.

»Bleib heute Nacht bei mir, Ellie.«

Ein älteres Ehepaar kam den Gang entlang. Sie kamen zu mir in die Fahrstuhlkabine. Auf einmal wurde mir klar, was ich getan hatte. Eine alles mitreißende Woge der Panik, der Angst, stieg in mir auf. Was war hier gerade passiert? Ich erhaschte einen Blick auf mein Abbild im Spiegel. Eine verzerrte Ellie.

Verschmierter Mascara. Zerzaustes Haar. Kussgeschwollene Lippen. Zerknittertes Kleid.

Die andere Ellie – die neue Ellie, die Chamäleon-Ellie, die mächtige Ellie Tyler –, sie war freigelassen worden, und ich wusste nicht, wie ich mit dem Kollateralschaden umgehen sollte, den sie meinem alten Selbst zufügen konnte.

Ich zwang mich zu einem Lächeln, das sich eher wie eine Grimasse anfühlte. Auf einmal war ich sowohl entsetzt als auch begeistert von meiner Verwegenheit. Ich musste erst verarbeiten, was ich getan hatte. Der ältere Gentleman drückte auf den Knopf für die Lobby. Er sah mich an.

»Ich … ich muss morgen früh raus«, sagte ich zu Martin, der immer noch wartend vor dem Fahrstuhl stand und mir die Hand entgegenstreckte. Langsam schlossen sich die Türen.

»El…«

Die Türen glitten zu.

Ich hörte ihn rufen, dann folgte ein leichter Schlag auf die Tür. »Ruf mich an!«

Der Fahrstuhl fuhr wieder nach unten. Hinab, hinab, hinab. Ich konnte Martin an mir riechen. In der Kabine roch es nach Sex. Der Spiegel war immer noch beschlagen, dort, wo ich meine warme Hand draufgedrückt hatte. Das Paar neben mir wechselte einen Blick und rückte ein Stück von mir ab. In einem der unteren Stockwerke blieb der Fahrstuhl stehen. Ein Mann stieg zu. Er starrte mich an. Auf einmal erfüllte mich Abscheu. Vor mir selbst. Scham. Er konnte den Sex an mir riechen – da war ich sicher. Er musterte mich lüstern. Die Wände schienen näher zu rücken. Das altvertraute Gefühl von Paranoia stieg in mir an die Oberfläche. Es war, als würden mich alle ansehen, als wüssten sie Dinge, als würden sie hinter meinem Rücken tuscheln, Gemurmel im Wind … verhöhnend …

Schlechte Mutter.

Flittchen.

Sirene.

Passiv.

Aggressiv.

Verrückt.

Mental instabil.

Wusstet ihr, dass sie auf ihren Ex eingestochen hat?

Die zwei Gesichter. Gute Ellie. Böse Ellie. Schwache Ellie. Starke Ellie.

Der Fahrstuhl blieb stehen und die Türen öffneten sich im Erdgeschoss. Ich drängte mich durch den schon entstandenen schmalen Spalt und eilte auf den Ausgang zu.

»Hey!«, rief mir der Mann nach.

Ich drehte mich um.

»Sie haben etwas verloren.« Er kam auf mich zugelaufen und hielt mir etwas auf der Handfläche hin. Glänzendes Gold. Martins Manschettenknopf. Mit den Lettern MCS.

Ich schnappte ihn mir und lief ohne ein Wort auf die Hoteltüren zu.

Als ich endlich zu Hause war, fühlte ich mich etwas besser. Ich ließ mir ein sehr heißes Schaumbad ein und nahm eine Lorazepam. Nur um den Lärm zum Schweigen zu bringen, der wieder in meinem Kopf eingesetzt hatte. Daran gab ich meinem Dad die Schuld. Er hatte mich getriggert. Nach dieser würde ich keine weiteren Tabletten mehr nehmen.

Ich ließ mich ins schaumige Wasser sinken und von der Hitze verschlucken. Ich schloss die Augen und erlebte den Sex mit Martin noch einmal.

Ich berührte mich zwischen den Beinen. Fühlte, wie ich lächelte. Es gab keinen Grund, sich zu schämen.

Verändere die Geschichte, Ellie.

Ich war nicht mehr Dougs Frau. Dies hier würde bald nicht mehr mein Haus sein. Ich war nicht mehr Chloes Mutter. Ich würde in die Stadt ziehen. Eine Singlefrau in der City.

»Ich reise viel. Aber die Entfernung ist für mich kein Hinderungsgrund.«

Ich könnte Martins Geliebte sein. Seine Freundin.

Aber wirst du überhaupt noch an mich denken, Martin Cresswell-Smith, oder tust du solche Dinge ständig, wenn du viel reist?

Ich ließ mich unter Wasser sinken und hielt den Atem an. Wie ich es so oft getan hatte, nachdem Chloe ertrunken war. Um mir vorzustellen, was meine arme Kleine gefühlt hatte.

Bis ich keuchend und nach Luft schnappend wieder auftauchte, das nasse Haar im Gesicht.

Damals

ELLIE

Vor über zwei Jahren, 10. Januar, Vancouver, BC

Als ich erwachte, war irgendetwas … anders. Mein Kopf war wattig, mein Mund trocken, und ich schmeckte schalen Alkohol. Es dauerte einen Moment, bis mich die scharfe, grelle Wirklichkeit einholte.

Ich fuhr hoch.

Martin. Ein Fremder. Sex im Hotelaufzug.

Rasch stand ich auf und machte mir einen Kaffee in der Nespresso-Maschine, die ich noch nicht eingepackt hatte. Ich nippte an meinem Kaffee und sah in den Garten hinaus. Die schweren immergrünen Bäume wehten und wogten im Wind. Die toten Blumen im Beet. Die kahlen Blaubeerbüsche. Der Anblick der Büsche erinnerte mich an das eine Mal, als ein Bär in den Garten gekommen war. Die Gedanken an Sex mit Martin verwandelten sich in das Bild von Doug, der Chloe ans Fenster hielt und auf einen Bären deutete. Chloes Kichern.

Bei dieser Erinnerung atmete ich tief durch, lächelte meiner Reflexion in der Fensterscheibe traurig zu. Die Erinnerung war weich. Wie ein schwerer Kaschmirumhang. Vertraut. Tröstlich. Und da begriff ich – ich kam damit zurecht. Ich war traurig, doch gleichzeitig konnte ich lächeln. Ich brauchte keine Medikamente mehr. Endlich war ich wirklich und wahrhaftig durch den Tunnel der Traurigkeit hindurch. Ich hatte sogar Sex mit einem neuen Mann gehabt.

Schloss man so mit etwas endgültig ab? Man sperrte die Trauer nicht weg, sondern lernte, damit zu leben. An einem neuen Ort. Man war fähig, die Erinnerungen als etwas Kostbares zu betrachten, konnte aber dennoch an morgen denken … und hoffen?

Ich holte meine Handtasche und fand darin die Serviette mit Martins Nummer. Ich griff nach meinem Handy, doch dann wurde ich nervös. Ich legte das Telefon weg. Duschte. Nahm es wieder, während ich mir die Haare föhnte.

Legte es erneut weg.

Während ich mich kämmte, dachte ich daran, was er gesagt hatte.

»Noch vier Tage in diesem Hotel. Am Montag checke ich aus. Wirklich, Ellie, ruf an. Jederzeit … die Entfernung ist für mich kein Hinderungsgrund.«

Was, wenn ich nicht anrief? Er hatte meine Nummer nicht. Wir wären wie Schiffe in der Nacht.

Einen Moment lang wünschte ich, dass *ich* ihm meine Nummer gegeben hätte. Dann wäre er jetzt am Zug.

Doch so war es nun mal nicht. Ich wanderte in meinem Haus voller Kartons umher und drehte seinen Manschettenknopf zwischen den Fingern. Das war ein Zeichen. Ich atmete tief durch und rief ihn an.

Es klingelte fünfmal. Dann hörte ich seine Stimme.

»Dies ist der Anschluss von Martin Cresswell-Smith. Ich kann Ihren Anruf im Augenblick leider nicht entgegennehmen.

Bitte hinterlassen Sie mir eine Nachricht, dann rufe ich zurück, so schnell ich kann.«

Ich legte auf, leicht zitternd vor Aufregung. Ein berauschendes Gefühl.

Die Umzugshelfer kamen, und ich ging frühstücken, während sie den Umzugslaster vollluden. Vom Coffeeshop aus googelte ich Martin. Natürlich. Wer würde das nicht tun? Er hatte ein Profil bei LinkedIn, das mir verriet, dass er ein eigenes Entwicklungsunternehmen besaß: *CW Properties International.* Ich folgte einem Link zur Website der Firma mit einer Kurzbiografie von ihm. Die Website wirkte professionell. Sie präsentierte ein Portfolio von Bauprojekten – abgeschlossene, derzeit anstehende und geplante. Fotos seiner Verkaufsteams auf der ganzen Welt. Ein Foto von Martin, der hinter einem gewaltigen Glasschreibtisch in einem riesigen Büro in Toronto saß. Ein fantastischer Blick auf die Skyline hinter ihm. Kontaktdaten. Er hatte keine Profile in den sozialen Medien. Was mir gefiel. Es war ein Zeichen für Professionalität. Diskretion. Ich weitete meine Suche aus. Googelte den Familiennamen in Australien. Ein Link zu einem Bericht über Jeremy Cresswell-Smith. Der Bruder, von dem Martin gesprochen hatte – ehemaliger Rugbyspieler und Sohn von Malcom Cresswell-Smith. Jetzt hatte ich den Namen seines Vaters.

Ich suchte nach Malcom Cresswell-Smith und folgte den Links zu einer Unternehmenswebsite. Außerdem gab es einige Nachrichtenbeiträge über Einkaufszentren und andere Bauprojekte. Schließlich entdeckte ich ein Feature in einem Businessmagazin über Malcom Cresswell-Smith. Dem Erscheinungsdatum zufolge musste er sich vor ein paar Jahren zur Ruhe gesetzt haben. Er lebte mit seiner Frau auf einer Pferdefarm im Hunter Valley, nicht weit von Sydney entfernt. Sein Sohn Jeremy leitete das Unternehmen – Smith and Cresswell Properties –, und seine Tochter, Pauline Rudd, war im Marketing tätig. Sie saß ebenfalls im Vorstand der Firma. Martin wurde nicht erwähnt.

Ich lehnte mich zurück und sah aus dem Fenster. Fußgänger liefen am Coffeeshop vorbei, tief in ihre Jacken geduckt, die Schirme gegen den kalten, graupeldurchsetzten Winterwind gestemmt. Also war Martin tatsächlich ausgeschlossen worden. Wie er gesagt hatte.

Ich spürte einen Anflug von Mitgefühl.

Wieder wählte ich seine Nummer. Und landete wieder auf der Mailbox.

Als ich den Coffeeshop verließ, dachte ich daran, dass er nun dank der entgangenen Anrufe wenigstens meine Nummer hatte. Er konnte zurückrufen. Das würde er sicher.

Doch drei Tage später, an einem Sonntagabend, als mich Dana in meiner neuen Wohnung besuchen kam und wir für die Einweihungsfeier eine Flasche Wein öffneten, hatte Martin noch immer nicht zurückgerufen.

Damals

ELLIE

Vor über zwei Jahren, 13. Januar, Vancouver, BC

»Im Fahrstuhl? Du veralberst mich.«

Ich schüttelte den Kopf.

»Verdammt, Ellie.«

»Ich weiß. Das war das Gewagteste, was ich in meinem ganzen Leben gemacht habe.«

Dana lachte und hob ihr Glas. »Darauf trinke ich!«

Wir öffneten eine zweite Weinflasche und setzten uns in dicken Daunenjacken auf meinen neuen Balkon unter einen Heizpilz. Die in Ugg-Stiefeln steckenden Füße legten wir auf das Geländer hoch. Jenseits der Überdachung fiel der Regen weich in der Januardunkelheit. Ich hatte ihr von meiner Begegnung mit Martin erzählt und auch davon, dass ich ihn gegoogelt hatte und dass mit ihm alles in Ordnung zu sein schien.

»Klingt zu gut, um wahr zu sein«, kommentierte sie.

»Ja. Ich weiß.«

»Vielleicht ist er das ja auch. Zu gut, um wahr zu sein, meine ich.«

Ich zuckte mit den Schultern. »Wahrscheinlich wird sowieso nichts draus. Allerdings könnte ich mir in den Hintern treten, weil ich ihn angerufen habe. Ich komme mir so billig vor. So dumm, weil ich geglaubt habe, dass er wirklich von mir hören wollte.« Ich nippte an meinem Wein. »Ich hätte es besser wissen sollen, ich habe es nur … eben gehofft, verstehst du? Dass da wirklich ein Funke war, etwas Besonderes.«

»Hey, du schlägst dich fantastisch. Vielleicht gibt es einen guten Grund dafür, dass er noch nicht zurückgerufen hat. Und sogar, wenn er sich nie wieder meldet, war das ein großer Schritt.«

»Meinst du?«

Sie verzog den Mund, als wäre sie sich selbst nicht ganz sicher. »Ähm … ja. Ich glaube schon.«

Wir lachten und tranken, bis wir fröhlich beschwipst waren. Später bestellten wir Pizza, und gerade, als Dana gehen wollte, klingelte mein Handy. Mein Blick schoss zu ihr.

»Geh ran!«

Ich griff nach meinem Telefon. Unbekannte Nummer. Ich räusperte mich. »Hallo?«

Es wurde aufgelegt.

Ich starrte das Handy an. »Was …?«

Ich wartete noch einen Moment, doch es klingelte kein weiteres Mal.

Nachdem Dana gegangen war, saß ich noch lange im Dunkeln und betastete die eingravierten Lettern auf dem glatten, goldenen Manschettenknopf.

Morgen würde er aus dem Hotel auschecken.

Sein Manschettenknopf war ein teures Stück. Ein personalisiertes Accessoire. Es gehörte zu einem Paar. Vielleicht machte es ihm zu schaffen, dass er es verloren hatte. Wie würde es aussehen, wenn ich den Knopf einfach behielt? Ich *musste* ihn Martin zurückgeben. Oder? Jeder normale Mensch würde ein so kostspieliges Schmuckstück zurückbringen. Ich würde es morgen früh im Hotel abgeben. Sehr früh. Bevor Martin auschecken würde. Falls ich ihm dabei in der Lobby über den Weg lief, konnte ich sagen, dass dies der Grund dafür gewesen war, dass ich ihn angerufen hatte – ich hatte ihm nur den Manschettenknopf zurückgeben wollen.

Schon fühlte ich mich besser.

Damals

ELLIE

Vor über zwei Jahren, 14. Januar, Vancouver, BC

»Ms Tyler, wie schön, Sie zu sehen«, sagte der Manager des Hartley Plaza Hotel, als ich mich in der Lobby der Rezeption näherte. Ich hatte mir mit meinem Aussehen besondere Mühe gegeben. Mein Haar war frisch geföhnt und fiel mir offen und schimmernd über den Rücken. Der dichte Pony betonte meine Augen. Ich hatte mich für einen hübschen beerenroten Wollmantel entschieden. Stiefel. Schal. Schwarze Spitzenunterwäsche. Ich redete mir ein, dass die Unterwäsche nur für mich war – einfach, um mir ein gutes Gefühl zu geben. Ich war nicht verzweifelt. Dies hier war meine Geschichte. Ich war eine Frau, die sexy Unterwäsche trug, und ich brachte nur jemandem etwas zurück, das er vielleicht vermisste.

»Was können wir für Sie tun?«, fragte der Manager. Es klang kriecherisch. Ich war Sterling Hartleys Tochter. Das hier war sein Hotel. Ich war an dieses Benehmen gewöhnt.

»Ich habe etwas, das einem Ihrer Gäste gehört. Ich würde es ihm gerne zurückgeben, bevor er auscheckt.«

»Lassen Sie es einfach bei mir, dann kümmere ich mich darum, dass …«

»Ich würde es ihm lieber persönlich geben. Können Sie mir sagen, ob er noch hier ist?«

Er zögerte. Die beiden Angestellten hinter dem Tresen wechselten einen Blick. So etwas verstieß gegen das Protokoll. Doch ich war Sterling Hartleys Tochter.

»Ich übernehme das«, sagte der Manager zu einer der beiden. Er setzte sich an ihren Computer und fragte: »Wie lautet der Name des Gastes, Ms Tyler?«

»Martin«, antwortete ich. »Martin Cresswell-Smith.«

Er tippte auf der Tastatur herum. »Bei uns ist niemand unter diesem Namen angemeldet.«

»Hat er schon ausgecheckt?«

Er runzelte die Stirn und tippte weiter. »Wir haben niemanden unter diesem Namen in unserem System.«

»Sind Sie sicher?«

»Ganz sicher.«

»Vielleicht haben Sie ihn falsch geschrieben.« Ich notierte Martins Namen auf einem bereitliegenden Hotelnotizblock. Unter dieser Schreibweise hatte ich Martin gegoogelt. Ich reichte den Block an den Manager weiter.

»So habe ich es geschrieben.«

»Könnten Sie es noch mal versuchen?«

Einen Moment lang hielt er meinen Blick.

»Bitte.«

Er tat mir den Gefallen. Ich ließ den Blick durch die Lobby schweifen und hoffte, Martin zu sehen, der gerade seinen Koffer Richtung Ausgang zog.

»Tut mir leid, Ms Tyler.«

»Aber ich weiß, dass er hier war.«

Ich habe gesehen, wie er die Rechnung in der Bar auf sein Zimmer hat schreiben lassen. Wir hatten Sex im Fahrstuhl, während wir zu seinem Zimmer hinaufgefahren sind.

»Es tut mir wirklich leid.«

Ich war überrumpelt und konnte den Manager nur anstarren. Ich war so sicher gewesen, wie es ablaufen würde. Er würde im Fahrstuhl herunterkommen. Ich würde ihm den Manschettenknopf geben. Er würde mir sagen, dass er versucht hatte, mich anzurufen, oder dass er ständig in irgendwelchen Meetings festgehangen hatte, oder … irgend so was. Er würde mich küssen. Wir würden etwas essen gehen, bevor er zum Flughafen fuhr.

Ich suchte in meiner Handtasche nach meinem Handy und zeigte dem Manager den Screenshot, den ich von dem Foto gemacht hatte, das Martin hinter seinem Schreibtisch in Toronto zeigte.

»Dieser Mann. Haben Sie ihn gesehen? Vielleicht hat er sich unter einem anderen Namen eingetragen?«

Der Manager musterte mich seltsam, dann warf er einen Blick auf das Display. Er schüttelte den Kopf. Ich zeigte den beiden Rezeptionistinnen das Bild.

Eine von ihnen sagte: »Ja, ich glaube, ich habe ihn neulich Abend gesehen. In der Mallard Lounge.«

»Wer hatte an diesem Abend Dienst hinter der Bar? Wissen Sie das noch?«

Unentschlossen sah sie den Manager an, der jedoch nur mit den Schultern zuckte.

»Tony Jarecki«, sagte sie schließlich. »Er arbeitet an den meisten Abenden dort.«

»Ein Typ mit Glatze?«

»Genau.«

Ich steuerte auf direktem Weg die Mallard Lounge an. Sie stand den Gästen fürs Frühstück offen. Ich fand Tony

Jarecki, der in einem kleinen Büro hinter der Theke an einem Schreibtisch saß. Er sah von seiner Arbeit auf und war anscheinend überrascht, mich zu sehen.

Ohne lange Vorrede fragte ich: »Ist dieser Mann neulich Abend in die Bar gekommen?« Ich zeigte ihm Martins Foto.

Er musterte das Bild, dann blickte er auf und betrachtete mich schweigend. »Ja«, antwortete er schließlich.

»War er Hotelgast? Wissen Sie das?«

Tony fuhr sich mit der Zunge über die Zähne und schien nachzudenken.

»Lügen Sie mich nicht an«, fuhr ich ihn an. »Ich sehe, dass Sie das vorhaben.«

Er lachte, doch es war ein hässlicher, freudloser Laut. Auf einmal fühlte ich mich beschmutzt. Verhöhnt. Billig. Ein kleiner Monitor in der Ecke des Büros fiel mir auf. Er zeigte das Bildmaterial einer Überwachungskamera. Plötzlich war mir heiß, und Übelkeit stieg in mir auf. Ich fragte mich, ob es auch in den Fahrstühlen Überwachungskameras gab. Vielleicht hatten Tony und das gesamte Personal zugesehen, wie ich mit einem Fremden im Aufzug Sex gehabt hatte. Und nun tuschelten und lachten sie alle hinter meinem Rücken.

Idiotin, Idiotin, Idiotin. Flittchen, Flittchen, Flittchen.

Dumme, verzweifelte Frau. Hat die Beine breitgemacht.

Sie hat auf ihren Ex eingestochen, weißt du …

Nach einem Nervenzusammenbruch in eine Klinik eingewiesen.

Ich musste hier raus.

»Nur, um das klarzustellen«, sagte Tony leise, gedehnt. »Ich hatte nicht vor zu lügen, ich habe nur überlegt, wie viel Schutz der Privatsphäre bei einem unserer Gäste angebracht ist. Was Sie sicher verstehen?«

Ich schluckte, mein Gesicht wurde heiß.

Er neigte den Kopf, und sein Blick schien mich zu durchbohren.

Ich sagte: »Wenn Sie Geld wollen …«

Er sprang auf. »Bitte gehen Sie jetzt, Ms Tyler. Ich will Ihr Geld nicht.«

»Trotzdem konnte mein Vater Sie kaufen.«

Seine Augen wurden schmal.

»Ich habe gesehen, wie er mit Ihnen gesprochen hat. Ich bin sicher, dass er Sie bezahlt hat.«

»Ihr Vater hat sich um Sie gesorgt. Er ist ein guter Mann. Er hat mich für einen Dienst bezahlt.«

Ich wedelte mit meinem Handy. »War dieser Mann mit einer anderen Frau hier? Ist das der Grund, warum Sie glauben, dass er seine Privatsphäre braucht?«

»Ich denke, Sie sollten jetzt gehen, Ms Tyler.«

Aus Tony Jareckis Miene schloss ich, dass Martin Cresswell-Smith tatsächlich mit einer anderen in der Mallard Lounge gewesen war – vielleicht mit dieser Frau, mit der er in Richtung Aufzüge gelaufen war. Ich warf einen Blick auf den Monitor. Ich hätte darauf gewettet, dass er zusammen mit ihr auf dem Bildschirm zu sehen gewesen war.

»Ich sollte mich wieder meiner Arbeit widmen«, sagte er.

»Ja. Ja, das sollten Sie.«

Ich verließ die Mallard Lounge und durchquerte hastig die Lobby, um zum Ausgang zu gelangen. Es kam mir vor, als würden mich alle anstarren.

Ich trat in die kalte Luft hinaus und drehte den Manschettenknopf in meiner Tasche zwischen den Fingern.

Vergiss es einfach, Ellie. Lass es hinter dir. Du hast einen Fehler gemacht und du blamierst dich hier nur. Sieh der Sache ins Gesicht: Du hast dir verzweifelt gewünscht, dass dich jemand will, dass dich jemand braucht, auf diese bestimmte Art. Es ist vorbei.

Ich stellte den Mantelkragen auf und lehnte mich in den kalten Wind, als ich auf den Bürgersteig hinaustrat. Während ich den Gehweg entlangging, nahm ich mir fest vor, nicht zurückzublicken und einfach weiterzumachen, doch ein tief liegender, dunkler, eingesperrter Teil meiner selbst spürte es bereits – etwas in mir hatte begonnen, sich in eine falsche Richtung zu entwickeln.

Der Mordprozess

Gerichtspsychologisches Einschätzungsgespräch vor der Verhandlung

»Wissen Sie, warum Sie hier sind, Ellie?«

Die Stimme des Psychologen ist weich. Tief. Er ist elegant, fast schon schön auf eine androgyne Art. Blasse Haut. Schlupflider. Langes, schmales Gesicht. Lange, spitz zulaufende Finger. Wahrscheinlich sind auch seine Zehen lang und spitz zulaufend. Ein Mund, der weder zu schmal noch zu voll ist. Er wirkt weich. Sein Schal stammt vermutlich von einem Markt in Nepal. Wahrscheinlich hat er den Himalaja durchwandert und dabei einen kleinen Abstecher zu einem Mönchskloster in Tibet gemacht. Er hat ein Eckbüro mit Fenstern, die bis zum Boden reichen. Viel natürliches Licht. Trotzdem fühle ich mich eingesperrt, nervös.

»Ich bin hier, weil Sie ein forensischer Psychologe sind. Weil wir vor einem Mordprozess stehen und mein Anwaltsteam wissen möchte, ob sie mich in den Zeugenstand rufen können. Weil das schon ein ziemliches Risiko wäre, nicht wahr? Jemanden wie mich in den Zeugenstand zu rufen? Sie müssen wissen, ob ich ihnen eine Hilfe wäre oder ob ihnen der ganze Prozess dann um die Ohren fliegt, besonders im Kreuzverhör.«

»Und was glauben Sie?«, fragt er.

»Ich bin hier nicht diejenige, die für ihre Meinung bezahlt wird, Doktor.«

Er betrachtet mich. Ich sehe auf die Uhr. Dann huscht mein Blick zur Tür. Mit jeder vertickenden Sekunde werde ich angespannter. Ich habe Angst davor, er könnte in meinen Kopf eindringen, in die verborgenen, dunklen Orte, in deren Schatten meine Geheimnisse leben. Niemand darf dort hinein. Nicht einmal ich selbst. Ich habe gelernt, was passieren kann, wenn ich diese Türen öffne. Sein Schweigen zieht sich hin. Das Engegefühl in meiner Brust nimmt zu.

Also fülle ich die Stille, bereue allerdings sofort, den Mund aufgemacht zu haben, denn genau darauf wartet er. Das hier ist nicht mein erstes Rodeo. Ich bin ein Therapieveteran.

»Ich glaube«, sage ich langsam, »dass Sie die Jury gern sehen lassen würden, dass ich ein Opfer bin. Sie wollen der Jury zeigen, was Martin *mir* angetan hat, Sie wollen, dass ich den Geschworenen leidtue – dass sie erkennen, warum er es verdient hat, zu sterben.«

Seine Brauen zucken nach oben. Er befeuchtet die Lippen und macht sich eine Notiz. Die Sitzung wird aufgezeichnet, ich muss vorsichtiger sein. Auf dem Tisch vor mir steht eine Schale mit kleinen Schokoladentäfelchen. Jedes davon einzeln in Goldfolie verpackt. Er folgt meinem Blick. Beugt sich vor und schiebt mir die Schale hin.

Ich lehne mich jedoch zurück, schlage die Beine übereinander und lege die Hände um ein Knie.

»Hat er das?«

»Hat er was?«

»Es verdient, zu sterben.«

Ich springe vom Sofa auf, gehe im Raum auf und ab. Bleibe stehen. Sehe aus dem Fenster. Wir befinden uns im ersten Stock eines Backsteinhauses. Draußen auf dem winzigen Rasenfleck sind Leute: Mütter oder Nannys, die ihre Schützlinge auf der Schaukel überwachen. Ich denke an Chloe. Ich schlinge die Arme fest um meinen Bauch und antworte leise: »Wir sterben alle. So oder so. Manche Menschen tun schlimme Dinge. Ich glaube, dass sie es verdienen, früher zu sterben.«

Er schweigt einen Moment. Ich höre, wie er in sein Notizbuch schreibt, eine Seite umblättert.

»Hatte Ihre Tochter verdient, zu sterben, Ellie?«

Wut ballt sich in meinem Bauch zusammen. Ich bin drauf und dran, mir meine Handtasche zu schnappen und hinauszustürmen. Doch mir ist bewusst, was auf dem Spiel steht. Freispruch oder Schuldspruch. Das ist nicht verhandelbar. Ich muss alles tun, was ich kann, um meinem Anwaltsteam dabei zu helfen, das hier zu gewinnen.

»Sie war noch zu jung«, antworte ich weich. »Zu unschuldig.«

»Was ist mit Ihrer Mutter?«

Mein Herzschlag verlangsamt sich. »Meine Mutter ist gestorben, als ich neun war, Doktor. Ihr Tod ist für diesen Fall nicht relevant.«

»Er ist relevant für Ihre Psyche, Ellie. Neun ist ein sehr junges Alter, um seine Mutter zu verlieren. Solche Lebensereignisse machen uns zu dem, wer wir sind. Für das Gericht ist es wichtig, wer Sie sind. Was auch immer gegen Sie verwendet werden kann, wird verwendet werden.«

Trauer kann zu einem Ungeheuer werden, das einen überwältigt und verschlingt. Ich weiß das. Man hat es mir schon früher gesagt.

Draußen vor dem Fenster auf dem kleinen Flecken Gras dort unten fällt ein Mädchen von der Schaukel. Ihre Mutter rennt zu ihr, sinkt auf die Knie und nimmt ihr Kind in die Arme, tröstet es, streichelt dem Mädchen übers Haar.

Meine Gedanken wandern zurück zu Chloe. Zu dem, was wir hätten haben können. Ich denke daran, was ich mit meiner eigenen Mutter nie hatte. Wie mich mein Vater vor ihrem Tod vernachlässigt hat und wie viel schlimmer es danach noch wurde. Die Wut in meinem Bauch schwillt an, drückt durch meine Speiseröhre nach oben.

Der Psychologe rutscht auf seinem ergonomisch geformten Stuhl herum. Ich höre das Quietschen.

»Wollen Sie mir erzählen, woran Sie sich noch erinnern, was den Tod Ihrer Mutter betrifft, Ellie? Sie waren mit ihr zu Hause, als sie eine Überdosis genommen hat, richtig?«

Ich fahre zu ihm herum. »Ist *das* Ihre Strategie? In altem Schmerz herumstochern? Mir Fallen stellen, um mich dazu zu bringen, etwas Falsches zu sagen? Genau, wie Sie es gerade tun?«

»Sehen Sie das Leben so? Voller Menschen, die darauf warten, dass Sie sich verraten?«

In seinem Gesicht lese ich, dass meine Reaktionen, meine Mauern, mein rasch aufflammender Zorn ihm schon viel von dem verraten haben, was er wissen muss.

Ich habe etwas zu verbergen.

Aber haben wir das nicht alle?

Damals

ELLIE

Vor über zwei Jahren, 21. Januar, Vancouver, BC

Eine Woche nachdem ich mich im Hartley Plaza zum Gespött gemacht hatte, blieb ich an einer Kreuzung in der Innenstadt an einer roten Ampel stehen, in Gedanken immer noch bei dem Gespräch, das ich gerade geführt hatte und das mir hoffentlich einen neuen Auftrag sichern würde. Ich trug meine große, wasserdichte Portfoliotasche an einem Gurt, den ich mir über die Schulter geschlungen hatte. Es war später Nachmittag, und es wurde bereits dunkel. Der Himmel hing tief, und es nieselte. Ein kleines Mädchen stand neben mir und sah zu mir auf. Sie lächelte scheu und legte den Kopf schief.

Chloes Lächeln.

Mein Herz blieb stehen, dann implodierte es. Fast hätten meine Knie unter mir nachgegeben. Ihre behandschuhten Finger steckten fest in der Hand ihrer Mutter.

Sie hätte meine Tochter sein können. Diese Mutter hätte ich sein können. Chloe wäre jetzt fünf. Wenn sie noch leben würde. Vielleicht wäre ich immer noch mit Doug zusammen.

In unserem früheren Haus. Chloe hätte gerade an der Schule unten an der Straße angefangen. Vielleicht würde ich genau hier stehen und ihre Hand halten, würde mich darauf freuen, mich mit Doug in seinem Büro zu treffen, das nur einen Block entfernt war. Chloe und ich würden die Kaffeepause mit Daddy verbringen.

Die Fußgängerampel wurde grün. Die Mutter zog ihr kleines Mädchen vorwärts, und sie überquerten die Straße mit den anderen Fußgängern. Ich konnte mich nicht rühren. Die Zeit schien sich zusammenzufalten. Es war, als hätte ich einen Blick in ein Paralleluniversum geworfen und gesehen, wie mein Leben aussehen würde, wenn ich Chloes Hand an diesem Tag in den Wellen nicht losgelassen hätte.

Endlich gelang es mir, auf die Straße hinauszutreten, doch inzwischen war es schon wieder rot geworden. Ein Fahrradfahrer fuhr fast in mich hinein und geriet schwankend auf die Fahrbahn. Ein Auto wich ihm aus und hupte.

»Blöde Kuh!«, brüllte der Radfahrer über die Schulter. »Die Ampel ist rot, verdammt!«

Ich stolperte zurück auf den Gehweg, keuchte, ballte die Hände zu Fäusten und löste sie wieder. Wilde Panik drohte mich mitzureißen.

Konzentrier dich, Ellie. Tu das nicht – verlier nicht wieder die Kontrolle. Es geht vorbei. Es war nur ein Trigger. Ein PTBS-Trigger. Deine Therapeutin hat dir doch erklärt, wie das funktioniert.

Ich drehte mich um und begann den Bürgersteig entlangzulaufen, den gleichen Weg zurück, den ich gekommen war. Ohne Plan. Nur weiterlaufen. Schnell. Ich konzentrierte mich auf das rhythmische Klackern meiner Stiefelabsätze. Ich versuchte, tief zu atmen. Hielt den Kopf gesenkt, vermied es, irgendjemanden anzusehen. Meine Wangen brannten. Der Regen wurde stärker. Ich beschloss, zu einem Buchladen in der Nähe von Gastown zu gehen. Dort würde ich eine Weile sitzen. Einen Block vom Buchladen entfernt gab es ein Spirituosengeschäft. Ich würde später noch daran vorbeigehen und mir eine Flasche Wein für zu Hause mitnehmen, oder zwei. Ich hatte noch ein paar Tabletten übrig. Ich würde eine davon nehmen. Entspannen. Eine Nacht darüber schlafen. Morgen früh würde alles wieder in Ordnung sein.

Ich bog um eine Ecke. Und erstarrte.

Auf dem Gehweg vor mir lief ein Mann raschen Schritts den Hügel hinauf. Es war das blonde Haar, das meine Aufmerksamkeit auf sich gezogen hatte. Wie ein Leuchtturm. Glänzend und dicht.

Martin?

Er trug einen gut geschnittenen Mantel und einen Aktenkoffer. Die Menschenmenge teilte sich vor ihm, als wäre er der Hai in einem Meer aus dunklen Farben. Grau in Grau in Schwarz. Er ging zügig, entfernte sich von mir.

Ich lief los, drängte mich durch eine Gruppe von Passanten, die gerade aus einem Bus ausgestiegen waren. Martin umrundete eine Ecke und verschwand hinter einem Gebäude. Ich rannte weiter, meine Mappe schlug gegen meinen Rücken, traf andere Fußgänger, die mir nachschimpften.

Schwer atmend erreichte ich die Ecke. Und blieb stehen. Feiner Sprühregen hatte eingesetzt. Da entdeckte ich Martin wieder. Er war schon halb den Block hinunter. Der Gehweg war fast leer. Ich eilte ihm hinterher, ohne richtig darüber nachzudenken, warum ich ihm folgte oder was ich sagen würde, wenn ich ihn einholte. Falls er es überhaupt war.

An einer Kreuzung blieb er stehen und wartete ab, bis ein paar Autos vorübergefahren waren. Er drehte den Kopf und sah mich direkt an.

Ich gefror in der Bewegung.

Er *war* es – er war es eindeutig. Ich hob die Hand, doch er sah einfach an mir vorbei, durch mich hindurch. Seine Miene blieb reglos.

»Martin?«, rief ich und hob die Hand noch höher. Winkte. »Martin!«

Er warf einen Blick über die Schulter, um zu sehen, wem ich da zurief. Dann überquerte er die Straße und verschwand im Eingang einer Tiefgarage.

Schockstarr ließ ich die Hand sinken. Er war es. Ich war mir sicher, dass er es war. Oder … konnte ich mich irren?

Hastig lief ich weiter und blieb vor der Betonrampe stehen, die hinab in die Eingeweide der Tiefgarage führte. Er war dort hinuntergegangen. Die Garage atmete einen kalten, feuchten Geruch aus. Ich zögerte, dann ging ich die Rampe ins erste Untergeschoss hinab. Ich umrundete eine Betonwand. Von diesem Standpunkt aus konnte ich durch eine Lücke in die nächsttiefere Ebene blicken. *Martin.* Er stand neben einem orangefarbenen Subaru Crosstrek. Ich wollte gerade weitergehen, als die Fahrertür des Subarus aufschwang.

Eine Frau stieg aus. Ihr Gesicht konnte ich nicht erkennen. Sie hatte eine Wollmütze gegen die Kälte aufgesetzt und sich einen Schal um den Hals geschlungen, der ihr Kinn verbarg. Sie steckte in einem dicken Steppmantel, der ihre Figur vollkommen verschleierte. Außerdem war es düster in der Garage. Sie küsste ihn, und er legte ihr die Hand an die Taille. Die Erinnerung, wie Martin mich so berührt hatte, durchzuckte mich. Ich versuchte zu schlucken. Sie ging um das Auto herum und stieg auf der Beifahrerseite ein. Die Tür wurde zugezogen. Martin legte seine Aktentasche nach hinten, ließ sich auf dem Fahrersitz nieder und schlug auch seine Tür zu. Der Motor wurde angelassen.

Meine Gedanken rasten. Er hatte gesagt, er würde Vancouver am vergangenen Montag verlassen. Der Hotelmanager hatte beteuert, dass er nie im Hartley Plaza eingecheckt hatte. Trotzdem, ich hatte selbst gesehen, wie er die Barrechnung auf sein Zimmer hatte schreiben lassen. Wurde ich verrückt?

Das Auto fuhr rückwärts aus der Parklücke und kam die Rampe hoch. Panisch sah ich mich nach einem Versteck um. Eine Tür rechts von mir führte zu einer Treppe, ich zog sie auf und huschte hindurch. Als die Tür langsam zuschwang, fuhr der Subaru vorbei. Martin sah aus dem Fenster. Ich versuchte, mich gegen die Wand zu drücken, doch er erblickte mich durch den verbliebenen Spalt. Das Auto fuhr weiter, und die Tür fiel ins Schloss.

Zittrig holte ich Luft. Hatte ich mir das nur eingebildet? Nein. Es musste jemand anderes gewesen sein, nicht Martin. Nicht der warmherzige australische Entwickler, der nach einem Finanzier für sein Projekt in New South Wales suchte. Nicht der Mann, der Kinder wollte und so aufmerksam gewesen war … Der Mann, mit dem ich Sex im Fahrstuhl gehabt hatte.

Hart rieb ich mir über das Gesicht.

Ich hatte mich geirrt. Es war jemand gewesen, der wie Martin Cresswell-Smith ausgesehen hatte. Ein Doppelgänger. So etwas gab es nun mal. Ich hatte mich in ein bizarres Paralleluniversum ziehen lassen, nachdem ich dieses Mädchen gesehen hatte, das Chloe hätte sein können. Das war alles.

Dann, während ich noch in diesem kalten, nach Urin stinkenden Treppenhaus stand, klingelte mein Handy. Ich fischte es aus der Tasche, sah auf das Display.

Ich kannte die Nummer nicht.

Mit zitterndem Finger nahm ich den Anruf an und hielt mir das Handy ans Ohr.

»Hallo?«

Statisches Rauschen, dann: »Ellie … hallo? Hallo – kannst du mich hören?«

Ich blinzelte. Meine Knie wurden weich. Ich spähte durch das winzige Fenster in der Tür zum Treppenhaus, doch der Subaru war weg. Ich war völlig verwirrt.

»Bist du dran, Ellie? Hier ist Martin. Bin ich falsch verbunden?«

»Ich, äh … ja. Ja, hier ist Ellie. Ähm. Kannst du kurz dranbleiben? Ich … bin nur … gerade in einem Laden. Ich stehe an der Kasse.« Ich drückte das Handy gegen meinen Mantel, um alle Geräusche zu dämpfen. Ich wartete, sammelte mich, versuchte meine Gedanken zu sortieren und hoffte, dass meine Stimme normal klingen würde. Dann hielt ich mir das Handy wieder ans Ohr. »Tut mir leid.«

»Bevor du etwas sagst, Ellie, es tut mir so leid, dass ich dich erst jetzt zurückrufe. Mir wurde in Heathrow mein Handy geklaut, irgendwo zwischen einem Fish-and-Chips-Shop, einer Flughafenbar und dem Flugzeug. Darauf war deine Nummer. Ich musste warten, bis ich wieder zu Hause war und meinen Verlauf und meine Kontaktinformationen neu laden konnte.«

»Wo …« Meine Stimme versagte. Ich stieß die Tür auf und blickte durch die Lücke in die untere Ebene hinab. Der Parkplatz, auf dem der Subaru gestanden hatte, war immer noch leer. Fieberhaft überlegte ich. Dann räusperte ich mich. »Wo bist du jetzt?«

»Sea-Tac Airport. Seattle. Gleich steige ich in ein Flugzeug nach Vancouver. Seit wir uns gesehen haben, gehe ich unter in Meetings. Du fehlst mir.«

Ich blinzelte. »Das ist so verrückt.«

»Was denn?«

»Ich dachte, ich hätte dich gerade gesehen.«

»Wo?«

»In Vancouver. Downtown.«

Er lachte. Warm. Weil alles an ihm warm war. Dieses vertraute Gefühl der Zuneigung, der Anziehungskraft, die von ihm ausging, wand sich durch meine Adern.

»Dann habe ich wohl einen Doppelgänger. Hör mal, ich lande in ein paar Stunden in Vancouver. Ich bleibe zwei Tage dort. Können wir uns morgen Abend sehen, El? Vielleicht zum Essen? Ich kenne ein besonderes kleines Restaurant in Deep Cove. Ich würde dieses Mal gern mehr Zeit mit dir verbringen.«

»Okay … Sehr gern.«

Wir vereinbarten, uns im Restaurant zu treffen, dann legten wir auf. Benommen stand ich im stinkenden, kalten Treppenhaus und versuchte mich zu konzentrieren. Die Worte meiner ehemaligen Therapeutin gingen mir durch den Kopf.

»Wir gehen durchs Leben, während wir uns ständig verhören, Dinge sehen, die es nicht gibt, oder etwas falsch verstehen, damit es in die Geschichten passt, die wir uns selbst einreden. Wir füllen die Lücken, die keinen Sinn ergeben, weil wir an etwas glauben wollen.«

So war es. Ich hatte mich so sehr nach Martin gesehnt, dass ich ihn tatsächlich gesehen hatte.

Damals

ELLIE

Vor über zwei Jahren, 22. Januar, Vancouver, BC

»Gott, schau dich nur an, El. Noch schöner, als ich dich in Erinnerung hatte.«

»Und du – du warst in der Sonne. Wo bist du denn so braun geworden?« In dem Moment, in dem ich ihn an dem Fenstertisch des Restaurants in Deep Cove erblickt hatte, war mir klar gewesen, dass es nicht Martin gewesen war, den ich am Vortag gesehen hatte. Der Doppelgänger war nicht so braun gebrannt und sein Haar war länger gewesen. Martins Haar war kurz geschnitten. Er sah gut aus. Mein unterschwelliger Groll verpuffte, als er aufstand, um mich auf den Mund zu küssen.

»Spanien«, antwortete er, während er mir Wein einschenkte. »Fünf Tage auf einer Jacht vor Marbella.« Ein breites Lächeln zeigte sich auf seinem Gesicht. Seine weißen Zähne bildeten einen schönen Kontrast zu seiner dunklen Haut. »Am Mittelmeer kann das Wetter sogar im Winter fantastisch sein.« Er stellte die Flasche zurück in den mit Eiswürfeln gefüllten

Eimer. »Hoffentlich schmeckt er dir. Pinot gris. Sloquannish Hills. Ein kleines Weingut im …«

»Im Okanagan Valley. Ich weiß. Zufällig ist das einer meiner Lieblingsweine.« Das letzte Mal hatte ich diesen Wein auf Kosten meines Vaters in der Mallard Lounge getrunken. Zwei Flaschen davon.

»Tja, dann bewundere ich deinen guten Geschmack.« Er hob sein Glas. »Cheers. Auf unser Wiedersehen. Ich bin froh, dass du es einrichten konntest, Ellie. Ich bin froh, dass du mich nicht abgeschrieben hast.«

»Ja, mich freut es auch.« Wir stießen an. »War es ein Urlaub oder eine Geschäftsreise nach Marbella?« Ich trank einen Schluck und spürte, wie sich die angenehme Wärme in meiner Brust ausbreitete.

»Es war geschäftlich, aber ich konnte alles von der Jacht eines Freundes aus erledigen. Es ging um einen spanischen Geldgeber, der mein Projekt in New South Wales finanziert. Dort ist jetzt alles startklar.«

»Herzlichen Glückwunsch!«

»Ja, toll, oder? Umso mehr Grund zum Feiern.«

Ich öffnete die Karte, doch Martin legte die Hand auf meine. »Ich habe schon bestellt.«

»Wie bitte?«

Er lächelte. »Wir können die Bestellung ändern, wenn du willst, aber ich habe die Bouillabaisse geordert. Für uns beide. Das ist hier die Spezialität des Hauses. Ich möchte, dass du sie probierst, Ellie.« Er zögerte kurz. »Ich habe einen Grund dafür.«

Ein vages Misstrauen überkam mich. »Welchen Grund?«

Er grinste durchtrieben. »Später. Erst essen wir mal. Vielleicht magst du die Suppe ja gar nicht, dann muss ich mir eine andere Strategie überlegen.«

Ich stellte mein Glas ab. »Eigentlich hatte ich auch meinen Grund dafür, dass ich dich wiedersehen wollte.« Ich nahm ein kleines Kästchen aus meiner Handtasche und stellte es zwischen uns auf den Tisch.

Ein Anflug von Sorge blitzte in seinem Blick auf.

»Mach es auf«, sagte ich.

Er tat es. Sein goldener Manschettenknopf glänzte im Kerzenschein. Martin sah auf, begegnete meinem Blick.

»Der ist dir im Fahrstuhl runtergefallen. Deshalb habe ich dich angerufen. Ich wollte dir sagen, dass ich ihn gefunden hatte. Ich dachte, er ist dir vielleicht wichtig.«

Er nahm den Knopf aus dem Kästchen. »Danke. Ich hatte gehofft, dass du angerufen hast, weil …«

»Ich bin am Montagmorgen ins Hotel gegangen«, sagte ich hastig, bevor ich es mir anders überlegen konnte. »Um ihn dir zurückzubringen.«

Er hielt meinen Blick. Aufmerksam musterte ich ihn.

»Du warst nicht da, Martin. Du warst nie als Hotelgast eingetragen.«

Seine Augen wurden eine Spur schmaler. »Nicht? Bist du sicher?«

»Ganz sicher.«

Er bemerkte die Veränderung in meiner Stimme und presste die Lippen aufeinander. »Vielleicht hat Gertrude uns unter dem Firmennamen eingebucht.«

Meine Wangen wurden heiß. »Gertrude?«

»Meine persönliche Assistentin.« Argwohn mischte sich in seinen Blick. »Ist alles in Ordnung, Ellie?«

Ich sah nach unten, drehte den Stiel des Glases zwischen den Fingern. Ich kam mir vor wie eine Idiotin. »War sie – reist Gertrude mit dir zusammen?«

»Manchmal. Kommt auf die Reise an. Auf dem Trip nach Vancouver hat sie mich begleitet – sie musste ein paar Dinge für mich erledigen und sich um die Frau eines Investors aus Spanien kümmern. Was gut gelaufen ist – diese Jacht in Marbella gehört ihm.«

»Oh, oh, das ist … gut.« Ich räusperte mich. Ich wagte nicht, ihm zu beichten, dass ich auch den Barkeeper in der Mallard Lounge belästigt hatte. Doch das würde erklären, warum The Rock ihn mit einer anderen Frau gesehen hatte. Weitere Peinlichkeiten blieben mir jedoch erspart, weil in diesem Moment unser Essen kam.

Die Kellnerin stellte zwei Schüsseln voll dampfend heißer Bouillabaisse vor uns ab, begleitet von kleineren Schälchen voll Rouille und gegrillten Brotscheiben. Nachdem sie wieder gegangen war, nahm Martin das Kästchen mit seinem Knopf vom Tisch und steckte es ein. »Vielleicht habe ich ihn ja absichtlich fallen lassen.«

»Wie bitte?«

Er zog eine blonde Braue hoch. »Vielleicht habe ich den Manschettenknopf quasi als Glasschuh zurückgelassen, weil ich gehofft habe, dass du ihn mir zurückbringen würdest.«

Ich lachte, vielleicht ein bisschen zu laut, aber es war eine Erleichterung, mich endlich von meiner Verlegenheit verabschieden zu können.

Die Bouillabaisse war fantastisch. Wir bestellten mehr Wein und unterhielten uns über Kunst, über die Galerien, die er in Europa besucht hatte, über Gemälde, die er mochte, und über ein Bild, das er kürzlich für sein Büro in Toronto gekauft hatte. Er zeigte mir ein Foto davon, und ich erkannte die Einrichtung des Raums, in dem es in möglichst vorteilhaftem Licht aufgehängt worden war, von dem Screenshot wieder, der immer noch auf meinem Handy gespeichert war. Es gefiel mir, dass sich Martin mit meiner Leidenschaft sogar so weit auskannte, dass er die korrekten Fachbegriffe verwendete. Doug hatte sich nie dafür interessiert.

Als das Dessert und der Kaffee gebracht wurden, sagte er: »Also, ich habe dir alles über meine Familie erzählt, aber über deine weiß ich immer noch sehr wenig, El. Als ich erwähnt habe, dass ich eine Enttäuschung für meinen Vater bin, hast du gesagt, dass du das verstehen kannst, und es hat so geklungen, als würdest du das ernst meinen.«

Ich zögerte. Wenn die Leute erfuhren, dass ich Sterling Hartleys Tochter war und eines Tages Milliarden erben würde, gerieten die Dinge manchmal auf ungeahnte Abwege. Vielleicht hatte ich schon zu lange damit gewartet, es Martin zu sagen, und ich fürchtete, dass das merkwürdig wirken könnte. Trotzdem zögerte ich es noch weiter hinaus und begann stattdessen mit meiner Mutter.

»Sie ist gestorben, als ich neun war.« Ich trank einen Schluck Espresso. »Sie war Alkoholikerin und tablettensüchtig. Sie hat sich umgebracht.«

Er erstarrte, den Dessertlöffel in der Luft. Ich las etwas in seinem Blick … Unbehagen. Ich verunsicherte ihn, schreckte ihn ab. Vielleicht fragte er sich, ob ich irgendwelche Psychogene geerbt hatte. Vielleicht hatte ich das ja tatsächlich. Ganz sicher würde ich jetzt nicht auch noch erwähnen, dass ich selbst eine klinische Depression hinter mir und nach Chloes Tod monatelang in einem Nebel aus Alkohol und Medikamenten zugebracht hatte. Dann war ich wegen mentaler Gesundheitsprobleme eingewiesen worden. Mir war durchaus bewusst, dass ihm, sobald ich den Namen meines Vaters erwähnte, möglicherweise wieder einfallen würde, dass er irgendetwas über diese Dinge im Zusammenhang mit Sterling Hartleys Tochter gelesen hatte.

»Das tut mir leid, El. Das tut mir so leid.«

»Es ist lange her.«

»Solche Dinge, die man als Kind erlebt – sie begleiten einen. Ich weiß das.«

Ich nickte und empfand eine Art Verbindung zu ihm. Er legte seine Hand auf meine.

»Was ist mit deinem Vater? Hat er wieder geheiratet?«

»Ich bezweifle, dass er jemals wieder heiraten wird. Er ist ein ewiger Peter Pan – Sterling Hartley.«

Er starrte mich an. Sagte nichts. Dann fluchte er leise. »Die AGORA Convention – du hast es nicht einmal erwähnt. Als ich dir gesagt habe, dass ich deswegen im Hartley Plaza war. Herrgott, es war dein Familienhotel, und du hast nichts gesagt?« Er war verärgert. Da war etwas Raues, Scharfkantiges an ihm. »Warum nicht?«

»Weil ich dich da gerade erst kennengelernt hatte, Martin, und ich wollte nicht, dass du nur noch die Tochter meines Vaters in mir siehst. Wenn es eine Chance geben sollte, dass wir uns wiedersehen, dann, weil du mich magst. Sobald die Leute herausfinden, dass ich seine Tochter bin … verändert das alles. So wie jetzt.«

»Verdammt noch mal.« Er lehnte sich zurück und griff nach seinem Weinglas. Er musterte mich wie etwas, das in einem Labor in einer Petrischale herumdümpelte. Fast konnte ich sehen, wie es hinter seiner Stirn arbeitete, wie er die Puzzlestücke zusammenfügte.

»Es tut mir leid, aber … bitte, Martin, lass das nicht alles kaputtmachen, okay?«

Seine Miene blieb unleserlich, dann grinste er plötzlich und begann laut zu lachen. »Ich hatte Sex mit der Kleinen von Sterling Hartley, und zwar im Aufzug in seinem Hotel. Ich fass es nicht.«

»Mit der *Kleinen*?« Ich legte die Serviette auf den Tisch. »Ich gehe jetzt lieber.«

»Nein … nein, El. Halt. Geh nicht.« Er wischte sich über die Augen. »Komm schon. Das ist einfach super. Entschuldige meine Ausdrucksweise, aber dein Dad ist ein totales Arschloch, ein stinkreicher Soziopath mit Narzissmuskomplex. Zeig mir einen Zeitungsartikel oder einen Twitter Feed, in dem nicht genau das über Sterling James Hartley steht. Ein arroganter Multimilliardär. Jeder dieser Möchtegerns bei der AGORA Convention weiß das, trotzdem würde es ihm nie jemand ins Gesicht sagen, weil er nun mal ein reicher Scheißkerl ist, der auch andere reich zaubern kann.«

Ich schob meinen Stuhl zurück.

»Ellie …«

Ich stand auf. »Martin, vielleicht mag ich meinen Vater ja selbst nicht, aber ich liebe ihn trotzdem. Hast du mal daran gedacht? Was du über ihn gesagt hast, stimmt, aber er ist alles, was ich an Familie noch habe, und dass du jetzt lachst, weil du glaubst, du hättest ihn verarscht, als du mich in seinem Fahrstuhl gevögelt hast …«

»Ellie …« Mit einem Mal war er wieder ernst und umfasste mein Handgelenk. »Es tut mir leid. Bitte. Bitte entschuldige. Setz dich wieder hin, bitte.«

Ich sah ihn an, und mir kam ein unguter Gedanke. Konnte es sein, dass er bereits gewusst hatte, wer ich war, als wir einander begegnet waren?

Langsam und leise fragte ich: »Warum hast du mich wirklich zum Essen eingeladen, Martin? Ist das für dich nur irgendein Spielchen?«

Er fluchte gedämpft. »Nein, El. Ganz und gar nicht. Bitte setz dich. Hör mir zu.«

Ich ließ mich auf der Stuhlkante nieder.

»Der Grund, warum ich dich heute Abend hierher eingeladen habe – die Bouillabaisse … Ich muss für acht Wochen geschäftlich nach Europa. Unter anderem nach Nizza, und da gibt es dieses wunderschöne kleine Restaurant, in dem man die beste Bouillabaisse der Welt essen kann. Ich wollte dich in die richtige Stimmung bringen und dir eine kleine Kostprobe liefern … Würdest du mitkommen?«

»Was … Wie meinst du das?«

»Komm mit mir, Ellie. Nach Europa.«

»Was?«

Er beugte sich vor und ergriff meine Hände. Während er sprach, strich er mir sanft mit dem Daumen über die Innenseite der Handgelenke. »Am Freitag reise ich ab, und ich finde den Gedanken furchtbar, dich acht Wochen lang nicht zu sehen. Komm mit.«

»Das kann ich nicht. Ich muss arbeiten. Ich … habe einen neuen Auftrag.«

»Natürlich.« Er ließ meine Hände los und lehnte sich zurück.

Hastig ging ich meine Verpflichtungen durch – Projekte, Deadlines. Ich dachte daran, wie ich mich gefühlt hatte, als er nach der Nacht, in der wir uns begegnet waren, so abrupt aus meinem Leben verschwunden war, und auf einmal wollte ich ihn nicht wieder gehen lassen.

»Wie wäre es, wenn du mich dann nur auf einem Teil der Reise begleitest?«, schlug er vor. »Vielleicht ein paar Tage in Rom? Venedig? Oder …« Seine Augen leuchteten auf. »Wie wäre es, wenn wir uns am Ende der Reise eine Woche auf den Cookinseln gönnen?«

»Das ist von Europa aus betrachtet auf der anderen Seite der Welt.«

»Na und? Wen kümmert's? Aitutaki – in der Lagune dort kenne ich ein fantastisches Resort. Ein ganzer Strand für uns allein, Ellie, eine kleine Luxushütte mit allerbestem Room Service direkt über dem Wasser. Sonnenschein. Wärme. Wer kann in dieser Jahreszeit schon Nein zu ein bisschen Sonne sagen?«

Gedanken wirbelten mir durch den Kopf. Abgabetermine. Entwürfe. Konzeptzeichnungen. Ich wurde aufgeregt.

Wieder beugte er sich zu mir vor, eine kaum gebändigte Energie umflirrte ihn wie elektrische Spannung. Es war ansteckend. Ich spürte das Knistern auf der Haut.

»Könntest du deine Arbeit nicht einfach mitnehmen? Vielleicht kannst du an deinen Projekten arbeiten, während ich in meinen Meetings sitze? Und dann treffen wir uns zum Abendessen?«

»Martin …«

»Ich weiß. Es ist verrückt.« Er fuhr sich durch das dichte Haar, und das Kerzenlicht schimmerte auf seiner exorbitant teuren Rolex Daytona – ich hatte die Uhr gegoogelt. Ich wusste, was sie kostete. Genau wie seine Manschettenknöpfe. Ich hatte nach dem kleinen Stempel auf der Innenseite gesucht. Warum ich das getan hatte, wusste ich selbst nicht. Vielleicht, weil ich wissen wollte – wissen musste –, dass er selbst Geld hatte. Und deshalb nicht nur hinter meinem her war.

»Die Reise geht auf mich, El. Ich kümmere mich um alles. Gertrude macht die Reservierungen und erstellt den Reiseplan. Ein paar der schönsten Hotels und Pensionen der Welt. Ehrlich gesagt habe ich es nämlich gern bequem auf meinen Reisen.«

Ich schluckte. Ich dachte an Sonnenschein und kristallklare Lagunen. Ich dachte daran, mit diesem Mann zusammen zu sein. Und an Sex. Viel Sex.

Deine Entscheidung. Deine Geschichte. Such dir aus, wie sie lautet.

Was konnte schon schiefgehen?

Der Beobachter

Draußen, auf der anderen Straßenseite, dem Deep Cove direkt gegenüber unter den laublosen Ästen eines knorrigen Baums, saß der Beobachter in einem Auto und sah zu den beleuchteten Fenstern des pittoresken Restaurants hinauf. Es war kalt im Wagen, doch es würde zu viel Aufmerksamkeit erregen, den Motor laufen zu lassen, um die Fahrerkabine aufzuwärmen. Hinter einem der hellen Fenster saß Martin Cresswell-Smith. Eine Kerze leuchtete zwischen ihm und Ellie Tyler. Eine romantische, goldene Szene, umrahmt von Winterdunkelheit. Martin streckte die Hand aus und legte sie an Ellies Wange. Die Kellnerin kehrte mit der Rechnung an den Tisch zurück.

Kurz darauf fuhr ein gelbes Taxi vor dem Restauranteingang vor.

Das Paar trat auf die Straße hinaus, gegen die Kälte in dicke Jacken gehüllt. Martin legte Ellie die Hand an die Taille und beugte sich zu ihr hinab, um ihr etwas ins Ohr zu flüstern. Lachend warf sie den Kopf zurück, wobei sie ihre blasse Kehle entblößte. Ihr langes Haar schimmerte wie ein Wasserfall im Licht der Straßenlaternen.

Das Paar stieg in das wartende Taxi.

Der Wagen fuhr los.

Der Beobachter ließ sein Auto an und reihte sich hinter dem Taxi auf der Straße ein. Die Reifen knirschten auf toten Blättern und dem gefrorenen Asphalt. Eiskristalle glitzerten im Scheinwerferlicht.

Das Taxi fuhr über die Lions Gate Bridge, durchquerte die Innenstadt und bog in ein exklusives Wohnviertel ein. Vor einem neuen Wohnblock, dessen Eigentümer die Hartley Group war, hielt es schließlich.

Der Beobachter parkte im Schatten am anderen Straßenrand und sah zu, wie das Paar ausstieg. Wieder hatte Martin Cresswell-Smith seiner Begleiterin die Hand an die Taille gelegt. Besitzergreifend.

Das Paar betrat das Wohnhaus und verschwand außer Sicht.

Der Beobachter zählte die Stockwerke. Wartete.

Ein paar Minuten später ging das Licht im zwölften Stock an. Das Paar tauchte hinter den Fenstern auf. Sie küssten sich, zogen die Jacken aus, zupften an den Oberteilen. Das Paar verschwand. Das Licht wurde gedimmt. Der Beobachter wartete. Kälte kroch in den Wagen.

Die Lichter gingen aus.

Das Spiel begann.

Der Beobachter drehte den Zündschlüssel und ließ den Motor an.

Damals

ELLIE

Vor fast zwei Jahren, März, Cookinseln

Der heiße Wind blies mir ins Gesicht, während ich den Lenker des Rollers fester umfasste und Martin durch eine Plantage auf den Cookinseln hinterherfuhr. Ich klammerte mich an jeden der letzten Momente unserer Reise, bevor wir wieder zurück in den kalten, nassen Pazifischen Nordwesten fliegen würden, zurück in mein altes Leben.

Es war herrlich gewesen. Skifahren und Spa-Besuche in Österreich, während sich Martin mit Geschäftspartnern getroffen hatte. Ein Kurztrip nach Kroatien. Eine Woche in einer Villa in Marbella an der spanischen Costa del Sol, während Martin an Meetings auf der Jacht seines Freundes teilnahm. Ich hatte bei weit geöffneten Fenstern in der Meeresbrise gezeichnet. Zwei Wochen in Nizza, wo wir die berühmte Bouillabaisse in dem Restaurant gegessen hatten, von dem mir Martin beim Dinner im Deep Cove erzählt hatte. Wir waren shoppen gewesen, hatten Kunstgalerien und Museen besucht. Martin hatte mir eine kostbare und wunderschöne venezianische Perlenkette geschenkt. Er hatte mir nicht erlaubt, für irgendetwas selbst zu bezahlen, und dafür liebte ich ihn. Ich war bereit für eine neue Beziehung mit einem Mann, besonders mit einem, der mich wie eine Prinzessin behandelte. Mit einem, der nicht hinter meinem Treuhandfonds her war. Ich hatte einen furchtbaren Preis bezahlt, indem ich Chloe verloren hatte. Ich hatte hart gearbeitet, um mich wieder aus meinem Loch herauszuziehen. Es war an der Zeit, dass ich wieder Freude am Leben hatte. Ich hatte ein Recht darauf, glücklich zu sein, nicht wahr? Hatten wir das nicht alle?

Wir navigierten auf unseren gemieteten Rollern um ein paar Kurven und kamen schließlich an eine Lagune mit einem zuckerweißen Strand. Keine Menschenseele war in Sicht. Wir parkten die Roller und legten unsere Matten aus, dazu bauten wir das kleine Picknick auf, das man im Resort für uns zusammengepackt hatte.

Hitze strahlte vom Sand ab, während wir aßen und Wein tranken.

Als Martin mich küsste, schwoll ein mächtiges Gefühl in meiner Brust an und drückte gegen meine Kehle. Formte die Worte in meinem Mund.

Ich liebe dich.

Fast wären sie mir herausgerutscht, doch ich hielt sie zurück, wie etwas Geheimes, Kostbares. Vorsichtig. Ich war im Allgemeinen eher vorsichtig, ein Gedanke, der mich plötzlich an meinen Vater denken ließ.

»Ellie ist passiv … Die stillen Wasser vergisst man gern. Die Schlangen im Gras.«

Martin strich mir eine Strähne aus dem Gesicht und sah mir in die Augen. Ich glaubte, in seinem Blick dieselben Worte zu lesen. Irgendwo war mir durchaus bewusst, dass es eine Droge war – Endorphine. Der neurologische chemische Cocktail neuer Liebe. Süchtig machend. Ich wollte mehr.

Martin stand auf und zog seine Shorts aus. »Kommst du mit schwimmen?«

Ich zögerte. Auf einmal bekam die Musik in meinem Kopf einen misstönenden Klang, wie ein verstimmtes Klavier. Angst, kalt und schwarz, glitt in meine Gedanken.

Er sah es mir an. »Ellie?«

»Ich …« Auf einmal konnte ich nicht mehr sprechen.

Er setzte sich wieder neben mich. Mit besorgter Miene blinzelte er gegen das grelle Sonnenlicht an. »Ich weiß nicht mal, ob du gerne schwimmst.«

Es gibt so vieles, was du noch nicht über mich weißt, Martin. Und wenn du es erfährst … wirst du dann immer noch mit mir zusammen sein wollen?

»Und?«, fragte er. »Schwimmst du gern?«

Ich lachte nervös. Doch meine Welt war gekippt, und mein eigenes Lachen klang hässlich in meinen Ohren. Eine Erinnerung, ein Dämon, der seinen Kopf hob. Wie eine Woge Salzwasser brach es über mir herein. Ich fühlte Chloes Hand in meiner. Ich fühlte, wie sie mir entglitt. Ich räusperte mich. »Ich möchte gerade lieber nicht. Aber geh du nur. Ich schaue dir zu.«

»Es ist kochend heiß. Schau dich mal an, du bist ganz verschwitzt und rot im Gesicht. Du musst dich doch bestimmt ein bisschen abkühlen.«

Ich fühlte mich hin- und hergerissen, ich hatte Angst, aber ich wollte ihn auch zufriedenstellen. Dann stieg der verzweifelte Wunsch in mir auf, mich von diesen schwarzen Gedanken zu befreien, die immer kamen, wenn ich auch nur daran dachte, zurück ins Meer zu gehen. Ich sehnte mich nach der Freiheit, wieder im Meer zu schwimmen, aber ich hatte panische Angst vor den Gefühlen und den Triggern, die dies hervorrufen würde.

»Komm.« Er griff nach meiner Hand und zog mich auf die Füße, dieser verlässliche, goldene nackte Mann. »Keine Wellen. Keine Strömung. Keine Haie oder so. Es ist eine Lagune, El. Das

Wasser reicht nur bis zur Hüfte – höchstens bis zur Schulter. Ich halte dich, wenn du Angst hast.«

Keine Wellen. Keine Wellen, keine Wellen, keine starken Strömungen.

»Ich … ich bin früher gern geschwommen«, sagte ich. »Und viel. Ich war eine gute Schwimmerin. In der Schule war ich im Schwimmteam …« Meine Stimme verlor sich, während ich auf die weite Fläche der Salzwasserlagune hinausstarrte. Ich hörte das Donnern der Wellen, doch sie waren weit entfernt, draußen auf dem Riff. Und sie waren in meiner Erinnerung, wo sie immerfort donnerten und krachten. Er versuchte, mich zum Wasser zu führen, aber ich wehrte mich. Ich konnte nicht anders.

Er runzelte die Stirn, zögerte, dann sagte er: »Okay. Setz dich. Raus damit, El.« Er ließ sich auf der Strandmatte nieder und zog mich neben sich.

Schweigend saßen wir nebeneinander, sein Schenkel berührte meinen. Die Sonne stieg höher, ihrem Zenit entgegen. Ich schwitzte. Er wartete geduldig. Wenn ich mit ihm zusammen sein wollte – und ich glaubte, dass ich das wollte –, dann musste ich ihm davon erzählen, weil er es irgendwann ohnehin herausfinden würde.

»Ich weiß es, Ellie«, sagte er sanft. »Ich weiß von Waimea Bay und davon, was dort passiert ist.«

Ich schloss die Augen. Tränen brannten darin. Natürlich wusste er es, verdammt. Immerhin hatte ich *ihn* auch gegoogelt, nachdem wir einander begegnet waren. Und nachdem ich ihm erzählt hatte, dass ich eine Hartley war … Wer hätte sich da die alten Zeitungsberichte nicht vorgenommen? Wahrscheinlich hatte er nur darauf gewartet, dass ich es ihm selbst erzählte. Unter meinen eigenen Bedingungen. Wieder einmal fühlte ich mich lächerlich dumm.

»Hier gibt es keine Wellen«, wiederholte er. »Aber ich verstehe es, wenn du nicht reingehen willst.« Er strich mir das Haar hinters Ohr. Ich hatte es mir vors Gesicht fallen lassen, um meine Scham zu verbergen. »Das Meer bringt alles zurück, nicht wahr?«

Ich nickte.

»Trauer ist etwas Seltsames, weißt du.«

»Ich weiß. Trotzdem scheinen andere einfach darüber hinwegzukommen und weiterzumachen.«

»Manchmal sieht das von außen nur so aus.«

»Ja. Aber … Vielleicht ist es, weil ich mich schuldig fühle. Weil ich keine bessere Mutter war. Meine Therapeutin war der Meinung, dass nicht aufgelöste Schuldgefühle die Trauerbewältigung erschweren. Vielleicht liegt es also daran.«

»Willst du mir in deinen Worten erzählen, was passiert ist?«

Ich blickte auf das in der Sonne glitzernde Meer hinaus. So friedlich. Still. »Ihr Name war Chloe«, sagte ich leise. Ich warf ihm einen Blick zu. »Aber das weißt du schon, oder?«

Er nickte.

»Dann weißt du auch, dass sie erst drei war.« Ich hielt inne. Es war tatsächlich leichter, als ich gedacht hatte, es Martin gegenüber auszusprechen. Er hatte etwas an sich, was mich dazu brachte, etwas geben zu wollen. Erzählen. Mich öffnen. Er war ein guter Zuhörer, und er strahlte nichts aus, was mich dazu brachte, mich verurteilt zu fühlen. »Wir – Doug, mein Ex-Mann, Chloes Vater, und ich –, wir waren im Urlaub auf Hawaii. Es sollte eine wunderschöne Familienzeit werden. Mein Vater und seine neue Freundin wollten nachkommen, und Dougs Eltern waren schon dort. Wir – Doug und ich und seine Eltern – hatten uns Autos gemietet und sind im Norden von Oahu herumgefahren. Bei Waimea Bay haben wir angehalten. Die Bucht ist bei Surfern sehr beliebt.«

Er nickte, ließ aber zu, dass ich mich selbst vorantastete, Wort für Wort.

»Das Meer war so unglaublich blau, getupft mit weißen Schaumkronen. Als hätten die Wellen einen Spitzenbesatz.« Ich starrte auf die Lagune hinaus und lauschte dem fernen Krachen der Brandung auf dem Riff. Schweiß sammelte sich unter meinen Brüsten und lief mir den Bauch hinab. »Der Himmel war vollkommen wolkenlos. Heiß. Es war so heiß. Wir hatten eine Ananas gekauft und wollten sie am Meer essen. Es war ziemlich viel Trubel am Strand. Rettungsschwimmer. Leute, die zwischen den Sicherheitsflaggen geschwommen sind. Große, aber runde, glatte Wellen. Ein kleiner Shorebreak.« Ich hielt inne, um mich zu sammeln.

»Doug ist ins Wasser gegangen. Bodysurfing. Aber irgendjemand musste auf Chloe aufpassen, also bin ich mit ihr am Strand geblieben. Es war schon fast Mittag. Grelle Sonne. Dougs Mutter wurde es zu heiß, also sind sie und Dougs Vater weitergefahren, um irgendwo etwas zu Mittag zu essen. Doug ist ewig im Wasser geblieben. Chloe wurde quengelig, und ich wollte auch schwimmen. Immer war Doug derjenige, der …« Meine Worte vergingen. Ich räusperte mich.

»Also habe ich beschlossen, einfach mit ihr ins Wasser zu gehen. Es waren auch andere Eltern mit ihren Kindern beim Schwimmen. Die Rettungsschwimmer waren auch da. Wir sind im seichten Wasser geblieben. Es war lustig. Wir haben gelacht, uns treiben lassen, sind über kleine Wellen gesprungen. Dann sind wir ein bisschen tiefer reingegangen. Plötzlich hatte ich keinen Halt mehr unter den Füßen. Da war eine Senke im Meeresboden. Ich musste Wasser treten und war ziemlich erschrocken. Ich habe Chloe über Wasser gehalten und versucht, uns mit Beinschlag zurück zum Strand zu bringen, aber wir waren in einer Strömung gefangen. Eine starke Strömung. Sie ist einfach aus dem Nichts gekommen. Ich habe immer fester mit den Beinen getreten, während ich Chloe hochgehalten habe. Sie hat gekichert und gelacht, aber ich habe mit der Panik gekämpft. Auf einmal sind die Wellen gekommen. Die erste war riesig. Sie hat uns hochgerissen, aber wir sind problemlos über den Wellenrücken getragen worden. Trotzdem hat uns danach der Brandungsrückstrom voll erwischt. Die nächste Welle ist über uns gebrochen. Sie hat uns nach unten gerissen, herumgeschleudert, immer wieder, wie in einer Waschmaschine. Ich …« Meine Hände begannen zu zittern. Meine Erinnerungen verschwammen, falteten sich ineinander, verdüsterten sich. Versteckten sich und lugten aus der Dunkelheit hervor. Sie zogen mich zurück in die Schatten. Ich sah Chloes Gesicht in der milchigen Unterwasserströmung. Ich sah ihre Augen. Weit aufgerissen. Der Mund offen, als würde sie nach mir rufen. Ihr Haar, das ihr um das Gesicht trieb. Ich hielt ihre Hand fest. Doch dann entglitt sie mir, als das Meer sie mir entriss.

»Ich habe versucht, sie festzuhalten. Mit aller Kraft. Ich wusste nicht mehr, wo oben und unten war, und ich habe keine Luft mehr bekommen. Ihr kleiner Körper war glitschig vom Sonnenöl. Wie ein Fischchen. Sie wurde mir aus den Armen gerissen. Ich bin aufgetaucht, überall war Schaum, Salzwasser, Haare vor meinen Augen, und ich habe gehustet und nach Luft geschnappt und …« Ein Ball aus Schmerz stieg in mir auf und würgte meine Worte ab. Schweigend saß ich da.

Martin nahm meine Hand. Er schwieg auch. Ließ mir Zeit, Raum. Kein Urteil. Bebend holte ich Luft. »Ich habe geschrien und geschrien, bin getaucht, habe gesucht und … Die Rettungsschwimmer haben mich rausgeholt. Ich war hysterisch, habe immer noch nach Chloe geschrien. Sie sind mit Jetskis und Paddelbrettern rausgefahren. Dann war Doug da. Er ist den Strand hinaufgerannt gekommen. Er … er hat mich angebrüllt. Wollte wissen, wie zum Teufel ich das tun konnte – wieso ich so weit rausgegangen bin. Ob ich die Rippströmung nicht bemerkt hätte. Warum ich nicht innerhalb der Sicherheitsflaggen geblieben bin. Ob mir denn nicht klar war, dass die Bedingungen im Handumdrehen umschlagen können.« Ich wischte mir Schweiß von der Stirn und atmete zitternd durch. »Sie haben mit Booten nach ihr gesucht. Mit einem Helikopter aus der Luft. Alle haben geholfen. Ein voller Such- und Rettungseinsatz. Aber die Wellen sind immer größer geworden. Es ist unfassbar, wie riesig sie dort werden können. Gerade noch war das Meer flach, und dann ist es auf einmal gewaltig, mörderisch. Sie haben nichts gefunden. Wir haben die Nacht am Strand verbracht, während sie mit Scheinwerfern weitergesucht haben. Am nächsten Morgen … Sie … sie … meine Chloe, meine kleine Chloe, meine kleine Dreijährige, mein Baby, mein Kind – ihre Leiche. Ganz zerschlagen und blutig. Auf den Felsen …« Eine Träne lief mir über die Wange, und ich schmeckte den chemischen Seifengeschmack der Sonnenmilch auf den Lippen. Ich wischte ihn weg. »Es war meine Schuld, Martin. Daran hat Doug keinen Zweifel gelassen. Danach konnte er mich nicht mehr lieben. Er hat mich nie wieder angerührt. Chloe war sein Ein und Alles gewesen. Dass wir sie verloren haben, hat uns unsere Ehe gekostet. Irgendwann hat mich Doug gehasst, und ich habe mich in ein grässliches Gespenst verwandelt, das gehasst werden *wollte.* Ich bin zu einer fetten, hässlichen Hülle geworden, in der nur noch Bitterkeit und Trauer gelebt haben, und irgendwann war ich so weit, dass ich mich einfach hinlegen und sterben wollte.«

Er nickte, den Blick in die Ferne gerichtet. »Und das hat zu der … Tablettengeschichte geführt? Zu der Selbstmedikation und der daraus folgenden psychischen Abwärtsspirale?«

»Dann hast du also davon gelesen … Natürlich.«

Er lächelte traurig. »Nach unserem Essen in Deep Cove. Nachdem du mir erzählt hast, dass Sterling dein Dad ist. Ich muss zugeben, dass ich dich danach gegoogelt habe.«

»Ja«, sagte ich leise. »Dieses ganze scheinheilige Gerede darüber, dass man offener mit psychischen Krankheiten umgehen soll, dass so etwas unbedingt entstigmatisiert werden muss. Trotzdem wird man unweigerlich verurteilt, wenn man mentale Probleme hat. Es wird hinter deinem Rücken getuschelt und getratscht. Man wird zu der lächerlichen peinlichen Säuferin oder zu der zugedröhnten paranoiden Neurotikerin. Zu der Süchtigen, die immer fetter wird und die ihren Ehemann nicht halten kann. Wer könnte ihm da einen Vorwurf machen, wenn er sie verlässt? Man wird zu einer Irren, die einfach nicht über eine Tragödie hinwegkommt, weil der Kollateralschaden alles immer nur noch schlimmer macht. Man wird zu einer Skandalschlagzeile. Wenn man herzkrank ist oder eine Lungenentzündung bekommt oder sich ein Bein bricht, ist das alles nicht so schlimm. Mit solchen Krankheiten fühlt sich niemand unwohl. So was verstehen die Leute. Wahrscheinlich muss man sich erst umbringen, damit dann alle sagen können: ›Seht ihr? Wir müssen wirklich anfangen, über psychische Erkrankungen zu sprechen.‹«

Er schwieg.

Ich sah ihn an, musterte sein Profil, wartete auf sein Urteil.

»Findest du mich jetzt abstoßend?«, fragte ich leise.

»Komm her, El.«

Er nahm mich in die Arme und hielt mich fest. Er hielt mich einfach nur fest. Unsere Körper waren warm und feucht und klebrig von Schweiß und Sonnenmilch. Trotzdem spendeten mir sein Geruch und seine Stabilität Trost. Er strich mir über das Haar, küsste mich auf den Mund. »Ich liebe dich, Ellie Tyler«, flüsterte er. »Zum Teufel, ich liebe dich, und es tut mir so leid, dass du das durchstehen musstest. Du bist ein guter Mensch. Eine wunderbare, herzliche, freundliche, mitfühlende und kreative Persönlichkeit, und dir hätte so etwas niemals zustoßen dürfen. Ich habe keine Ahnung, wie Chloes Vater dich danach auch noch im Stich lassen konnte, nach allem, was ihr beide erleben musstet.«

Ich weinte in seinen Armen – tiefe, bebende, krampfartige Schluchzer, die meinen ganzen Körper schüttelten. Ich ließ es zu. Es war wie eine Säuberung, ein Aderlass, die Öffnung eines Geschwürs in meiner Seele. Ich hatte Martin alles gesagt, und trotzdem hielt er mich in den Armen. Trotzdem sagte er, dass er mich liebte – keine Therapie hatte bisher auch nur ansatzweise so viel bewirken können. Es war, als wäre ich zu Hause. Sicher bei ihm. Er verstand mich, und er nahm mich an.

Als ich mich endlich beruhigt hatte, fragte er: »Ist das der Grund, warum du nicht mit mir schwimmen willst?«

Ich nickte.

»Aber eigentlich geht es dabei um die Brandung, oder? Um bewegtes, übermächtiges Wasser, starke Strömungen und riesige Wellen, die dich überwältigen und dir Dinge entreißen können?«

Ich schniefte, wischte mir über die Nase und nickte.

»Dann kommen wir damit zurecht. Sieh mal. Die Lagune ist praktisch von Sandbänken eingefasst. Glatt wie eine Badewanne. Keine Strömungen. Das Wasser ist ganz seicht. Nicht einmal eine Brise. Wenn wir vielleicht zusammen reingehen und du das überstehst, und wenn es vielleicht gar nicht mal so schlecht ist, dann könnte das doch ein großer Schritt sein. Würdest du es versuchen? Mit mir?«

Ich biss mir auf die Lippe und nickte ein weiteres Mal. Es war an der Zeit. An der Zeit, wieder ins Meer zu gehen. Ich wollte mich dem stellen – es verschwinden lassen. Und möglichweise konnte ich es sogar schaffen, solange es keine Wellen oder starken Strömungen gab. Er hatte recht. Solange er bei mir war. Es wäre ein erster Schritt. Wenn ich das schaffte, würde es mir Kraft geben.

Martin hielt meine Hand, als wir ins Meer gingen. Das Wasser war seidig und warm. Wir gingen, bis es mir bis zum Knie reichte, bis zur Taille. Wir ließen uns treiben. Er nackt, ich in meinem Bikini. Er küsste mich, und ich lächelte, dann lachte ich. Er umarmte mich und öffnete mein Oberteil. Dann streifte er mir den Slip ab.

Wir liebten uns im Wasser. Dort, wo es seicht und sicher war. Meinen schrecklichen Erinnerungen zum Trotz.

Dann schwammen wir ein bisschen, wobei ich nie den Halt unter den Füßen verlor – ich konnte mich jederzeit auf festen Boden stellen, wenn ich das wollte. Meine Glieder entspannten sich. Mein Herz und meine Seele wurden leichter. Es war pures Glück.

Hand in Hand stiegen wir aus dem Meer und liefen zu unseren Strandmatten zurück. Dort legten wir uns auf den Rücken, ließen uns von der Sonne trocknen, die Finger ineinander verschlungen.

»Danke«, flüsterte ich und blickte in den unfassbar blauen, klaren Himmel hinauf. »Dafür, dass du bist, wie du bist. Dafür, dass du mir zugehört hast.« Ich rollte mich auf die Seite und strich ihm über den Bauch, um den Bauchnabel »Ich glaube, ich liebe dich tatsächlich, Martin Cresswell-Smith.«

* * *

Später an diesem Abend, als ich vor dem Spiegel saß und mich für das Abendessen schminkte, brachte mir Martin etwas zu trinken. Er küsste mich auf die Stirn.

»Es muss so schrecklich gewesen sein, als sie ihren kleinen Körper so zerschlagen auf dem Riff gefunden haben. Und dann hat die Polizei dich auch noch befragt, als könntest du an irgendetwas schuld sein. Als hättest du sie absichtlich losgelassen. Es tut mir so leid, El.«

Mir wurde eiskalt.

Ich sah ihm nach, während er ins Badezimmer zum Duschen ging. Die Palmenplantagen vor unserer Hütte raschelten im Wind und strichen wispernd über das Dach.

Später am Abend, beim Essen, sagte ich: »Ich habe dir nichts von der Polizeibefragung erzählt, oder?« Ich glaubte nicht, dass es dieser Teil in die Zeitungen geschafft hatte. Es war sehr diskret behandelt worden, und die Polizei hatte die Ermittlungen schließlich eingestellt.

»Doch, hast du.« Er wirkte verwirrt.

Ich hielt seinen Blick. Offen sah er mich an, ohne zu blinzeln.

»Was ist los, Ellie?«

»Ich … ich glaube … ich …« Meine Stimme verlor sich. »Nur eine Gedächtnislücke.« Ich griff nach meinem Weinglas.

Seine Verwirrung verwandelte sich in Sorge, während ich einen Schluck trank. Panik flackerte in mir auf. War das ein Mini-Blackout? So hatte es angefangen. Gefolgt von längeren, ernsteren Gedächtnislücken. Die Erinnerungen daran, wie ich auf Doug einstach, nachdem ich ihn im Restaurant mit dieser Frau gesehen hatte, war immer noch in den Tiefen meiner Dunkelheit gefangen. Ich wusste nur deshalb mit Sicherheit, dass ich es wirklich getan hatte, weil die Überwachungskamera alles aufgezeichnet hatte und weil das Restaurant voller Zeugen gewesen war, von denen gleich mehrere Fotos mit ihren Handys geschossen oder gefilmt hatten.

»Alles in Ordnung, El?«

»Ja. Ja, ist schon gut.«

»Sicher?«

»Ja. Gibst du mir bitte mal das Salz?«

In dieser Nacht lag ich wach. Draußen bogen sich die Palmen unter dem heißen Wind, und die Musselinvorhänge wehten auf den Balkon hinaus. In der Ferne grollte Donner.

Ein Bild erfüllte meine Gedanken. Das Polizeirevier auf Hawaii. Die Stimme des Detectives … *»Haben Sie ihre Hand absichtlich losgelassen? … Warum sind Sie mit ihr ins Wasser gegangen?«*

Ich fuhr hoch, mein Herz raste. Ich sah Martin an. Das Mondlicht fiel durch das Dachfenster herein und tauchte ihn in einen bläulichen Schein. Er schlief. Tiefe, regelmäßige Atemzüge. Friedlich. Die Angst schloss ihre kalte Hand um meine Kehle.

Ich hatte Martin bestimmt nicht von der Polizei erzählt … oder?

Damals

ELLIE

Vor fast zwei Jahren, April, Vancouver, BC

Dana und ich saßen auf dem Sofa in meiner Wohnung, die besockten Füße auf das Kaffeetischchen gelegt.

»Wie in alten Zeiten«, kommentierte sie, als wir einander zuprosteten. Sie hatte ein paar Snacks mitgebracht und wir hatten Popcorn gemacht. Für den Wein hatte ich gesorgt. Wir schauten uns einen billigen Horrorfilm an, und zwar bei mir, weil meine Aussicht einfach fantastisch war und weil ihre Wohnung nach Danas eigenen Worten da nicht mithalten konnte.

Über drei Wochen waren seit meiner Rückkehr vergangen, und seither stand ich irgendwie neben mir. Ich kam wohl einfach nicht über den Jetlag hinweg, konnte nicht richtig schlafen und mich nur schlecht auf meine Arbeit konzentrieren. Es fiel mir schwer, mich an Dinge zu erinnern. Vielleicht kränkelte ich auch. Martin hatte seither ein paar Mal bei mir übernachtet, war nun aber wieder in Toronto. Allerdings rief er mich jeden Abend an – er sagte, er würde sich Sorgen um mich machen.

Ich hatte ihm versichert, dass es nur der Martin-Entzug sei, der mir zu schaffen machte, und dass ich den Adrenalinrausch unseres Zusammenseins vermisste. Doch im Grunde steckte mehr dahinter – ich verspürte eine nagende Angst, dass es mit ihm vorbei war. Dass er genug von mir hatte und zur nächsten Affäre weiterziehen würde. So, wie es mein Vater immer tat.

Gegen Ende des Films, als Dana und ich schon fröhlich angeheitert waren, klingelte mein Handy. Ich warf einen Blick auf das Display.

Martin.

Mein Herz schlug schneller. »Da muss ich kurz rangehen«, sagte ich, stand vom Sofa auf und ging in Richtung Schlafzimmer.

Dana hielt mit der Handvoll Popcorn vor ihrem Mund inne. »Wer ist es denn?«

»Martin.«

»Im Ernst jetzt?« Sie schob sich das Popcorn in den Mund, griff nach der Fernbedienung und drückte auf Pause. Sie sah mich an, als ich den Anruf annahm. »Sag ihm, dass du zurückrufst, Ellie«, nuschelte sie um den Mundvoll Popcorn herum. »Jetzt wird es gerade spannend. Ist gleich zu Ende.«

Ich hob die Hand, um sie zu beschwichtigen, und sagte: »Hey, Martin, hi. Dana ist hier, und wir sind gerade mitten in einem Film. Kann ich dich später zurückrufen?«

Er lachte, doch ich hörte die Schärfe in seiner Stimme. »Du vergisst immer den Zeitunterschied, oder, Ellie? Hier ist es schon nach Mitternacht.«

Ich sah auf die Uhr. »Oh … Dann morgen früh?«

»Da sitze ich im Flugzeug. Hör mal, ich muss etwas wissen, jetzt sofort. Ich reise für eine Woche nach Nevada – Reno, Vegas. Ich treffe mich mit ein paar Leuten wegen eines Projekts dort unten. Möchtest du mitkommen?«

»Ich … Wann fliegst du denn?«

»Habe ich doch gerade gesagt. Morgen.«

Dana hielt die Weinflasche hoch und deutete auf mein fast leeres Glas. Ich hielt zwei Finger hoch und formte stumm »zwei Minuten« mit den Lippen. Danas Miene verfinsterte sich. Sie drehte mir den Rücken zu und goss den restlichen Wein in ihr eigenes Glas. Dann ließ sie den Film weiterlaufen.

Ich ging in das angrenzende Zimmer. »Kann ich darüber nachdenken? Ich habe einen Auftrag, und …«

»Keine Zeit, Ellie. Und was gibt es da noch zu überlegen? Vegas, du, ich. Ein paar Abende im Casino. Ich brauche jetzt sofort ein Ja oder Nein, damit Gertrude uns im Flugzeug Plätze nebeneinander reservieren kann.«

»Ellie!«, rief Dana. »Willst du das Ende jetzt sehen oder nicht?«

Ich spürte die Anspannung. Ich war nicht gut bei spontanen Entscheidungen. Ich durchdachte lieber alles bis zum Gehtnichtmehr.

»Ja oder nein?«, drängte Martin. »Ich nehme den Nachtflug und lande morgen früh in Vancouver. Gertrude hat uns auf dem Weiterflug von Vancouver nach Vegas Plätze nebeneinander reserviert. Ich muss ihr sofort Bescheid geben, wie du dich entschieden hast.«

Ich fuhr mir durchs Haar. »Du hast schon gebucht? Für mich auch?«

»Sozusagen. Nur zur Sicherheit. Wenn du Nein sagst, cancelt Gertrude den Flug wieder.«

Fieberhaft überlegte ich. Meine Entwurfsskizzen konnte ich auch in Vegas anfertigen. Wenn ich nach meiner Rückkehr ein paar Extrastunden arbeitete … dann könnte ich meine Deadlines noch halten.

»Ja oder nein? Es kommt gerade ein Anruf vom Verkaufsbüro in Indonesien rein, und da muss ich rangehen. Wenn …«

»Ja.«

Kurze Stille. »Ja?«

»Ja. Ich komme mit.« Begeisterung durchströmte mich. Er hatte erwartet, dass ich Nein sagen würde, das hörte ich ihm an. Ich hatte ihn überrascht, und das gefiel mir. Ich war in letzter Zeit sehr niedergeschlagen gewesen, und ich sehnte mich danach, ihn zu sehen. Es war wie eine Droge. Ich genoss das Gefühl, herrlich unvernünftig zu sein. Wie in der Nacht, in der wir Sex im Fahrstuhl gehabt hatten.

»Oh, ich liebe dich, Mädchen«, sagte er. »Pack etwas Schickes ein. Irgendwas, was sexy ist. Wir machen einen drauf, Babe. Gertie meldet sich bei dir wegen der Tickets. Kann's kaum erwarten.«

Dann war er weg.

Ich starrte das Handy an, ein wenig benommen. Dann kehrte ich ins Wohnzimmer zurück. Der Abspann lief gerade. Ich ließ mich neben Dana aufs Sofa fallen und griff in die Popcornschale.

Dana hielt das Gesicht von mir abgewandt, leerte ihr Glas, schaltete den Fernseher aus und warf die Fernbedienung auf den Kaffeetisch. Dann stand sie auf und wischte sich Chipskrümel und Popcornreste von der Hose. »Ich muss morgen arbeiten, ich gehe jetzt lieber.« Sie schnappte sich ihre Handtasche von einem Barhocker am Küchentresen und lief auf Socken in den Flur. Sie nahm ihren Mantel, der neben der Tür hing.

»Dana …«

»Lass es.« Sie rammte ihre Hände in die Ärmel und nahm ihre Stiefel. »Lass dieses Dana-Getue. Hättest du ihn nicht zurückrufen können?« Sie setzte sich auf die Bank im Flur und zog sich die Stiefel an. »Nur dieses eine Mal, Ellie? Hat dich dieser Martin so im Griff, dass du nicht einmal einen Abend mit deiner Freundin genießen kannst – mit deiner *ältesten* Freundin? Die immer für dich da war, auch in deinen schlimmsten Zeiten?« Sie stand auf und schnappte sich ihre Wollmütze.

»Ach, komm schon, Dana. Du kannst mir doch nicht meine Beziehung mit Martin übel nehmen, oder? Nach allem, was ich durchgemacht habe mit Doug und …«

»Ich nehme es dir übel, dass du mich wie einen Fußabtreter behandelst und mich für irgendeinen reichen Arsch einfach beiseiteschiebst.«

»Hey, er ist kein Arsch.«

Sie sah mir in die Augen. Ein Zögern flackerte über ihr Gesicht. Ihr Blick wurde weicher, allerdings nur ein bisschen. »Ellie, du bist im Moment sehr verletzlich. Du kommst gerade erst wieder auf die Beine. Du solltest jetzt wirklich keine Verpflichtungen eingehen.«

»Das ist keine Verpflichtung.«

Sie musterte mich. »Was wollte er denn dieses Mal so Dringendes, dass es nicht warten konnte?«

Ich spürte, wie meine Wangen heiß wurden. »Er wollte fragen, ob ich mit ihm nach Vegas fliege.«

»Und das musste er sofort wissen?«

»Der Flug geht gleich morgen früh.«

Sie blinzelte. »Er hat dir einen Flug gebucht, ohne dich vorher zu fragen?«

»Er hat einen sehr herausfordernden und schnelllebigen Job, Dana. So ist er eben.«

»Wie dein Vater? Wie Doug?«

Jetzt brannte mein Gesicht. Langsam sickerte Wut in meine Brust.

»Du bist gerade erst aus Europa und von den Cookinseln zurückgekommen. Was ist mit deinem neuen Auftrag?«

»Das kriege ich schon hin.«

Sie knöpfte sich den Mantel zu. »Alles läuft immer nur zu seinen Bedingungen, ist dir das aufgefallen? Außerdem isoliert er dich von allen anderen, auch von mir. Er fordert deine gesamte Zeit ein. Er ist da, verbringt jede freie Minute mit dir, und dann verschwindet er einfach wieder, damit du dich vor Sehnsucht nach ihm verzehrst. Wenn du dann langsam richtig verzweifelt wirst, schnippt er einfach mit den Fingern« – sie schnippte selbst mit den Fingern, was dank des Weins nicht ganz klappte – »und schon lässt du alles stehen und liegen und kommst angerannt. Wie ein kleines Hündchen. Er zwingt dich zu überstürzten Entscheidungen, damit du irgendwo, an einem entlegenen Ort, nur für ihn da sein kannst, und er lässt dir nicht mal die Zeit, darüber nachzudenken oder ihn zurückzurufen.«

»Ich habe mich dafür *entschieden,* mit ihm zusammen zu sein, Dana. Er zwingt mich zu gar nichts.«

Sie starrte mich an. »Wirklich? Dann hast du dich also dafür *entschieden,* mit ihm zu telefonieren, anstatt dir mit mir den Film anzusehen? Während der Zeit, die ich mir extra für dich freigeschaufelt habe? Was bin ich? Irgendein … irgendein altes Spielzeug, mit dem man ein bisschen Spaß hat, das man aber jederzeit beiseitewerfen und gegen etwas Besseres, Funkelnderes eintauschen kann?« Sie griff nach der Türklinke, fuhr dann jedoch noch einmal zu mir herum. »Ich habe eine andere Verabredung abgesagt, damit ich mich mit dir treffen kann, hast du das gewusst? Verstehst du nicht … Ach, egal. Ich will kein Mitleid. Aber … aber ruf mich nicht mehr an, wenn du eigentlich gar keine Zeit mit mir verbringen willst, okay? Ich habe auch ein Leben, weißt du? Ich bin kein Fußabtreter, auf dem man einfach herumtrampeln kann.« Wieder griff sie nach der Klinke.

»Dana, das ist ein bisschen hart.«

»Jaja, schon klar.« Sie öffnete die Tür, wobei sie leicht ins Stolpern geriet. Sie hatte mehr Wein getrunken, als ich gedacht hatte. Das musste es sein. Aus ihr sprach der Alkohol.

»Wie kommst du nach Hause?«, fragte ich.

»Du mich auch«, murmelte sie.

»Wie bitte?«

Sie stieß ein hartes, kurzes Lachen aus, doch ihr Blick war so traurig, als ob sie am liebsten geweint hätte – manchmal war Dana so, wenn sie zu viel getrunken hatte. Dann fiel sie einem weinend um den Hals.

»Bleib heute Nacht hier, Dana. Wir können das Sofa ausziehen, und …«

»Sei vorsichtig.« Sie deutete auf mich. »Sei sehr vorsichtig, Ellie.«

Beim Klang ihrer Stimme, bei der plötzlichen Veränderung in ihrem Gesicht wurde mir kalt.

»Wie meinst du das?«

»Ich meine, ich habe kein gutes Gefühl bei diesem Mann. Deine Aura ist komisch, wenn du mit ihm zusammen warst. Dunkel. Falsch. Irgendetwas stimmt nicht mit dem Typ. Ganz und gar nicht.«

»Du hast zu viel getrunken.«

»Aber komm später nicht zu mir, wenn du dich ausheulen willst, nachdem er dich verarscht hat. Nicht dieses Mal.« Sie schwankte leicht. »Dieses Mal *entscheidest* du dich dafür, ein Opfer zu sein.«

»Ich kann nicht fassen, dass du das gerade gesagt hast. Nach allem, was ich mit meiner Ehe durchgemacht habe. Nachdem ich mein Kind verloren habe …«

»Weißt du, was? Es hängt mir zum Hals raus. Uns allen. Deine ständige Opferrolle. Es geht immer nur um dich, Ellie. Um *deine* Verluste. Wann hast du mich das letzte Mal gefragt, was eigentlich in *meinem* Leben los ist? Hm? Wann hast du mich nach Tom gefragt?«

Ich schluckte. Gewissensbisse meldeten sich.

»Hast du mal darüber nachgedacht, dass du deinen Nervenzusammenbruch, deine Verluste als eine Art Krücke verwendest? Dass es dir gefällt, von anderen bemitleidet zu werden?

Weil du dich daran gewöhnt hast, diese Rolle zu spielen, und weil dir die Aufmerksamkeit guttut?«

»Was macht dich so wütend, Dana?«

»Tom wurde letzten Monat entlassen. Ich habe es dir an dem Abend in der Mallard Lounge erzählt.«

Verwirrt dachte ich nach. Jetzt, nachdem sie es gesagt hatte, erinnerte ich mich vage daran, aber ich musste zu betrunken gewesen sein, um diese Neuigkeit richtig aufzunehmen. Angst wisperte durch meine Gedanken. An die Unterhaltung mit Martin an diesem Abend erinnerte ich mich lückenlos – oder nicht?

»Ja. Tja. Wir wissen immer noch nicht, woher sein nächstes Gehalt kommen soll. Viel Spaß beim Feiern in Las Vegas.« Sie trat durch die Haustür in den Gang hinaus, drehte sich noch einmal nach mir um, schwankte und stützte sich an der Wand ab. »Vielleicht hätten diese Polizisten in Oahu doch ein bisschen tiefer nachbohren sollen, hm?« Damit zog sie die Tür hinter sich zu.

Ich begann zu zittern, starrte die geschlossene Tür an und erwartete halb, dass Dana zurückkommen und sich entschuldigen würde. Ich konnte nicht mit Konflikten umgehen. In diesem Punkt hatte mein Vater recht. Ich würde alles tun, um Streit zu vermeiden. Wie hatte sie es nur wagen können, diese Bemerkung über die Polizei zu machen – und was zum Teufel hatte sie damit gemeint?

Ich schaltete das Licht aus und eilte zum Fenster. Ich wartete, bis ich sie unter mir auf den Gehweg hinaustreten sah. Sie spannte einen Schirm auf und ging in den Regen hinaus. Das Licht der Straßenlaternen fing sich glitzernd in den Regentropfen. Sie überquerte die Straße. Wut, Schmerz, Schuldgefühle – das alles vermischte sich in meiner Brust zu einem giftigen Gefühlscocktail. Dana war nur eifersüchtig, entschied ich, während ich ihr zusah, wie sie sich durch die

Schatten auf der gegenüberliegenden Straßenseite bewegte. Abrupt blieb sie neben einem geparkten Auto stehen. Der Motor des Wagens lief und die Abgase formten weiche, weiße Wolken in der kalten Luft. Wie gebannt sah ich zu, wie sie sich zum Fahrerfenster hinabbeugte und mit jemandem sprach, der im Auto saß. Dann sah sie direkt zu meinem Fenster hoch. Mein Herz schlug schneller. Ich wich zurück. War es dasselbe Auto, das schon gestern an dieser Stelle geparkt hatte? Das Auto war da gewesen, als ich nach Hause gekommen war – ein orangefarbener Subaru Crosstrek mit beschlagenen Scheiben, durch die man nicht erkennen konnte, wer darin saß. Es war mir aufgefallen, weil es dasselbe Automodell in derselben Farbe gewesen war wie das damals in der Tiefgarage. Eine ungewöhnliche Farbe. Dana richtete sich auf und ging unter ihrem Schirm weiter den Gehweg entlang. Der Subaru fuhr aus der Parklücke, vollführte eine Kehrtwende über die Straße und fuhr davon.

Eine Gänsehaut kroch mir über den Rücken, und ich spürte eine Art Ticken am Rande meines Verstands. *Tick, tick, tick.* Wie trockene Zweige, die gegen ein Glasfenster klopften; die versuchten hereinzukommen.

Damals

ELLIE

Vor fast zwei Jahren, Mai, Las Vegas, Nevada

»You put a spell on me … I was bewitched by you …«, gurrte die kurvenreiche Lounge-Sängerin ins Mikrofon. Ihre sinnliche Stimme erinnerte an die von Billie Holiday. Martin und ich saßen in einer samtbezogenen Sitznische in einer Ecke, recht weit von der Bühne entfernt. Neben der Sängerin stand ein Zauberer in einem Charlie-Chaplin-Outfit auf der Bühne, der in Pantomimenmanier seine Vorstellung gab, unterstützt von einer jungen Frau mit gruselig weißer Haut. Sie trug einen Badeanzug im Stil der Zwanzigerjahre. Ein blutrotes Halsband um ihre blasse Kehle und die dunkelrot geschminkten geschwungenen Lippen waren die einzigen Farbtupfer in diesem Schwarz-Weiß-Bild. Es war, als würde man sich einen alten Stummfilm ansehen, nur live und choreografisch abgestimmt auf den Rhythmus des Liedes.

Es war später Abend und wir sahen uns die Zaubershow im Abracadabra Club an, der sich im Erdgeschoss unseres Hotels in Vegas befand. Martin und ich saßen dicht beieinander, eingehüllt von einem angenehmen Alkoholnebel und aufgekratzt nach einem gewinnreichen Abend und von zu vielen Gratiscocktails im Second Chance Casino.

Das Lied verklang, und das nächste Stück war temporeicher. »Luck be a devil tonight …«

Ich schob meine Finger zwischen Martins und lehnte den Kopf gegen das weiche Polster der Bank. Ich fühlte mich herrlich berauscht und, ja, schön. Fast zwei Wochen hatte ich am Pool oder im Spa-Bereich verbracht, während Martin bei seinen Meetings gewesen war. Die Nächte hatten uns gehört. Elegante Kleider. Shows. Fantastisches Essen. Glücksspiele. Ich war sonnengebräunt und so viel schlanker als damals an diesem kalten Januartag, an dem wir uns kennengelernt hatten. Ich war entspannt und verliebt, was sich in meinem Gesicht und an meinem Körper zeigte. Ich fühlte mich, als wäre ich um eine Ecke gebogen. Ich hatte in einem Abgrund aus Schmerz und Trauer gelebt, doch ich hatte es geschafft, herauszukriechen. Ich hatte es überstanden.

Der Charlie-Chaplin-Magier winkte ruckartig mit der Hand, eine Imitation der abgehackten, fast komödienhaften Bewegungen früher Stummfilme. Er griff an seinen Hut und nahm ihn vom Kopf, so wie er es schon mehrmals im Laufe der Vorstellung getan hatte. Dann zog er ein lebendiges Kaninchen heraus. Ich schnappte nach Luft.

Martin lachte bei meinem Anblick.

»Was gibt's denn da zu lachen?« Ich versetzte ihm einen spielerischen Knuff. »Das war großartig! Da war nichts im Hut – ich habe es genau gesehen. Er hat ihn dem Publikum mehrmals gezeigt.«

Martins Augen funkelten im Licht der kleinen Kerzen auf den Tischen. Er legte mir die Hand an die Wange und sah mich voller Zuneigung an. »Meine Ellie. Ich liebe dich.«

Ich kuschelte mich an ihn, und er legte den Arm um mich. Trotzdem war mir nicht ganz wohl. Sein Verhalten hatte etwas Herablassendes. Oder lag es an mir und ich war einfach überempfindlich? Wie es mir mein Vater ständig vorgeworfen hatte. Und manchmal auch Doug. Eine Erinnerung blitzte auf – Doug, der mir Vorwürfe machte, weil ich Chloe mit einer Puppe hatte spielen lassen, deren Knöpfe lose gewesen waren. Einer der Knöpfe hatte sich gelöst, und Chloe hatte ihn sich in den Mund gesteckt und wäre beinahe daran erstickt.

»Manchmal kannst du so blöd sein, Ellie …«

»Passiv-aggressive Ellie.«

Martin hatte es nicht so gemeint, entschied ich. So war er nicht.

»Ich weiß trotzdem nicht, wie er das gemacht hat«, sagte ich, weil ich die Sache einfach nicht auf sich beruhen lassen konnte. »Er hatte den Hut immer auf dem Kopf. Dazwischen hat er ihn manchmal dem Publikum gezeigt, und da war er jedes Mal leer.«

Martin betrachtete mich, und etwas Fremdartiges, Eigentümliches trat in seinen Blick. »Wie Houdini einmal gesagt hat, hast du zwar etwas gesehen, El, aber nicht das, was du zu sehen geglaubt hast.« Er nahm sich eine Olive von einem Teller mit Snacks, der auf unserem Tisch stand, und schob sie sich in den Mund. Kauend fuhr er fort: »Das ist das Beste an der Magie, am Trickbetrug – das, was ich daran am meisten bewundere.« Er schluckte und griff nach seinem Scotch. »Der Trick besteht in der Ablenkung, darin, uns alle dazu zu bringen, etwas Bestimmtes anzunehmen und zu sehen, während etwas ganz anderes heimlich an uns vorbeigeschummelt wird.«

»Jetzt stellst du mich hin wie eine Idiotin.«

»Im Gegenteil.« Er trank einen Schluck, stellte sein Glas ab und beugte sich zu mir vor. »Wenn wir eine Zaubervorstellung besuchen, dann *wollen* wir getäuscht werden. Magie ist … Es ist eine Art erwünschter Betrug. Du bist keine Idiotin, weil du darauf hereinfällst. Wenn du *nicht* darauf hereinfallen würdest, dann würde der Zauberer etwas falsch machen.«

Ich sah zur Bühne. Vielleicht hatte mich das Halsband der Assistentin einen Moment lang abgelenkt – kurz vor dem Kaninchenzauber hatte sie die Aufmerksamkeit des Publikums darauf gelenkt. Ganz kurz hatte ich daran denken müssen, dass es so aussah, als wäre ihr der weiße Hals aufgeschnitten worden, als wäre es Blut und kein Halsband.

»Wir sehnen uns danach, getäuscht zu werden«, erzählte Martin weiter. »Wir wollen, dass unsere Welt ein kleines bisschen fantastischer und staunenswerter ist. Deshalb gehen wir ins Theater oder ins Kino, deshalb lesen wir Bücher. Der Magier ist eigentlich nichts anderes als ein Geschichtenerzähler – ein Betrüger, der uns ablenkt, uns manipuliert und mit Taschenspielertricks dazu bringt, unser Weltbild zu verändern. Geschichtenerzähler gibt es überall: im Marketing, in der Politik, der Religion oder auf der anderen Seite des Gartenzauns.«

Ich sah Martin an. Ein beunruhigend fiebriger Ausdruck war in seine Augen getreten. Vermutlich hatte er ein bisschen viel getrunken. Das Wetter war zu heiß gewesen, die Sonne zu grell, als er heute eine Weile bei mir am Pool gesessen hatte.

»Noch ein Cocktail, Ma'am?« Ich schreckte aus meinen Überlegungen und sah den Kellner an, der wie aus dem Nichts plötzlich vor uns stand. Wie von Zauberhand heraufbeschworen. Er trug ein Tablett mit einem rosa schimmernden Champagner Fizz und einem Glas Whisky, in dem ein einzelner großer Eiswürfel trieb.

»Ich werde es bereuen«, sagte ich und sah den Champagner an.

»Komm schon, nur noch einer«, sagte Martin. »Es ist unser letzter Abend.«

»Na gut.«

Der Kellner stellte den Cocktail vor mich hin.

»Und Sie, Mr Tyler?«, wandte er sich nun an Martin. »Noch ein Glas Whisky?«

»Cresswell-Smith ist mein Name«, entgegnete Martin kühl und richtete sich auf. Er nahm sein Glas, leerte es mit einem Zug und stellte es etwas zu nachdrücklich wieder auf den Tisch. Auf einmal wirkte er ärgerlich.

Der Kellner stellte den frischen Whisky vor ihm ab und verschwand schweigend mit den leeren Gläsern.

»Was sollte das denn?«, fragte ich leise und sah dem Kellner nach, der durch eine dunkle Tür in der schwarzen Wand verschwand.

»Der muss angenommen haben, dass wir verheiratet sind, als du ihm deinen Namen gesagt hast«, sagte Martin.

»Ich habe ihm meinen Namen nicht gesagt.«

»Musst du aber. Als du den Tisch hier reserviert hast.«

»*Du* hast den Tisch reserviert.«

»Dann eben sonst irgendwann – du musst ihm deinen Namen irgendwann verraten haben. Ich verstehe nur nicht, warum er angenommen hat, ich würde deinen Nachnamen tragen. Warum nicht andersherum – dass du *meinen* Nachnamen trägst.«

Verwirrt sah ich ihn an. »Martin, ich habe ihm nie gesagt, wie ich heiße. Ganz sicher nicht. Außerdem, was soll der ganze Zirk…«

»Du hast hier also nie deine Kreditkarte verwendet? Du hast dich an der Rezeption nicht mit deinem Namen gemeldet? Du hast keine Reservierungen im Spa gemacht?«

»Ich … vielleicht.« Ich fühlte mich benommen, meine Gedanken waren neblig. »Ich verstehe nur nicht, worüber du dich so aufregst. Der Kellner hat bloß einen Fehler gemacht.«

»Diese Leute merken sich alles, Ellie. Je mehr sie über ihre Gäste wissen, desto leichter können sie ihnen irgendetwas verkaufen, was sie nie gewollt haben. Diese Kleinigkeiten sind wichtig für sie.«

Ich hickste und drückte mir dann rasch die Hand vor den Mund. Ich kicherte.

»Was ist so lustig, verdammt?«

»Du. Weil du dich so aufplusterst, nur weil er dich ›Mr Tyler‹ genannt hat.«

Er starrte mich an. Sein Blick war verstörend intensiv, wie bei einer Katze, die sich an einen Vogel heranschlich. Auf einmal wusste ich, was ihm wirklich zu schaffen machte. Ja, er hatte zu viel getrunken, aber ich glaubte, dass er seine Drinks nur deshalb so schnell leerte, weil er schon angespannt gewesen war, als er am Nachmittag von seinem Geschäftstreffen ins Hotel zurückgekommen war. Irgendetwas hatte ihn verärgert. Es war nicht so gelaufen, wie er gehofft hatte, doch auf meine Nachfrage hin hatte er nur behauptet, es wäre nichts. Rückblickend fiel mir jetzt auf, dass er schon den ganzen Abend über unterschwellig gereizt gewirkt hatte, obwohl wir eine so gute Zeit miteinander gehabt hatten. Nun ließ der Alkohol die Fassade allmählich bröckeln.

»Raus damit, Martin«, sagte ich sanft. »Es ist wegen deinem Meeting, richtig? Ist irgendetwas anders gelaufen als geplant?«

»Es ist nichts.« Er sah weg, trank einen Schluck. Seine Nackenmuskeln waren gespannt. Er schien die Zähne zusammenzubeißen.

Ich nahm seine Hand. »Hey, da ist sehr wohl etwas. Wenn wir ein Team werden wollen, solltest du wissen, dass du mir alles sagen kannst.«

Er sah mich an. »Ein *Team*?«

Ich wurde unruhig. Wenn Martin mich so unverwandt ansah, seine gesamte Aufmerksamkeit auf mich lenkte, dann war es fast zu viel für mich. Zu intensiv. Gefährlich. Als würde man der Sonne zu nah kommen. Gleichzeitig war es genau diese

Intensität, die mich so anzog. Wie eine Biene vor einer strahlend hellen, lodernden Blume, die lebensspendenden Nektar versprach. Ich hielt seinen Blick, versuchte, nicht zu blinzeln.

Er wandte sich ab und sah eine Weile der Sängerin zu. Selbst im Profil wirkte er angespannt.

»Martin. Bitte.«

»Ich will nicht, dass uns dieses Meeting unseren letzten Abend in Vegas versaut«, sagte er monoton, ohne mich dabei anzusehen. »Ich versuche wirklich mein Bestes, Ellie, aber du lässt einfach nicht locker, als wolltest du ein Geschwür ausdrücken oder so. Es ist nicht das Ende der Welt, okay? Einer meiner Geldgeber hat einen Rückzieher gemacht.«

»Welcher? Bei welchem Projekt?«

Seine Augen wurden schmal, und er trank einen weiteren Schluck.

»Martin?«, hakte ich nach. »Welcher?«

Er fluchte leise und leerte sein Glas. Dann sah er mich an. Seine Augen tränten. Ich zermarterte mir den Kopf, versuchte mich daran zu erinnern, mit wem er sich am Nachmittag getroffen hatte. Plötzlich fiel es mir ein.

»Der Marbella-Typ?«, fragte ich leise. »Er war es, oder? Du hast dich mit ihm getroffen, weil ihr euch über die Finanzierung des Jachthafenprojekts in Australien unterhalten wolltet.«

Vollkommen reglos saß er da. Die Sängerin stimmte den nächsten Song an. »You pulled the wool over my eyes …«

Ich berührte ihn am Arm. Er zuckte zurück, dann seufzte er schwer und sagte: »Es war praktisch schon alles unter Dach und Fach. Eine letzte Unterschrift von einer Frau aus seinem Vorstand hat noch gefehlt. Leider hatte genau diese Frau ein Vetorecht. Heute Morgen hat sie den Deal platzen lassen.«

»Warum?«

»Sie hat das Gefühl, dass Australien zu riskant ist. Es passt nicht in ihr Unternehmenskonzept.«

»Steckst du in Schwierigkeiten?«

»Nein. Gott, nein. Es ist nur … Du weißt schon, es war ein persönliches Projekt.«

»Weil du als Kind so gern dort warst? Weil dein Bruder das Land nicht kaufen konnte – weil er an diesem Projekt gescheitert ist?«

Er nickte.

»Ist das Projekt denn damit gescheitert? Endgültig?«

Ärgerlich zuckte er mit den Schultern. »Es ist schon der zweite Geldgeber, der sich zurückzieht, nachdem eigentlich schon alles in trockenen Tüchern war. Das könnte andere potenzielle Finanziers abschrecken. Manchmal geht es bei solchen Dingen nur um Wahrnehmung und Timing.«

»Ist es denn ein riskantes Projekt?«

»Herrgott, nein, Ellie. Es könnte eines der besten Resorts und Wohnhafengebiete südlich von Sydney werden. Der Ort ist perfekt. Dort gibt es alles. Es kostet einiges, das Projekt aufzuziehen, ja, außerdem haben die Weltwirtschaftslage und das derzeitige Klima in der Immobilienbranche in Australien die Investoren nervös gemacht, aber es könnte ein Riesengewinn werden.« Er hob die Hand, um sich einen weiteren Drink zu bestellen. Nur Sekunden später kam der Kellner und stellte ein frisches Glas vor ihm ab, in dem ein großer Eiswürfel leise klirrte. Martin trank. Das Thema setzte ihm eindeutig zu. So hatte ich ihn noch nie gesehen. Es machte mich nervös. Ich *musste* ihn irgendwie aufheitern.

»Hey, das wird schon wieder«, sagte ich. »Du findest sicher einen anderen …«

»Ach, Ellie, halt einfach den Mund, ja?«

Ich blinzelte. Tief getroffen.

»Wie viel?«

»Was?«

»Wie viel haben sie dir zugesagt?«

Seine Augen wurden schmal. »Warum?«

»Sag es mir einfach.«

»Sechsundzwanzig Millionen, fürs Erste.«

»Beschreib mir das Projekt.«

Er senkte die Brauen. Ein Muskel zuckte an seinem Kinn. Ich spürte die Wut, die von ihm abstrahlte. *Vorsicht,* wisperte eine Stimme in mir, aber ich blieb hartnäckig. »Na los.«

Er leckte sich über die Lippen. »Kurz gesagt gibt es drei Phasen. Die erste besteht darin, Baugrundstücke direkt am Wasser zu erschließen – für Luxusimmobilien. Alle Grundstücke zusammen ergeben etwa einen Morgen Land, vielleicht auch mehr. Alle mit Zugang zum Wasser, entlang mehrerer Kanäle, die dafür in die Mangrovenwälder gegraben werden. Mit dem Boot kommt man über den Agnes River ins Agnes Basin. Das verursacht den Großteil der Kosten – das Ausheben der Kanäle. In einer weiteren Phase wird eine Eco-Lodge gebaut, am Strand hinter den Dünen zwischen dem Meer und dem Agnes Basin. In der dritten Phase werden Ferienhäuser errichtet. Dazu kommt ein großes Landstück im Mündungsgebiet, das gekauft, gespendet und zum Naturschutzpark erklärt werden soll. Die Natur und der Ökotourismus sind ein wichtiger Teil des Projekts.«

Ich musterte ihn genau, während er sprach. Ganz kurz sah ich die Freude in seinen Blick zurückkehren.

»Ist das Projekt von der Umweltschutzbehörde abgesegnet? Und hast du alle Baugenehmigungen?«

Er versetzte mir einen leicht herablassenden Blick, als müsste er auf die Fragen eines Kindes antworten. »Der Bericht für die Umweltschutzbehörde ist in Arbeit – mir wurde schon zugesagt, dass er positiv für mich ausfallen wird. Mit einigen Minderungsmaßnahmen zugunsten des Umweltschutzes. Der Bürgermeister und der Shire Council vor Ort befürworten das

Projekt. Abgesehen von einem Stadtrat, der auf dem Ökotrip ist und sich querstellt, aber der ist grundsätzlich gegen jedes Bauvorhaben. Die lokale Wirtschaft und die Anwohner des Gebiets lechzen nach Geschäftsmöglichkeiten, und die dortigen Unternehmer und ihre Familien befürworten Projekte wie dieses, weil es Steuergelder bringt. Mehr Jobs in absehbarer Zukunft. Die Surfer und Fischer, die entlang der Küste in dieser ländlichen Gegend leben, sind dort, weil die Wellen spektakulär sind, weil es eine ruhige Gegend ist und weil die Fischereierträge gut sind. Das Wetter ist fantastisch. Die Strände sind größtenteils leer. Denen gefällt dieses Leben, aber es ist schwer, an Arbeit zu kommen. Ehrlich gesagt betrachten sie das Bauvorhaben als Geschenk des Himmels. Abgesehen von einer kleinen, dafür aber umso lauteren Fraktion von Naturschützern – es gibt immer irgendjemanden, der versucht, die letzte Kröte oder den letzten Fischadler zu retten. Aber dieses Projekt wird mehr Ökotourismus in die Gegend bringen, und für die Naturschützer springt bei dem Deal ein schönes großes Naturschutzgebiet heraus. Wir waren drauf und dran, mit dem Vorverkauf loszulegen.«

»Bis heute Nachmittag?«

»Genau.« Er musterte mich. Eine bestimmte Empfindung begann in mir zu wachsen. Ein Verlangen danach, diese Seite seiner selbst mit ihm zu teilen, dieses Stück seiner Welt, sein Traumprojekt, die Erinnerungen an seine Vergangenheit, das, wofür dieser Mann brannte. Die Zaubershow war zu Ende. Es wurde applaudiert. Wir tranken unsere Gläser aus und gingen auf unser Zimmer. In dieser Nacht schliefen wir nicht miteinander. Er war zu betrunken dafür und schnarchte schon bald laut. Ich lag wach und starrte zur Decke hinauf. Durch einen kleinen Spalt in den dicken Vorhängen drangen die pulsierenden Lichter der nie schlafenden Stadt herein. Las Vegas.

Ich spürte, wie mir etwas entglitt. Wenn ich nicht mit beiden Händen zupackte, wenn ich nicht irgendetwas unternahm, dann würde ich diese neue Ellie wieder verlieren, die sich wie ein Schmetterling in mir entfaltete.

Das Echo der Worte meines Vaters hallte in meinen Gedanken wider.

»Ich meine es ernst, Ellie. Bring mir eine Idee – irgendeine … dann werde ich dein Unternehmen finanzieren. Du hast das Spiel hier und jetzt gewonnen. Die Hälfte der Leute hier in diesem Hotel möchte in diesem Augenblick nichts lieber, als an deiner Stelle zu sein …«

Ich drehte den Kopf auf dem Kissen, um Martin anzusehen. Er war aufgewacht. Reglos lag er auf dem Rücken und sah ebenfalls zur Decke hinauf. Ich rollte mich auf die Seite, zu ihm.

»Ich helfe dir«, sagte ich.

»Was?«

»Ich kann dir dabei helfen, das Projekt zu finanzieren.«

Er stützte sich auf einen Ellbogen. »Nein. Auf keinen Fall. Das kannst du nicht tun.«

»Warum nicht?«

»Ich will nicht, dass du in meine geschäftlichen Unternehmungen verwickelt bist.«

»Tja, dann …«

»Warte, El, so habe ich das nicht gemeint.«

»Wie hast du es dann gemeint?«

»Ich bin ein Spieler. Manchmal gewinne ich, manchmal verliere ich. Ich will nicht, dass du in ein Verlustgeschäft verwickelt wirst. Dieses Risiko kann ich dich nicht eingehen lassen.«

»Insgesamt gewinnst du allerdings mehr, als du verlierst, richtig? Genau wie mein Vater. Genau die Tatsache, dass er ein Spieler ist, ein ziemlich geschickter, hat ihn zu einem der reichsten Männer dieses Landes gemacht.« Während ich sprach, wurde der Wunsch in mir, die Sache für Martin – und damit auch für uns – in Ordnung zu bringen, immer drängender. Es war ein fast panisches, unausgesprochenes, wildes Verlangen, dafür zu sorgen, dass Martin seinen Traum nicht verlor, denn sonst würden wir auch uns verlieren.

»Schon, aber …«

»Ich *will* das tun, Martin. Ich kann es. Nicht nur für dich, sondern auch für mich. Du wirst mich als Geldgeber akzeptieren müssen. Du wirst mir dabei helfen, dir zu helfen, und du wirst mich bei diesem Jachthafenprojekt zu deiner Partnerin machen.« Mein Vater hatte mich dazu ermutigt, mich an einer geschäftlichen Unternehmung zu versuchen. Er hatte mir seine Immobilienanwälte zur Verfügung gestellt. Ich vertraute darauf, dass mir Dads Leute dabei helfen konnten, eine Partnerschaft auszuhandeln, die auch für mich von Vorteil sein würde. Natürlich hatte ich selbst praktisch keinen Schimmer von der Immobilienbranche, aber das hatte Doug auch nicht gehabt. Trotzdem war er mithilfe meines Vaters gut in diesem Geschäft geworden. Ich hatte Zugang zu denselben Experten wie er damals, und sie konnten mir als Laiin erklären, was ich wissen musste. Sechsundzwanzig Millionen als Grundkapital waren Peanuts für die Hartley Group. Dazu hatte ich noch meinen gewaltigen Treuhandfonds, den ich dafür nicht einmal würde anrühren müssen.

»Mach mich zu deiner Geschäftspartnerin bei diesem Unternehmen, Martin.«

»Nein, Ellie.«

Ich starrte ihn im schwachen Licht an, und ich hasste den Widerstand, der ihn pulsierend zu umgeben schien. Er stieß mich weg. Ich stieg aus dem Bett und zog meinen Morgenmantel an. Dann ging ich im Zimmer auf und ab und dachte über meine Idee nach, bis der neue Morgen den Horizont Nevadas in ein sanftes Leuchten hüllte. Ich zog die Vorhänge weit auf und ließ das wunderschöne Wüstenlicht in unsere Suite fluten. Dann kochte ich Kaffee.

»Was tust du da?«

»Dir Kaffee machen.« Ich brachte ihm eine Tasse und setzte mich an den Bettrand. Ich nippte an meinem eigenen Becher und sah zu, wie der Himmel heller wurde.

»Sag mir, worum genau es geht«, forderte ich ihn auf.

»Nein.«

»Warum nicht? Nenn mir nur einen ehrlichen Grund, warum nicht.«

So ging es eine Weile hin und her, bis er schließlich die Bettdecke zurückschlug und duschen ging. Als er wieder aus dem Bad kam, hatte sich etwas in seinem Gesicht verändert. Da war ein Funkeln in seinem Blick, als wäre meine Idee ein Serum, das seine Adern geflutet hatte und sich nun in seinem Körper ausbreitete.

»Dazu würde gehören, dass wir eine Weile in Australien leben, El.« Er rieb sich das Haar mit dem Handtuch trocken. Abgesehen von einem weiteren, sehr kleinen Handtuch um seine Hüfte war er herrlich nackt. »Wir müssten vor Ort sein, um alles zu beaufsichtigen. Zumindest während der Frühphase.«

»Darüber habe ich auch schon nachgedacht. Ich möchte es versuchen, Martin. Wenigstens eine Weile lang. Meine Arbeit kann ich mitnehmen. Ich könnte mir vor unserer Abreise noch ein paar neue Aufträge sichern. Ich könnte von Australien aus arbeiten.«

»Aber …«

Ich ging zu ihm und legte ihm die Finger auf die Lippen. »Schhh. Kein Aber mehr, *Mr Tyler.*«

Er lächelte nicht.

Mein eigenes Lächeln verblasste. Ich bereute es, diesen Scherz gemacht zu haben.

»Gefällt mir, wie das klingt«, sagte er leise, dunkel und zog mich an sich. Ich war überrascht. Er war noch feucht von der heißen Dusche. Warm. Ich spürte seine Erektion an meinem Bauch. Er roch nach guter Seife und Shampoo.

»Dir *gefällt,* wie *Mr Tyler* klingt?« Meine Stimme hörte sich heiser vor Verlangen an, als sein Glied noch härter wurde.

»*Mrs Cresswell-Smith* wäre mir allerdings lieber«, flüsterte er, den Mund ganz nah an meinen Lippen.

»Martin …« Ich spürte Wärme und Feuchtigkeit zwischen den Beinen. Er küsste mich, hart, öffnete meinen Mund. Die Idee schlug ihre Klauen in mein Herz, als er die Hand zwischen meine Beine schob, meine Lippen teilte, mit einem Finger in mich eindrang. Ich konnte kaum atmen … »Dann … dann tun wir es doch einfach.«

»Was?«, murmelte er.

Ich löste mich von ihm, um ihn ansehen zu können. »Heiraten. In einer Kapelle – ich habe unten eine gesehen. Die Second Chance Chapel. Gleich neben dem Second Chance Casino.«

Ihm klappte der Mund auf. »Wa…«

»Jetzt sofort! Lass es uns jetzt sofort tun. Mr und Mrs Cresswell-Smith!« Ich sprudelte über vor Begeisterung. Ich war berauscht. »Stell es dir nur mal vor, Martin – das war ein Zeichen gestern Abend –, ein Casino, das ›zweite Chance‹ heißt? Wir haben dort gewonnen, so richtig. Warum sollten wir die Sache nicht einfach festmachen, ein richtiges Team werden? Als echte Partner nach Australien gehen. Warum sollten wir nicht beide eine zweite Chance in der Liebe bekommen? Warum sollten wir das Risiko nicht eingehen? Ich bin geschieden. Du hast gerade eine langjährige Beziehung beendet. Warum sollten wir dieses Mal keinen Volltreffer landen?«

Heftig stieß er mich aufs Bett. Ich federte auf der Matratze auf und ab, und mein Nachthemd klappte auf. Er ließ sein Handtuch fallen und beugte sich über mich, öffnete meine Schenkel. Dann nahm er mich, wilder und animalischer als in unserer ersten Nacht im Fahrstuhl. Ich erwiderte seine gierigen Stöße, grub ihm die Nägel in die Haut, selbst überraschend zügellos. Die Aggression trieb mich immer höher, bis ich mit einem Aufschrei kam, gemeinsam mit ihm, dann ließen wir uns lachend und keuchend zurück auf die Matratze sinken. Erschöpft. Klebrig und verschwitzt und berauscht von meiner Idee. Die Sonne brach über den Horizont, und goldenes Licht flutete in den Raum.

Am Mittag kauften wir die Ringe – seiner aus Platin mit einem Rubin, meiner ein schlichtes Platinband. Dann füllten wir die erforderlichen Formulare aus. Am Abend standen Martin und ich vor einem rechtlich ordinierten Eheschließer, wie auf der Website der Second Chance Chapel versichert wurde. Unser »Paket für Schnellentschlossene« beinhaltete einen »frischen Blumenstrauß«, den ich mir vor die Brust hielt. Ein Fotograf schoss Bilder, die er uns in einer »hochaufgelösten JPEG-Datei« zuschicken würde, damit wir die Fotos später selbst ausdrucken und rahmen konnten. Wir hatten uns gegen eine online Liveübertragung entschieden, da wir unsere Freunde und Familie lieber persönlich über diesen Schritt informieren wollten.

»Da du, Ellie Tyler, und du, Martin Cresswell-Smith, euch aus freien Stücken dazu entschlossen habt, den Bund der Ehe einzugehen, da ihr euch vor Zeugen die Treue geschworen und diesen Schwur durch das Reichen der Hände und den Austausch der Ringe bekräftigt habt, erkläre ich euch kraft des mir vom Bundestaat Nevada verliehenen Amtes zu Mann und Frau. Herzlichen Glückwunsch! Du darfst die Braut jetzt küssen!«

Wir küssten uns. Die Kamera blitzte. Silbernes Konfetti regnete von der Decke herab und wirbelte mithilfe eines Ventilators um uns herum. Ich lachte. Ich war trunken vor Glück.

Kurz nach Mitternacht traten wir als Mann und Frau einen Übernachtflug nach Kanada an, eine druckfrische Heiratsurkunde in der Hand und Pläne für Australien im Herzen. Ich hatte den Anwälten meines Vaters bereits eine Mail geschickt und um ein Treffen gebeten.

Der Beobachter

Ein roter Punkt pulsierte auf dem Computerbildschirm. Die App auf dem Handy leitete ihre GPS-Koordinaten weiter. Sie waren am Flughafen in Vancouver gelandet. Der Beobachter starrte den Punkt ein paar Minuten an, während er in dem schwach erleuchteten Raum saß, ein Glas Whisky in der Hand. Dann beugte er sich vor und schaltete die Schreibtischlampe ein.

Der Lichtkegel fiel auf einen Stapel ausgedruckter Zeitungsartikel. Erstaunlich, was für ein vielseitiges und intimes psychologisches Profil das World Wide Web liefern konnte, wenn die Zielperson nicht allzu vorsichtig gewesen war oder ein relativ öffentliches Leben führte. In diesem Fall war es – für eine bestimmte Zeit – ein sehr öffentliches Leben gewesen.

Hartley-Enkelin bei tödlichem Badeunfall ertrunken

Hartley-Erbin erleidet Nervenzusammenbruch

Sterling Hartleys Tochter sticht im Restaurant auf ihren Ehemann ein

Ellie Tyler verhaftet

Hartley-Erbin geschieden

Einige der reißerischen Klatschblätter hatten Fotos einer übergewichtigen und verwahrlosten Ellie Tyler gebracht, die ihren Kopf mit ihrer Jacke bedeckte, während die Polizei sie aus einem Restaurant in Vancouver führte. Blutspritzer waren auf der Jacke zu erkennen. Ein weiteres Magazin hatte ein wenig schmeichelhaftes Bild einer verstörten und *sehr* übergewichtigen Ellie Tyler abgedruckt, unter dem zu lesen war:

> **Gerichtlich angeordnete Suchtberatung für Hartley-Erbin**
> **Trust-Fund-Tochter im Netz aus Alkohol, Tabletten und Depressionen gefangen**

Auf einer anderen Zeitung prangte ein Foto von Sterling Hartley und seiner damaligen schwedischen Freundin, die nach der Nachricht von Ellie Tylers Einweisung durch einen Flughafen geeilt waren.

Ein freundlicherer Bericht in der Vogue trug die Überschrift »Die Trauer einer Mutter«. Darin sprach Ellie darüber, wie sie mit dem Tod ihrer kleinen Tochter fertigwurde. Sie redete offen über ihre mentale Gesundheit und darüber, wie wichtig es war, Geisteskrankheiten und die sich darum herum entwickelnden Süchte zu entstigmatisieren. Trotzdem blieb das Stigma an ihr kleben.

Neben dem Stapel Zeitungsberichte lag ein Ordner mit der Aufschrift »Ellie«. Er stammte von einem Privatdetektiv, der auch Doug Tylers neue Ehefrau befragt hatte. Ein weiterer Ordner war mit »Martin« beschriftet.

Der Punkt bewegte sich. Sie verließen den Flughafen.

Damals

ELLIE

Vor über einem Jahr, 25. Oktober, Jarrawarra Bay, New South Wales

Die kleine Propellermaschine sackte ab, gepackt von weiteren Turbulenzen. Ich biss die Zähne zusammen und umklammerte die Armlehnen. Ich flog allein, zu Martin, der bereits vor drei Monaten aufgebrochen war, sobald die Finanzierung gestanden hatte. Seit sechsunddreißig Stunden durchflog ich nun schon mehrere Zeitzonen. Mir war übel und ich war dehydriert von zu viel Wein und zu vielen Lorazepam-Tabletten, die ich geschluckt hatte, um meine Nervosität in Schach zu halten. Der Lüfter über meinem Sitz funktionierte nicht. Und jetzt noch dieses Gewitter. Das Flugzeug war zu klein. Meine Klaustrophobie drohte in Panik auszuarten.

Wieder sackte das Flugzeug nach unten. Allmählich setzten wir zum Landeanflug an. Im hinteren Teil der Kabine fiel etwas mit einem dumpfen Aufprall zu Boden. Dann rollte das Ding den Mittelgang entlang, bis es an meinem Sitz vorbeikam. Es war eine Wasserflasche. Auf einmal hatte ich schrecklichen

Durst. Doch ich kam nicht an die Flasche heran. Ich dachte an die Tabletten in meiner Handtasche. Ein weiterer Ruck, noch mehr Schlingern, die Flügel wippten. Die Wolken schienen näher zu rücken. Dunkler zu werden. Dichter. Ein Blitz jagte durch die Dunkelheit. Hastig griff ich nach der Handtasche unter meinem Sitz und kramte mit zitternden Händen in einem Seitenfach herum, bis ich das Tablettendöschen fand und mir eine der Pillen unter die Zunge schob. Ich schloss die Augen und legte den Kopf zurück, während ich darauf wartete, dass sich die Tablette auflöste. Schweißperlen standen mir auf der Stirn, und ich spürte, wie mir ein Tropfen über die Schläfe lief. Mit Mühe brachte ich mich dazu, ruhig einzuatmen, bis vier zu zählen und die Luft dann langsam und bewusst wieder ausströmen zu lassen. Nach und nach hüllte ein weicher Flaum die scharfen Kanten meiner Panik ein. Ich atmete tiefer ein und langsamer aus. Ruhe legte sich um mich wie die vertrauten Arme eines alten Freundes. Ich überließ mich der Droge. Meine Muskeln entspannten sich. Meine Gedanken wurden still. Um mich noch weiter abzulenken, drehte ich mich zu den anderen Passagieren um. Niemand sah sonderlich beunruhigt aus.

Die meisten von ihnen waren lässig gekleidet – Shorts, Flip-Flops, T-Shirts, Sommerkleider, Jeans. Ein paar auch in Businesskleidung. Alle tief gebräunt. Einige von ihnen waren besonders wettergegerbt, sommersprossig und ihre Haare sonnengebleicht. Alle Altersgruppen. Sie passten zu Martins Beschreibung von Jarrawarra Bay – ein ländlicher Knotenpunkt am Wasser. Historisch gesehen ein Zentrum für Sägereien und eine Produktionsstätte für Erzeugnisse aus Australischer Silber-Akazie. Auch die Milch- und Rindfleischindustrie spielte eine Rolle, genau wie die Austernfarmen und die Tiefseefischerei. Martin hatte gesagt, dass die lokale Bevölkerung entweder in einem dieser Bereiche arbeitete oder zur Gruppe der Telearbeiter, der Rentner, der Urlauber oder Ferienhausbesitzer gehörte. Sogar Nicole Kidman besaß angeblich ein Anwesen nördlich von Jarrawarra, in einer jener abgelegenen Buchten, in der die Lilly-Pilly-Bäume wuchsen und ganze Schwärme von Regenbogenloris anlockten.

Trotz meines Zustands breitete sich sanfte Freude in meiner Brust aus bei der Vorstellung, wieder bei Martin zu sein. Oder vielleicht lag es auch an den Medikamenten. Ich wollte unser Neubauhaus sehen, das er für uns am Ufer des Bonny River gekauft hatte. Er hatte mir Fotos geschickt. Es sah spektakulär aus. Das Haus war ein zweigeschossiger Architektenbau mit viel Glas und sauberen Linien. Es gab auch ein Bootshaus mit einem Steg, hatte er gesagt, das sich perfekt als mein Atelier eignen würde.

Wieder flammte ein gezackter Blitz zwischen den Wolken auf, und das Flugzeug neigte sich nach unten, als wir in einen steilen, holprigen Sinkflug gingen. Unter uns lag eine Bucht mit gelbem Sand.

Die einzige Stewardess in diesem Flugzeug wies uns an, unsere Lehnen in eine aufrechte Position zu bringen und unser Gepäck darunter zu verstauen. Sie war auf dem kurzen Flug vom Sydney International Airport hierher auf ihrem kleinen Klappsitz geblieben, ohne ihren Anschnallgurt zu lösen. Der Pilot verkündete, dass wir uns im Landeanflug auf Moruya befänden. Er sagte, es sei ungewöhnlich heiß für die Jahreszeit, und das Gewitter würde sich in südlicher Richtung bewegen. Von Moruya war es nur eine kurze Fahrt nach Jarrawarra Bay. Martin wartete sicher schon auf mich.

Seitenwinde trafen das Flugzeug, und mein Magen rumorte, als uns die fremdartige Landschaft entgegenkam – ein gewundener, schokoladenbrauner Fluss in einer Landschaft aus dichten Mangrovenwäldern, aus denen dürre Eukalyptusbäume herausragten und sich im Wind bogen. Austernbänke im Fluss, verrottende Pfähle und Stege. Ein Kranich flog dicht über dem

Wasser dahin. Während wir immer tiefer sanken, entdeckte ich Kängurus, die neben dem Flughafenzaun grasten. Hart traf das Flugzeug auf die Landebahn, machte einen Hopser und schlug ein weiteres Mal hart auf, dann erbebte es und bremste ratternd ab, bis wir das Ende der Landebahn erreicht hatten und an dem winzigen Flughafengebäude vorbei waren. Als es dem Piloten endlich gelungen war, die Maschine zum Stehen zu bringen, fuhren wir eine Kehrtwende und rollten langsam zum Gebäude zurück. Die Hitze in der Kabine wurde drückend. Ich blickte aus dem Fenster auf den geduckten Wellblechdachbau, der wohl Moruya Airport sein musste. Davor gab es einen kleinen Hof mit ein paar Tischen. Ein Zaun. Ein Tor … Da sah ich ihn. Mein Herz machte einen Satz.

Martin.

Groß. Braun gebrannt. Er trug Shorts. Sein Haar schimmerte wie Gold. Er beschattete sich die Augen und musterte die Fenster des Flugzeugs, während wir näher kamen. Ich konnte mich nur mit Mühe davon abhalten, sofort meinen Gurt zu lösen und meine Tasche unter dem Sitz hervorzuziehen. Ich wollte alles sehen. Sofort. Ich wollte eine Dusche und ein sauberes Bett. Ich wollte die Arme meines Ehemanns spüren, die mich in dieses neue, exotische Lebensabenteuer zogen, das wir uns ausgesucht hatten.

Mit einem leisen »Ping« erlosch das Anschnallsignal.

Die Stewardess öffnete die Tür. Ich konnte das Meer riechen. Sie klappte die Treppe aus. Wir alle warteten, schwitzend, während Pilot und Co-Pilot als Erste ausstiegen.

Nach ihnen kam ich.

Heißer Wind schlug mir entgegen, als ich durch die Kabinentür trat. Er brachte den Duft der Eukalyptusbäume mit sich, begleitet von leichtem Rauchgeruch von den fernen Waldbränden. Martins Hand schoss hoch, als er mich sah. Er winkte wild, und ich eilte die Treppe hinab, über die

Landebahn und durch das Tor. Er hob mich von den Füßen, drückte mich an sich und wirbelte mich herum. Dann küsste er mich. Tränen liefen mir über die Wangen – Tränen des Glücks, der Erleichterung und der Erschöpfung. Ich war fix und fertig.

Er stellte mich auf die Füße und strich mir die Ponyfransen aus der Stirn. Einen Moment lang musterte er mich, dann nahm er mein Gesicht zwischen beide Hände. Sah mich an, direkt in mein Innerstes. Seine blauen Augen wirkten nun, da er so braun gebrannt war, nur noch blauer. »Willkommen in unserem neuen Zuhause, Ellie Cresswell-Smith. Ich habe dich so vermisst. Wie war die Reise?«

Sein australischer Akzent war deutlich ausgeprägt – viel stärker als bei unserer letzten Begegnung.

»Es war … okay.« Das Baby, das auf dem ganzen Flug von Vancouver geschrien hatte, die Klaustrophobie, die es mir beschert hatte, in einer winzigen Blechdose eingepfercht zu sein, die an Panik grenzende Nervosität, der fehlende Schlaf … ich vergaß das alles. »Du siehst so braun aus, so … australisch.«

»Und was genau heißt das? Wie Crocodile Dundee?« Er wackelte mit den Brauen.

Ich lachte, begeistert davon, mich wieder in seiner Aura aufzuhalten und seine pulsierende Energie zu spüren. »Gott sei Dank nicht. Ich kann es kaum erwarten, unser neues Haus zu sehen. Auf den Fotos sieht es einfach *fantastisch* aus.« Ich zeigte ihm mein Gepäck auf dem Rollwagen, der gerade vom Flugzeug gebracht wurde, und Martin hob meine beiden Koffer herunter. Seine Flip-Flops machten flappende Geräusche, während wir vom Flughafengebäude zu seinem Truck gingen – zu unserem Truck. Das alles gehörte nun auch mir. Dieses Leben.

Kängurus beobachteten uns von dem trockenen, spärlichen Grasstreifen neben dem Parkplatz aus. Die Hitze drückte herab. Ich hörte das Summen von Käfern. Das Schreien der Vögel – harsche, fremdartige Klänge. Schweiß sammelte sich zwischen meinen Brüsten und lief mir über die Haut. Mein Haar fühlte sich fettig an und klebte mir am feuchten Hals. Ich konnte alten Schweiß an mir riechen. Mein ganzer Körper sehnte sich nach einer kühlen Dusche, einem soliden Bett, frischer Bettwäsche.

»Unser neuer Truck«, verkündete Martin stolz, als wir vor dem Utility-Fahrzeug standen. Er zog die Plane von der Ladefläche und hievte meine Koffer hinein. Mit einem dumpfen Laut schlugen sie auf. Ich wollte ihm sagen, dass er mit den Koffern vorsichtiger sein sollte, da sich darin meine Malausrüstung befand, aber ich hielt mich zurück.

»Ich brauche unbedingt eine Dusche«, sagte ich, während ich zur Beifahrertür ging. »Und Schlaf. Ich weiß nicht einmal mehr, seit wie vielen Tagen ich jetzt schon wach bin.«

»Oh, Babe …« Er zögerte.

Ich hielt inne, mit der Hand an der Tür. Er wirkte geknickt.

»Was ist los?«, fragte ich.

»Ich habe uns ein Picknick mitgebracht. Ich dachte, wir könnten direkt zur Agnes Bay fahren, damit ich dir das Baugebiet gleich zeigen kann. Immerhin sind wir nur deswegen hier und machen das alles, oder?«

Mir sank das Herz. Ich wankte, auf einmal war mir schwindlig. »Ich … ich hoffe doch, dass wir nicht nur deswegen hier sind.«

Er sah mich an. Seine Miene wurde unfreundlich. Ich blinzelte. Das bildete ich mir nur ein. Die Welt – das Sonnenlicht –, alles war zu grell. Zu heiß. Zu disharmonisch. Die Tabletten, mein Kater vom Wein, der Jetlag – ein Rauschen setzte in meinen Ohren ein. Ich suchte in meiner Handtasche nach meiner großen Sonnenbrille und setzte sie auf. »Schon gut.« Ich räusperte mich und konzentrierte mich darauf, meine Stimme leicht und fröhlich klingen zu lassen. »Ich bin nur furchtbar müde, sonst nichts. Und vielleicht ein bisschen verkatert.« Ich lachte unbeschwert. »Ich dachte, ein Schluck Wein könnte mir dabei helfen, das schreiende Baby zu überhören, aber das hat nicht geklappt.« Ich stieß ein weiteres gezwungenes Lachen aus. »Die arme Mutter.«

Die Tabletten ließ ich unerwähnt.

Davon musste Martin nichts wissen.

Da war etwas in seinem Blick, während er mich beobachtete, und es machte mich nur noch nervöser. »Sollen wir jetzt nach Agnes fahren oder nicht?«

»Klar. Das wird schon – mir geht's gut. Ich will es sofort sehen«, log ich, weil ich ihn nicht verärgern wollte. Nicht an unserem ersten gemeinsamen Tag nach so langer Zeit.

Damals

ELLIE

Ein breites Grinsen erschien auf Martins Gesicht, als ich ihm versicherte, ich »wolle« sofort zum Bauland fahren. Seine Augen und sein ganzer Körper erwachten wieder zum Leben, wie bei einem Kind, dem man gerade ein Spielzeug zurückreichte, das kurz vor der Konfiszierung gestanden hatte.

»Und was den Kater angeht, habe ich hier genau das Richtige!«, verkündete er und schlug die Plane auf der Ladefläche noch weiter zurück. Zum Vorschein kam eine Kühlbox. Er hob den blauen Deckel ab und förderte wie ein Zauberer zwei Flaschen gekühlten Cider zutage. Kondenswasser überzog das kalte Glas und rann daran herab. Auf einmal war mein Durst unerträglich.

»Kontertrinken.« Er wackelte mit dem Cider und sein Grinsen wurde so breit, dass seine Grübchen zum Vorschein kamen. Er öffnete eine der Flaschen und reichte sie mir. Ich nahm sie und leerte sie in einem Zug zu einem Viertel, während er seine eigene Flasche öffnete.

»In der Kühlbox habe ich noch jede Menge davon«, sagte er und schloss den Deckel der Truhe wieder. »Und Wein. Und

Brathuhn. Kartoffelsalat. Baguette.« Er stieß mit seiner Flasche gegen meine. »Cheers und willkommen *zu Hause,* Babe. Auf unser neues Leben.«

Wir tranken beide in tiefen Schlucken, stiegen in den Truck – wobei ich fast auf der falschen Seite hineingeklettert wäre. Dann stellten wir die Flaschen in die Tassenhalter, und Martin ließ den Motor an.

»Wir bleiben nicht lang in Agnes, versprochen. Vor dem Abendessen sind wir zu Hause.« Er fuhr auf der »falschen« Seite auf die Straße und schenkte mir ein weiteres Grinsen. »Außerdem hilft es gegen den Jetlag, wenn du dich gleich an die neue Zeit gewöhnst.«

Ich trank noch einen großen Schluck und spürte, wie sich der Alkohol rasch in meinem vom Lorazepam bereits beeinträchtigten Körper und meinem nach Schlaf lechzenden Gehirn ausbreitete. Doch Martin hatte recht. Kontertrinken. Es funktionierte. Und wer machte sich schon Gedanken um einen Jetlag? Das hier war unsere neue Welt, ein neues Abenteuer. Das Bauprojekt war der Grund, aus dem wir hergekommen waren. Schlafen konnte ich später.

Lass dich einfach treiben. Keine Regeln. Schreibe deine eigene Geschichte.

Als wir jedoch den Princes Highway erreichten und durch einen engen und nie endenden Baumtunnel durch einen monotonen Eukalyptuswald mit trockenen, hängenden, scharfkantigen Blättern fuhren, hatte ich meinen Cider bereits ausgetrunken und nickte immer wieder ein, während sich eine sirupartige Benommenheit um mich schloss. Martin schaltete das Radio ein. Leise Musik erklang.

Ich musste irgendwann tief eingeschlafen sein, denn auf einmal stieß mein Kopf hart gegen das Fenster und ich fuhr erschrocken hoch. Weit riss ich die Augen auf und kämpfte darum, mich zu orientieren. Wir hatten einen Haken geschlagen, um ein totes Tier auf der Straße zu umfahren. Ich verzog das Gesicht und rieb mir fest darüber. An meinem Kinn klebte getrockneter Speichel. Mein Körpergeruch war unangenehm stark, mein Gesicht verschwitzt. Martin warf mir einen raschen Seitenblick zu. Etwas wie Ekel huschte über seine Züge, doch dann war es wieder verschwunden. Vielleicht hatte ich es mir nur eingebildet. Er wandte seine Aufmerksamkeit wieder der Straße zu, doch ich sah, wie er die Fäuste fester um das Lenkrad schloss.

In benommenem Schweigen saß ich eine Weile da, während wir ein paar weitere Kilometer durch den Wald hinter uns brachten. Hin und wieder lagen tote Kängurus oder Wallabys am Straßenrand. Übelkeit breitete sich in meinem Magen aus. Ich hätte darauf bestehen sollen, dass mich Martin zuerst nach Hause brachte.

»Wie weit ist es noch?«, fragte ich, als wir an einem weiteren massakrierten Känguru vorbeikamen, oder was dieses hellbraune Fellbündel einmal gewesen sein mochte.

»Ich habe es dir doch schon gesagt. Nach Agnes braucht man von Jarrawarra aus etwa fünfundzwanzig Minuten mit dem Auto.« Es klang kühl. Schwarz und ölig breitete sich eine dunkle Vorahnung in meiner Brust aus. Mein Vater benutzte genau denselben Tonfall, wenn ich seine Erwartungen wieder einmal nicht erfüllt hatte.

Ich sah aus dem Fenster und zuckte zusammen, als ein großes Urzeitwesen mit Drachenschwingen von fast einem Meter Durchmesser am Rand der Baumreihe neben dem Highway entlangflog. Dicht dahinter ein weiteres. Dann ein ganzer Schwarm. »Was zum …?« Mit hämmerndem Herzen fuhr ich auf meinem Sitz herum und sah ihnen nach.

»Flughunde«, sagte Martin knapp. »Eine Spezies von riesigen Fruchtfledermäusen. Das größte fliegende Säugetier, das es gibt.« Er hielt den Blick fest auf die Straße gerichtet, seine

Nackenmuskeln wirkten gespannt. »Verdammte Viecher. Als der Eukalyptus wegen dieser abartigen Hitze zu früh angefangen hat zu blühen, sind sie in Schwärmen hier eingefallen. Über hunderttausend wurden bei der letzten Zählung gesichtet. Scheiße, diese Riesenfledermäuse sind eine echte Plage.«

Ich blinzelte. Ich hatte Martin bisher nicht in einer normalen Unterhaltung fluchen hören. Wieder fiel mir auf, wie ausgeprägt sein australischer Akzent war. Die Veränderungen in seiner Mimik. Oder lag es an mir, und ich sah die Dinge verzerrt durch meinen Nebel aus Unwohlsein? Angst wand sich wie Rauch durch meine Adern. Paranoia war damals eine Nebenwirkung meines Drogen- und Alkoholmissbrauchs gewesen, nachdem ich zugelassen hatte, dass Chloe mir entglitt und ertrank. Ich kämpfte dagegen an. Vielleicht hätte ich die Beruhigungsmittel im Flugzeug lieber nicht nehmen sollen. Vielleicht war ich dabei, wieder abzurutschen.

»Die lokale Regierung hat eine Expertengruppe an das Problem gesetzt, die sich überlegen soll, wie man mit diesen Viechern fertigwird. Sie stehen unter Artenschutz, weshalb man sie nicht einfach töten kann. Sie scheißen alles zu. Stinkender rotgelber Guano.«

Entsetzt starrte ich einem weiteren Schwarm der gewaltigen Fledermäuse nach, der durch den Tunnel im Wald flog, den man für die Straße geschlagen hatte.

Martin fuhr langsamer und setzte den Blinker, als wir an einem Schild vorbeikamen, auf dem das Agnes Basin ausgeschrieben war. Wir bogen vom Highway auf eine kleinere Straße ab, die Richtung Meer führte, und kamen an einem Plakat vorbei, das auf einem Holzpfosten in die Erde gerammt worden war. Das Papier war zerrissen und flatterte im Wind. Große schwarze Buchstaben prangten darauf.

Stoppt den Jachthafen!

»Martin?« Ich drehte mich auf meinem Sitz zu ihm. »Sind wir damit gemeint?«

»Das ist nichts. So was ist normal. Das bekommt man bei jedem Bauprojekt serviert. Verdammte Ökofuzzis.«

Ich entdeckte ein weiteres Plakat, zerrissen und im Wind flatternd.

Nein! zur Agnes Marina

Hundert Meter weiter waren gleich mehrere Plakate an die Bäume genagelt worden.

Naturschutzpark statt Millionärsresort
Rettet die Natur, stoppt Agnes!
Rettet den Fischadler
Rettet unser Fischhabitat

Martin bog auf eine noch kleinere Seitenstraße ab. Als wir um eine Kurve kamen, tauchte ein ganzer Wald aus roten Schildern auf, die wie Wahlplakate in die trockenen Straßenränder gehämmert worden waren.

Stopp, stopp, stopp, stopp.
Tod dem Jachthafen.
Wählt den Bürgermeister ab!

Kängurus grasten zwischen den Schildern, sie sahen aus wie riesige Ratten mit verformten Köpfen. Eine heftige Windböe fuhr in die Bäume, und Zweige und Äste regneten herab. Trockene Blätter wirbelten über die Straße. Mein Kopf fühlte sich an, als wäre er mit Watte gefüllt. Als wäre ich gar nicht wirklich hier und würde dies alles durch einen Filter sehen, von weit, weit weg. Druck baute sich in meinen Ohren auf. Schwere senkte sich in meinen Bauch. Mir fiel wieder ein, was ich zu meinem Vater gesagt hatte bei unserem Gespräch über dieses Vorhaben.

Außerdem, was kann schon schiefgehen?

»Martin«, sagte ich leise und versuchte, mich zu konzentrieren. »Das kommt mir …«

»Die meisten Menschen in diesem Gebiet, darunter auch der Bürgermeister und die Mehrheit der Regierungsvertreter, sind mehr als froh über die winkenden Bauaufträge, Ellie«, sagte er knapp. »Sie sind für das Projekt. Die Jobs bedeuten mehr Stimmen bei der Wahl, und die neuen Häuser bringen mehr Steuereinnahmen und mehr Einwohner für den Wahlbezirk, was wiederum mehr staatliche Fördergelder bedeutet.«

Ein weiteres Plakat hing an einem Zaun.

Rettet die Fischadler, Tod dem Jachthafen

»Aber die Umweltanalyse ist …«

»Praktisch im Sack, Herrgott, wie ich dir gesagt habe! Die Fachberater wurden ausgewählt, weil sie auf *meiner* Seite stehen. Sie haben versprochen, dass ihr Urteil positiv ausfallen wird. Das wird schon.«

»Sollten Umweltberater nicht neutral sein?«

Er fluchte gedämpft. »Du kannst manchmal so naiv sein. Mach dir darum keine Sorgen – ich habe dir gesagt, dass alles klar ist, okay? Alles kommt in Ordnung.« Er sprach gelassen, aber seine Nackenmuskeln traten ebenso hervor wie die Sehnen an seinen Armen. Er warf mir einen Blick zu, wobei ihm wohl auffiel, wie erschrocken ich tatsächlich war, denn fast sofort glättete sich seine Miene. Er seufzte. »Hör zu, es tut mir leid, El.« Er atmete tief durch, wie um sich zu beruhigen. »Ich weiß, dass das alles neu für dich ist, aber diese Hürden muss jedes Projekt nehmen, es werden einem immer Steine in den Weg geworfen. Und das kann ganz schön frustrierend sein. Einen Jachthafen zu bauen, für den man tiefe Kanäle in einen Mangrovensumpf graben muss, in dem die ansässigen Fischer ihre illegalen Krabbenfallen aufstellen und tun und lassen, was sie wollen – natürlich bekommt man da Gegenwind. Aber unterm Strich ist die Genehmigung auf dem Weg, und die Vorverkäufe gehen durch die Decke. Sobald wir zu Hause sind, zeige ich dir die Zahlen.« Er setzte ein gezwungenes Lächeln auf.

Wir kamen an einem Schuppen mit verrosteten Metallwänden vorbei. Darauf prangten in blutroten Lettern die Worte:

Tod den Cresswell-Smiths!

Damals

ELLIE

»Das ist es! Was hältst du davon?«

Ich stand neben Martin vor einem Fertigbunker, der sich auf einen frisch asphaltierten Parkplatz neben einem trüben Gezeitenfluss duckte.

Ein Schild schaukelte knarrend im heißen Wind: AGNES MARINA VERKAUFSBÜRO. Gelbhaubenkakadus, weiß und unwirklich, kreischten in den Zweigen, die tief über dem Gebäude hingen. In der Ferne donnerte die Brandung. Eine Schwarzscharbe – ein schwarzer Vogel, den andere einfach einen Kormoran genannt hätten – hockte auf einem morschen Pfahl, die Flügel zum Trocknen ausgebreitet, sodass es aussah, als trüge sie ein Cape. Eine Flottille aus Pelikanen trieb schaukelnd auf den Wellen des Flusses, die Tiere beobachteten uns mit ihren großen Perlenaugen.

Ich schirmte die Augen vor der grellen Sonne ab. Der Himmel war verschleiert, was dem harschen Licht jedoch keinen Abbruch tat. Selbst hinter meiner Sonnenbrille war ich geblendet. Ich fühlte mich wacklig auf den Beinen, orientierungslos. Die Strömung des Flusses schien die ganze Welt ins Wanken zu bringen. Noch immer sah ich den in blutroter Schrift prangenden Spruch auf diesem Schild vor mir:

Tod den Cresswell-Smiths!

»Sie haben uns persönlich bedroht, Martin«, sagte ich leise.

»Ach, komm schon – das war nur irgendein Irrer. Es tut mir leid, dass du das sehen musstest.«

»Hast du es der Polizei gemeldet?«

»So viel Aufmerksamkeit ist das gar nicht wert.«

»Bist du sicher? Warum wurde *ich* überhaupt da mit hineingezogen? Da stand ›Cresswell-Smiths‹. Also wir beide.«

»Du bist meine Frau. Wir sind gleichberechtigte Partner, und irgendein Verrückter versucht uns einzuschüchtern, das ist alles.«

»Tja, es funktioniert.«

»Sei nicht albern, El. Komm.« Er nahm meinen Arm und öffnete die Tür.

Das Innere des Gebäudes war klimatisiert. Es gab einen schimmernden weißen Tresen, Ledersessel und eine Theke mit Marmorplatte mit einer Espressomaschine darauf. Mehrere Barhocker gruppierten sich dort. Auf diversen Fernsehbildschirmen wurden Aufnahmen von lachenden Pärchen auf Booten gezeigt. Private Jachthäfen, Surfer inmitten gewaltiger Wellen, Tiefseetaucher, Luftaufnahmen des Mündungsgebiets, exotisches Essen, Blumen, bunte Drinks, Swimmingpools, sonnengebräunte Mädchen in Bikinis, Männer mit Zahnpastawerbungslächeln und von Ohr zu Ohr grinsende Kinder.

Auf gläsernen Tischplatten lagen Broschüren aus, und Poster an den Wänden präsentierten einen sonnigen, idealisierten Lebensstil. Ich griff nach einer der Broschüren. Darin wurden diverse Eigentumsmodelle angepriesen. Anteile zu einem

Viertel, zur Hälfte oder auch alleinige Inhaberschaft, mit der Möglichkeit, die erworbenen Immobilien in einen Mietpool zu übergeben.

»Das ist Lennin, mein Verkaufsgenie hier«, verkündete Martin stolz.

Ich sah auf und blinzelte, als Lennin aus dem angrenzenden Büro trat. Lennin war eine Frau. Mitte bis Ende zwanzig. Sie trug ein rotes T-Shirt und weiße Shorts. Sehr kurze Shorts. Ihre Beine waren lang und braun, ihre Arme schlank und muskulös. Sie lächelte breit, wobei sie strahlend weiße Zähne zur Schau stellte. Ihre kastanienbraune Mähne fiel ihr in sanften Wellen um die Schultern. Ich war wie geblendet von ihrer Strahlkraft und sprachlos, weil sie kein Mann war. Als Martin mir erzählt hatte, dass er jemanden namens Lennin für den Verkauf gefunden hatte, der fantastische Arbeit leistete, war ich davon ausgegangen, dass Lennin ein Mann war. Ein älterer Mann. Sie erinnerte mich an diese allgegenwärtigen, ewig jugendlichen Angestellten in den Luxusclubs, in die ich – trotz meines Reichtums – nie richtig gepasst hatte. Oder an die Reality-TV-Stars, die auf exotischen Schiffen arbeiteten und vollkommen unwirklich aussahen.

»Hi, El. Martin hat mir ja schon *so* viel über dich erzählt«, begrüßte sie mich in breitem australischem Englisch und hielt mir die Hand hin. »Wie schön, dich endlich kennenzulernen.«

Ich schüttelte ihre Hand und war mir auf einmal bewusst, dass ich eine winterliche Jeans trug, Schweißflecken unter den Armen hatte und mir dringend die Haare waschen musste. Und duschen. Nicht einmal in meinen wildesten Träumen würde ich jemals einen solchen Körper haben wie sie. Martin musterte uns, als würde er uns miteinander vergleichen. Aus irgendeinem absurden Grund kam es mir vor, als hätte er dies hier absichtlich getan. Als hätte er uns gegenübergestellt, um den Kontrast zwischen Lennin und mir hervorzuheben. Damit ich mir meiner Schwächen bewusst wurde. Mein Alter gegen Lennins Jugend und Vitalität. Obwohl ich wusste, dass dies ein absurder Gedanke war, spürte ich Wut in mir aufsteigen.

»Ich heiße Ellie«, korrigierte ich sie. Wenn Martin mich El nannte, war das in Ordnung, aber das galt nicht für sie.

Ihr Lächeln wankte, allerdings nur für den Bruchteil einer Sekunde. »Ich bin begeistert, bei einem Projekt der Hartley Group dabei zu sein, Ellie.«

»Wie bitte?«

Eine kleine Falte formte sich zwischen ihren Brauen. »Die Hartley Group«, wiederholte sie.

»Die Agnes Marina hat nichts mit der Hartley Group zu tun.«

Sie sah auf die Broschüre in meiner Hand hinab und ich folgte ihrem Blick. Auf der Rückseite prangte ein Hochglanzfoto meines Vaters, darunter in kühnen schwarzen Lettern seine Unterschrift.

»Sterling Hartleys Rückendeckung ist ein wichtiger Verkaufsgarant für uns«, sagte sie. »Er hat … na ja, offen gesagt ist sein Ruf eben Gold wert. Unsere Zusammenarbeit mit ihm ist ein heißes Verkaufsargument.«

Mein Herz schlug schneller. Ich warf Martin einen Blick zu, doch er hatte sich abgewandt und schaltete gerade mithilfe einer Fernbedienung durch die Werbeaufnahmen auf den Bildschirmen.

Mein Gesicht brannte. Ich wandte mich wieder an Lennin. »Mein Vater hat nichts mit …«

»Ellie!«, rief Martin. »Komm mal her und schau dir das an.« Eine Luftaufnahme erschien auf dem Fernseher vor ihm. Sie stammte offensichtlich von einer Drohne, die über endlose Strände entlang der von dunklen, gewundenen Flüssen durchschnittenen Mangrovensümpfe dahinflog. »Wir brauchen mehr von diesen Drohnenaufnahmen, finde ich. Siehst du das da?« Er deutete mit der Fernbedienung auf den Bildschirm. »Die Kanäle zum Jachthafen werden am Nordende durch den Mangrovenwald gegraben. Und da drüben? Da werden die Eco-Lodge und die Plattform gebaut, von der aus man die Tiere beobachten kann. Wir haben schon ein provisorisches Gerüst mit einer Plattform dort errichten lassen, in der Nähe einer verlassenen Farm, damit potenzielle Käufer raufsteigen und sich den Ausblick ansehen können. Ich bringe dich jetzt hin.«

»Martin«, sagte ich leise. »Mein Vater finanziert oder unterstützt dieses Projekt nicht. Sein Unternehmen – die Hartley Group – hat nichts mit dem Agnes Basin zu tun. Das hier ist meine – *unsere* – Finanzierung. Es ist ein Projekt der Agnes Holdings, nicht der Hartley Group.«

Er warf Lennin einen raschen Blick zu, die daraufhin rasch wieder im Büro verschwand und die Tür hinter sich schloss. Martin wartete, bis sie fort war, dann senkte er die Stimme zu einem Flüstern. »Unsere Verbindung zur Familie Hartley ist eine Tatsache, Ellie. *Du* bist eine Hartley. Dein Dad hat dich finanziell unterstützt, und er wusste, worum es dabei ging.«

In meinen Ohren begann es zu summen. »Das bedeutet noch lange nicht, dass er dieses Projekt finanziert. Du kannst seinen Namen nicht verwenden. Das hier ist *mein* Fonds. Mein Vater hat sich praktisch von mir freigekauft. Er hat mich mit Geld überschüttet, um irgendeinen väterlichen Schuldkomplex loszuwerden. Er ist *kein* Finanzier der Marina.«

»Seine Anwälte haben dir dabei geholfen, den Finanzplan zu erstellen und die Holdinggesellschaft zu gründen, El.« Er nickte zu der Broschüre in meiner Hand. »Hier geht es nur um Semantik. Nebeneinanderstellung. Wir behaupten nicht, dass er unser Finanzier ist. Es ist nur eine Illusion. Nichts davon ist gelogen.«

»Es ist bestenfalls Irreführung, schlimmstenfalls Betrug.«

Seine Augen wurden schmal und die Muskeln an seinem Kiefer traten hervor. Sein Blick huschte zu der geschlossenen Bürotür. Leise sagte er: »Wir reden draußen weiter. Ich erkläre dir, wie solche Dinge funktionieren. Das alles ist neu für dich – eine Kinderbuchillustratorin mit literarischem Hintergrund. Ich gebe zu, dass es eine steile Lernkurve ist.«

Ich wurde wütend. »Ich bin vielleicht kein Experte im Immobiliengeschäft, aber ich bin nicht dumm«, gab ich knapp zurück.

Er packte mich am Oberarm, fest. Ich erschrak. »Komm jetzt«, knurrte er, zerrte mich hinaus und schlug die Tür hinter uns zu. Heißer Wind fing sich in meinem Haar. Martin zog mich zum Parkplatz, ein gutes Stück von dem Gebäude fort. Dann beugte er sich zu mir.

»Tatsache ist, dass du eine Hartley bist, Ellie. Und ich …«

»Ich bin deine Frau, Martin. Ich bin *Mrs Cresswell-Smith.* Davor war ich Ellie Tyler, Dougs Frau. Meinen Mädchennamen für Werbezwecke zu verwenden ist Betrug.«

»Ach, Herrgott noch mal, es ist kein Betrug – du bist eine Hartley. Die ›Hartley-Erbin‹. Wenn jemand mehr in diese Sache hineininterpretiert, dann ist das nicht unsere Schuld. Niemand kann uns rechtlich anfechten. Denk doch mal wie ein Anwalt.«

»Ich bin kein Anwalt. Genauso wenig wie die meisten Käufer, die hier in die Irre geführt werden.«

»Es ist Marketing, verdammt noch mal. Augen auf beim Kauf. So läuft die Welt nun mal, von gephotoshopten Models in sämtlichen Zahnpasta- und Seifenspots bis zur Autowerbung. Glaubst du, der Typ im Fernsehen mit dem weißen Kittel ist wirklich Arzt? Glaubst du, die Frau mit dem makellosen Teint hat ihre schöne Haut, weil sie das Produkt benutzt, das sie dir unter die Nase reibt? Glaubst du, das Shampoo hat ihre Haare so dicht und glänzend gemacht? Gott, werd erwachsen, Ellie. Der Name deines Vaters ist wie dieser weiße Kittel. Er flößt unterschwellig Vertrauen ein. Er hilft dabei, die Vorverkäufe in Gang zu bringen. Und wenn es damit so weiterläuft, dann machen unsere Zahlen bald Schlagzeilen, und dann müssen uns die großen Banken Beachtung schenken. Sie werden sich überschlagen, um uns in der nächsten Phase finanzieren zu dürfen.« Gereizt fuhr er sich übers Haar, das daraufhin wild abstand. Schweiß glänzte auf seinem Gesicht. »Hey, ich verstehe schon. Du kapierst das nicht. Du musstest nie für dein nächstes Monatsgehalt schuften, weil du dein Leben in einem Elfenbeinturm verbracht hast. Leute wie du können es sich leisten, Moral zu heucheln – du kannst es dir leisten, auf deinem hohen Ross zu sitzen. Aber so läuft es eben, wenn man schuften muss.«

»Leute wie *ich?*« Ein Schweißrinnsal versickerte im Bund meiner Jeans. Die Hitze wurde noch dicker, feuchter, erstickender. Der Fluss neben uns wogte und die Welt wankte. Ich glaubte, mich gleich übergeben zu müssen. »Was ist mit dir, Martin? Den Zahlen zufolge, die dein Anwalt für den Ehevertrag nach unserer Hochzeit auf den Tisch gelegt hat, kannst du dir auch ein ziemlich hohes Ross leisten. Oder war das auch eine Lüge? Vielleicht hat mein Vater recht, und es war dumm von mir, nicht darauf zu bestehen, dass der Ehevertrag unter Dach und Fach ist, bevor wir in Vegas geheiratet haben.«

Er blinzelte. Schrecken breitete sich auf seinem Gesicht aus. Sein Blick huschte zurück zum Verkaufsbüro. Ich sah ebenfalls hin. Lennin stand am Fenster und beobachtete uns. Der Wind ließ das Schild über dem Eingang knarrend schaukeln, und eine Erinnerung blitzte in meinem Kopf auf. Es war Lennins kastanienbraunes Haar. Ich sah wieder den Mann vor mir, den ich für Martin gehalten hatte und der in der Tiefgarage in Vancouver eine Frau mit solchem Haar geküsst hatte, bevor er in ein orangefarbenes Auto gestiegen war. Darauf folgte das Bild eines ebenfalls orangefarbenen Autos, das in jener Regennacht von Danas letztem Besuch vor meinem Apartmenthaus gestanden hatte. Ich hatte sie nie fragen können, mit wem sie damals gesprochen und wer in diesem Auto gesessen hatte. Seit jener Nacht, in der unsere Freundschaft geendet hatte, nahm sie keinen meiner Anrufe mehr an. Auf einmal fehlte sie mir schrecklich. Es war wie ein klaffendes Loch in meinem Herzen. Die Welt kippte, und meine Knie knickten ein.

Martin fing mich auf, als ich zusammensackte.

»Alles in Ordnung?«, fragte er und nahm mich am Arm.

»Nur erschöpft. Dehydriert. Ich … fühle mich komisch. Muss mich hinsetzen.«

»Es tut mir so, so leid, Ellie. Ich mute dir viel zu viel auf einmal zu. Komm, ich bringe dich zum Boot. Auf dem Wasser ist es kühler.« Er half mir fort vom Büro und Lennins aufmerksamem Blick. »Du musst Hunger haben.«

»Ich bin nur erschöpft, und mir ist ein bisschen übel.«

»Wir fahren mit dem Boot zur Bucht, ankern dort und essen unser Picknick. Dann schauen wir uns die Aussichtsplattform an, und ich bringe dich zurück nach Jarrawarra Bay.«

»Martin, mir … mir geht es wirklich nicht so gut. Ich muss mich ausruhen.«

»Du kannst auf dem Boot ein bisschen schlafen. Wir ankern irgendwo im Schatten.«

Er führte mich einen Steg entlang.

»Was ist mit meinen Koffern hinten auf dem Truck?«

»Ich habe die Plane wieder drübergezogen. Lennin hat den Wagen im Blick.«

Ich schluckte. Meine Zunge fühlte sich dick und fremd in meinem Mund an. Ich hatte das Gefühl zu lallen. »Wie hast du Lennin gefunden?«

»Sie ist super, oder?«

Ich wollte noch mehr darüber sagen, dass er den Namen meines Vaters für seine Werbezwecke eingespannt hatte, aber ich konnte nicht mehr klar genug denken, um vernünftig zu argumentieren, was meine eigene Schuld war. Ich hätte das Lorazepam nicht nehmen und danach noch Cider trinken sollen. Nur deshalb ging es mir jetzt so schlecht. Trotzdem sehnte ich mich bereits nach der nächsten Dosis, um damit dieses furchtbare Gefühl zu vertreiben.

Martin stützte mich, doch ich geriet auf dem Steg trotzdem ins Stolpern. Allmählich bekam ich Angst. Irgendetwas stimmte ganz und gar nicht. Das hier fühlte sich nicht mehr nur nach einem Jetlag und dem allmählichen Abebben der Beruhigungsmittel an. Martin schlang den Arm um meine Taille und führte mich zu einem Boot, das am Steg vertäut lag.

»Das ist sie. Eine echte Schönheit, nicht wahr?«

Das Boot war weiß und blau. Es schaukelte leicht auf den Wellen, stieß leise gegen die Pfähle des Stegs und zog sacht an den Seilen.

»Es ist ein Quintrex mit Schlupfkabine«, erklärte er. »Ein gutes Allround-Boot. Die Kabine ist sehr klein, aber es reicht. Im Heck ist jede Menge Platz, und es gibt auch einen aufklappbaren Liegesessel. Die Windschutzscheibe ist höher als bei einem Rennboot. Man kann damit zum Tiefseefischen gehen oder einfach irgendwo eine Nacht verbringen. Fast sieben Meter lang. Und dank des Blade-Rumpfs auch sehr stabil.«

Ich entdeckte den Schriftzug an der Bootswand. *Abracadabra.*

Ein weiteres Bild aus meinen Erinnerungen trieb durch mein vernebeltes Bewusstsein – die Zaubershow, die wir uns am Abend vor unserer Hochzeit angesehen hatten. Ich dachte daran, mit welcher fieberhaften Begeisterung mein Mann dem Magier zugesehen und über Tricks und Täuschung gesprochen hatte.

»Wir sehnen uns danach, getäuscht zu werden. Wir wollen, dass unsere Welt ein kleines bisschen fantastischer und

staunenswerter ist. Deshalb gehen wir ins Theater oder ins Kino, deshalb lesen wir Bücher. Der Magier ist eigentlich nichts anderes als ein Geschichtenerzähler – ein Betrüger, der uns ablenkt, uns manipuliert …«

»Vegas«, sagte ich leise. »Du hast sie nach dem Club benannt?«

»In Erinnerung an die Nacht, nach der du mir den Antrag gemacht hast.«

Ich sah ihn an. Er grinste breit, und seine Grübchen zeigten sich. Durch meinen getrübten Blick wirkte sein Gesicht jedoch verzerrt wie das eines Clowns. Seine Haut glänzte in der Hitze, sein Haar war zu gelb über seinen bronzefarbenen Zügen.

»Unsere zweite Chance.« Sein Grinsen wurde noch breiter. Bisher war mir nie aufgefallen, dass seine Eckzähne etwas länger waren als die anderen, was ihm in diesem schimmernden Zwielicht etwas Boshaftes verlieh. Ein Raubvogel kreiste hoch über uns. Er schrie. Ein Schwarm Regenbogenloris flog auf, grelle, bunte Farben. Ich wischte mir den Schweiß von der Stirn, der mir in die Augen zu laufen drohte.

»Das ist … süß«, sagte ich. Wenn ich ehrlich war, musste ich zugeben, dass ich mich fühlte, als wäre ich sturzbetrunken. Meine Sorge wuchs. Wurde ich krank?

Er half mir auf das Boot, ihm schien nicht aufzufallen, in welchem Zustand ich war. Vielleicht merkte es niemand außer mir selbst? Er holte die Kühlbox und reichte mir eine Rettungsweste. Ich versuchte, sie anzuziehen, doch nach einer Weile beugte sich Martin vor und schloss sie für mich. Dann band er das Boot los, holte das Seil ein und ließ den Motor an. Als er den Rückwärtsgang einlegte und vom Steg fuhr, warf mich die plötzliche Bewegung um und ich landete unsanft auf dem Liegesessel. Ein Pelikan sah uns nach.

Wir fuhren in den Mündungsbereich, wobei wir eine dunkle Welle hinter uns herzogen. Martin reichte mir ein hellblaues Baseball-Cap, damit ich mein Gesicht vor der Sonne abschirmen konnte. Ich setzte es auf und schloss die Augen hinter meiner Sonnenbrille. Ich spürte das sanfte Schaukeln des Bootes, hörte das leise Grollen des Motors und driftete in einem Zustand zwischen Wachen und Schlafen umher.

»In der Kühlbox neben dir ist kaltes Wasser.« Martins Stimme weckte mich. Ich öffnete die Box und fand eine Wasserflasche zwischen Eiswürfeln. Ich trank sie in einem Zug halb aus und wischte mir über den Mund. Martin redete laut über das Dröhnen des Motors hinweg, doch ich konnte keinen Sinn in seinen Worten erkennen. Auf einmal wurde der Nebel in meinem Kopf noch dichter.

»Gezeiten«, sagte er.

»Was?«

»Die Flussmündung. Der ganze Bereich hier unterliegt den Gezeiten. Bei Flut strömt das Wasser ins Bassin, dann zieht die Ebbe alles wieder hinaus aufs Meer.«

»Oh.« Das Wasser hatte meinen Durst nur noch verschlimmert. Meine Zunge schwoll weiter an und ich konnte kaum noch sprechen, also schwieg ich.

Wir fuhren auf einen See hinaus. Das Sonnenlicht funkelte und tanzte auf den Wellen. Beim Anblick der Quallen, die wie Glaskugeln überall knapp unter der Oberfläche trieben, erschauerte ich.

»Agnes Basin«, sagte Martin. »Von hier aus führen kleine Flüsse in alle Richtungen …« Er deutete auf die Mangroven. Bronzearme. Goldene Härchen auf der Haut. Ein schöner Mann, den ich da geheiratet hatte. Oder war er hässlich? Zu groß …? Ich konnte nicht mehr klar denken und schloss die Augen.

»Das Mündungsgebiet ist das reinste Labyrinth. Man kann sich in den Sümpfen sehr leicht verirren und vollkommen die Orientierung verlieren, wenn man sich dort nicht auskennt.« Er steuerte die Abracadabra in einen schmalen Tunnel. Zwischen den Bäumen war es dunkel, eng, das Wasser hatte eine Farbe wie Eisen. Das Boot wurde langsamer. Zweige streiften uns. Wellen schlugen gegen den Rumpf. Ein Schilfdickicht schwankte in der Strömung. Martin fuhr einen Steg neben einem großen Eukalyptusbaum an. Hinter dem Steg lag eine seichte Bucht. Das Ufer war von Bäumen überwuchert, die ihre grauen, elefantenhaften Wurzeln ins Wasser senkten. Mit einem lauten Platschen ließ Martin den Anker zu Wasser. Stechmücken sirrten umher.

Wie lange war es her, seit wir vom Steg am Verkaufsbüro aufgebrochen waren? Ich hatte jedes Zeitgefühl verloren. Es war dunkler geworden, oder lag das nur an der Finsternis der uns umgebenden Vegetation?

»Warum halten wir hier?«

»Es ist schön privat«, antwortete er. »Und hör mal.«

Seltsame Laute drangen aus dem Mangrovenwald – Schreie von Vögeln, Flattern. Ein eindringlicher Ruf. Keckern und Kreischen. Neben dem Boot sprang ein Fisch aus dem Wasser und fiel platschend zurück. Ich zuckte zusammen.

Martin lachte. »Diesen Steg hier haben wir gebaut. Das verlassene Farmhaus liegt da hinten, von hier aus führt ein Weg dorthin. Dort bauen wir die Eco-Lodge. Ein Netzwerk aus Spazierwegen wird von der Lodge aus in die Sumpfgebiete führen. Nach dem Essen bringe ich dich zur Aussichtsplattform bei dem alten Farmhaus.«

Er öffnete die Kühltruhe und holte Boxen mit kaltem Hühnchen und Kartoffelsalat heraus. Er richtete das Essen auf Tellern an, goss gekühlten Wein in echte Gläser, fügte Eis hinzu. Dann reichte er mir einen Teller und ein Glas.

Blinzelnd sah ich ihn an. Ich konnte nicht richtig glauben, dass ich wirklich hier war. Man hatte mich aus winterlicher Weichheit gepflückt und in dieses seltsame Land auf der anderen Seite der Welt gesetzt. In ein heißes, harsches, kantiges Land voller fremdartiger misstönender Geräusche. Vielleicht würde ich ja gleich aufwachen und feststellen, dass ich mich immer noch im Flugzeug befand …

»Cheers, El.« Martin hob sein Glas. Lichtreflexe tanzten durch die Flüssigkeit. Die Eiswürfel klickten. Der Durst packte mich direkt an der Kehle.

Wir nippten. Ich nippte ein weiteres Mal, dieser merkwürdige Durst machte mich gierig. Ich trank einen tiefen Schluck. Martin beobachtete mich. Ich trank weiter. Die Wolken über uns ballten sich zusammen und dämpften das blendend grelle, dunstige Licht. Das rostbraune Wasser wurde schwarz. Eine Atmosphäre drohenden Unheils drückte auf die Mangroven herab.

Ein Blitz zuckte über den Himmel. Ich sah hoch. Donner grollte und vermischte sich in der Ferne mit dem Krachen der Brandung. Wind regte sich. Er trug einen fauligen Geruch aus dem Wald heran. Ich sah nicht, was Martin in diesem Ort sah. Ich konnte keine Schönheit erkennen. Ich konnte mir das, was die Broschüren zeigten, hier nicht vorstellen. Grässliche Angst stieg in mir auf. Ich hatte etwas Schreckliches getan – ich hatte einen großen Fehler gemacht.

»Keine Sorge, in letzter Zeit gab es nachmittags fast immer Gewitter«, sagte Martin. »Bei der Hitze baut sich jeden Tag Spannung auf. Bald fängt es sicher an zu regnen.«

Er schenkte mir nach. Ich trank mehr von der kühlen Flüssigkeit und aß ein wenig. Danach fühlte ich mich ein bisschen besser. Martin breitete eine Decke auf dem Liegesitz aus, auf die ich mich legen konnte. Ich tat es und starrte in die Eukalyptusbäume hinauf. Mir fielen die Augen zu, und endlich ließ ich zu, dass die Erschöpfung über mich hinwegspülte. Die Welt verblasste und verschmolz mit dem sanften Schaukeln des Bootes im Gezeitenstrom.

* * *

Abrupt wachte ich auf.

Ich lag auf dem Boden des Boots. Um mich herrschte düsteres Zweilicht. Riesige Fledermäuse tauchten aus der Luft auf das Boot herab und schwangen sich dann wieder in die Baumkronen empor. Dort oben hingen noch mehr von ihnen, sie zankten und lärmten. Verwirrung stieg in mir auf. Dann Panik. Ich kämpfte mich auf die Knie und kam schließlich auf die Füße. Schwankend hielt ich mich am Sonnensegel des Bootes fest.

»Martin?«, rief ich in die dunkler werdenden Schatten der Mangroven.

Ein Schrei zerriss die Luft. Mein Herz schlug schnell. Irgendein Vogel. Es klang wie ein Urzeitwesen. Ich sah hoch. Jenseits der verzerrten Silhouetten der Baumkronen durchzogen zinnoberrote und zornig orangegelbe Streifen den dunklen Himmel. Ich fiel wieder auf die Knie. Meine Glieder wollten mir nicht gehorchen. Ich beugte mich über die Reling und würgte trocken. Bittere Galle brannte mir wie Säure in der Kehle.

»Martin!« Es klang heiser.

Ein Krachen erklang, und er tauchte zwischen den Büschen am Ende des Docks auf. Er trug eine Taschenlampe und mehrere Schilder. Ich las, was auf dem obersten der Plakate stand, während er über den Steg auf das Boot zukam.

Stoppt die Agnes Marina! Säure tötet.

»Wo warst du?«, rief ich und versuchte ein weiteres Mal aufzustehen. »Wohin bist du gegangen … woher kommen die Schilder?«

»Willkommen zurück.« Es klang kühl. Ich las Missfallen in seinem Gesicht. Er kletterte in das Boot und ließ die Schilder klappernd fallen.

Ich sah das Plakat neben meinen nackten Füßen an. Wann hatte ich mir die Schuhe ausgezogen? Meine Zehen waren rot und geschwollen von zahllosen Mückenstichen. Eine leere Flasche Rosé lag dort. Hatten wir nicht Weißwein getrunken? Ein umgekipptes Glas rollte hin und her, weil Martins Bewegungen das Boot leicht schaukeln ließen. Ich berührte mein Gesicht. Verschwollen und zerstochen. Es juckte. Meine Lippen waren aufgesprungen.

»Ich wollte dir die Farm zeigen«, sagte Martin brüsk, während er wieder aus dem Boot stieg, um die gelb-blauen Leinen zu lösen. »Ich wollte, dass du dir unser Land ansiehst.« Wütend warf er die Seile in das Boot, kletterte hinterher und stellte sich ans Steuer. Hustend erwachte der Motor zum Leben. »Du hättest wirklich nicht so viel Wein trinken sollen, Ellie. Nicht nach dem Cider und mit dem Jetlag.«

»Was?« Ich drückte mir die Hand auf die feuchte Stirn. Ich konnte nicht denken. Ich konnte mich nicht *erinnern.*

»Zieh die Rettungsweste an, verdammt.« Er fuhr rückwärts vom Steg. Blasen stiegen von der Schiffsschraube auf. »Eineinhalb Flaschen? Das merkst du morgen früh. Und schau dich mal an, total zerstochen. Nicht mal nüchtern genug, um dich mit dem Mückenspray einzusprühen, das ich dir gegeben habe.«

»Aber ich … habe nicht getrunken …«

Er beugte sich hinab, hob die leere Roséflasche vom Boden auf und hielt sie mir hin. Wackelte damit hin und her. »Leer, bis auf den letzten Tropfen.«

Ich schmeckte tatsächlich schalen Wein im Mund. Und ich fühlte mich betrunken. Martin legte die leere Flasche und das Glas in ein Seitenfach, gleich neben einen brutal aussehenden

Gaff, auf dessen Griff »Abracadabra« stand. Er lenkte das Boot zurück in den Kanal und gab etwas mehr Gas. Wir zogen ein V hinter uns durch das dunkle Wasser. Die Bäume streckten ihre Äste nach uns aus. Fledermausschwärme erfüllten den dunkelroten Himmel. Lautes Schreien und Kreischen erhob sich.

Wieder landete mein Blick auf den Schildern zu meinen Füßen.

Stoppt den Jachthafen.
Tötet Martin.

»Scheiß Protestler«, murmelte Martin. »Sie waren im Farmhaus. Das ist Privatbesitz – mein Besitz. Wenn ich die in die Finger kriege, dann … dann schneide ich sie in Fetzen, ich zerhacke sie mit einem Messer. Ramme ihnen mein Gaff in den Bauch. Lasse sie bluten und verfüttere sie an die Schlammies.«

Ich erschrak vor der Brutalität seines Zorns. Ich hatte Angst, weil sich seine Wut genauso gegen mich wie gegen die Protestierenden richtete.

»Ich habe nicht den ganzen Wein getrunken, Martin«, sagte ich leise. Ich konnte mich nur an ein paar Schlucke erinnern. Was danach passiert war, wusste ich nicht mehr. Ich war auf dem Boden wieder zu mir gekommen. Er antwortete nicht.

Ich versuchte, die Ereignisse des Tages zu rekonstruieren, aber ich konnte mich kaum noch daran erinnern, das Hühnchen und den Kartoffelsalat gegessen zu haben.

Wir erreichten das Bassin. Martin lenkte uns in eine scharfe Kurve. Ich verlor das Gleichgewicht und fiel gegen die Bootswand. Schmerz flammte in meinem Knie auf.

Ich zog mich hoch und ließ mich vorsichtig auf dem Rücksitz nieder. »Ich weiß, dass ich nicht den ganzen Wein getrunken habe.«

Er sagte wieder nichts, sah mich nicht einmal an.

»Ich *weiß* es«, wiederholte ich lauter. Doch ganz sicher war ich mir nicht. Leise schwoll Panik in mir an. Das war schon einmal passiert. Ein paar Mal. In jener dunklen Zeit zwischen Chloes Ertrinken und dem Moment, in dem ich mit einem Messer auf Doug losgegangen war. In einem Restaurant, nachdem ich durch das Fenster gesehen hatte, dass er dort mit seiner Geliebten saß, mit der Frau, mit der er mich betrog. Ich hatte versucht, sie beide zu verletzen. Es war der öffentliche Zusammenbruch gewesen, der zu meiner Einweisung geführt hatte. Auf einmal machte ich einen Satz zur Reling und übergab mich über den Rand.

»Fuck, Ellie!« Martin wischte sich etwas vom Ärmel. »Beim nächsten Mal bitte windabwärts.«

Der Mordprozess

Jetzt, Februar, Supreme Court, New South Wales

Barrister Peter Lorrington erhebt sich für das Kreuzverhör. Lozza krampft sich der Magen zusammen. Sie hat dem Gericht beschrieben, wie Gregg und sie Martins Leiche gefunden haben. Während es der Staatsanwaltschaft zu diesem Zeitpunkt nicht gestattet ist, Suggestivfragen zu stellen, darf – und wird – es der Verteidiger im Kreuzverhör tun. Lorrington wird die Saat für seine Verteidigungsstrategie früh sähen müssen, entweder direkt oder indirekt, und Lozza weiß, dass sie verwundbar ist. Gregg und sie sind die Schwachstellen in diesem Prozess. Lorrington wird sie von Anfang an gnadenlos attackieren, um damit die Integrität der gesamten Mordermittlung zu untergraben und berechtigte Zweifel zu säen. Sie spürt die Blicke der anderen Officers aus den voll besetzten Bankreihen der Galerie.

Lorrington wirft einen Blick auf seine Notizen, dann sieht er auf. Lozza begegnet seinem Blick direkt und schluckt.

Die Stille im Gerichtssaal wird schwer.

Lorringtons Worte kommen plötzlich, wie eine Salve aus einem Maschinengewehr. »Senior Constable Bianchi, haben

Sie die Leiche vor dem Eintreffen der Forensiker und des Pathologen berührt? Haben Sie den Toten irgendwie bewegt?«

Lozza zögert. »Die Leiche war bereits bewegt worden – ein jugendlicher Taucher hatte sie losgeschnitten.«

»Aber haben *Sie* den Toten berührt?«

»Constable Abbott ist ins Wasser gerutscht«, sagt sie vorsichtig, widerwillig, sie will ihrem Partner nicht die Schuld in die Schuhe schieben. »Er ist versehentlich gegen die Leiche gestoßen, die daraufhin auf den Rücken gerollt ist.«

Nachdenklich reibt sich Lorrington das Kinn. »Und *so* haben Sie herausgefunden, dass es sich um einen Mord gehandelt haben muss?«

Ärger flammt in Lozza auf. Sie beruhigt sich rasch. Der Barrister will sie provozieren, aus der Fassung bringen. Er will die Ermittler in irgendeiner Weise schuldig aussehen lassen.

»So habe ich das Gaff in der Brust des Toten entdeckt und die Stichwunden und Fesselungsspuren. Das Seil um die Knöchel der Leiche.«

Konikova erhebt sich. »Euer Ehren, ich sehe nicht, in welcher Weise das relevant sein …«

»Dazu komme ich jetzt, Euer Ehren«, bellt Lorrington. »Detective Bianchi, Sie und Constable Abbott waren die ersten Officers am Fundort, ist das korrekt? Die ersten Officers, die den toten Martin Cresswell-Smith zu Gesicht bekommen haben?«

»Ich, Constable Abbott und Constable Mac McGonigle, der das Polizeiboot zum Fundort gefahren hat, ja, Sir«, antwortet sie.

»Nur um das klarzustellen, die Leiche wurde also von einem gewöhnlichen diensthabenden Officer bewegt, bevor ein dafür ausgebildeter Detective und ein qualifiziertes forensisches Team vom State Crime Command am Fundort eingetroffen sind, ist das korrekt?«

Lozza räuspert sich. »Wie gesagt, Constable Abbott ist abgerutscht und gegen die Leiche gestoßen.«

»Ist das ein Ja?«

»Ja«, sagt sie langsam. »Allerdings bin ich ausgebildete Mordermittlerin, Sir. Ich habe fünf Jahre lang bei der Mordkommission des State Crime Command gearbeitet.« Noch während sie das sagt, erkennt sie die Falle. Sie ist direkt hineingetappt. Lorrington würde später im Prozess noch auf ihre Zeit bei der Mordkommission zu sprechen kommen. Er würde sie persönlich durch den Dreck ziehen, um seine Mandantin vor einem Schuldspruch zu retten. Ihr wird die Brust eng. Sie zwingt sich dazu, Lorringtons Blick zu erwidern.

»Wie lange haben Sie gewartet, bis Detective Sergeant Corneil Tremayne und der Rest der Spurensicherung vom State Crime Command eingetroffen sind?«

»Zwei Stunden und dreiundzwanzig Minuten«, antwortet Lozza. »Sie sind aus Sydney gekommen, wurden mit dem Helikopter ins Agnes Basin eingeflogen und per Boot zum Fundort gebracht. Es hat gewittert, was sie eine Weile aufgehalten hat.«

»Was haben Sie während dieser Zeit am Fundort getan?«

»Constable Abbott hat den Bereich um die Leiche abgesperrt. Ich bin vom Steg aus den Weg entlanggegangen, an dem sich eine alte, verlassene Farm befindet.«

»Allein?«

»Ja«, antwortet Lozza leise, während ihre Gedanken zu jenem Tag zurückkehren, zu der entsetzlichen Szene, die sie vorgefunden hat. »Ich war allein.«

Damals

ELLIE

Vor über einem Jahr, 26. Oktober, Jarrawarra Bay, New South Wales

Licht fiel durch die offenen Jalousien herein, flach und blendend grell. Es war heiß im Zimmer. Mein Kopf pochte. Mein ganzer Körper tat weh. Vögel – grässliche Vögel in knallbunten Farben – flatterten vor dem Fenster schrill pfeifend von Ast zu Ast.

Plötzlich begriff ich, dass ich mich in meinem neuen Haus befand. In meinem neuen Schlafzimmer. Nackt unter zerwühlten, feuchten Laken. Den sauren Geschmack von schalem Alkohol und Erbrochenem im Mund, begleitet von etwas Metallischem … *Blut?* Mit der Zunge fuhr ich mir über die Unterlippe. Sie war geschwollen. Aufgerissen. Mein Herz schlug schneller. Vorsichtig drehte ich meinen hämmernden Kopf zur Seite. Meine Kleider lagen in einem zerknüllten Haufen auf dem Boden. Unbestimmtes Grauen erfüllte mich. Ich schob die Hand unter das Laken, tastete zwischen meinen Schenkeln. Klebrig. Geschwollen. Wund.

Ich kniff die Augen fest zu, als sich die Angst erhob und mich einkreiste. Unzusammenhängende Erinnerungsscherben schnitten durch mein Hirn. Donner. Weiße Blitze. Prasselnder Regen – der Geruch der schweren Tropfen auf der trockenen Erde. Martin, der den Truck in die Auffahrt lenkte. Flughunde in dem Baum über der Garage. Martin, der mich halb die Treppe hinauftrug. Dann … nichts mehr. Ein schwarzer Abgrund. Meine Angst steigerte sich zu Entsetzen. Passierte es wieder? Die Blackouts?

Mühsam setzte ich mich auf, erhaschte einen Blick auf mein Spiegelbild in den Türen des Kleiderschranks an der gegenüberliegenden Wand. Ich lag in einem Doppelbett und erkannte die Frau mit dem zerzausten dunklen Haar kaum wieder, die mir aus verschwollenen Augen entgegenstarrte. Dunkle Ringe darunter, eine aufgeplatzte Lippe, rote Insektenstiche im ganzen Gesicht.

Ich drückte mir die Hand auf die Stirn.

Denk nach, verdammt! Erinnere dich.

Doch ich konnte es nicht.

Ich betrachtete das Kissen neben mir – der Abdruck eines Kopfes, der dort gelegen hatte. Neben der Digitaluhr auf dem Nachttisch stand eine Flasche Wasser. Eine Kondensschicht hatte sich auf dem Glas gebildet. Immer noch kühl. Sie stand also noch nicht lange dort. Hatte Martin sie dorthin gestellt? Auf der Uhr stand 14.56.

Durch das offene Fenster drang das Dröhnen eines Motors herein, das Geräusch von Reifen auf Kies.

Ich stolperte aus dem Bett und taumelte zum Fenster. Blinzelnd starrte ich in das harsche Licht hinaus. Ich befand mich im ersten Stock. Die Auffahrt unter mir war leer, das Garagentor stand offen. Erleichterung. Martin war mit dem Truck weggefahren. Ich konnte nicht zulassen, dass er mich so sah. Nun hatte ich Zeit, mich herzurichten und zu sammeln.

Im angrenzenden Badezimmer entdeckte ich meinen Kosmetikbeutel, der auf einer weißen Marmorablage stand. Alles war weiß, von den Fliesen bis zu den frischen Handtüchern. Mein Kosmetikbeutel war leer, meine Zahnbürste und die Zahnpasta standen ordentlich in einem Becher neben dem Waschbecken. Ich vermied es, mich noch mal im Spiegel anzusehen, während ich mir eilig die Zähne putzte, um den sauren Geschmack aus meinem Mund zu vertreiben. Dann nahm ich eine heiße Dusche. Die Seife brannte zwischen meinen Schenkeln. Meine Muskeln verkrampften. Was auch immer in der vergangenen Nacht geschehen war, der Sex war brutal gewesen. Eine Erinnerung trieb an die Oberfläche – oder war es ein Albtraum? Ich war gefangen, wurde niedergedrückt, versuchte jemanden abzuwehren. Ich schüttelte das Bild ab. Ich wollte mir nicht eingestehen, dass es vielleicht nicht aus einem Traum stammte. Nervös trocknete ich mich ab und kämmte mir die Knoten aus dem nassen Haar.

Im Spiegelschrank über dem Waschbecken fand ich den restlichen Inhalt meines Kosmetikbeutels, darunter auch die Packung mit den Schmerzmitteln und … *die Tablettendose mit dem Lorazepam.*

Ich starrte sie an, das Herz schlug mir bis zum Hals. Martin. Er hatte meine Waschsachen ausgepackt. Er hatte meine Tabletten gesehen. Ich zog die Schublade unter der Ablage auf und erschrak. Er hatte auch meinen Vorrat aus dem Koffer gefunden. Er hatte alles in die Schublade gelegt.

Wie konnte er es wagen, meine Sachen zu durchwühlen? Er musste meine Privatsphäre respektieren. Selbst in einer Ehe gab es Grenzen. Doug hatte mir immer meinen Raum gelassen. Ich konnte mir nicht vorstellen, dass Doug jemals meine Koffer ausgepackt hätte. Vor allem nicht meinen Kosmetikbeutel. Oder lag ich falsch? Tat man so etwas?

Langsam und nachdrücklich atmete ich aus.

Was auch immer ich davon hielt, nun hatte Martin meine Tabletten gesehen. Ich schnappte mir die Lorazepamdose aus dem Schränkchen, öffnete sie und schluckte hastig eine der Tabletten. Verzweifelt wartete ich darauf, dass die ausgewachsene Panikattacke, die über mir zusammenzuschlagen drohte, nachließ. Ich stellte die Tabletten zurück und entdeckte dabei, dass Martin auch meine Multivitaminkapseln dort eingeräumt hatte. Also schluckte ich auch davon eine, gefolgt von einer Kopfschmerztablette.

In ein Handtuch gewickelt kehrte ich in das Schlafzimmer zurück und schob die Spiegeltür des Kleiderschranks auf, um etwas zum Anziehen zu finden. Die Seite, die ich zuerst geöffnet hatte, war offensichtlich Martins. Verwundert starrte ich den unfassbar ordentlichen Stapel T-Shirts an. Nach Farben sortiert. Die Kleiderbügel mit seinen Hemden hingen in exakten Abständen von der Kleiderstange. Es war unheimlich. Kalt. Zu organisiert. Wie konnte es sein, dass mir diese Seite an ihm bisher nicht aufgefallen war? Vielleicht, weil wir nie zusammengewohnt hatten. Nach unserer Hochzeit hatte er nur ein paar Mal in meiner Wohnung übernachtet. Die restliche Zeit hatte er zwischen seinen Geschäftsreisen und seinem Apartment in Toronto aufgeteilt.

Ich öffnete die andere Seite des Schranks. Er hatte auch meine Kleider zusammengelegt und aufgehängt. Sogar meine Unterwäsche. Nach Farben sortiert. Er hatte alles, was ich besaß, angefasst und sortiert.

Ich fand ein Sommerkleid, und während ich es mir über den Kopf zog, spürte ich, wie das Lorazepam zu wirken begann. Es war eine Erleichterung. Nachdem ich angezogen war, schminkte ich mich, wobei ich versuchte, meine verschwollenen Augen und die roten Mückenstiche zu kaschieren. Schließlich ging ich barfuß die Treppe hinunter.

Auch im Erdgeschoss war alles weiß. Es war ein offener Raum, klare Linien, minimalistisch. Die einzigen Farbflecken lieferten große Gemälde an den Wänden. Abstrakte Kunst – Blutrot, Gelb auf Schwarz. Gläserne Schiebetüren führten zu einem Rasen hinaus, der sanft zum baumgesäumten Ufer eines Flusses hin abfiel. Der Bonny River, nahm ich an. Ich konnte die Mündung sehen, wo sich das braune Flusswasser in das aquamarinblaue Meer ergoss. Jenseits der Flussmündung ragten Felsen aus dem Meer, an denen sich krachend und schäumend die Wellen brachen. Die weiße Gischt wurde vom Wind verweht.

Ich betrat den Wohnraum, die weißen Fliesen fühlten sich glatt an unter meinen Füßen.

»Martin?«, rief ich laut.

Keine Antwort.

Ich sah eine geschlossene Tür zu meiner Linken. Ich versuchte, die Klinke herunterzudrücken. Verschlossen. Martins Büro? Warum sollte er es abschließen? Meine Nervosität vertiefte sich.

Die Küche war riesig. Wieder alles weiß, sogar die Geschirrtücher. Keine schmutzigen Teller in der Spüle. Keine benutzten Kaffeetassen. Der Weinkühlschrank war gut bestückt mit Weißwein und Rosé, dazu zwei Flaschen Prosecco. Ein leises Verlangen meldete sich, während ich die gekühlten Flaschen betrachtete, doch stattdessen öffnete ich den normalen Kühlschrank auf der Suche nach kaltem Wasser. Ich fand Cider, Bier und Wasserflaschen. Ich nahm eine der Wasserflaschen, schraubte den Deckel ab und trank einen Schluck, doch dann ließ mich ein seltsames Gefühl innehalten. Es war, als würde ich beobachtet. Ich ließ die Flasche sinken, drehte mich um. Diese merkwürdige Ahnung wurde intensiver.

»Martin?«, sagte ich leise, konnte jedoch niemanden entdecken.

Ich trat zur Glastür und ging in den Garten hinaus. Es roch intensiv nach Meer. Das Gefühl, dass mich jemand beobachtete, blieb. Ich sah in die Bäume hinauf. Zwei Kakadus schossen kreischend auf mich herab. Ich schnappte nach Luft und duckte mich: Keckernd stiegen sie wieder hinauf in den Himmel.

Langsam drehte ich mich im Kreis, auf der Suche nach dem Grund für meine Unruhe. Links von mir befand sich ein leeres Baugrundstück – ein trostloses, graubraunes Pflanzengestrüpp. Rechts erhob sich das Nachbarhaus. Ich ließ den Blick über die Fenster im ersten Stock schweifen, von denen aus man unseren Garten überblicken konnte. Einer der durchscheinenden Vorhänge bewegte sich, doch vermutlich strich nur der heiße Wind hindurch, denn sehen konnte ich niemanden. Der Hintergrundlärm der rufenden und kreischenden Vögel war gewaltig.

Ich überquerte den rauen Rasen und ging auf das Bootshaus zu, von dem Martin gesagt hatte, dass es ein perfektes Atelier für mich abgeben würde.

Überall glitzerten Wasserperlen in der Sonne. Es musste in der vergangenen Nacht wirklich heftig geregnet haben. Dampf stieg auf. Die Eukalyptusbäume tropften. Die Grashalme waren scharfkantig und drohten mir in die nackten Fußsohlen zu schneiden. Alles an diesem Ort war scharfkantig.

Auch im Bootshaus waren die Wände strahlend weiß gestrichen – eine kleine Küchenzeile, ein winziges Badezimmer, eine Liege. Eine einsame schwarz-weiße Uhr hing über der Liege. Genau die gleiche hatte ich auch schon im Wohnzimmer im Haupthaus an der Wand hängen gesehen. Die Kisten, die ich vorab aus Kanada verschifft hatte, standen aufgestapelt vor dem Küchentresen. Glasschiebetüren führten hinaus auf eine Holzterrasse, die sich zu einem Steg hin verjüngte, der auf den dunklen Fluss hinausführte.

Ich trat zu der Liege. Ein weißer Quilt war darübergeworfen worden, und es sah aus, als hätte noch vor Kurzem jemand darauf gelegen. Unter einem der Kissen lugte etwas Dunkles hervor. Ich hob das Kissen hoch und fand ein Haarband darunter, ein Scrunchie. Ich nahm es.

Es war dunkelgrün, mit Goldfäden durchwoben, und ein langes, kastanienbraunes Haar hatte sich darin verfangen. Welliges Haar. Ich runzelte die Stirn, als mir ein Bild vor Augen trat – Lennin, die uns durch das Fenster des Verkaufsbüros musterte. Dann ein weiteres Bild – die Brünette mit Martins Doppelgänger. Ich dachte daran, wie der Mann, den ich für Martin gehalten hatte, einfach durch mich hindurchgeblickt hatte. Leise begannen Zweifel in meinem Kopf zu wispern.

Nein, Ellie, nein, tu das nicht. Nicht noch einmal.

Als ich damit begonnen hatte, Doug zu verdächtigen, er könne eine Affäre haben, war ich endgültig durchgedreht. Überall hatte ich Zeichen gesehen.

Aber du hattest recht, Ellie. Er hatte eine Affäre. Du hast es schließlich herausgefunden.

Schon, aber ein paar Dinge habe ich mir trotzdem nur eingebildet.

Richtig, so wie du dir nur eingebildet hast, der Mann in der Tiefgarage wäre Martin, obwohl er ihm nur sehr ähnlich sah. Deshalb spielt es auch keine Rolle, ob eine braunhaarige Frau bei ihm war oder nicht.

Aber was ist mit dem braunen Haar in diesem Haarband auf dem Bett?

Ich hob mir das Scrunchie an die Nase und roch daran. Da hörte ich ein Geräusch von draußen. Ich erstarrte. Lauschte. Da war es wieder – ein dumpfer Schlag.

Rasch steckte ich das Haarband in die Tasche und verließ das Bootshaus. Niemand stand auf dem Rasen, und auch hinter den großen Fenstern unseres Hauses sah ich niemanden. Durch eine Seitentür betrat ich die Garage, die neben dem Zaun zum Nachbargrundstück stand. Es war düster darin. Kein Truck. Martin war noch nicht zurück. Während sich meine Augen an die Dunkelheit gewöhnten, erkannte ich, dass in der Garage alles ebenso ordentlich sortiert war wie in Martins Schrank. An einem Bügel hing ein Neoprenanzug. Daneben lehnte ein Stand-up-Paddelboard an der Wand. Werkzeuge reihten sich über einer Werkbank. Ein Fischmesser lag auf der Arbeitsfläche, neben einem Gaff, das genauso aussah wie das auf der Abracadabra. Vielleicht war es dasselbe.

Ich verließ die Garage, und sofort verstärkte sich das Gefühl, dass mich jemand beobachtete, wieder. Ich blieb stehen und schirmte die Augen mit der Hand ab. Sorgfältig betrachtete ich die Fenster des Nachbarhauses über dem mit Jasmin überwucherten Gartenzaun.

Wieder bewegten sich die Vorhänge im ersten Stock. Ich erschrak, als auf einmal eine Frau auftauchte und dann rasch außer Sicht verschwand. Ich starrte auf die Stelle, an der sie gerade noch gestanden hatte, und fragte mich, warum in aller Welt sie nicht einfach gewunken und Hallo gesagt hatte.

»Hey!«, rief ich und trat zum Zaun. Auf einmal war ich ärgerlich, weil ich mich ihretwegen in meinem eigenen Garten unwohl fühlte. »Hey, hallo!«

Nichts regte sich.

Leise fluchend ging ich zurück ins Haus. Ich wollte Martin anrufen, herausfinden, wo zum Teufel er steckte, und ihn fragen, was mit der Nachbarin los war.

Ich fand meine Handtasche oben im ersten Stock und kramte darin herum. Da waren mein Geldbeutel, mein Pass, die Flugkarten … kein Handy.

Schließlich leerte ich den gesamten Inhalt auf dem Bett aus.

Mein Handy war weg.

Ich fuhr herum. Es lag nicht auf dem Nachttisch und auch in keiner der Schubladen. Ebenso wenig im Badezimmer. Ich eilte zurück nach unten und blieb mitten im Wohnzimmer stehen. Mein Kopf tat weh. Das weiße Haus fühlte sich zu klinisch an, wie ein Käfig. Wann hatte ich mein Handy zuletzt benutzt? Am Flughafen in Sydney?

Vielleicht hatte ich es dort verloren. Ich hatte keine Ahnung, wie ich Martin erreichen sollte. Ich konnte nirgends ein Festnetztelefon entdecken. Ich rüttelte an der Tür, hinter der ich Martins Büro vermutete. Eindeutig verschlossen.

Selbst wenn es dahinter einen Festnetzanschluss gegeben hätte, konnte ich mich einfach nicht mehr an Martins Nummer erinnern. Normalerweise tippte ich einfach auf »Anrufen«. Merkte sich heutzutage überhaupt noch irgendjemand Telefonnummern?

Ich entdeckte meine Sandalen und ging wieder nach draußen, zurück zur Garage. Der dumpfe Laut, den ich vorhin gehört hatte, war von irgendwo hinter der Garage gekommen, glaubte ich.

Als ich um die Ecke biegen wollte, hörte ich das Flattern von Flügeln. Warum war ich so ängstlich? Es musste das ständige Kreischen der Vögel sein, das so an meinen Nerven zerrte. Ich umrundete die Garage … und blieb wie angewurzelt stehen.

Martin stand vor mir, über und über mit Blut verschmiert. Auch von dem gewaltigen Messer in seiner Hand tropfte Blut. Er wirkte erschrocken. Dann kam er einen Schritt auf mich zu.

Ich schrie auf und wich zurück.

Ein Grinsen breitete sich auf seinem Gesicht aus. Lachend deutete er mit dem Messer auf mich. »Sie haben mich ganz schön erschreckt, Mrs Cresswell-Smith.«

Eine weitere Erinnerung traf mich mit voller Wucht – meine Hände, die mir über dem Kopf zusammengehalten wurden, während jemand gewaltsam meine Schenkel öffnete. Mein Mund wurde trocken. Ich wich weiter zurück.

Wieder veränderte sich sein Gesicht, und nun wurde seine Miene finster. Er ging noch einen Schritt auf mich zu.

»Wovor hast du solche Angst, Ellie?«

Damals

ELLIE

Meine Urinstinkte übernahmen die Kontrolle. Ich fuhr herum und floh, doch Martin machte einen Satz, und seine blutige Hand schloss sich fest um meinen Arm.

»Stopp!«

Ich wimmerte, zitterte. Tränen brannten in meinen Augen. Er grub die Finger in meine Haut.

»Ellie«, sagte er sehr leise, finster.

»Bitte … bitte lass mich los.« Meine Stimme klang heiser.

»Geh von der Wand weg, Ellie.«

Ich rührte mich nicht. Konnte es nicht.

»Ellie. Konzentrier dich. Schau mich an.«

Langsam drehte ich den Kopf. Mit dem Messer deutete er auf die Backsteinwand. »Siehst du die da? Du musst da weg. Sofort.«

Ich versuchte, mich zu konzentrieren. Die Messerspitze zeigte auf eine Spinne mit glänzendem Panzer und haarigen Beinen, die sie in meine Richtung erhoben hatte – bereit zum Angriff.

»Sie ist giftig«, sagte Martin leise, während ich die Spinne anstarrte. »Eine Trichternetzspinne. Eine der giftigsten Spinnen der Welt. Du musst einen Schritt zurückgehen – du wolltest gerade deine Hand genau auf sie legen.«

Mein Blick wanderte zu seinem Messer, zu dem Blut. Auch auf seinen Armen und seinem Hemd waren Blutflecken. Er ließ mich los, und ich machte hastig ein paar Schritte weg von der Wand. Er legte das Messer auf einen Holztisch. Es war ein Fischfiletiertisch. Ein großer Fisch lag darauf, sein Bauch war aufgeschnitten und klaffte auf. Feuchtes Fleisch glänzte in der Sonne. Eingeweide kringelten sich in einem rosaroten, blutigen Haufen daneben. Schimmernde Schuppen überall. Dicke Fliegen summten über dem toten Tier umher. Neben der Arbeitsplatte entdeckte ich ein Edelstahlbecken mit einem Wasserhahn.

»Zog war Fischen«, sagte Martin. »Er hat uns einen Bonito geschenkt. Ich habe ihn gerade ausgenommen. Du hast mich erschreckt – ich hatte Ohrhörer drin. Habe Musik gehört.« Er hielt inne, dann vertiefte sich sein Stirnrunzeln. »Alles in Ordnung? Du hast doch nicht gedacht …«

Mit zittriger Hand wischte ich mir über den Mund. »Ich habe nach dir gesucht. Habe dich gerufen. Ich … habe einen dumpfen Schlag gehört.«

»Ich habe dem Bonito den Kopf abgehackt, das muss es gewesen sein.« Ich sah seine kabellosen Kopfhörer, die auf einem kleinen an der Garagenwand befestigten Holzbrett lagen. Ich fand einfach keine Worte. Ich dachte immer noch an den groben Sex und kämpfte mit der Ahnung, dass ich geweint und gewollt hatte, dass er aufhörte – doch ich war nicht sicher, ob das wirklich passiert war.

»Warum gehst du nicht rein, Ellie? Ich kümmere mich um die Spinne und mache den Fisch hier fertig. Dann können wir vielleicht einen Spaziergang machen? Ich zeige dir ein bisschen die Gegend?«

Seine Stimme klang freundlich, sein Blick war sanft.

Ich versuchte, etwas zu sagen, doch meine Gedanken verhedderten sich ineinander, und schon allein das jagte mir entsetzliche Angst ein. Es war, als würde ich immer noch unter dem Einfluss von Alkohol oder Tabletten stehen.

»Ellie?«

»Dein Truck«, brachte ich abrupt heraus. »Wo ist er?«

»Den habe ich Zog geliehen, damit er sein Boot an Land bringen kann. Seiner ist gerade bei der Reparatur. Deshalb hat er uns diesen Brocken da geschenkt.« Er nickte zu dem ausgenommenen Fisch hinüber.

»Wer ist Zog?«

»Ihm gehört das Single Fin. Ein Surfshop an der Strandstraße. Ich führe dich auf unserem Spaziergang dort vorbei.« Er zögerte. »Okay?«

»Ich finde mein Handy nicht.«

»Oh – tut mir leid.« Er wischte sich die Hände an einer Schürze ab und holte dann etwas aus der Seitentasche seiner Cargoshorts. »Hier, bitte schön.« Er reichte mir mein Handy. »Ich dachte, ich tue dir einen Gefallen, während du schläfst. Ich habe es mir genommen, damit ich dir eine neue SIM-Karte einlegen kann – jetzt ist es betriebsbereit für Australien.«

Ich nahm das Handy entgegen und starrte es an. Er hatte also nicht nur meine Kleider und meine Waschsachen ausgepackt, sondern sich auch noch mein Handy genommen. »Danke«, sagte ich leise.

»Fühlst du dich immer noch neben der Spur?«

Ich dachte an die brennende Haut zwischen meinen Schenkeln, die Schmerzempfindlichkeit, an das schwarze Loch in meinen Erinnerungen. An den Tablettenvorrat, den er gesehen hatte. Vorsichtig antwortete ich: »Ich habe nur immer noch einen ziemlichen Jetlag.«

Das Lächeln kehrte auf sein Gesicht zurück. »Aber letzte Nacht war toll.«

Ich blinzelte.

»Der Sex«, sagte er.

Ich schluckte. »Ich … ich war wirklich müde.«

»Du erinnerst dich nicht daran?« Sorge trübte seinen Blick.

Mir stieg die Hitze in die Wangen.

»Hey, schon okay, El. Ich bin nicht überrascht. Du warst fix und fertig. Dieser viele Wein.« Er zögerte. »Nach den Tabletten.«

Mein ganzes Gesicht glühte. Ich erinnerte mich nicht an viel Wein – oder überhaupt an Wein. Allerdings hatte ich am Morgen tatsächlich schalen Alkohol im Mund geschmeckt. Und was die Tabletten anging, konnte ich nicht widersprechen. Martin legte den Kopf schief, musterte mich eindringlich. »Bist du sicher, dass alles in Ordnung ist?«

Nein, ich bin mir bei überhaupt nichts mehr sicher.

Ich nickte. »Ich glaube, ich fange mal damit an, ein paar der Kisten im Bootshaus auszupacken.«

Ich musste mich erden. In diesen Kisten, die ich über den Ozean geschickt hatte, waren meine Malausrüstung, meine Bilder und Skizzen, gerahmte Fotos von Freunden und Familie und anderer Krimskrams, der mir dabei half zu definieren, wer ich war und was ich tat. Ich wollte alles auspacken und die Bilder und Fotos an die klinisch weißen Wände hängen. Diesem Ort meinen Stempel aufdrücken – damit ich mich realer fühlte. Denn ich konnte den Eindruck nicht abschütteln, dass die Distanz zwischen meinem normalen Selbst und der Wirklichkeit immer größer wurde. Ich konnte dieses neue Land noch nicht richtig begreifen, das Ausmaß dieses Abenteuers und wie ich so schnell hier hatte landen können. Genauso wenig konnte ich die beständige Benommenheit in meinem Kopf abschütteln. Vielleicht war es tatsächlich nur ein heftiger Jetlag, doch es gefiel mir nicht, dass die kalten Finger der Angst wieder begannen, am Rand meines Bewusstseins zu kratzen. Um hereingelassen zu werden. Mir gefiel das ungute Gefühl nicht, das ich meinem eigenen Ehemann gegenüber empfand.

»Gute Idee«, kommentierte er und wandte sich wieder dem Fisch zu.

Ich warf einen weiteren Blick zu den Fenstern des Nachbarhauses hinauf. Niemand war dort. Ich ging zu meinem zukünftigen Atelier am Wasser und versuchte, die düstere Ahnung abzustreifen, dass ich beobachtet wurde. In der Falle saß. Wie ein Beutetier.

Damals

ELLIE

Zuerst brachte mich Martin zur Landspitze.

»Das hier ist ein guter Platz für Surfer, um sich ein Bild vom Wellengang zu machen«, erklärte er. »Außerdem hat man von hier aus einen fantastischen Blick auf die Boote, die versuchen, in den Bonny River oder raus aufs offene Meer zu kommen. Da gibt's bei starker Dünung richtig was zu sehen, was eine ganze Menge Zuschauer anlockt. Schau mal, da unten.« Er deutete auf die Stelle, an der das braune Flusswasser ins blaue Meer floss. »Da ist die Bootsrampe. Und da drüben ...« Er schwenkte den Arm Richtung Norden. »Diese senkrechten orangeroten Klippen? Das ist der Point of No Return.«

»Und direkt vor uns?«, fragte ich.

Er grinste. »Die Tasmanische See, so ziemlich bis nach Neuseeland.«

Wir verließen den Aussichtspunkt und folgten einem gewundenen Pfad die Klippen hinab, vorbei an Luxusvillen mit Glasfronten zum Meer. Überall schossen exotische Vögel umher. Ich blieb stehen, um einem »Cocky« zuzuschauen, der aus einem steinernen Vogelbad trank. Ein Schwarm aus

Regenbogenloris attackierte ihn. Alle hier schienen immer nur zu kämpfen, und das laut. Martin deutete auf einen Kookaburra, der im Gras inmitten eines Schwarms Rosakakadus saß und pickte. Dann führte mich Martin auf einen schmalen Pfad, der in Serpentinen durch das Gestrüpp zum Strand hinunterführte. Ein Kaninchen huschte über den Weg, und Martin erklärte mir, dass verwilderte Hauskaninchen zu einem echten Problem geworden waren.

»Manchmal werden Jäger angeheuert, um sie zu dezimieren – das ist sicherer als Gift.«

»Was hast du mit der Trichternetzspinne gemacht?«

»Hab sie umgebracht. Bevor sie uns umbringt.«

Ich sah ihn an.

Er lachte. »Die Trichternetzspinne ist zwar für sämtliche Todesfälle durch Spinnenbissen in diesem Teil Australiens verantwortlich, aber seit in den Achtzigerjahren ein Antivenin auf den Markt gekommen ist, wurden keine Todesfälle mehr gemeldet.« Er nahm meine Hand und half mir das letzte steile Stück zum Strand hinab. Dabei traten wir kleine Steinchen los, die bis hinab zum Wasser rollten.

»Du musst nur aufmerksam sein, was deine Umgebung angeht, das ist alles. Man erkennt das Netz ganz leicht, wenn man weiß, wonach man sucht. Es sieht aus wie ein Trichter, und davon gehen zu allen Seiten mehrere Fangleinen ab. Die Spinne sitzt im Trichter, und wenn ein Insekt die Fangleinen berührt, schießt sie blitzschnell heraus, packt und beißt ihre Beute und schleift sie dann in den Trichter, wo sie die Insekten bei lebendigem Leib aussaugt.«

Die Vorstellung, getötet zu werden, nachdem man nichts ahnend über eine seidene Schnur gestolpert war, drückte auf meine Stimmung. Wir erreichten den Sand, zogen die Schuhe aus und schlenderten Hand in Hand am Strand entlang, wie in einem Film. Danach setzten wir uns für eine Weile zwischen die Dünen und sahen den Wellen und der sinkenden Sonne zu, während ich heißen Kaffee aus einer Thermoskanne trank, die Martin in einem kleinen Rucksack mitgebracht hatte. Er wollte keinen.

»Ich habe schon eine Tasse getrunken, bevor wir losgegangen sind«, sagte er.

Die Surfer hatten es nicht leicht mit den gewaltigen Wellen, und die meisten kehrten zum Strand zurück, während die Sonne immer tiefer sank. Ich dachte an Chloe, daran, dass sie an einem berühmten Surfstrand ertrunken war. Erinnerungen an Doug tauchten auf. An unser altes Leben, mein altes Ich. Das alles war so weit weg. Was war aus mir geworden? Wer war ich jetzt?

Wo war ich hier gelandet?

Es ist nicht für immer, Ellie. Du bist für ein Abenteuer hier. Du bist hergekommen, weil du dich in diesen Mann verliebt hast und seinen Traum teilen willst.

Ich sah ihn an. Sein Profil. Seine Kraft. Seine Präsenz. Er wandte sich mir zu und lächelte, und ich erhaschte einen Blick auf die Grübchen. Wieder der Martin, den ich liebte. Doch die unheimliche Ahnung, dass ich einen Fehler gemacht hatte, blieb.

Wieder dachte ich an die Broschüre mit dem Namen meines Vaters darauf. An den Betrug. Ich öffnete den Mund, um erneut darauf zu sprechen zu kommen, doch dann schluckte ich die Worte hinunter. Ich wollte einen weiteren Streit vermeiden, jedenfalls fürs Erste. Ich würde später darauf zurückkommen, sobald ich mich von diesem seltsamen Jetlag erholt und sich der Nebel in meinem Kopf geklärt hatte.

»Was denkst du gerade?«, fragte er.

»Ich … ich dachte, dass ich vielleicht versuchen sollte, wieder in die Wellen zu gehen.« Damit überraschte ich mich selbst – die Worte kamen einfach aus meinem Mund, und der Gedanke setzte sich fest. »Vielleicht – wenn ich mich meiner

Angst vor dem Wasser stelle, dann löst das möglicherweise ein paar der mentalen Blockaden, die ich um Chloes Verlust herum aufgebaut habe. Das Schwimmen auf den Cookinseln war der erste Schritt. Vielleicht … vielleicht bin ich bereit für den nächsten.«

Er betrachtete mich aufmerksam. »Vielleicht hast du recht, El. Vielleicht solltest du es wirklich versuchen.«

Ich nickte. »Ja. Irgendwann.«

»Möglicherweise hörst du dann auch auf, dir selbst die Schuld an Chloes Tod zu geben.«

Ruckartig wandte ich ihm das Gesicht zu. Säure brannte in meiner Kehle. Wenn ich so etwas sagte, war das etwas anderes. Aus seinem Mund grenzte es fast an einen Vorwurf.

»Es muss so schrecklich gewesen sein, als sie ihren kleinen Körper so zerschlagen auf dem Riff gefunden haben. Und dann hat die Polizei dich auch noch befragt, als könntest du an irgendetwas schuld sein. Als hättest du sie absichtlich losgelassen.«

Vielleicht glaubte Martin ja tatsächlich, dass es meine Schuld gewesen war.

»Ja«, sagte ich leise, finster.

Er schwieg, und ich spürte, dass sich Spannung um ihn herum aufbaute. Dann, nach ein paar Sekunden: »Ich habe die Tabletten gesehen, Ellie.«

»Du hättest nicht in meinen Sachen herumwühlen dürfen.« Ich hielt den Blick weiter auf das Meer gerichtet.

Wellen krachten. Der Wind wurde kühl und blies stärker.

»Ist das der Grund, warum dir der Wein gestern so schnell zu Kopf gestiegen ist?«, fragte er. »Bist du deshalb einfach umgekippt? Weil du vor dem Wein Medikamente geschluckt hast?«

Ich stellte meinen Kaffeebecher in den Sand. Ich *wollte* ihm alles sagen. Ich wollte, dass es zwischen uns keine Heimlichkeiten gab. Ich sah ihn an. Seine Augen waren so blau wie der Himmel hinter ihm. Es war, als würde ich durch seinen Kopf hindurch direkt in den Himmel schauen. Er wirkte besorgt.

»Hör mal, vielleicht hätte ich deine Sachen wirklich nicht auspacken sollen, es tut mir leid. Aber ich habe es gut gemeint. Ich wollte dir das Gefühl geben, willkommen zu sein. Ich dachte, es würde dich freuen. Und nachdem ich die Tabletten einmal gesehen hatte, konnte ich das nicht mehr rückgängig machen.«

Ich nickte.

»Diese Tabletten – das sind Benzodiazepine. Benzos sind stark süchtig machend. Ich meine, richtig stark.« Er hielt inne. »Ellie, ich weiß, dass du früher Probleme hattest, aber ich dachte, es geht dir jetzt gut.«

»Das tut es auch. Ich habe mit den Tabletten aufgehört, ehrlich. Aber meine Flugangst ist immer noch ein Problem, und ich brauchte die Medikamente, damit ich in der Luft keine Panikattacke bekomme.« Ich hielt inne. »Als ich das letzte Mal eine Panikattacke im Flugzeug hatte, musste der Pilot notlanden. Die Crew dachte, ich hätte einen Herzanfall. Ich konnte nicht riskieren, dass das noch einmal passiert, besonders nicht, wenn ich allein fliege.«

Schweigend sah er mich an. »Hast du auch auf unseren Reisen durch Europa und nach Vegas Tabletten geschluckt?«

Ich nickte. »Nur kleine Dosen. Und nur auf den Flügen. Aber ich habe mir Sorgen gemacht, weil das Gesundheitssystem hier anders ist und … weil ich mir einen neuen Arzt suchen müsste und …« Meine Stimme verklang.

»Du hattest Angst vor einem Rückfall? Und du hast vorsichtshalber einen Vorrat mitgenommen, um dich sicher zu fühlen?«

»Vielleicht. Ich glaube schon. Und falls wir noch irgendwo hinfliegen.«

Er schürzte die Lippen und betrachtete lange das Meer. »Was für Nebenwirkungen haben die Medikamente?«, fragte er leise.

»Kaum welche, wenn man nur kleine Dosen nimmt.«

»Und wenn man mehr nimmt?«

»Dann kann man ein bisschen schreckhaft werden, wenn die Wirkung nachlässt … manchmal auch überängstlich oder sogar panisch.«

»Siehst du? Genau deshalb machen sie süchtig, El, weil du mehr davon willst, um die Entzugserscheinungen zu lindern. Es ist ein Teufelskreis.«

Er hatte recht.

»Es tut mir leid«, sagte ich leise. »Ich bin nicht die, für die du mich gehalten hast. Ich bin immer noch ein bisschen neben der Spur.«

Er nahm meine Hand und schob seine Finger zwischen meine. »Wir machen das zusammen, okay, El? Wir sind offen zueinander. Wenn du weiter mit mir redest, dann kann ich dir helfen. Wir sind ein Team, richtig? Unsere zweite Chance …« Seine Augen schimmerten und seine Stimme brach. »Ich will das nicht versauen.«

»Ich auch nicht.«

»Es tut mir wirklich leid, dass ich dich gestern so bedrängt habe. Ich hätte sehen müssen, wie dringend du Schlaf gebraucht hast. Ich … Genau deshalb musst du mit mir sprechen. Ich habe es einfach nicht kapiert.« Er drückte fest meine Hand.

Ich spürte einen Kloß im Hals. Martin beugte sich vor und küsste mich auf die Wange. So sanft, dass ich auf einmal mit völliger Gewissheit wusste, dass mein Albtraum nicht mehr gewesen war als eben das – ein dummer, furchtbarer, fiebriger Traum, geboren aus Übermüdung, Dehydrierung und den Nachwirkungen von Wein und Lorazepam und ausgelassenem, vielleicht ein bisschen rauem, aber gutem und gesundem Sex, den mein benebeltes Hirn nur nicht mehr in eine richtige Erinnerung hatte umwandeln können.

»Ich höre mit den Tabletten auf – versprochen«, sagte ich. Nun, da ich es ausgesprochen hatte, fühlte ich mich schon besser.

»Ich bin für dich da, okay?«

Ich nickte, griff nach meinem Becher, trank einen weiteren Schluck Kaffee. Ein Gefühl von Geborgenheit und Wärme erblühte in meiner Brust. Ich war froh, dass wir diesen Konflikt bereinigt hatten.

»Es ist schon spät«, sagte er, als die Sonne im Meer versank. »Wie wäre es, wenn wir auf dem Heimweg noch beim Puggo vorbeigehen und einen Happen essen? Zogs Fisch können wir auch morgen noch auf den Grill werfen.«

»Puggo?«

»Das Pug and Whistler«, erklärte er grinsend. »Kurz Puggo.«

Ich lachte, und auf einmal fühlte ich mich wieder ganz leicht. »In diesem Land ist nichts sicher vor Hypokorismus, was?«

»Hypo-was?«

»Die Abwandlung eines Namens in eine Kurzform oder ein umgangssprachliches Wort.«

»Da spricht die studierte Literatin aus dir.« Er lachte, stand auf und hielt mir die Hand hin.

Ich erlaubte ihm, mich hochzuziehen, und boxte ihm spielerisch gegen den Arm. »Witzbold.«

Doch als wir durch den Dünenpfad zurück zur Straße gingen, geriet ich aus der Balance und stolperte im weichen Sand. Er blieb stehen und musterte mich.

Schweiß prickelte auf meiner Haut.

»Alles in Ordnung?«

»Ja, mir ist nur wieder … ein bisschen komisch.«

Nun wirkte sein Blick erneut besorgt. »Wir können auch einfach gleich nach Hause fahren.«

»Nein. Nein, ist schon gut.«

»Sicher?«

»Klar.«

Er legte mir die Hand an die Taille und führte mich den Dünenpfad entlang auf den Bürgersteig an der Straße. Dort gab es eine öffentliche Toilette mit einem Mosaikbild an der Wand. Daneben entdeckte ich eine Außendusche, damit die Surfer sich und ihre Boards kurz abspülen konnten. Auf einmal fiel mir eine braune Limousine auf, die auf der anderen Straßenseite parkte. Ich blieb stehen.

Der Mann auf dem Fahrersitz sah zu uns herüber. Als sich unsere Blicke begegneten, schloss er das Fenster. Ich runzelte die Stirn. Ich wusste nicht, warum mir der Wagen überhaupt aufgefallen war. Vielleicht lag es nur an dem unheimlichen Gefühl, beobachtet zu werden. Irgendwo hatte ich einmal gelesen, dass unser Körper Dinge registrieren konnte, obwohl unser Gehirn sie nicht erfasste. Vielleicht hatte mein Unterbewusstsein irgendetwas aufgeschnappt.

Wir erreichten das Ende der Strandstraße. Ich sah mich um. Die dunkle Limousine war aus der Parklücke gefahren und rollte nun langsam auf der Straße hinter uns her.

Damals

ELLIE

Ich war so damit beschäftigt, das Auto im Blick zu behalten, das uns folgte, dass ich auf dem unebenen Pflaster des Gehwegs ins Stolpern geriet.

»Alles in Ordnung?«, fragte Martin.

»Kannst du nicht aufhören, das dauernd zu fragen?«, fauchte ich. »Bei dir klingt das so, als wäre irgendetwas eben nicht in Ordnung mit mir.«

»Du stolperst recht oft, El.«

»Na und? Ich habe einfach nicht aufgepasst.«

»Hast du noch eine von deinen Tabletten genommen, bevor wir losgegangen sind?«

Meine Brust zog sich zusammen.

»Ellie? Wir müssen ehrlich zueinander sein, weißt du noch?«

»Ich … ich habe eine gebraucht, nach … nach der Spinne und dem ganzen Blut auf dir. Ich habe mich furchtbar erschreckt. Ich musste mich ein bisschen beruhigen.«

»Hast du jetzt auch Tabletten dabei?«

Schuldgefühle machten mir das Atmen schwer. »Nein«, log ich. »Ich werde schon wieder. Ich habe es dir doch gesagt. Es ist nur … ich muss mir die Tabletten langsam wieder abgewöhnen.« Das hatte ich schon einmal durchgemacht. Langsames Ausschleichen war besser als ein kalter Entzug. Das war eine medizinische Tatsache. Ein kalter Entzug konnte psychiatrische Krankheitssymptome wachrütteln, die während des Medikamenteneinsatzes stillgelegt worden waren. Aus eigener Erfahrung wusste ich, dass dies zu schlimmen Angstzuständen, PTBS-Symptomen, Zwangsstörungen und Depressionen führen konnte. Als ich mich das letzte Mal von den Medikamenten entwöhnt hatte, war dies mithilfe eines Psychiaters geschehen, nach meiner Zwangseinweisung infolge der Messerattacke auf Doug.

Martin nickte. Schweigend gingen wir weiter, und ich spürte die Veränderung in seiner Stimmung. Er machte sich Sorgen. Vielleicht würde er sich meinen Tablettenvorrat holen und vernichten. Sollte ich die Tabletten lieber verstecken, bevor er das tun konnte?

»Weißt du, ich finde, wir sollten morgen fischen gehen«, sagte er mit Blick auf den Himmel, der sich im zunehmenden Zwielicht allmählich indigoblau färbte. »Das Wetter soll gut werden. Das wird dich von den Medikamenten ablenken.«

Eine Feststellung. Keine Frage.

»Eigentlich wollte ich mein Atelier richtig einrichten und mich wieder an die Arbeit machen. Die Deadline rückt näher, weißt du.«

»Es wird dir gefallen, du wirst schon sehen. Eine kleine Gedankenpause tut dir sicher gut. Wir fahren raus zum FSG. Das ist nicht weit weg vom Festland, aber trotzdem schon auf hoher See, wo die großen Pelagischen Fische schwimmen. Das wird toll.«

»Was ist ein FSG?«

»Ein Fischsammelgerät. Ein menschengemachter Gegenstand – normalerweise eine Art Boje, die mit

Zementblöcken auf dem Meeresboden verankert ist. Sie werden von staatlichen Behörden entlang der Küste aufgestellt, um Meeresfische wie Marline, Thunfische und Haie anzulocken. Und auch Delfine. Sie sammeln sich um das FSG und ziehen in variierender Tiefe ihre Kreise darum. Die Geräte werden von den Gebühren für die Fanglizenzen bezahlt. Funktioniert wie ein Fischmagnet.«

Das braune Auto fuhr an uns vorbei und kroch langsam die Straße entlang. Es bog in die Straße ein, zu der wir unterwegs waren. Ich las das Nummernschild – **Queensland, Sunshine State.** Dunkelbraune Lettern vor weißem Hintergrund. Die Zahlen waren zu verschmutzt, um sie lesen zu können, doch ich konnte die letzten Lettern entziffern**: GIN.**

Wir bogen um die Ecke am Ende der Straße, und da sah ich das Auto wieder, geparkt unter einem großen Eukalyptusbaum, von dessen Stamm die Rinde abblätterte. Mein Puls legte zu. Ich blieb stehen.

»Siehst du den Wagen da?«, fragte ich Martin.

»Den braunen Corolla? Ja.«

»Er verfolgt uns.«

Er runzelte die Stirn. »Wie meinst du das?«

»Als wir losgegangen sind, stand er auf der anderen Straßenseite vor unserem Haus. Dann habe ich ihn bei der Surferdusche gesehen, als wir vom Strand gekommen sind. Er ist uns langsam gefolgt, an uns vorbeigefahren, und jetzt wartet er vor uns.«

Sein Stirnrunzeln vertiefte sich. »Warum sollte uns jemand verfolgen, Ellie?«

»Ich weiß es nicht – sag du es mir.«

Wir gingen weiter, allerdings langsamer, während Martin den Corolla fest im Blick behielt, als wir darauf zugingen. Er schien besorgt zu sein, doch ich wusste nicht, ob wegen des Autos oder wegen mir.

»Es ist ein recht häufiges Modell«, sagte er, während wir uns näherten. »Hast du zufällig das Nummernschild des Wagens gesehen, der vor unserem Haus stand?«

»Nein.«

Auf einmal fuhr die Limousine an und beschleunigte. Am Ende der Straße leuchteten die Bremslichter auf, dann bog sie rechts ab und war verschwunden. Eine Windböe ließ winzige Rindenstückchen auf uns niedergehen. Ein Schwarm Regenbogenloris flog unter wildem Zwitschern und Flügelschlagen auf.

»Wahrscheinlich war das vor unserem Haus ein anderer Corolla«, sagte er. »In dem da vor uns saß vermutlich nur irgendein Typ, der langsam gefahren ist, weil er die Wellen sehen wollte, und dann hat er am Straßenrand gehalten, weil sein Handy geklingelt hat – es gibt zahllose Erklärungen dafür.«

»Ich glaube, zu Hause hat uns auch schon jemand verfolgt. In einem orangefarbenen Subaru.«

Abrupt blieb Martin stehen. »Was?«

»Ja. Es war ein mattes Orange.«

»Meinst du, wie bei diesen Crosstreks?«

»Genau.«

Er wurde blass. Ein unleserlicher Ausdruck legte sich auf seine Züge. Eine vibrierende Energie, eine fast greifbare Entschlossenheit sammelte sich um ihn. »Bist du sicher?«

»Ja.«

»Hast du den Fahrer in dem orangefarbenen Subaru erkannt? Oder konntest du das Nummernschild lesen?«

»Nein, aber ich glaube, es war ein Nummernschild aus British Columbia – blau und weiß.«

»Was ist mit dem Fahrer in dem braunen Corolla, hast du den gesehen?«

»Nur ganz kurz. Er hat das Fenster hochgelassen, als ich ihn angeschaut habe.«

»Er?«

»Ein Mann, ja.«

»Würdest du ihn erkennen, wenn du ihn wiedersiehst?«

Darüber dachte ich nach. »Ich glaube nicht. Sein Gesicht war beschattet.«

»Sehr merkwürdig.«

Wir gingen weiter in Richtung Pub, doch Martins Stimmung war eingetrübt. Er ging schneller, die Schultern nach vorne geschoben, als wäre er wütend. Ich hatte Mühe, Schritt zu halten. Mein Atem ging flacher. Meine Ängstlichkeit wurde schärfer.

Ich fiel zurück.

Während Martin vorausstürmte, suchte ich in meiner Tasche nach den Tabletten und schob mir rasch eine unter die Zunge.

Er blieb stehen, drehte sich um. »Was ist los?«

»Nichts. Ich hatte nur einen Stein im Schuh.«

Damals

ELLIE

Das Holzschild vor dem Pug and Whistler schaukelte an Metallketten in der leichten Brise. Das Gebäude hatte eine historische Fassade und einen umzäunten Bier- und Weingarten nach hinten raus. Bunte Lampions hingen in den Eukalyptusbäumen, Rosakakadus pickten im Laubdach, und Fliegen summten über den plaudernden Gästen, die an Tischen auf der Terrasse saßen.

Vor dem Schild blieb ich stehen. Ins Holz war die Figur eines Jungen geschnitzt, der ein Surfboard unter dem Arm trug. Das Gesicht des Jungen war zum Himmel gewandt und er pfiff offenbar vor sich hin. Hinter ihm hopste ein fetter, fröhlicher Mops umher. Mops und Pfeifer – das Pug and Whistler.

»Rabz – die Besitzerin Bodie Rabinovitch – hatte früher einen Mops«, erklärte Martin, der meinem Blick gefolgt war.

Das Schild – der ganze Pub – wirkte freundlich. Ich wurde ruhiger. Nur ein bisschen. Oder vielleicht tat auch das Lorazepam seine Wirkung. Trotzdem warf ich einen Blick über die Schulter, um mich zu vergewissern, dass der Corolla nirgends in den tiefer werdenden Schatten lauerte.

Martin schlug den Lamellenvorhang zurück, der vor der Eingangstür hing. Wir traten ein, und hinter uns fielen die schweren Plastikstreifen wieder zu. Sie erinnerten mich an eine Metzgerei, doch sie hielten die Hitze draußen, denn im Innern des Pubs war es angenehm kühl. Gedämpfte Beleuchtung. Geschäftiges Treiben. Viel Geplauder und Gelächter. Eine altmodische Jukebox in einer Ecke spielte beschwingte Musik. Surfbretter und Angelequipment zierten die Wände.

»Hey! Marty!« Eine Frau trat hinter der Bar hervor und wischte sich die Hände an einem Tuch ab. »Wie geht's dir?«

»Rabz.« Martin umarmte sie. »Das hier ist meine Ellie. El, das ist Rabz. Eine feste Konstante hier. Ehemalige Profisurferin.« Martin grinste.

Rabz sah mich an. Ihre Augen waren tiefbraun. Sie hatte versucht, ihr dichtes, langes braunes Haar zu einem lockeren Zopf zu bändigen, der ihr über die Schulter fiel, doch einzelne Strähnen hatten sich daraus gelöst und umspielten ihr Gesicht. Ihr gebräunter Oliventeint wurde von einem künstlerisch wirkenden Hemdkleid in einem strahlenden Orange kontrastiert, das ihren sportlichen Körper locker umspielte. Ledersandalen. Perlenarmreife und Silberspangen an den Armen. Ein Nasenstecker, der funkelte, wenn sie sich bewegte.

Ich verspürte einen bizarren Stich der Eifersucht.

Rabz streckte mir die Hand entgegen. »Heya, El. Schön, dich endlich kennenzulernen.«

Ihr Griff war kräftig, als würde sie versuchen, damit etwas zu betonen, was sie gar nicht erst betonen musste. Sie roch nach ätherischen Ölen – Patschuli mit einem Hauch von Jasmin und Limone.

»Netter kleiner Pub, den du hier hast«, sagte ich. Es hatte herablassend geklungen. Vielleicht hatte ich es auch so gewollt.

Sie musterte mich, dann lächelte sie, doch das Lächeln erreichte ihre braunen Augen nicht ganz. »Danke. Wir haben gerade renoviert, freut mich also, dass es dir gefällt.«

Wir setzten uns auf Barhocker an den Tresen, während Rabz damit begann, Bier aus einem Hahn zu zapfen. Sie hielt das Glas schräg, um die Schaumkrone perfekt hinzubekommen. Dann stellte sie das Bier vor Martin ab. »Das Übliche – aufs Haus.« Ein Lächeln für mich. »Was kann ich dir holen, Ellie?«

Ich öffnete den Mund, aber Martin sagte rasch: »Pinot gris.«

Ich hatte eigentlich um etwas Alkoholfreies bitten wollen, doch auf einmal hatte ich das Gefühl, ich könnte ein bisschen Alkohol brauchen.

Rabz stellte ein gekühltes Glas Weißwein vor mich hin. Sie neigte sich über den Tresen zu Martin. Ich konnte ihr sonnengebräuntes Dekolleté sehen. Sie senkte die Stimme und sagte: »Das da sind die Ökos, von denen ich dir erzählt habe. Da hinten in der Nische bei der Jukebox. Seit zwei Wochen kommen sie fast jeden Tag her und saufen sich in Rage wegen eures Bauprojekts. Ich würde mich an eurer Stelle von ihnen fernhalten.«

Ich drehte mich um und sah vier Männer in der Nische sitzen. Einer von ihnen – ein drahtiger, dunkelhaariger Mann mit tief liegenden Augen – begegnete meinem Blick. Mein Herz machte einen Satz wegen der Intensität, die dieser Blick durch den Raum sandte. Der in Blutrot auf den Schuppen gemalte Spruch fiel mir wieder ein.

Tod den Cresswell-Smiths!
Tötet Martin.

Rasch drehte ich mich wieder nach vorn. Ich trank einen tiefen Schluck von meinem Wein, während Martins brutale Tirade in meinem Kopf widerhallte.

»Wenn ich die in die Finger kriege, dann … dann schneide ich sie in Fetzen, ich zerhacke sie mit einem Messer. Ramme ihnen mein Gaff in den Bauch. Lasse sie bluten und verfüttere sie an die Schlammies.«

Ich trank einen weiteren Schluck und war erleichtert darüber, wie schnell der Wein alles in einen weichen Schleier hüllte. Meine Gedanken begannen zu wandern. Ich lauschte der Musik, den immer lauter werdenden Stimmen im Pub.

Ich hörte, wie Martin Pies mit Pommes und Erbsen bestellte.

Die Zeit verlangsamte sich, wurde elastisch. Ich nahm einen weiteren tiefen Schluck. Eine Fliege surrte um mein Glas herum und ich wedelte sie schwerfällig weg. Ich spürte Martins Blick auf mir. Spürte die Blicke der Männer aus der Nische. Ich bemerkte, dass Rabz hin und wieder zu mir sah.

Ich trank den Wein aus und winkte eine junge Kellnerin heran, damit sie mir noch einen brachte. Gerade hatte ich mein zweites Glas vor mir, als eine große, schlanke Blondine an die Bar trat. Sie trug ein Kamisol und Denimshorts. Ihr weißblondes Haar war zu einer verwuschelten Kurzhaarfrisur geschnitten. Sexy, dachte ich. Wieder nippte ich an dem Wein. Sie hatte einen hübschen Hals. Hübsche Schultern. Hübsche große blaue Augen. Elegant und athletisch.

»Hallo, Marty«, sagte sie. »Und das muss Ellie sein?«

Marty.

Er räusperte sich. »Willow, hi. Ja, das ist Ellie. Willow ist eine« – er wandte sich an sie – »wie nennst du dich noch mal?«

Willow lachte. »Ich bin Wellnesscoach.« Sie streckte mir die Hand hin. »Willow Larsen.« Ihr australischer Akzent war breit und ausgeprägt, aber nicht unattraktiv.

»Und ich dachte immer, du wärst eine Wahrsagerin oder so«, mischte sich Rabz ein und stellte ein Glas Wein vor Willow hin. »Oder eine Ernährungsberaterin. Oder eine Art Medium.«

Wieder lachte Willow und griff nach dem Glas. Sie hatte ein angenehmes Lachen. »Die Ernährung macht tatsächlich einen großen Teil des Wohlbefindens aus, also ja, man könnte sagen, ich vermische Ernährungsberatung mit Okkultismus.« Sie sah mich an. »Ich lege Tarotkarten. Lese aus Teeblättern. Auren lese ich auch.« Sie hob das Glas an den Mund und trank einen Schluck. »Wenn es sein muss, lese ich sogar aus Kaffeesatz.«

Mir fiel wieder ein, was Dana gesagt hatte.

»Deine Aura ist komisch, wenn du mit ihm zusammen warst. Dunkel. Falsch. Irgendetwas stimmt nicht mit dem Typ …«

Ich dachte darüber nach, Willow danach zu fragen, wie sie meine Aura in diesem Moment fand, doch ich wusste, dass es der Wein war, der mich auf solche Ideen brachte, also ließ ich es.

»Ich führe ein Onlineunternehmen«, erklärte sie mir. »Aber ich biete auch Beratungen bei mir zu Hause an. Ich komme aus der Psychotherapie – im Grunde bin ich ausgebildete Psychotherapeutin.« Sie warf Rabz einen Blick zu. »Also keine Sorge, Rabz. Eine Menge Leute wissen nicht genau, was ich eigentlich tue. Ich selbst bezeichne mich als ganzheitliche Heilerin.« Sie trank noch einen Schluck Wein und lehnte sich gegen die Bar. »Schön, dich endlich kennenzulernen, Ellie«, sagte sie. »Wir haben uns schon gefragt, ob Martin dich vielleicht nur erfunden hat.« Sie warf ihm ein Grinsen zu, aber er erwiderte ihr Lächeln nicht. Sie zögerte, hielt seinen Blick. »Tja … mein Freund Gregg wartet schon.« Sie deutete auf eine Nische, in der ein gut aussehender Mann mit sonnengebleichtem braunem Haar saß. »Setzt euch doch später noch zu uns, wenn ihr wollt?«

»Danke«, sagte ich. »Darauf kommen wir vielleicht wirklich zurück.«

»Und wenn du möchtest, dass ich mal etwas für dich lese, El, dann komm vorbei. Es ist das zweite Haus auf der

Jarra-Landzunge. Das mit dem vielen Glas. Komm gern, auch einfach zu einer Tasse Tee. Oder einem Glas Wein. Oder wenn du ein bisschen was über die Gegend hier erfahren willst. Glaub mir, da gibt es eine ganze Menge.« Ihr Blick huschte zu Martin.

»Danke, das mache ich.« Und ich meinte es ernst. »Sie scheint nett zu sein«, sagte ich zu Martin, nachdem Willow gegangen war.

Doch Martins Aufmerksamkeit galt Rabz, die zwei Teller vor uns abstellte. Jeden mit einer dampfenden Fleischpastete, heißen Pommes und winzigen Erbsen. Sie füllte Martins Bier auf und ich erkannte, dass ich meinen Wein ausgetrunken hatte. Wie viele Gläser hatte ich schon gehabt? Zwei? Drei? Rabz nickte in Richtung meines Glases und ich sagte Ja.

Martin begann zu essen, als wäre er völlig ausgehungert. Ich pickte auf meinem Teller herum. Er schien es zu vermeiden, mir in die Augen zu sehen.

»Martin?«

Er sah mich an. Ich spürte etwas Unterschwelliges. War er wütend, weil ich Wein trank? Oder waren es die Ökos, die ihn so aufregten?

»Du hast kein Wort mehr mit mir geredet, seit das Essen gekommen ist …« Ich griff nach meinem Wein, doch irgendetwas stimmte mit meiner Motorik nicht, und ich stieß stattdessen gegen das Glas. Es kippte um. Ich erschrak, als sich der Wein über den Tresen ergoss. Ich sprang auf und wollte das Glas fangen, damit es nicht vom Tresen rollte, dabei stieß ich meinen Barhocker um. Mit einem ohrenbetäubenden Krachen landete er auf dem Boden.

Die Leute verstummten, drehten sich zu mir um.

»Herrgott, Ellie!« Martin griff nach einer Serviette und versuchte, den verschütteten Wein aufzuwischen. Rabz kam mit einem Küchentuch herübergeeilt und rief die junge Kellnerin zur Unterstützung herbei.

»Das … das tut mir leid. Ich …« Ich war vollkommen durcheinander. Die Geräusche um mich herum verschwammen zu einem Dröhnen. Alles schien leicht zu wanken.

Wütend stellte Martin den Hocker wieder auf, während ich mich an der Bar festhielt, um das Gleichgewicht nicht zu verlieren. Der ganze Pub drehte sich.

»Bitte mach dir nichts draus«, sagte Rabz rasch, fröhlich, wie um die Stimmung aufzuhellen. »So was passiert ständig.« Sie gab der Kellnerin ein Zeichen, damit sie mir ein neues Glas Wein brachte.

»Klar«, knurrte Martin. »So was passiert ständig – Leute *betrinken* sich hier andauernd. Und sie braucht nicht noch einen Wein.«

»Ich hätte gern noch einen«, warf ich rasch ein, entschlossen, das Gesicht zu wahren, zu beweisen, dass es nur ein Unfall gewesen war. »Ich war nur ungeschickt.« Doch sogar ich selbst konnte hören, dass ich lallte. Ich sollte zur Damentoilette gehen. Mir Wasser ins Gesicht spritzen. Ich ließ den Tresen los, doch meine Knie gaben unter mir nach. Halt suchend streckte ich die Hand wieder nach der Theke aus, wobei ich meinen Teller zu Boden fegte. Klirrend zersprang er in tausend Scherben, grüne Erbsen rollten in alle Richtungen.

Martin fluchte. Ich spürte seine Hand auf mir, er hielt mich fest. Zu fest. Ich hörte den Lärm, Musik, Gerede, Gelächter – alles vermischte sich miteinander. Ich kam mir weit weg vor.

»Besser … nach Hause …«, sagte Martin gerade zu jemandem. »… wieder zu viel getrunken.«

»Ich … hatte nur … ein halb…« Mehr als ein Murmeln brachte ich nicht zustande.

Martin stützte mich und brachte mich mit Rabz' Hilfe zur Tür. Ich hörte Rabz sagen: »Hast du deinen Truck hier?«

»Wir sind gelaufen.«

»Dann nimm mein Auto. Es steht draußen. Du kannst es mir später zurückbringen.«

Wir stolperten ins Freie. Es war dunkel. Die Lampions schaukelten. Heißer Wind. Das ferne Donnern der Brandung. Ich hörte Fledermäuse, die sich in den Bäumen über uns zankten. Das Piepen eines Autos, das entriegelt wurde. Martin half mir hinein.

»Hast du schon vorher etwas getrunken, Ellie? Oder liegt es an den Tabletten?«

Ich schüttelte den Kopf. Die Welt wirbelte um mich herum. Er schnallte mich an. Der Motor grollte. Ich ließ den Kopf gegen die Lehne sinken und schloss die Augen. Die ganze Welt kippte, drehte sich, rundherum, schneller, immer schneller. Gleich würde ich mich übergeben müssen.

»Ich habe dich gefragt, ob du noch mehr Tabletten genommen hast?«

»W…was?«

»Lorazepam – noch mehr Benzos?«

Doch ich verstand ihn nicht mehr. Ich spürte, wie sich das Auto drehte. Dann sank ich ins Dunkel … in wunderbare, dunkle, seidenweiche Bewusstlosigkeit.

Der Mordprozess

Gerichtspsychologisches Einschätzungsgespräch vor der Verhandlung

Wir sind wieder beim Tod meiner Mutter angekommen. Dies hier ist meine zweite Sitzung mit dem Rechtspsychologen in seinem Büro in Sydney. Die letzte Sitzung habe ich abgebrochen, nachdem er versucht hatte, mich hereinzulegen. Dann hatte ich jedoch eine Nacht darüber geschlafen und beschlossen, trotzdem zur zweiten Sitzung zu gehen.

Dieser Prozess muss gut ausgehen. Gut für mich. Und immerhin können mentale Tricks von beiden Seiten angewendet werden, nicht wahr?

»Sie waren neun, Ellie«, sagt er. »Sie waren allein zu Hause mit Ihrer Mutter. Wann haben Sie an diesem Tag begriffen, dass sie in einer Notlage war?«

»Ich bin nicht sicher.«

»Dann wollen wir doch einmal versuchen, zu diesem Tag zurückzukehren, einverstanden? Was haben Sie gemacht, bevor Sie die Notlage Ihrer Mutter entdeckt haben?«

»Ich … ich glaube, ich war im Malzimmer.«

»Sie haben schon immer gerne gemalt?«

Ich nicke.

»Wissen Sie noch, was Sie gemalt haben?«

Ein Bild huscht durch meinen Kopf. Rankpflanzen, die ein kleines Mädchen umschließen, das in einem Wald nach seinem Vater sucht. Nach einem starken Holzfäller mit Zauberkräften.

»Nein.«

Er mustert mich. Ich halte seinen Blick.

»Hat Ihre Mutter nach Ihnen gerufen?«

»Nein. Ich habe nur ein Poltern gehört und ein Klirren, als wäre etwas zerbrochen. Ich bin in ihr Zimmer gelaufen, um nachzusehen, was passiert war. Ich habe sie auf dem Boden liegend gefunden.«

»Wo genau auf dem Boden?«

»Zwischen dem Bett und der Wand. Neben dem Nachttisch.«

»Was haben Sie dann gemacht?«

»Ich habe versucht, sie aufzuwecken. Ich habe sie geschüttelt. Da war Schaum vor ihrem Mund. Ich konnte sie nicht wecken.«

»War es das erste Mal, dass Sie Ihre Mutter so gefunden haben, Ellie?«

Ich spüre Hitze in den Wangen. »Nein. Ich hatte sie davor schon zweimal so gefunden.«

»Was haben Sie diese beiden Male getan?«

»Ich habe meinen Vater angerufen.«

»Und dieses Mal? Haben Sie ihn auch angerufen?«

»Ich … weiß es nicht mehr. Ich erinnere mich nur noch daran, wie er nach Hause gekommen ist. Später. Nach den Krankenwagen und dem Feuerwehrauto. Da waren Menschen mit schweren Stiefeln im Haus, mit jeder Menge Equipment.«

Langsam fragt er: »Dann haben Sie also den Notruf gewählt? Dreimal die Null?«

»In Kanada ist es die 911.«

»Dann haben Sie also die 911 angerufen?«

Ich schlucke. Mein Gesicht wird noch heißer. Ich kann mich nicht erinnern. Wirklich nicht. »Ich glaube schon. Ja. Warum sollten sonst die Krankenwagen gekommen sein?«

Er schreibt etwas in sein Notizbuch und nickt. Er öffnet einen Ordner und liest eine Art Bericht. Ich frage mich, ob die Anwälte vielleicht irgendwie an den alten Bericht des Coroners herangekommen sind. Darin musste alles stehen, was wann mit meiner Mutter geschehen war. Er fragt mich diese Dinge nur, um meine Reaktion abzuschätzen.

Er sieht auf. »Wie hat Ihr Vater Sie danach behandelt? Nachdem Sie erfahren hatten, dass sie tot war?«

Ich reibe mir über die Knie. Ich bin wieder neun Jahre alt. Ich fühle mich so klein und traurig und verängstigt. Ich spüre, wie sich Tränen in meinen Augen sammeln. Ich nehme all das wahr, aber die Erinnerung an die Geschehnisse ist nicht klar. Es sind nur Gefühle.

»Hat er Ihnen Sicherheit gegeben, Ellie? Hat er Ihnen das Gefühl gegeben, geliebt zu werden?«

»Nein«, sage ich leise, und ich denke an das kleine Mädchen in meiner Zeichnung, das im Wald nach seinem Holzfällervater sucht. Nach seinem großen und starken Vater, der mit seiner Axt hätte kommen und die bösen Rankpflanzen zerhacken sollen, die seiner Tochter die Luft abschnürten und sie in die lehmige Erde hinabziehen wollten, in der sie allein verrotten würde.

»Er hat mich weggeschickt. Zuerst zur Schwester meiner Mutter, weil er arbeiten musste und viel auf Reisen war. Danach in ein Internat.«

»Hat er Ihre Mutter geliebt?«

»Er hat sich immer Sorgen um sie gemacht, einen riesigen Wirbel um sie veranstaltet, sie zu Ärzten geschleppt und mit ihr gestritten, wegen des Alkohols und der Tabletten.«

»Wie haben Sie sich dabei gefühlt?«

Ich halte seinen Blick. »Was glauben Sie denn?«

»Vielleicht haben Sie gedacht, dass sie Ihnen alle Aufmerksamkeit gestohlen hat.«

Mein Magen zieht sich zusammen. »Vielleicht«, sage ich mit einem Schulterzucken.

»Hat sich das verändert, nachdem sie fort war?«

»Nein. Wie gesagt, er hat mich praktisch fallen gelassen – mich endgültig verlassen. Er hat einfach für meinen Unterhalt bezahlt und vergessen, dass es mich gibt.«

»Wie haben Sie sich dabei gefühlt?«

»Herrgott.« Ich springe auf. Gehe zum Fenster. Ich sehe hinaus. Der Spielplatz ist heute vollkommen leer. Es regnet. Nur ein Mann, der mit einem sehr kleinen Hund spazieren geht. »Was glauben Sie, wie ich mich dabei gefühlt habe? Ich habe ihn gehasst. Und gleichzeitig habe ich ihn geliebt.«

»Hassen Sie ihn immer noch?«

Ich zögere. »Ja. Und nein. Ein Gefühlskonflikt.«

»Er ist ein autoritärer Mann, seine Gegenwart ist sehr dominierend, nicht wahr?«

Ich nicke.

»War Ihr erster Ehemann ihm ähnlich?«

»Oh, ich verstehe, wohin das hier führt, Doc.« Ich drehe mich zu ihm um. »Sie glauben, obwohl ich meinen Vater hasse, fühle ich mich zu Männern wie ihm hingezogen? Aus irgendeiner kindlichen Sehnsucht heraus. Oder aufgrund einer genetischen Veranlagung. So wie sich meine Mutter zu meinem Dad hingezogen gefühlt hat – Sie glauben, es könnte eine diesbezügliche Schwäche in meiner DNS liegen? Und darüber hinaus eine gewisse Neigung zur Sucht.«

Er sagt nichts.

»Vielleicht ist es so. Ich weiß es nicht.«

»Was ist mit Martin?«

»Was soll mit ihm sein? Er ist tot, oder nicht? Es spielt keine Rolle mehr, was ich für ihn empfinde.«

»Doch, das tut es. Wenn man Sie zur Befragung aufruft.«

Langsam lächle ich. »Tja, hier ist meine Antwort für mein Anwaltsteam, Doc: Ja, ich wollte, dass er stirbt.«

Damals

ELLIE

Vor über einem Jahr, 27. Oktober, Jarrawarra Bay, New South Wales

»Ellie! Halt das Boot fest, verdammt!«, brüllte mir Martin durch das offene Fenster seines Trucks zu, während er den leeren Bootsanhänger die Betonrampe heraufzog. Ich stand barfuß im knietiefen Wasser und hatte Mühe, die Breitseite der Abracadabra festzuhalten, damit sie nicht davontrieb oder seitlich auf den Strand auflief. Martin hatte mir aufgetragen, das Boot festzuhalten, während er nach einem Parkplatz für den Truck und den Anhänger suchte.

»Sie treibt zur Seite, Ellie! Du lässt sie von der Strömung herumschieben – so läuft sie noch auf Grund, verdammt noch mal!«

Sein Tonfall erschreckte mich, doch ich war zu verängstigt, um etwas zu erwidern. Meine Muskeln schmerzten bereits, und die Festmacherleinen schnitten mir in die Handflächen. Die Flut strömte herein, und ich spürte den heftigen Sog um meine

Waden. Ich würde die Abracadabra nicht mehr lange im richtigen Winkel halten können. Sie schwang zur Seite herum.

»Ich habe nicht auf den ›Captain‹ gehört … Wir sind aus der Flussmündung gefahren, und große Wellen sind über eine Sandbank geschlagen … Beim Aufprall hat sich mein Bruder das Rückgrat gebrochen …«

Entsetzt sah ich zur Sandbank an der Flussmündung hinüber. Wellen brachen sich daran, wurden immer größer. Auf den Klippen sammelten sich Zuschauer, um dem Spektakel beizuwohnen. Meine Gedanken kreisten um Chloe. Mein Herz begann, heftig zu pochen.

Das hier war ein Fehler. Mein Kopf tat weh. Ich konnte mich kaum noch an unseren Besuch im Puggo am vergangenen Abend erinnern, abgesehen davon, dass wir den Pub betreten und Rabz und Willow kennengelernt hatten. Danach war alles weg, und obwohl Martin an diesem Morgen zuckersüß zu mir gewesen war, fühlte ich, dass etwas ganz und gar Falsches geschehen sein musste.

Wieder sah ich aufs Meer hinaus. Die Wellen wurden sogar noch größer. Sie kamen in immer kürzeren Abständen herangerollt. Der Wind frischte auf. Schaumige Gischt schlug mir ins Gesicht. Ich blinzelte, spürte Salz im Auge, doch ich hatte keine Hand frei, um mir darüberzuwischen. Meine Nase lief. Die Flut wurde immer heftiger. Die Angst baute sich auf und schwoll mit jedem Herzschlag an. Gleich würde mich eine Panikattacke überrollen. Ich dachte an die Tabletten in der Tasche der Cargos, die Martin mir für den Angelausflug geliehen hatte. Doch ich kam nicht an sie heran, ohne das Seil loszulassen.

»Brauchst du Hilfe?«

Mein Kopf fuhr herum, und ich erkannte Rabz, die ein Joggingoutfit trug. Sie hatte die Hände in die Hüfte gestemmt. Ihre Shorts waren neongelb, und sie atmete schwer. Ihre

Wangen waren gerötet, und der Wind versuchte, ihr herrlich wildes Haar aus dem Zopf zu befreien.

Ich nickte, verzweifelt, den Tränen nah. Rabz streifte die Laufschuhe ab, warf sie ans Ufer hinauf und kam ins Wasser gewatet. Fachmännisch schob sie die Bootsseite herum, weg vom Ufer. Ihre Muskeln bewegten sich geschmeidig unter der gebräunten Haut. Ihre Silberarmreifen klingelten. Die neue Position des Boots half uns dabei, die Abracadabra gegen die Strömung stabil zu halten. Der Zug auf die Seile und damit auch auf meine Arme ließ nach.

»Danke. Ich kann dir gar nicht sagen, wie dankbar ich dir bin.«

»Hey, kein Problem.« Ein neugieriger Ausdruck trat in ihre dunklen Augen. Ich sah die winzigen Sommersprossen auf ihrer Nase. Ihre langen, dichten Wimpern. Wir standen nah beieinander, Seite an Seite, ihr gebräunter Arm stand im Kontrast zu meinem weniger muskulösen und sehr viel blasseren. Ich atmete ihren Geruch ein. Dieser Hauch von Patschuli und Limone oder Bergamotte.

»Wie geht's dir heute Morgen?«, fragte sie.

Verwirrt sah ich sie an.

»Du hast gestern Abend einen ziemlich dramatischen Abgang aus dem Puggo hingelegt«, fuhr sie fort. »Martin hat dich in meinem Auto nach Hause gefahren. Erinnerst du dich nicht?«

Mein Gesicht entflammte. Ruhig sah sie mich an. Etwas huschte durch ihren Blick, dann legte sich ein leichtes Lächeln auf ihre Züge, während sie mein Outfit betrachtete – die königsblaue Windjacke, Martins zu große Cargohose, mein hellblaues Nike-Cap. Mein Pferdeschwanz wehte mir über die Schulter, und einzelne Haarsträhnen klebten am Lippenbalsam an meinem Mund fest. Rabz hielt mich für eine Versagerin – ich wusste, dass sie so dachte. Insgeheim lachte sie mich aus, verhöhnte mich. In dieser Umgebung hatte sie die Oberhand. Sie war hier in ihrem Element, ich dagegen war wie ein Fisch auf dem Trockenen.

»Wohin wollt ihr beiden denn?«, fragte sie.

»Zum Fischsammelgerät.«

»Zum FSG?« Sie hob die Brauen. »Zog hat gesagt, dass sie da heute Morgen tonnenweise Thunfisch aus dem Meer gezogen haben, aber jetzt wird es ziemlich wechselhaft.« Sie hob den Blick zum Himmel. »Das Wetter schlägt um. Beim FSG kann das Meer innerhalb weniger Minuten von ruhig auf mörderisch kippen. Ihr hättet früher rausfahren sollen.«

Ich sah hoch zu den Leuten, die sich auf den Klippen versammelt hatten und dem Schauspiel auf dem Meer zusahen. Kiteboarder fegten durch die Little Jarra Bay.

Endlich sah ich Martin auf uns zukommen. Erleichterung erfasste mich. Als mir jedoch die zornige Neigung seiner Schultern auffiel, schnellte die Anspannung in mir sofort wieder in die Höhe. Jemand rief nach ihm. Martin blieb stehen und wandte sich nach dem Mann um, der einen Jungen bei sich hatte.

»Zog und sein Sohn«, erklärte Rabz, die meinem Blick gefolgt war. Zogs Sohn war etwa zwölf Jahre alt. Zog war sehnig und nussbraun, sein Haar sonnengesträhnt. Wir hatten den Fisch, den er uns geschenkt hatte, noch immer nicht gegessen.

»Oh, schau mal …« Rabz hob die Hand und winkte jemandem oben auf der Klippe der Landspitze zu. »Da ist Willow.« Sie deutete hinauf. »Siehst du das große Haus dort mit dem Flachdach und der Glasfront?«

Ich kniff die Augen gegen die Sonne zusammen und sah eine Frau vor den großen Fenstern des Hauses bei einem

Teleskop stehen. Blond. Schlank. Sie winkte zurück. Ich fragte mich, wie lange uns Willow schon durch das Teleskop beobachtete und ob sie die Verzweiflung auf meinem Gesicht erkannt hatte.

»Mit dem Ding sieht sie einfach alles«, sagte Rabz. »Das Teleskop gehört zum ›Architektenhaus‹. Was genau ist das überhaupt, ein Architektenhaus?«

»Gehört es ihr?«

»Gott, nein.« Rabz verlagerte ein wenig ihr Gewicht. »Komm, lass mich das mal halten.« Sie griff nach den Festmacherleinen.

Ich ließ zu, dass sie mir das gelb-blaue Seil abnahm, und sah auf meine Handflächen hinab. Sie waren wund gescheuert und brannten.

»Sie hat es gemietet. Die meisten Häuser da oben sind Ferienhäuser. Ihre Besitzer leben in Sydney oder in China oder in irgendeinem anderen Land. Und sie vermieten ihre Häuser für ein Vermögen. Für uns Einheimische ist der Immobilienmarkt inzwischen viel zu teuer. Aber Willow verdient eine Menge Geld mit ihrem Hokuspokus.« Rabz grinste. Ihr Nasenstecker blitzte auf.

War das Rivalität, die in ihrer Stimme mitschwang?

»Danke, Rabz«, rief Martin laut, als er sich uns näherte. »Ellie war drauf und dran, uns hier auf Grund zu setzen.« Er lachte. Es klang grob.

Ich presste die Lippen aufeinander. »Wenn du mir wenigstens gezeigt hättest …«

»Steig ein, Ellie, solange Rabz die Abracadabra noch stabil hält. Kletter über die Seite rein.«

Ich zögerte, dann watete ich tiefer ins Wasser, und Rabz wandte den Kopf. Der Wind fing ihren Geruch auf. Langsam drehte ich mich um und starrte ihren Hinterkopf an. Auf einmal wusste ich genau, was mir bei unserem Besuch im Puggo so zu schaffen gemacht hatte. Dieses dunkle Gefühl, als ich Rabz kennengelernt hatte. Kein Zweifel.

Mein Blick schoss zu Martin.

Sie haben ein Geheimnis.

Vor mir.

»Mann, worauf wartest du noch, El? Rein mit dir.«

DAMALS

ELLIE

Jeder Muskel in Martins Körper war gespannt, während er darum kämpfte, die Abracadabra im Kanal stabil zu halten, indem er den Motor immer wieder vorwärtspuschte, das Tempo zurücknahm und dann wieder Gas gab. Sein Blick war auf die Wellenberge in der Ferne gerichtet, die sich wie stille Riesen vor uns erhoben. Wie die Rippenknochen des Meeres. Sie wurden immer größer, während sie auf uns zurollten. Ich saß im Heck des Boots und umklammerte die Reling des Seitendecks. Ich konnte nicht atmen. Oben auf den Klippen standen Menschen in langen Reihen. Ich sah die Häuser, darunter auch Willows Glashaus. Würde sie uns Hilfe schicken? Mir fiel wieder ein, was Martin in jener Nacht erzählt hatte, in der wir uns kennengelernt hatten. Von seinem Bruder.

»Bei Brandung an einer solchen Sandbank muss das Timing genau stimmen. Bei so etwas passieren die meisten Bootsunfälle – beim Auslaufen bei Brandung. Ich habe nicht auf eine Anweisung gehört … das Ende vom Lied war, dass unser Boot von einer gerade brechenden Welle getroffen wurde. Die Bootsnase wurde in die Luft

geschleudert, und das Boot ist nach hinten gekippt. Beim Aufprall hat sich mein Bruder das Rückgrat gebrochen.«

Auf einmal gab Martin Gas und wir schossen vor, der Bug hob sich, das Heck wurde in die Wellen gedrückt. Der Motor heulte auf, als wir die erste Welle erklommen. Sie begann bereits zu brechen. Wir schossen durch die Schaumkrone und krachten auf die gewaltige Wellenschulter hinab, während sich die Woge hinter uns brüllend in ein schaumiges Monster verwandelte. Sofort ließ Martin die Abracadabra auf die nächste Welle zuschnellen. Wieder hob sich der Bug, und wir wurden emporgehoben. Die Bootsnase brach durch den Curl. Wasser spülte über den Bug und die Seiten der Abracadabra. Der Motor hustete, stotterte. Dann waren wir auf einmal durch. Der Motor bellte noch ein paar Mal, dann lief er ruhig weiter. Mein Herzschlag donnerte mir in den Ohren. Das Tosen der Wellen lag auf einmal hinter uns. Die Schockstarre entließ mich aus ihrem Griff und ich begann, unkontrolliert zu zittern.

Ich drehte mich zu den Wellen um, die wir gerade durchbrochen hatten. Während wir hindurchgefahren waren, hatten sie so gewaltig gewirkt. Tödlich. Wie in Waimea. Wie damals, als sie mich in die Tiefe gestürzt und mir mein Kind aus den Armen gerissen hatten.

Martin sah sich zu mir um.

»El, alles in Ordnung?«

»Das hast du absichtlich gemacht, du Idiot!«, schrie ich ihn an. »Du *wusstest,* dass das passieren würde.«

»Was?«

»*Willst* du mir Angst einjagen?«, brüllte ich über den Motor hinweg. »Du bist doch irre! Total verrückt. So ist dein Bruder fast gestorben!« Adrenalin befeuerte meine Wut, trieb mich zu weiß glühender Rage an, als ich an Rabz dachte und daran, was mir an der Bootsrampe gerade klargeworden war. »Bist du irgendwie auf deinen Bruder fixiert? Oder auf deinen

Vater? Versuchst du, diesen Unfall zu wiederholen? Genau wie bei dem Agnes-Bauprojekt, mit dem du ihnen auch nur etwas beweisen willst?« Zornestränen brannten mir in den Augen. Meine Knöchel wurden weiß, während ich die Bootsreling umklammert hielt. »Was zum Teufel soll das, Martin? Du weißt, dass ich Angst vor großen Wellen habe. Versuchst du, mich umzubringen?«

Erschrocken blinzelte er. Dann ließ er mit einer Hand das Ruder los und streckte sie nach mir aus. »Ellie …«

»*Nein!* Fass mich nicht an.« Ich wich ins Heck des Boots zurück, so weit es nur ging.

»Hör zu …« Das Funkgerät knisterte, und er fluchte. Wir näherten uns den orangeroten Klippen. Er blickte die gewaltige Steinwand empor. Wellen brachen sich krachend an den senkrechten Felsen. »Ich muss mich bei der Seenotrettung melden, bevor wir auf der Leeseite der Klippen sind. Die Felsen blockieren das Funksignal.« Er griff nach dem Mundstück des Funkgeräts, drückte auf einen Knopf. »Ich rufe Jarra Bay Marine Rescue, ich rufe Jarra Bay Marine Rescue. Jarra Bay Marine Rescue. Hier spricht AIS387 November, AIS387 November, hier spricht AIS387 November. Hören Sie mich?« Er wartete. Die Klippen erhoben sich drohend über uns. Die Wellen wogten. Schaumadern durchzogen die Wasseroberfläche. Es kam mir vor, als würden wir an die Felswände gesogen werden. Martin wiederholte den Ruf, dann sagte er: »Bitte kommen, over.«

Das Funkgerät erwachte knisternd zum Leben, und eine ferne Stimme meldete sich. »Hier spricht Jarra Bay Marine Rescue. Ich höre AIS387 November. Können Sie auf Kanal sechzehn wechseln?«

Martin wechselte den Kanal. Ich behielt ihn genau im Auge. Falls ihm hier draußen irgendetwas zustieß, wollte ich wissen, wie ich Hilfe rufen konnte.

Er hob das Mundstück an die Lippen. »Hier spricht AIS387 November. Wir sind von Bonny Bay aus auf dem Weg zum FSG. Falls ich jedoch höre, dass sich die Fische vom Riff entfernen, melde ich mich noch einmal, bevor wir einen anderen Kurs einschlagen. Over.«

Ich schluckte und sah auf die Tasmanische See hinaus. Wolken ballten sich im Osten am Horizont zusammen.

»Verstanden, AIS387 November. Geschätzte Rückkehrzeit?«

»Gegen vier Uhr nachmittags.«

»Sechzehnhundert, alles klar. Wie viel Mann an Bord?«

»Zwei Erwachsene an Bord.«

Das Boot schlingerte und geriet in den Rückstrom einer gewaltigen Welle, die gegen die Felswand geschlagen war. Wasser schwappte gegen die Bootswand. Martin lenkte den Bug in die Richtung, aus der die Wellen kamen, damit sie uns nicht seitlich trafen. Wir tauchten in den Schatten der Klippen ein. Das Funkgerät knisterte wieder, die Verbindung brach ab.

Martin beendete den Funkspruch. Er musterte mich. Mein Herz pochte wild. Ich wartete darauf, dass er mir versicherte, er hätte natürlich nicht versucht, mich zu Tode zu erschrecken. Er sagte nichts. Weiter provozieren wollte ich ihn jedoch auch nicht, denn auf einmal wurde mir bewusst, dass wir hier draußen völlig allein waren. Nichts außer dem Meer in allen Richtungen. Ich war ihm ausgeliefert.

Niemand würde wissen, ob ich über Bord gefallen war oder ob er mich gestoßen hatte. Ich schluckte und sah weg.

»Halt dich fest«, sagte er.

Bevor ich begriff, was er meinte, gab er plötzlich Gas, die Bootsnase in die unablässig wogenden Wellen gerichtet. Je schneller wir fuhren, desto heftiger schlug mir der Wind entgegen. Ich hielt mein Cap fest. Martin fuhr mit voller Geschwindigkeit. Der Bug hob sich und schlug hinter den Wellenkämmen wieder aufs Wasser, wieder und immer wieder. So hart, als würden wir über festen Asphalt fahren. Jeder Aufprall vibrierte in meinen Knochen, in meinem Kiefer. In meinem Gehirn. Ich biss die Zähne aufeinander und versuchte, meinen Körper gegen das *Bumm, Bumm, Bumm, Bumm* zu wappnen, während wir hinaus aufs Meer fuhren. Meile um Meile. Jeder Stoß fuhr mir direkt in die Nieren. Der Fahrtwind trieb mir Tränen in die Augen.

Ich blickte zurück. Jarrawarra Bay, die Landspitze, die orangeroten Klippen – alles verschwand allmählich in einem blassblauen Schleier über der Landmasse, die Australien war. Martin bemerkte meinen Blick.

»Siehst du die Hügel im Norden von Jarrawarra?«, rief er und deutete darauf. »Da liegt die Mündung des Agnes River. Von hier aus kommt man mit dem Boot durch den Zufluss bis direkt zum Verkaufsbüro.«

Der Dunst verschluckte das Land endgültig. Nun gab es nichts mehr außer den schaumdurchzogenen Wellen und dem Meer, dessen graugrüne Farbe in ein tiefes Kobalt überwechselte.

Ein paar Seeschwalben kreischten über uns, und ein Albatros begann, uns zu folgen.

* * *

Ein Ruck lief durch das Boot. Ich schlug die Augen auf. Meine Lider waren geschwollen. Meine Lippen salzverkrustet. Ich lag seitlich auf dem Boden. Flaschen – leere Weinschorleflaschen – rollten um mich herum.

Da hörte ich es wieder. Jemand rief mich.

»Ellie!«

Blinzelnd versuchte ich aufzustehen, fiel jedoch gleich wieder hin, als das Boot schwankte. Ich war betrunken. Mir war schlecht. Der Bug hob und senkte sich, das Boot schaukelte heftig.

»Ellie! *Hilf* mir, Herrgott noch mal!«

Ich drehte den Kopf, sah Martin. Der Schreck traf mich wie ein Schlag. Seine Angelrute steckte in der Lederhalterung um seine Hüfte. Die Spitze der Rute wies fast senkrecht nach unten, während Martin mit einem riesigen Fisch kämpfte. Ein schrilles Sirren erklang, als der Fisch an der Angelschnur riss, abtauchte und sich zu befreien versuchte. Verwirrt und benommen versuchte ich herauszufinden, was da vor sich ging. Als der Fisch müde wurde, begann Martin, ihn so schnell er konnte wieder einzuholen. Schweiß tropfte ihm von der Stirn. Sein Gesicht war rot.

Wie lange ging das schon so? Wie lange rief er schon nach mir, um mich zu wecken?

»Er ist fehlgehakt. Schnapp dir das Netz, Ellie, Himmel noch mal!«

Ich sah mich im Boot um.

Er fluchte wild. »Bring mir das scheiß Netz! Es liegt da im Seitenfach, beim Gaff. Bring mir auch das Gaff.«

Ich rappelte mich auf Hände und Knie hoch und griff nach dem Netz. Mit einer Hand hielt ich es fest, mit der anderen zog ich mich an der Reling hoch. Das Boot ruckte und schaukelte wild. Martin hatte das Ruder losgelassen. Wir drehten uns im Kreis, und die Wellen trafen uns seitlich. Ich hielt mich am Überrollbügel fest und streckte Martin das Netz hin. Doch da traf eine Woge das Boot und es kippte zur Seite. Meine Hand am Überrollbügel rutschte ab, und ich ließ das Netz los, um mich irgendwo festzuhalten. Das Netz landete auf dem Seitendeck und glitt über Bord. Kurz trieb es auf den Wellen, dann sank es in die Tiefe.

Der Fisch schlug nun um sich, kämpfte um sein Leben und knallte immer wieder gegen die Bootswand.

»Zum Henker. Das Gaff! Mach schon, verdammt!«

Ich kam auf alle viere und krabbelte zum Seitenfach zurück, um das silberne Gaff zu holen. Ich reichte es Martin. Er packte es und schwang es auf den Fisch hinab. Wieder kippte das Boot, als uns eine Welle traf. Martin verlor das Gleichgewicht und erwischte den Fisch nicht richtig. Der Gaffhaken riss eine Wunde in den Rücken des Tiers. Blut breitete sich im Wasser aus, der Schaum auf den Wellen färbte sich rosa. Der Fisch wand sich, um sich von dem Dreifachhaken zu befreien, der in seiner Kieme steckte, wie ich nun erkannte. Wieder wurde die Abracadabra von einer Welle herumgeschleudert, und ich taumelte gegen Martin. Er stolperte zurück und riss die Angel hoch, um das Gleichgewicht nicht zu verlieren. Der Dreifachhaken wurde aus der Kieme des Tiers gerissen, und der Fisch tauchte ab. Der Haken wurde in die Luft geschleudert. Und peitschte auf Martins Gesicht zu. Er schrie auf.

Damals

ELLIE

Zwei der furchtbaren Haken steckten in Martins Kehle. Der lila Tintenfischköder, der die großen Fische anlocken sollte, baumelte von seinem Hals herab. Die Angelrute war über Bord gefallen. Sie sank ins Meer hinab, und die Angelschnur zerrte an Martins Kehle, riss ihm die Haut auf. Rasch wickelte er sich die Schnur um die Hand und hielt sie fest, doch die Rute sank immer tiefer, und die Schnur schnitt ihm tief in die Haut.

»Das Messer«, flüsterte er, heiser, mit vor Entsetzen weit aufgerissenen Augen. »Das Messer. An meiner Hüfte – schneide die Schnur durch – schnell, schnell.«

Ich starrte das Blut an, das nun an der Stelle hervorquoll, an der ihm die Schnur die Hand zerschnitt. Ein fremdartiges, dunkles, böses Samenkorn irgendwo tief in meinem Unterbewusstsein brach auf. Ein Keim entrollte sich und wuchs in mein bewusstes Denken hinauf … *Martin ist mir ausgeliefert.*

»Ellie«, flehte er. »Hilf mir.«

Ich schüttelte mich und griff nach dem Messer an seinem Gürtel. Ich zog es aus der Hülle. Das Boot bockte, und ich stolperte mit dem Messer in der Hand auf Martin zu. Ich konnte nichts dagegen tun. Die Schneide fuhr ihm über den Arm, durchtrennte Stoff und schlitzte Haut auf.

Er schrie. Das Boot schaukelte, und ich wankte und fiel nach hinten auf den Kapitänssitz, das Fischmesser noch in der Hand. Ich starrte ihn an, versuchte, einen klaren Gedanken zu fassen. Ich fühlte mich schrecklich betrunken. Ich packte den Überrollbügel, zog mich daran hoch. Ich stellte mich breitbeinig hin, in den Knien leicht gebeugt, damit ich die Bewegungen des Boots ausgleichen konnte. Wieder drehten wir uns im Kreis, und die Wellen trafen uns seitlich. Eine große Woge könnte uns beide über Bord spülen. Niemand war hier, um uns zu retten. Ich *musste* Martin zurück ans Steuer bringen. Ich *musste* ihn befreien, wenn ich nach Hause zurückkehren wollte. Ich musste vorsichtig sein, es langsam und behutsam angehen, gleichzeitig musste ich mich beeilen, denn die Schnur schnitt immer tiefer in Martins Hand, und das Blut lief ihm aus der Wunde, die ich ihm mit dem Messer beigebracht hatte. Sein Gesicht war weiß, seine Augen glasig vor Angst.

Mit aller Macht versuchte ich, mich zu konzentrieren, dann hob ich die Klinge an die straffe Schnur an seinem Hals, voller Angst, dass ich wieder nach vorne wanken und ihm das Messer direkt in die Kehle rammen würde. Dieser dunkle Keim in mir, die tintenhafte Schwärze, konnte es fast schon vor sich sehen, wollte es tun. Wollte Martin dafür bestrafen, dass er mir solche Angst eingejagt hatte.

Ich zerschnitt die Schnur. Das durchtrennte Ende peitschte durch die Luft und verschwand schließlich im tiefen, wirbelnden, schaumigen Blau des Meeres. Als uns die nächste Welle traf, fiel mir das Messer aus der Hand, dabei schlitzte es mir die Rückseite der Finger auf. Es landete auf dem Boden. Keuchend sah ich mein eigenes Blut hervorquellen. Es war nicht weiter schlimm. *Konzentrier dich.*

Martin wankte zu seinem Sitz und ließ sich darauf sinken. Der Köder baumelte immer noch an seinem Hals. Er korrigierte die Position der Abracadabra, sodass uns die Wellen nun von hinten trafen.

»Wie … wie sieht mein Hals aus?«, krächzte er. »Ist … ist es schlimm?«

Ich kämpfte die Übelkeit nieder und sah mir die Wunde an. Ich konnte nichts richtig erkennen, weil sein Hals voller Blut war. »Warte.« Ich wischte mir die blutigen Hände an der Hose ab und griff nach meinem Rucksack.

Ich zog mein Sweatshirt heraus und drückte es vorsichtig auf Martins Kehle. Ich versuchte, genug Blut abzutupfen, um die Wunde besser sehen zu können.

»Zwei der drei Haken stecken drin, mitsamt Widerhaken. Sie haben dir etwas die Haut aufgerissen, als die Angelschnur daran gezogen hat.«

»Mein Arm? Was ist mit meinem Arm?«

Ich schob seinen Ärmel hoch. Der Schnitt war glatt und nicht tief. Ich holte ein Bandana aus meinem Rucksack und wickelte es fest um die Wunde.

»Hol die Angelleinen ein«, befahl er mir und machte sich daran, uns zurück in Richtung Land zu steuern.

Meine Arme und Beine zitterten, und immer wieder verschwamm mir alles vor Augen, während ich versuchte, alle Leinen einzuholen. Ich hakte die Köder sorgfältig an den Ösen der Angelruten ein, damit sie nicht umherschwangen und noch mal jemanden verletzten. Meine Hände waren glitschig vor Blut. Mein Blut, sein Blut. Es war auf meiner Jacke, auf meiner Hose. Als ich mein Cap gerade rückte, schmierte ich auch darauf Blut. Ich stellte alle Angelruten zurück in die Halterung, während Martin die Abracadabra auf Kurs hielt. Dann sammelte ich das Fischmesser und das Gaff vom Boden auf und legte beides umsichtig zurück in das Seitenfach, damit niemand versehentlich darauf trat und sich weitere Wunden zufügte.

Martin wies mich an, mich hinzusetzen, und gab Gas. Wieder sprangen wir über die Wellen dahin, zurück nach Hause. Ich sah, wie Martin bei jedem heftigeren Schlag zusammenzuckte.

»Willst du deine Verletzung nicht melden?«, rief ich über den Lärm des Motors und des Windes hinweg.

»Damit sie schon mit ihren scheiß Krankenwagen auf mich warten? Fuck! Nein, verdammt!« Es klang bitterböse. Es gefiel mir überhaupt nicht, wenn er so redete. Früher hatte ich ihn nie fluchen hören – nicht in Kanada. Auch nicht auf unseren Reisen.

»Das wäre doch aber gut, oder?«

»Dieser Mist mit den Haken passiert ständig. Da muss nur jemand die Widerhaken durch die Haut schieben und sie abschneiden, damit man alles rausziehen kann. Ich kann ins Krankenhaus fahren. Da machen sie das.«

»Ich kann dich fahren.«

»Nein, kannst du nicht, verdammt! Du bist stockbesoffen. Herrgott noch mal, Ellie.«

»Martin, bitte hör auf zu fluchen.«

Er äffte mich mit heller Kinderstimme nach: »Martin, bitte hör auf zu fluchen.« Der Blick, den er mir versetzte, war eiskalt. »Wie wäre es, wenn du aufhörst, Pillen einzuschmeißen und dir jedes Mal die Kante zu geben, wenn du vor eine winzige Herausforderung gestellt wirst, hm, Ellie? Wie wär's damit? Das ist deine Schuld, ist dir das klar?«

»Es ist nicht meine Schuld.«

»Wenn du nüchtern gewesen wärst, wenn du nicht heimlich Tabletten geschluckt und eine Weinschorle nach der anderen gekippt hättest, während ich geangelt habe, dann hättest du den

Fisch mit dem Netz fangen können, statt es über Bord zu werfen. Dann wären wir jetzt mit einem Fisch auf dem Weg nach Hause, nicht mit einem scheiß Haken in meinem Hals.«

Ich schwieg. Das Blut rauschte mir in den Ohren. Ich war entsetzt über seine Ausdrucksweise, über die Bosheit, die in seinen Worten mitschwang, darüber, wie hässlich er mit diesem wutverzerrten Gesicht aussah. Mein Blick fiel auf die Weinschorleflaschen, die hinten im Boot herumrollten. Ich hob den Blick zum Himmel. Vage regte sich eine Erinnerung in meinem Kopf. Ich hatte ihn gefragt, ob er Wasser mitgenommen hatte. Er hatte mir geantwortet, ich solle in der Kühlbox nachsehen. Dort hatte ich jedoch nur alkoholische Getränke gefunden. Ich hatte nichts davon angerührt. Nachdem wir jedoch über drei Stunden um das Fischsammelgerät herumgefahren waren, ohne Wasser, unter der gnadenlosen Sonne, während das Salz meine Lippen austrocknete, war ich eingeknickt und hatte aus Verzweiflung nach einer der eiskalten Schorlen gegriffen, weil sie immerhin zur Hälfte aus Wasser bestanden. Das war das Letzte, woran ich mich erinnerte, bevor ich auf dem Boden des Boots wieder aufgewacht war. Ich fühlte mich gedemütigt, Zornestränen brannten mir in den Augen, und ich spürte, wie sich ein mächtiges Gefühl in mir ausbreitete. Hass – das war es, was ich empfand. Grellweiß und schwarz und finster und heiß. Hass auf diesen Mann. Meinen Ehemann. In diesem Moment verabscheute ich ihn mit jeder Faser meines Seins. Ich hätte ihn umbringen können, ich wünschte, ich hätte es getan.

Als wir uns dem Point of No Return näherten, erkannte ich, dass die Brandung sogar noch höher war als zuvor. Immer noch reihten sich die Zuschauer oben auf der Landzunge, in der späten Nachmittagssonne. Ich hörte das Brüllen der brechenden Wellen. In die Flussmündung hineinzukommen würde noch schlimmer werden als hinaus.

Damals

ELLIE

Die Leute kamen zur Bootsrampe gerannt, als wir auf der Abracadabra einliefen. Martin warf Zog, der ins Wasser gewatet kam, um uns zu helfen, eine der Leinen zu. Er half uns ans Ufer. Sein Sohn packte das Seitendeck und lenkte das Boot mit, bis der Bug auf Sand auflief.

Die junge Brünette von dem Stand, an dem man Stand-up-Paddelboards mieten konnte, kam über den Rasen auf uns zugeeilt, zwei Männer folgten dicht hinter ihr.

»Willow hat euch durch das Teleskop gesehen«, sagte Zog. Sein Sohn und er hielten die Abracadabra stabil, während ich hinauszuklettern versuchte. »Sie hat gesagt, dass ihr vielleicht Probleme habt. Ist alles klar, Kumpel?«

Martin drückte sich mein Sweatshirt an den Hals. Sein Arm war blutverkrustet.

»Gott, du blutest ja, Martin«, rief Rabz, die nun ebenfalls ins Wasser gewatet kam. Ihr Gesicht war blass vor Sorge. »Ellie, du bist auch voller Blut. Was zum Teufel war denn da draußen los?«

Eine Frau schlug sich die Hand vor den Mund, als Martin das zu einem Stoffbündel zusammengeknüllte Sweatshirt vom Hals nahm und allen den grässlichen lila Tintenfischköder zeigte, der von den Haken in seinem Hals herabbaumelte. Irgendjemand fluchte.

»Braucht ihr einen Krankenwagen?«, rief ein Mann mit einem Handy vom grasbewachsenen Ufer herüber.

»Nein, bitte keinen Krankenwagen«, sagte Martin, als es mir endlich gelang, mich über die Bootseite zu schwingen. Mit einem Platschen landete ich auf dem Hintern im Wasser. Ich kämpfte mich auf die Füße und watete zum Strand. Wasser schwappte in meinen Schuhen, während ich die Straße entlanglief.

»Ellie!«, rief Willow mir hinterher. Sie eilte mir nach. »Alles in Ordnung?«

»Das ist ihre Schuld«, hörte ich Martin noch rufen. »Sie war wieder stockbesoffen!«

Ich rannte los. Willow rannte mir nach. Ich überquerte den Rasen vor dem Stand mit den Paddelbrettern und eilte auf den Pfad am Fluss zu, der zu unserem Haus führte. Mein eigener Herzschlag dröhnte mir in den Ohren. Ich zitterte am ganzen Körper vor Wut und Scham und Entsetzen. Ich stolperte, mir war immer noch schwindlig, und ich konnte mir einfach nicht zusammenreimen, was dort draußen am FSG geschehen war oder wie oder warum.

»Was war los?«, fragte Willow, nachdem sie mich endlich eingeholt hatte.

Ich senkte den Kopf und ging schneller, wobei ich immer wieder über Grasbüschel stolperte.

»Ellie …« Sie umfasste meinen Arm und drehte mich zu sich um. »Was ist da draußen passiert?«

»Wir hätten gar nicht rausfahren sollen. *Er* hat das getan. Absichtlich. Er wollte mir Angst machen, dieser Mistkerl … Er … er weiß, dass ich mich davor fürchte. Drecksack!«

Willow betrachtete mich. Ich stand vor ihr, zitternd und nass. Blutverschmiert. Ich musste genauso betrunken aussehen, wie ich mich fühlte. Wahrscheinlich kam ich ihr wie eine durchgeknallte Irre vor, die eine Gefahr für ihren eigenen Ehemann und für sich selbst war. Wie jemand, mit dem man nicht allein in einem Boot aufs Meer hinausfahren sollte, weil das zu einer Katastrophe führen konnte. Sie konnten es alle sehen – das war der Eindruck, der ihnen vermittelt wurde. Das war die Botschaft, die Martin unten an der Bootsrampe verbreitete – Ellie, die Wahnsinnige. Psycho-Ellie. Ellie mit dem Suchtproblem. Sie alle konnten die leeren Flaschen sehen, die im Boot herumrollten. Und was ich gerade sehr deutlich erkannte: Martin hatte seinen Stolz. Den Stolz eines arroganten Alphamännchens, das sich auf die Brust trommelte. Und Gnade denen, die diesen Stolz ankratzten oder ihn schlecht dastehen ließen. Er war einer der Männer, die ihren Untergebenen oder ihren Angestellten – oder ihrer Ehefrau – die Schuld gaben, wenn ihnen ein Haken im Hals steckte, weil sie selbst beim Angeln Mist gebaut hatten. So gütig er mir auf den Cookinseln auch vorgekommen sein mochte, es hatte ihm gefallen, mir Angst einzujagen.

Bebend atmete ich durch, dann sagte ich: »Es … es tut mir leid. Ich brauche jetzt meine Ruhe.«

Schweigend musterte Willow mich einen Moment. Dann sagte sie leise: »Warum kommst du nicht morgen zu mir? Oder wann auch immer, okay? Du siehst nämlich aus, als könntest du jemanden brauchen, der dir zuhört.« Über die Schulter sah sie zu der kleinen Menschentraube zurück, die sich um die Abracadabra versammelt hatte, und ich spürte, wie sie die Situation einzuschätzen versuchte. Sie wandte sich wieder an mich. »Ich bin für so etwas ausgebildet, Ellie. Ich kann dir helfen.« Sie hielt inne. »Zumindest kann ich dir helfen, Hilfe zu bekommen.«

Ich sah in ihre klaren Augen und wollte am liebsten weinen. Ich wollte mich gegen sie sinken und von ihr umarmen lassen. Ich wollte nur gehalten werden. So wie damals, als meine Mutter gestorben war und ich mir sehnlichst gewünscht hatte, jemand würde mich in die Arme nehmen. Ich vermisste Dana. Ich vermisste meine früheren Freunde, mein früheres Leben. Ich vermisste sogar meinen miesen Vater, was wirklich jämmerlich war. Weil er mich nämlich nie umarmt hatte, als ich es nach der Überdosis meiner Mutter so sehr gebraucht hatte. Mit zitternden, blutigen Fingern wischte ich mir die Tränen aus den Augen und nickte, weil ich meiner Stimme nicht traute.

»Du bist doch aber in Ordnung?«, fragte Willow. »Körperlich, meine ich, du bist nicht verletzt, oder?«

Ich schüttelte den Kopf. Der Schnitt an meiner Hand war nicht schlimm. Nicht einmal erwähnenswert.

Sie leckte sich über die Lippen. »Und emotional?«

Auf einmal liefen mir die Tränen doch über die Wangen. Ich brachte kein Wort heraus.

»Komm, ich bringe dich nach Hause.«

Ich wich einen Schritt zurück, schüttelte den Kopf und hob abwehrend beide Hände. Dann drehte ich mich um und taumelte nach Hause.

Sie rief mir nach: »Besuch mich, Ellie! Oder ruf mich an. Jederzeit. Ich meine es ernst – Tag und Nacht, okay?«

Ich nickte, lief aber weiter.

Als ich unsere Auffahrt entlangstolperte, sah ich, wie sich im Nachbarhaus ein Vorhang bewegte. Ein Schatten huschte vorbei. Die Frau am Fenster.

Sie beobachtete mich wieder.

Damals

ELLIE

Ich betrat die Garage durch die offene Tür, streifte mir mein Nike-Cap ab und warf es in eine Ecke auf den Betonboden. Dann kickte ich mir die blutigen Sneakers von den Füßen und zog die blutverschmierte, nasse Windjacke aus. Alles landete in einem zerknüllten Haufen auf dem Cap. Ich atmete schwer, kämpfte mich aus der Hose und warf sie ebenfalls auf den Haufen. Schließlich marschierte ich nur in Unterhose und meinem feuchten T-Shirt aus der Garage. Die Frau sah mir vom Fenster aus zu, als ich den Rasen überquerte. Ich zeigte ihr den Stinkefinger. Sie duckte sich in die Schatten zurück.

Im Haus steuerte ich auf direktem Weg den Weinkühlschrank an. Ich entkorkte eine Flasche eines edlen Sauvignon Blanc und füllte ein großes Glas. Ich leerte es in einem Zug bis zur Hälfte, schenkte mir nach und trug Glas und Flasche dann ins Wohnzimmer. Ich ließ mich aufs Sofa plumpsen, trank noch ein paar große Schlucke, schenkte erneut nach und griff nach der Fernbedienung. Ich schaltete eine geistlose Netflix-Serie ein, dachte an Dana und begann zu weinen. Ich leerte mein Glas und goss mir noch eines ein. Ich sehnte mich nach Taubheit, danach, die blutigen Bilder auszublenden, die durch mein Hirn blitzten. Ich musste die Wut in meinem Herzen ersticken, die mir brutale, mörderische Gedanken daran einflüsterte, wie ich Martin erstach. Ich hatte Angst vor mir selbst, vor meinem eigenen Verstand. Meinen eigenen Gedanken. Ich wollte mich vor mir selbst verstecken – vor dieser entsetzlichen Version meiner selbst, die sich wie ein Dämon in meinem Körper erhob.

Ich überlegte, ob ich eine weitere Tablette nehmen sollte, dann fiel mir ein, dass ich ein paar der Pillen in der Tasche der Cargohose in der Garage hatte. Ich entschied mich jedoch dagegen, sie zu holen, weil ich die Bekloppte von nebenan nicht sehen lassen wollte, wie ich betrunken über den Rasen torkelte. Stattdessen holte ich mir eine Lorazepam von oben, kehrte ins Wohnzimmer zurück, trank die Flasche Wein aus, öffnete eine zweite und setzte mich immer noch in Unterhose und T-Shirt wieder aufs Sofa. Endlich senkte sich Ruhe auf mich herab, und ich hatte allmählich das Gefühl, ich könnte mit mir selbst zurechtkommen.

Da kam Martin durch die Haustür. Ich erschrak nicht einmal. Es war, als wäre er an einem anderen Ort, in einer anderen Zeit, weit von mir entfernt.

Langsam betrat er die Küche, den Blick fest auf mich gerichtet, während er die Autoschlüssel auf den Granittresen legte. Er sah das Glas in meiner Hand an, dann wanderte sein Blick zu der leeren Flasche auf dem Tresen. Sein Mund wurde schmal. Ein frischer Verband prangte an seinem Hals, ein weiterer an seinem Arm, wo ich ihn mit dem Messer verletzt hatte. Er war blass. Wirkte fremd.

Ich winkte mit dem Glas. »Dann hab'n sie die Haken also rausgekriegt?« Meine Worte klangen verwaschen und mir war schwindlig, aber auf eine schöne, entspannende Art. »Auf die guten Ärzte im Krankenhaus.« Ich hob das Glas und trank einen Schluck. »Wie ham sie's gemacht?«

»Sie haben mir die Haken durchs Fleisch gebohrt«, antwortete er kühl. »Wobei sie ihrem natürlichen Bogenverlauf gefolgt sind, bis die Spitze auf der anderen Seite wieder rausgekommen ist. Dann haben sie die Widerhaken abgeschnitten und alles genauso rausgezogen, wie es reingegangen ist. Zum Glück wurde nichts Lebenswichtiges verletzt.«

»Ja. So ein Glück. Und der Arm? Genäht?«

»Allerdings.« Langsam kam er auf mich zu. Während er sich näherte, rieselte mir eine ungute Vorahnung über die Haut, doch ich wich nicht zurück. Er setzte sich auf den Polsterhocker neben mir, eine Armeslänge von meiner Weinflasche entfernt. Im Nachbarhaus gingen die Lichter an – ich sah den Schimmer durch das deckenhohe Fenster zwischen Wohnzimmer und Küche. Draußen war es dunkel geworden. Ich hatte gar nicht bemerkt, wie die Zeit vergangen war. Nachts konnte diese Frau uns wahrscheinlich direkt ins Wohnzimmer schauen.

»Wir sollten uns Sch-schalousien besorgen. Die Frau drüben glotzt die ganze Zeit.« Wieder hörte ich mein Lallen selbst, doch es war mir egal. Ich trank weiter.

»Welche Frau?«

»Die dumme Kuh von nebenan. Glotz, glotz, glotz, und dann versteckt sie sich hinterm Vorhang.«

Er runzelte die Stirn.

»Du hast sie doch auch schon gesehen, oder?«

»Nein.«

Das machte mich ärgerlich. »Natürlich hast du die Spannerin von nebenan schon gesehen.«

»Ellie …«

»Warte –« Ich wackelte ihm mit dem Zeigefinger vor dem Gesicht herum. »Warte, bevor du mit diesem Ellie-Getue anfängst.« Ungeschickt stellte ich mein Glas auf dem Tisch ab und beugte mich vor. »Was zum Teufel wolltest du da draußen beweisen, als du mit mir rausgefahren bist? Bei so miesem

Wetter, mit so hohen Wellen und bei so starkem Wind? So weit raus? Eine so lange Zeit – ohne *Wasser* zum Trinken? Wolltest du mir Angst machen? Oder uns beide umbringen oder was? Sogar Rabz hat gesagt, wir hätten früher rausfahren sollen.«

Er betrachtete mich, die Stille schien zu sirren.

Vorsicht, Ellie. Er sieht gefährlich aus.

»Ist das hier ein Machtspielchen, Martin? Ist es das? Lerne ich dich gerade richtig kennen? Weißt du, was ich glaube? Ich glaube, du wolltest mir eine Falle stellen, indem du nur Wein und kein Wasser mitgenommen hast. Wolltest du mich reinlegen? Hast du geplant, mich betrunken zur Bootsrampe zurückzubringen, damit es alle sehen können? Eine ganze Felsklippe voller Zuschauer, ein ganzer Haufen Zeugen bei der Bootsrampe? Hast du den Ärzten im Krankenhaus gesagt, dass deine Frau dir das angetan hat, weil sie betrunken war?«

Sein Gesicht lief dunkelrot an. Seine Züge wirkten verzerrt. Ich erkannte ihn nicht wieder.

Hör auf, Ellie. Hör jetzt auf.

»Als wir gestern spazieren gegangen sind, Martin, da hast du mir erzählt, dass sich Leute da oben auf den Klippen versammeln, wenn die Wellen über die Sandbank schlagen. Du wusstest also, dass es jede Menge Zeugen geben würde.«

»Niemand zwingt dich dazu, dich zu betrinken, Ellie. Niemand zwingt dich dazu, Tabletten zu nehmen. Du bist süchtig. Du bist krank. Verstehst du das? Du hast ein Problem und du brauchst Hilfe. Weißt du, was ich getan habe? Ich habe die Ärzte im Krankenhaus um eine Empfehlung gebeten, für einen Facharzt, der sich mit Suchtproblematiken auskennt.« Er legte eine Karte neben der Weinflasche auf den Kaffeetisch. Dr. Kenneth Marshall.

Etwas in mir veränderte sich – das Schammonster hob den Kopf und breitete seinen großen dunklen Körper in meiner Brust aus, erwachte im Nebel in mir zum Leben. Schon bald würde jeder in der Stadt wissen, dass Martin Cresswell-Smiths Frau eine Säuferin war, eine Süchtige. Zuerst die Szene im Puggo. Dann mein Auftritt bei der Bootsrampe. Nun die Ärzte im Krankenhaus. *Armer Martin.*

»Also, warum genau hast du mich bei diesem Wetter aufs Meer gebracht? Sogar Rabz hat gesagt …«

»Weil ich dich von den Medikamenten ablenken wollte, Herrgott noch mal. Ich wollte, dass wir etwas zusammen unternehmen, dass wir aus dem Haus kommen, weg von den verdammten Tabletten.«

»Lügner.«

Er blinzelte. Konnte seinen Schrecken nicht verbergen. Was mich noch weiter anspornte.

»Du *wolltest* mir Angst einjagen. Und heute Morgen, als du mir Frühstück ans Bett gebracht hast, warum hast du mein Benehmen im Puggo da mit keinem Wort erwähnt? Du hast so getan, als wäre alles in Ordnung, als wäre nichts gewesen. Du willst mich verwirren – du *willst,* dass ich glaube, ich würde verrückt werden.« Ich griff nach meinem Glas, nahm einen weiteren, stärkenden Schluck und deutete dann mit dem Glas auf ihn. »Weißt du, wie man so was nennt, Martin? Man nennt es *Gaslighting.*«

Das Wort hing zwischen uns.

Spannung flirrte in der Hitze. Der Ventilator über uns wälzte träge die schwüle Luft herum.

»Geh ins Bett«, sagte er, leise, warnend. »Du bist total weggetreten und wirst paranoid. Psychotisch. Wir reden morgen früh darüber …«

»Nein. Nein, wir reden jetzt.« Ich stieß mit dem Zeigefinger auf den Kaffeetisch. »Warum tust du mir das an? Ich wollte einen Neuanfang hier, ein unbeflecktes, glückliches Leben …«

»Nur leider ist es nicht unbefleckt, oder, Ellie? Du warst doch schon auf Drogen, als du am Flughafen angekommen bist, und jetzt willst du *mir* daran die Schuld geben? Niemand tut dir irgendetwas an. Das bist du ganz allein.«

»Ist es wegen Rabz?«

Er wurde blass.

»Ich will es wissen, Martin, jetzt und hier – sag es mir. Wie lange treibst du es schon mit Rabz?«

Stille.

Der Ventilator drehte sich. Die Luft vibrierte.

Es stimmt. Ich habe ins Schwarze getroffen. Ich erkannte es in seinen Augen, in seinem Gesicht, in der Reaktion seines ganzen Körpers. Es war, als hätte ich eine Stromleitung berührt, die unter seine Haut führte, und nun knisterte die Spannung in ihm, unsichtbar, aber dennoch da. Und sie schwoll an.

»Du bist betrunken.«

»Willst du wissen, woher ich es weiß?«, fragte ich, noch leiser. Meine Instinkte schrien mir zu, mich zurückzuziehen, nach oben zu gehen, aufzuhören. Aber warum sollte ich? Dies hier war meine Ehe, mein Leben. Ich war den ganzen weiten Weg in dieses Land gekommen, um mit diesem Mann zusammen zu sein, und ich hatte das Recht, die Pflicht, es auch zu Ende zu bringen. Ich brauchte Antworten.

»Da lag ein Haarband – ein Scrunchie – auf der Liege in *meinem* Atelier. Es war genau das gleiche Haarband, das Bodie Rabinovitch heute getragen hat. Mit Goldfäden im Stoff. Du hast in dem Raum mit ihr geschlafen, der mein Atelier werden soll? Ich konnte sie dadrinnen riechen, Martin. Das Scrunchie hat nach ihr gerochen … dieser komische Patschuli-Kräuter-Jasmin-Duft, den sie trägt. Und eines ihrer Haare hatte sich im Scrunchie verfangen – ein langes, dunkles, welliges Haar. Ihr Haar – ich verwette mein Leben darauf, dass eine DNS-Analyse ergeben würde, dass es ihr Haar ist. Außerdem habe ich es gespürt, im Puggo, ich konnte fühlen, dass da etwas zwischen euch läuft. Eine Frau weiß so etwas, Martin – sie weiß es.«

»Wenn da ein Haarband in deinem Atelier lag und wenn es Rabz gehört, dann weil eine Gruppe von Freunden aus dem Puggo hier war, um mir mit deinen Kisten zu helfen, als sie angekommen sind. Warum sie das getan haben? Weil sie nett sind. Das sind sie alle hier. Die ganze Truppe. Ich war vor ein paar Wochen im Puggo, kurz nachdem ich hier angekommen bin – ich bin öfter zum Essen dorthin gegangen –, und dabei habe ich erwähnt, dass ich ein Haus gekauft habe und dass deine Kisten bald ankommen würden.« Er behielt mich genau im Blick, während er sprach. Seine Haltung war beunruhigend starr, seine Augen hell, kalt. »Ich habe ihnen von dir erzählt, Ellie, von meiner hinreißenden Frau in Kanada. Sie wollten alles über dich hören, und sie haben angeboten, vorbeizukommen und mir zu helfen, wenn der Laster mit *deinem* Gepäck ankommt.« Er hielt inne.

Ich schluckte. Da war etwas in seinem Blick. Etwas, das mir nicht gefiel.

»Und was bekommen sie jetzt zu sehen?« Er machte eine Geste in meine Richtung. »Schaut nur, wie meine ›bezaubernde‹ Frau aussieht, schaut nur, wie sie wirklich ist – eine neurotische Suchtkranke. Kapierst du das nicht? Wenn man solche Substanzen derartig missbraucht, wird man wegen allem misstrauisch.«

»Lügner.«

Seine Miene wurde starr, verkrampft. Seine Augen wurden zu Schlitzen.

»Hör auf«, sagte er. »Sofort.«

Ich erkannte seine Stimme nicht wieder.

»Du hast sie in mein Atelier gebracht, Martin«, sagte ich sehr leise. »In *mein* Haus …«

»Unser Haus.«

»*Ich* habe dieses Haus gekauft. Mit den Mitteln aus meinem Fonds …«

Er sprang auf, packte mich an den Haaren und riss mich so brutal nach oben, dass er mir dabei ein ganzes Büschel ausriss. Ich schrie und kämpfte mich hoch, um dem Schmerz zu entgehen. Er ballte die Hand zur Faust, verstärkte den Griff um mein Haar noch. Es fühlte sich an, als würde mir die Kopfhaut abgerissen. Ich rührte mich nicht, wagte es nicht, einen Laut von mir zu geben.

Er ließ mich los, und ich brach auf dem Boden zusammen. Er trat mich in den Hintern. Ich wurde nach vorn geschleudert und ruderte ungeschickt mit den Armen wie ein betrunkener Affe. Mit beiden Händen schützte ich meinen Kopf, um nicht gegen den Küchentresen zu krachen. Stattdessen prallte ich mit der Schulter dagegen und stürzte erneut zu Boden. Ich knallte mit der Schläfe auf die Fliesen und blieb auf der Seite liegen. Mit zwei Schritten war er bei mir, und bevor ich auch nur nach Luft schnappen oder versuchen konnte, davonzukriechen, packte er mich ein weiteres Mal am Pony und zerrte mich wieder hoch. Ich schrie auf vor Schmerz, vor Schreck. Er ließ mich los und hob die Hand. Während ich zu Boden sackte, traf mich sein Handrücken am Mund. Alles drehte sich um mich. Ich schleuderte herum und landete auf allen vieren. Blut tropfte von meiner Lippe. Rotz lief mir aus der Nase. Ich zitterte vor Angst, dass er mich umbringen würde, falls ich auch nur einen Mucks von mir gab.

Er schlang mir seinen breiten Arm um den Hals und hielt mich fest. Dann riss er mir den Slip herunter. Tränen strömten mir übers Gesicht. Ich kniff die Augen zu, jede Faser meines Körpers schrie, wollte fliehen, doch ich wagte nicht, einen Laut von mir zu geben oder mich zu bewegen.

Während er mir weiter den Hals zudrückte, bis ich kaum noch atmen konnte, stieß er von hinten in mich hinein. Schmerz schnitt durch meinen Unterleib, während er sein Glied heftig schnaufend immer wieder in mich rammte.

Mit einem letzten brutalen Stoß kam er, seine Eier fest an meine Pobacken gepresst.

Danach schien alles in ihm zu erschlaffen. Er zog sich aus mir zurück und ließ mich zu Boden fallen. Zitternd rollte ich mich in Embryonalstellung zusammen. Ich fühlte die Nässe zwischen meinen Beinen. Da wusste ich, dass der Albtraum in meiner ersten Nacht in diesem Haus kein Albtraum gewesen war. Es war real. Der Sex war brutal und nicht einvernehmlich gewesen, doch aus irgendeinem Grund hatte er sich nicht richtig in meine Erinnerung eingeprägt.

Er stieß mich mit dem Fuß an.

»Steh auf«, sagte er und stieg über mich hinweg, während er den Reißverschluss seiner Hose hochzog. »Du bist widerlich. Mach dich sauber und geh ins Bett. Du bist eine betrunkene Schlampe.«

Ich konnte mich nicht rühren.

»Geh!« Er hob den Fuß, um mich zu treten. Ich rollte mich noch fester zusammen. Rotz und Blut liefen mir übers Kinn, während ich wimmerte. Er hielt inne.

Ich wartete. Die Sekunden vertickten endlos langsam. Ich hörte den Wind in den Eukalyptusbäumen draußen. Ich wollte nach Hause.

Er kniete sich neben mich und strich mir sanft eine feuchte, schweißverklebte Strähne aus dem tränen- und blutbefleckten Gesicht. Dann streichelte er mir zärtlich über die Wange. Meine Angst war so groß, dass ich nicht einmal zurückzucken konnte.

»Du solltest jetzt wirklich nach oben gehen, Schatz.«

Stockstarr lag ich da.

»Na komm, ich helfe dir.« Er nahm mich unter den Achseln und zog mich auf die Füße. Meine Beine zitterten so sehr, dass ich kaum stehen konnte. »Geh nach oben.«

Ich zögerte, dann griff ich nach meinem Handy auf dem Marmortresen. Doch er legte die Hand nachdrücklich auf meine.

»Nein«, sagte er ruhig. »Lass es hier.«

Ich wagte keine Widerworte. Nicht jetzt.

Ohne mein Handy ging ich nach oben. Ich betrat das dunkle Schlafzimmer und blieb am Fenster stehen. Ich sah auf die Straße hinaus. Der Corolla war wieder da. Er parkte in den Schatten auf der anderen Straßenseite. Jemand saß darin. Beobachtete uns.

Ich legte die Hand ans Glas.

Hilf mir.

Die Scheinwerfer flammten auf und der Motor grollte. Das Auto fuhr aus der Parklücke. Als es das Ende unserer Straße erreicht hatte, sah ich die roten Bremslichter leuchten. Dann bog es ab und war fort. Fledermäuse kreischten und flatterten in der Dunkelheit.

Der Mordprozess

Jetzt, Februar, Supreme Court, New South Wales

Von meinem Platz aus sehe ich zu, wie Lorrington ausholt, um Lozza zu Fall zu bringen. Sie tut mir nicht leid. Entweder sie oder ich.

»Also, Senior Constable Bianchi, nur um das zu verdeutlichen«, sagt er mit seiner Baritonstimme. »Weder Constable Abbott noch Constable McGonigle haben Sie zu der verlassenen Farm begleitet? Sie sind allein zum Haus gegangen?«

Lozza spricht klar und deutlich ins Mikrofon. »Das ist korrekt, Sir.«

»Zwei Stunden und dreiundzwanzig Minuten – so lange waren Sie mit den Beweisen allein, bevor ein dafür ausgebildetes Team übernehmen konnte.«

»Einspruch!«, ruft Konikova und springt wieder auf. »Das hier dient keinem Zweck, außer …«

»Ich ziehe die Frage zurück.« Lorrington macht Anstalten, sich zu setzen, doch dann richtet er sich wieder zu voller Größe auf und umfasst die Ränder des Rednerpults. »Haben Sie irgendetwas im Haus berührt?«

»Nur einen Gegenstand. Ich habe Handschuhe getragen. Ich habe ihn wieder dorthin zurückgelegt, wo ich ihn gefunden habe.«

»Was für ein Gegenstand war das?«

»Ein Baseball-Cap. Eine hellblaue Nike-Schirmmütze.«

Lorrington strafft die Schultern und hebt das Kinn. »Warum diesen Gegenstand und keinen anderen?«

Lozza zögert. *Fehler.* Die Jury spürt ihre Unentschlossenheit. »Ich … Erst war ich nicht sicher, worum es sich dabei handelte. Ich wollte es mir ansehen – um mich zu vergewissern.«

»Sie wollten sich vergewissern, dass es ein Baseball-Cap war? Kannten Sie jemanden, der so ein Cap besessen hat?«

»Ja. Mehrere Zeugen haben gesehen, dass Ellie Cresswell-Smith eine blaue Baseballmütze und eine Windjacke getragen hat, als Martin Cresswell-Smith und sie mit der Abracadabra von der Bootsrampe des Bonny River ausgelaufen sind. Es war das letzte Mal, dass Martin lebend gesehen wurde.«

Lorrington nickt langsam. Er scheint in seinem Ordner etwas nachzuschlagen, zu überlegen. Mein Anwalt gefällt mir immer besser. Er ist ein begnadeter Schauspieler.

»Sind Sie Martin Cresswell-Smith einmal persönlich begegnet?«, fragt er, ein wenig gedämpft. Die Geschworenen beugen sich vor.

»Ähm, wir sind uns einmal kurz begegnet. Am Strand. Es … es ist eine kleine Stadt.«

»Mochten Sie Mr Cresswell-Smith, Senior Constable Bianchi?«

Konikova fährt hoch. »Einspruch. Euer Ehren, ich sehe nicht, welche Relevanz diese Richtung der Befragung für den Fall hat.«

»Euer Ehren.« Lorrington dreht sich zur Richterin um. »Wir werden die Relevanz noch demonstrieren.«

»Dann bitte beeilen Sie sich damit, Mr Lorrington. Wir wollen die Mittagspause nicht ausfallen lassen.«

»Ja, Euer Ehren. Ich wiederhole die Frage. Senior Constable Bianchi, mochten Sie Mr Cresswell-Smith?«

»Ich kannte ihn kaum.«

Er hält ihren Blick. »Haben Sie, Senior Constable Bianchi, Martin Cresswell-Smith in oder außerhalb Ihrer Dienstzeit verfolgt?«

»Nein.«

»Dann haben Sie also nicht vor dem Haus der Cresswell-Smiths geparkt, um es zu beobachten?«

Lozza wird blass.

Ein Wispern rauscht durch die Galerie. Der Kohlestift der Gerichtszeichnerin fliegt über das Papier. Reporter machen sich hastig Notizen.

Gelassen antwortet sie: »Ich habe das Haus einmal ein paar Sekunden lang aus einem Polizeiauto beobachtet.«

»Warum?«

Mein Puls geht schneller.

»Ich … hatte Grund, mich um die Sicherheit seiner Frau zu sorgen.«

»Sie hatten den Eindruck, dass Mrs Cresswell-Smith Gefahr drohen könnte?«

»Von ihrem Ehemann, ja.«

»Warum?«

»Ich hatte Blutergüsse bei Ellie gesehen.«

»Und Sie haben angenommen, dass diese Verletzungen von ihrem Ehemann stammten? Hat Sie das wütend gemacht?«

Lozza presst die Lippen aufeinander. Röte kriecht in ihre Wangen. »Wie gesagt, ich habe mir Sorgen um Ellies Sicherheit gemacht.«

Lorrington leckt sich über die Lippen und nickt. »Gewalt gegen Frauen und Kinder – das macht Sie sehr wütend, nicht wahr, Senior Constable?«

»Es sollte jeden wütend machen.«

»Wie wütend?«

»Einspruch.« Konikova steht auf. »Ich sehe immer noch nicht, inwiefern das für den Fall wichtig ist.«

»Mr Lorrington, können Sie Ihre Intention erklären?«

»Euer Ehren, ich habe vor, dem Gericht zu demonstrieren, dass Senior Constable Bianchi – eine führende Ermittlerin in diesem Fall – voreingenommen war und einen persönlichen Rachefeldzug verfolgt hat, was sie von dem Moment an, in dem sie diese Blutergüsse sah, für alle anderen möglichen Ermittlungsrichtungen blind gemacht hat.« Er dreht sich wieder zu Lozza um. »Senior Constable Bianchi, Sie haben eine Narbe auf der Stirn.«

Eine Welle der Bewegung läuft durch die Galerie. Die Gerichtszeichnerin blättert eine Seite um. Lozzas Gesicht läuft dunkelrot an. Ihre Augen werden schmal.

»Wie haben Sie diese Narbe bekommen?«

»Einspruch!«, ruft Konikova. Jetzt blitzen ihre Augen vor Wut.

»Euer Ehren«, kontert Lorrington. »Diese Narbe ist Teil von Senior Constable Bianchis gewalttätiger Vorgeschichte und ihres Tunnelblicks bei der Arbeit. Sie hängt mit der Tatsache zusammen, dass sie einmal einen Verdächtigen in ihrer Obhut so brutal geschlagen und getreten hat, dass ihre Kollegen sie unter Einsatz körperlicher Gewalt von dem Mann wegziehen mussten. Der Verdächtige musste ins Krankenhaus gebracht und behandelt werden. Und warum?« Lorrington hebt den Finger hoch in die Luft. »Weil der Verdächtige in Senior Constable Bianchis Obhut seine Frau gerade zu Tode geprügelt hatte, während sich ihr gemeinsames kleines Kind unter dem Bett versteckte und alles mit ansah. Als Senior Constable Bianchi von dem Kind erfuhr, drehte sie einfach durch.« Er schnippt mit den Fingern. »Einfach so. Blind vor Zorn wurde sie selbst gewalttätig. Ist es nicht so, Senior Constable Bianchi?«

Lozza schwitzt. Sie scheint zu vibrieren. Sie sieht aus, als würde sie sich jeden Moment auf Lorrington stürzen. Was mein Anwalt da gerade zustande gebracht hat, ist ein Meisterwerk. Weil jeder sehen kann, dass Lozza Bianchi drauf und dran ist, wieder durchzudrehen. Vor aller Augen. Und sie warten nur darauf. Diese Frau will man nicht zum Feind haben. Wie soll sie objektiv ermitteln, wenn man sie so leicht in Rage bringen kann?

»Constable Bianchi?«, hakt Lorrington nach. »Es gibt eine Akte über diesen Vorfall, nicht wahr?«

»Ja, Sir«, bringt sie durch zusammengebissene Zähne heraus.

In der Galerie erhebt sich Gemurmel. Ich sehe hinauf. Die Polizisten sehen wütend aus. Schlachtlinien bilden sich. Ich kann die Spannung riechen – das Adrenalin, Testosteron. Es hängt dick und heiß in der Luft.

»Haben Sie das kleine Mädchen unter dem Bett adoptiert, Senior Constable Bianchi?«

Konikova springt auf. Doch bevor sie etwas sagen kann, antwortet Lozza: »Das ist vollkommen unangebracht, Sir. Meine Tochter hat nichts mit diesem Gerichtsverfahren zu tun. Sie sollten sich schämen.«

Ein Journalist eilt aus dem Gerichtsraum.

Langsam und bedacht erwidert Lorrington: »Das hat sie durchaus. Nach diesem Vorfall haben Sie Ihre Stelle beim Crime Command verloren. Es wurde alles unter den Teppich gekehrt, weil es die Polizei von New South Wales in ein schlechtes Licht gerückt hätte. Deshalb haben Sie einen ruhigen Job an der Küste angenommen. Doch dann haben Sie die Blutergüsse bei Mr Cresswell-Smiths Frau gesehen. Und Sie haben ihn sofort verurteilt. Vielleicht zu schnell?« Er wendet sich an die Geschworenen. »Ich behaupte, dass Senior Constable Bianchi tatsächlich eine sofortige und vehemente Abneigung gegen Martin Cresswell-Smith entwickelt hat. Ich behaupte sogar, dass sie vom ersten Tag an einen persönlichen Rachefeldzug gegen ihn führte. Aufgrund ihrer eigenen Vorgeschichte. Ms Bianchi hat in ihrer vorherigen Stellung als Mordermittlerin eine Neigung zu irrationalem Zorn und extremer Gewalt gezeigt, und ich behaupte hier vor Gericht, dass sie eine Absicht verfolgte. Dass sie befangen war. Sie hätte von diesem Fall abgezogen werden sollen. Es war keine faire und unvoreingenommene Ermittlung.« Sein Blick richtet sich wieder auf Lozza. »Und dies war nicht Ihr einziger Fehler in diesem Fall, nicht wahr, Senior Constable Bianchi? Sie haben darüber hinaus ein Päckchen mit illegal erworbenen verschreibungspflichtigen Medikamenten beim Haus der Cresswell-Smiths abgeliefert, nicht wahr?«

Jetzt springt Melody Watts, die Journalistin der Sydney News, auf und eilt zur Tür. Kurz beugt sie den Kopf vor dem Wappen, das hinter der Richterin hängt, dann verlässt sie den Gerichtssaal. Ich kann mir vorstellen, wie sie draußen auf der Treppe in die Kameras spricht.

Ich male mir aus, wie Lozzas kleine Adoptivtochter in der Schule die Neuigkeiten über ihre wütende Polizistenmutter hört.

Damals

ELLIE

Vor über einem Jahr, 1. November, Jarrawarra Bay, New South Wales

Willow saß mir gegenüber in ihrem Wohnzimmer. Vor uns breitete sich der endlose Blick über das Meer aus. Allerdings wurde die Aussicht an diesem Tag von Wolken verschleiert. Regenrinnsale schlängelten sich an den Fensterscheiben hinab, und ich hörte das Donnern und Krachen der Wellen auf den Felsen unter uns. Ab und zu wurde Schaum in die Luft geschleudert und schwebte dann wieder herab, um sich wie fedriger Schnee auf den Sträuchern niederzulassen.

Ich hatte zwei Gründe für mein Hiersein. Martin hatte mein Handy an sich genommen, und ich wollte einen Privatdetektiv anheuern, um ihn verfolgen zu lassen. Doch dafür brauchte ich ein Telefon oder einen Computer. Darüber hinaus wollte ich professionelle Hilfe, um mit den Medikamenten aufhören zu können. Willow hatte gesagt, sie sei ausgebildete Therapeutin. Allerdings wollte ich ihr nichts von den Vergewaltigungen erzählen. Es war einfach noch zu überwältigend. Zu intim.

»Was ist da draußen auf dem Boot passiert, Ellie?«, fragte sie.

»Ich … ich weiß es nicht genau.«

»Du erinnerst dich nicht?«

Die Scham schloss sich wie ein Schraubstock um meine Kehle. Ich rang die Hände. »Ich habe Erinnerungslücken.«

Sie sah auf meine Hände, während ich sprach, woraufhin ich versuchte, sie still zu halten.

Seit zwei Tagen regnete es nun schon, und ich hatte mich die meiste Zeit im Bett verkrochen – mein Verstand spielte mir gemeine Streiche, wenn ich mich an die Ereignisse zu erinnern versuchte, die zu Martins Ausbruch geführt hatten. Er war an beiden Tagen früh zur Arbeit aufgebrochen und hatte mein Handy mitgenommen, damit ich niemanden anrufen konnte. Er hatte gesagt, er täte es, damit ich mich nicht blamierte, bevor es mir besser ging. Ich hatte kein Auto, also konnte ich nirgendwo hinfahren. Ich schämte mich. Kam mir erniedrigt vor. Immer wieder lief die schreckliche Szene vor meinen Augen ab, wie ich vor all den entsetzten Zuschauern an der Bootsrampe aus der Abracadabra geklettert und ins Wasser gefallen war. Sie alle hatten gesehen, wie ich betrunken über den Rasen davongetorkelt war, während mir Martin nachgerufen hatte. Alle hatten das Blut gesehen, die leeren Flaschen im Boot – von denen ich nicht wusste, wie sie dorthin gekommen waren.

Am ersten Tag, nachdem Martin auf mich losgegangen war, hatte ich Schmerzmittel genommen und noch mehr Tabletten. Eine Menge Tabletten. Gestern hatte ich fast alle meine Medikamente in der Toilette hinuntergespült. Der einzige Ausweg aus dieser Situation bestand darin, dass ich wieder einen klaren Kopf bekam. Darüber hinaus wollte ich beweisen, dass Martin eine Affäre mit Rabz hatte. Konkrete Beweise, die ich gegen ihn verwenden konnte. Fotos von einem Privatdetektiv.

Willows scharfer Blick schien mich zu durchbohren. Die Therapeutin in ihr konnte in mich hineinsehen, bis hinab auf etwas, das tief in meinem Innern verborgen war.

»Warum?«, fragte sie. »Woher kommen die Erinnerungslücken?«

»Genau das muss ich herausfinden. Ja, ich nehme Lorazepam. Ja, ich trinke zu viel Wein. Aber *das* fühlt sich … anders an. Ungewöhnlich. Und ich kann der Sache nur auf den Grund gehen, wenn ich wieder einen drogenfreien, alkoholfreien, klaren Kopf bekomme. Denn wenn diese Episoden dann trotzdem weitergehen, dann weiß ich, dass es an etwas anderem liegen muss.«

»Woran zum Beispiel?«

Ich räusperte mich. Ich wusste, was sie tat – sie stellte all diese Fragen, damit ich selbst die Antworten lieferte. Ich war schließlich eine Therapieveteranin.

»Zum Bespiel daran … dass mich mein Ehemann unter Drogen setzt.«

Sie blinzelte. »Ist das dein Ernst?«

Ich wand mich. Ich hatte Angst davor gehabt, es laut auszusprechen, weil es so absurd klang. Es machte die Vermutung, dass ich paranoid war und allmählich den Verstand verlor, noch wahrscheinlicher. Ich rieb mir über die Hand. Willow verfolgte weiterhin sorgfältig jede meiner Bewegungen. Ich hielt inne.

»El? Erzähl weiter.«

Ich sah auf meine Hände hinab und biss in den sauren Apfel. »Vielleicht … Es ist so … allmählich glaube ich, dass ich hereingelegt wurde. Betrogen. Ich denke darüber nach, ob Martin mich vielleicht nur meines Geldes wegen geheiratet hat und weil ich eine Hartley bin.« Langsam hob ich den Blick. »Ich glaube, er ist ein Gaslighter. Vielleicht setzt er mich sogar unter Drogen.«

»Glaubst du das wirklich?«

Ich holte tief Luft. »Ich habe zwei Tage lang im Bett gelegen und alles noch einmal durchdacht. Jedes unstimmige kleine Detail, das ich während der intensiven Anfangsphase unserer Beziehung übersehen haben könnte.«

Wie der Doppelgängervorfall.

Wie die Tatsache, dass er nicht im Hartley Plaza registriert war, als ich ihm den Manschettenknopf zurückbringen wollte.

Wie die Tatsache, dass er immer wieder verschwunden ist, bis ich mich verzweifelt nach ihm gesehnt hatte, nur um auf einmal wieder aufzutauchen, mich zu einer überhasteten Entscheidung zu zwingen und mich auf irgendeine Reise mitzunehmen.

Wie der orangefarbene Subaru vor meiner Wohnung.

Die Art, wie er mich isoliert und hierhergebracht hat, weit weg von allem, was ich kenne … die Art, wie er mich auf dem Angelausflug terrorisiert hat, obwohl er von meiner Vergangenheit und meiner mentalen Verletzlichkeit wusste.

»Es ist, als wäre er der eine Martin gewesen, bevor er die Finanzierung für sein Jachthafenprojekt im Agnes Basin erhalten hat, und ein vollkommen anderer Martin danach. Er muss nicht mehr nett sein. Ich glaube, er … hat mich hereingelegt. Das wirklich Bizarre daran ist allerdings, dass *ich* diejenige war, die ihm einen Antrag gemacht hat. *Ich* war es, die vorgeschlagen hat, wir sollten eine geschäftliche Partnerschaft eingehen, mit dem Geld meines Vaters. Er hat sogar dagegen protestiert, aber ich habe darauf bestanden. Ich *wollte* ihm bei der Finanzierung helfen. Ich wollte hierherziehen, weg von meiner Familie und meinen Freunden. Ich wollte ihm mit dem Agnesprojekt helfen. Ich habe ihm alles gegeben, Willow. Freiwillig. Es war alles meine Idee. Ich bin selbst schuld.«

Schweigend betrachtete sie mich. Die Wellen tosten. Regen prasselte gegen die Fensterscheiben.

»Bist du dir in diesem Punkt wirklich sicher?«

Ich nickte. »Ich … schäme mich so dafür, dass ich das zugelassen habe.«

Sie rutschte auf ihrem Sitz nach vorn und verschränkte die Hände ineinander. »Ellie, manche Menschen sind sehr geschickt, was List und Tücke angeht. Trickbetrügereien sagen mehr über uns selbst aus und über die Art, wie wir die Welt sehen, als über den Betrüger. Die Genialität eines Hochstaplers offenbart sich darin, wie genau er herausfindet, wonach wir uns sehnen und was wir am dringendsten hören wollen, und wie er sich uns präsentiert – als jemand, der uns unsere tiefsten Wünsche erfüllt. Ein Hochstapler taucht in der Verkleidung dessen auf, was wir am dringlichsten brauchen, und zwar genau dann, wenn wir es am dringlichsten brauchen.«

Ich dachte daran, wie Martin an jenem kaltem Januartag einfach in meinem Leben aufgetaucht war. Auf meinem Weg zur Damentoilette. Wie er genau die richtigen Dinge über das Leben und Kinder gesagt hatte, über Kunst und Eltern, bis ich ihn für die Erfüllung all dessen gehalten hatte, wonach ich in genau diesem Moment gesucht hatte. Dank meines Vaters führte ich mein Leben unter den Augen der Öffentlichkeit. Alles Mögliche war über mich geschrieben worden, besonders nach Chloes Tod, besonders, nachdem ich so abgerutscht war. Wahrscheinlich konnte man alles online nachlesen. An jenem Abend hatte ich mich sogar lauthals mit meinem Vater gestritten, in der Mallard Lounge, wo uns jeder hatte hören können. Eine schlichte Googlesuche hätte genügt, um ein paar sehr persönliche Dinge über mich zu erfahren. Mir war übel.

»Wir wollen glauben, was ein Betrüger uns erzählt, Ellie«, fuhr Willow sanft fort. »Sie manipulieren unsere Wirklichkeit. Falls dies hier tatsächlich das ist, für was du es hältst – ein Betrug im großen Stil, der Wochen, Monate oder sogar Jahre braucht, um seine Wirkung zu entfalten, dann ist dafür eine Manipulation der Wirklichkeit auf einer sehr viel höheren Ebene nötig. Dabei werden unsere grundlegendsten Glaubenssätze über uns selbst gegen uns eingesetzt.«

Ich zupfte an einem losen Faden an meiner Caprihose. »Du scheinst ja verdammt viel darüber zu wissen.«

»Ich hatte einmal eine Patientin. Eine kluge – sehr kluge – Frau, eine Witwe, die über eine Onlinedating-Plattform einem Hochstapler ins Netz gegangen ist. Leider ist das gar nicht so selten. Solche Seiten werden von den Tätern benutzt, um ihren Opfern aufzulauern. Dort erfahren die Betrüger eine Menge, und sie können die Informationen über ihre Opfer nutzen, um sie gnadenlos auszusaugen.«

Ich sah auf. Was sie sagte, ließ mich an die Trichternetzspinne mit ihren Fangleinen und ihrem seidenen Bau denken.

»Ich könnte mich trotzdem irren.«

»Ja, ich hoffe, dass du dich irrst, Ellie.«

»Meine Freundin Dana hat mich gewarnt. Mein Vater hat mich gewarnt. Aber ich dachte, sie würden mir nur nicht gönnen, dass ich endlich etwas Gutes im Leben gefunden hatte, etwas, von dem ich geglaubt habe, ich hätte es verdient. Einen anständigen Mann. Eine zweite Chance.«

»Misshandelt er dich körperlich – ist er gewalttätig? Hat er eine brutale Ader?«

Ich sah aus dem Fenster. Ich konnte es nicht aussprechen.

Ruhig wiederholte sie die Frage mit anderen Worten: »Hat er dir wehgetan, Ellie?«

Ich berührte den Seidenschal um meinen Hals, unter dem ich die furchtbaren Blutergüsse verbarg. Zu spät begriff ich, dass ich mich mit dieser unwillkürlichen Geste verraten hatte. »Vielleicht habe ich es ja verdient«, antwortete ich leise. »Ich habe ihn verbal angegriffen. Ich habe ihn mit einem Messer verletzt. Es war ein Unfall, aber … aber ich *wollte* ihn auch verletzen, Willow. Ich wollte ihm wehtun, so wie er mir wehgetan hat. Ich wollte ihn sogar töten.«

Sie ließ dies einen Moment auf sich wirken. »Ellie«, sagte sie dann bestimmt. »Niemand verdient es jemals, geschlagen zu werden. Ein Missbrauch ist *niemals* deine eigene Schuld, ganz gleich, was dir für Gedanken durch den Kopf gegangen sind. Gewalt ist nicht akzeptabel.«

Ich schwieg.

»Wie schlimm hat er dich verletzt?«

»Es wird nicht wieder vorkommen.«

»Warum nicht?«

Weil ich es nicht wieder versauen werde. Ich werde mich nicht mehr betrinken. Ich werde keine Tabletten mehr nehmen. »Ich werde es nicht zulassen.«

»Du musst zur Polizei gehen.«

»Das … das werde ich. Wenn er es noch einmal tut, dann mache ich das.«

Ihr durchdringender Blick wurde scharf, und ich spürte den Wandel in ihrer Energie. Sie wirkte wie eine gespannte Feder, die jeden Moment in die Luft gehen konnte. Das machte mich nervös. Ich mochte keine Konfrontationen. Sie würde darauf bestehen, die Polizei einzuschalten, doch ich wollte vorsichtig sein und warten, bis ich wirklich bereit war und mich an einem Ort befand, an dem er mich nicht kriegen konnte, wenn und falls ich Anzeige erstattete.

»Das werde ich«, bekräftigte ich. »Aber nicht hier, nicht jetzt. Ich will zu Hause zur Polizei gehen. Ich will von zu Hause aus die Scheidung einreichen. Wo er mir nicht wehtun kann. Und ich muss bis dahin von den Tabletten runterkommen. Ich brauche deine Hilfe, Willow. Wirst du mir dabei helfen, das Lorazepam auszuschleichen? Ich muss es langsam angehen. Den Großteil meines Vorrats habe ich in der Toilette runtergespült, aber ich habe noch genug für ein, zwei Wochen. Ich will, dass du die Tabletten für mich aufhebst und mir immer nur genug für einen Tag gibst, falls ich welche brauche.«

Sie starrte mich an. Fast konnte ich sehen, wie fieberhaft sie nachdachte. »Ist das der Grund, warum du glaubst, dass er dich nicht noch einmal verletzen wird? Weil du clean sein wirst?«

»Er wird selbst sehen, dass ich mein Bestes versuche. Ich sage es ihm. Ich zeige es ihm.«

»Ellie, wenn du glaubst, dass er dich unter Drogen setzt – inwiefern sollte das dann helfen?«

Ich beugte mich vor. »Wenn ich keinen Alkohol trinke und keine Tabletten nehme und trotzdem wieder einen Blackout habe, dann kann ich zum nächsten Arzt gehen und einen Bluttest machen lassen.« Ich hielt inne. »Dann weiß ich, was da in meinem Körper ist. Vielleicht habe ich dann damit den Beweis dafür, dass Martin mich unter Drogen setzt.«

»Dann glaubst du also, dass es ihm dein Alkohol- und Medikamentenmissbrauch leichter macht?«

»Er könnte damit verschleiern, was auch immer er mir antut.«

»Wenn ein Mann einmal gewalttätig geworden ist, dann …«

»Nein.« Ich hob die Hand. »Ich brauche einen klaren Kopf, um meine Situation richtig einzuschätzen. Ich will hundertprozentig sicher sein, dass ich mir das alles nicht nur einbilde. Dass es nicht nur eine drogeninduzierte Paranoia ist. Wenn ich hier zur Polizei gehe, dann wird Martin meine öffentlichen Szenen benutzen, um meine ›verrückten‹ Anschuldigungen wegzuerklären. Ich sehe es schon vor mir. Er wird behaupten, dass ich mir die Blutergüsse selbst zugezogen habe. Dass ich betrunken gestürzt bin. An der Bootsrampe haben alle eine Säuferin gesehen, Willow. Sie haben das Blut gesehen. Die Wut in meinem Gesicht. Er hat den Ärzten im Krankenhaus erzählt, dass ihn seine weggetretene Frau mit einem Messer verletzt hat. Man hat mich im Puggo gesehen – sogar du hast mich im Puggo gesehen. Die Polizei wird ihm eher glauben als mir. Sie werden auf seiner Seite stehen.«

Sie musterte mich, dann nickte sie langsam. »Willst du mir erzählen, wie das mit den Tabletten angefangen hat?«

Ich erzählte es ihr. Alles. Angefangen damit, wie ich Chloe verloren hatte. Wie weit mich die Trauer getrieben hatte. Wie schwer es mir gefallen war, damit zurechtzukommen. Und wie man mich schließlich eingewiesen hatte. Sie hörte mir geduldig zu, während draußen der Regen fiel.

»Siehst du?«, sagte ich schließlich. »Ich habe eine Vorgeschichte – Drogenmissbrauch, eine psychische Erkrankung, Gewalt, Erinnerungsverlust. Er kann das alles gegen mich verwenden, wenn ich ihn beschuldige oder Anzeige erstatte. Doug hat genau das getan, als er die Scheidung eingereicht hat. Martin könnte mich sogar wieder einweisen lassen oder eine Handlungsvollmacht erwirken. Wir haben gemeinsame geschäftliche Interessen, und noch braucht er für alles meine Unterschrift. So könnte er sich Zugang zu meinem gesamten Vermögen verschaffen.«

Leichte Fältchen erschienen auf ihrer Stirn. »Meinst du nicht, dass das etwas weit hergeholt ist?«

»Ehrlich gesagt weiß ich im Moment überhaupt nichts mehr mit Sicherheit.«

Sie musterte mich, und ich las Zorn in ihrem Gesicht. Ich spürte die Wut in Wellen von ihr abstrahlen. Ich befürchtete, dass sie nun, da ich ihr alle Informationen über den Mann geliefert hatte, der mich misshandelte, auf eigene Faust handeln würde – und dann würde ich es nicht mehr aufhalten können. Die Ereignisse würden sich überschlagen und zu einer Lawine werden, die sich meiner Kontrolle entzog. Sie fluchte leise, dann sprang sie auf und schaltete einen Wasserkocher ein. »Hast du mit irgendjemandem gesprochen, Ellie? Eine Freundin angerufen? Deine Familie? Hast du sonst irgendjemandem davon erzählt?«

»Heute Morgen habe ich meine Freundin Dana angerufen.«

Sie sah auf. »In Kanada?«

Ich nickte. »Nachdem ich die Tabletten ins Klo geworfen habe. Mein Anruf ist auf die Mailbox gegangen. Sie wird nicht zurückrufen.«

»Warum nicht?« Sie goss heißes Wasser über Teeblätter in zwei Porzellantassen. Ihre Armreifen klimperten. Ich beneidete sie um ihre Anmut, ihre Schönheit.

»Wir haben uns gestritten. Wegen Martin.«

»Dann mochte Dana ihn also wirklich nicht?« Sie trug die Teetassen zu mir.

»Sie hat ihn eigentlich nie kennengelernt, aber ...« Ich sah zu der Kristallkugel auf dem Büfett, den Tarotkarten auf dem Kaffeetischchen, der Himalayasalzsteinlampe auf dem Bücherbord, den winzigen Windspielen in der Küche. Dann fuhr ich fort: »Dana hat behauptet, Martin hätte einen schlechten Einfluss auf meine Aura. Sie hat gesagt, sie wäre dunkler, nachdem ich mit ihm zusammen war.«

Sie hob die Brauen, dann legte sich ein schiefes Lächeln auf ihr Gesicht und sie hob ihre Teetasse und nippte daran.

»Findest du auch, dass Martin eine schlechte Aura hat?«, fragte ich.

»Ich habe nie versucht, ihn zu lesen. Eigentlich kenne ich ihn nur aus dem Puggo und aus den Geschichten, die von den hiesigen Umweltschützern über ihn und sein Bauprojekt verbreitet werden – euer Projekt.« Sie zögerte. »Weißt du, El, aus dem, was du mir erzählt hast, schließe ich, dass du gerade erst dabei warst, dich von deiner Trauer und einer posttraumatischen Belastungsstörung zu erholen, als du Martin begegnet bist. Nicht, dass man sich von so etwas jemals ganz ›erholt‹, aber man findet sich in seiner neuen Normalität zurecht. Ich glaube, du hast einen Rückfall. Du solltest mit jemandem sprechen. Mit einem Experten.«

»Ich spreche mit dir. Du hast doch gesagt, du bist Therapeutin.«

»Ich praktiziere nicht mehr. Ich habe keine gültige Zulassung. Ich habe schon vor ein paar Jahren aufgehört zu praktizieren und stattdessen mit der Lebensberatung und dem sogenannten Hokuspokus angefangen.« Mit dem Kinn deutete sie auf die Tarotkarten.

»Warum?«

»Warum Tarotkarten, Teeblätter und Coaching statt Psychotherapie? Es macht mehr Spaß. Als Coach helfe ich gesunden Menschen dabei, sich noch besser zu fühlen. Ich arbeite mit bewussten Gedanken. Ich arbeite mit Zielen und individuellen Zeitachsen, innerhalb derer man seine Ziele erreichen möchte. Als Psychotherapeutin habe ich mit Pathologien gearbeitet, mit Krankheiten – ich habe mich mit dem Unbewussten beschäftigt. Mit ergebnisoffenen Auswirkungen. Das vorwiegende Ziel war, das Warum zu verstehen. Und so weiter. Außerdem hat sich herausgestellt, dass das Coaching … lukrativer für mich ist.« Sie lächelte. »Die Onlineausrichtung macht mich darüber hinaus viel flexibler. Ich kann reisen. Ich kann von überall auf der Welt arbeiten.« Sie deutete mit ihrer Tasse auf mich, und ihr Lächeln vertiefte sich zu einem breiten Grinsen. »Ein paar meiner erbittertsten Konkurrenten sind die Wahrsager der bulgarischen Roma.«

Ich lachte. Wir tranken unseren Tee aus, und als Willow die Tassen abräumte, fragte ich: »Dann hilfst du mir also?«

Sie zögerte. »Was war der Trigger, Ellie? Was hat dazu geführt, dass Martin plötzlich ausgerastet ist und dich angegriffen hat – war es nur der Vorfall mit den Haken auf dem Boot? Weil du betrunken warst?«

Kurz erwiderte ich nur stumm ihren Blick, dann antwortete ich: »Das wäre das andere, worum ich dich bitten wollte. Ich brauche einen Privatdetektiv.«

Das schien sie zu überraschen.

»Ich glaube, dass Martin eine Affäre hat. Das habe ich ihm an den Kopf geworfen. Deshalb hat er mich geschlagen.«

Ihr klappte der Mund auf. Sie blinzelte. »Was?«

Ich räusperte mich. »Er schläft hinter meinem Rücken mit einer anderen. In meinem Haus. Deshalb brauche ich einen Privatdetektiv. Ich will, dass jemand ihn beschattet, ihn oder seine Geliebte. Ich brauche Fotobeweise von ihm mit ihr. Wenn er sich mit meiner problematischen Vorgeschichte wappnet, dann muss ich auch etwas gegen ihn in der Hand haben. Ich brauche alles, was ich kriegen kann.«

Willow wirkte wie erstarrt.

»Willow?«

»Mit … Wer, glaubst du, ist seine Geliebte?«

Ich zögerte. »Du versprichst mir, dass du zu niemandem ein Wort darüber sagen wirst? Noch nicht.«

»Ich verspreche es.«

»Rabz. Ich glaube, es ist Rabz.«

Damals

ELLIE

Als ich Willows Haus verließ, hatte es zu regnen aufgehört, und ich hatte einen Plan.

Ich hatte ihr die meisten meiner Tabletten gegeben, und ich hatte versprochen, mit dem Trinken aufzuhören. Willow würde mich unterstützen. Sie würde mein Geheimnis wahren. Fürs Erste. Weil ich wusste, dass sie eine Frau war, die schnurstracks zur Polizei gehen und auf Taten bestehen würde, falls irgendetwas schieflaufen sollte.

Außerdem hatte sie mir versichert, sie würde mir einen Privatdetektiv besorgen, den ich über sie in bar bezahlen konnte. So würde ich es vor Martin geheim halten können.

In Gedanken spielte ich unsere Unterhaltung durch, während ich ihre Auffahrt hinab zum Tor lief.

»Bist du sicher, dass du das für mich tun willst, Willow?«

Sie stand auf und trat an die Fensterfront. Eine ganze Weile stand sie schweigend dort, die Arme um den Bauch geschlungen, als würde sie sich sammeln. Endlich drehte sie sich zu mir um.

»Ich habe einmal jemanden wie Martin gekannt«, sagte sie. »Einen Mann, der meiner Mutter gegenüber gewalttätig geworden

ist. Er ist bei uns eingezogen, nachdem mein Vater ins Gefängnis gekommen ist, und er hat sie geschlagen. Manchmal, bis sie das Bewusstsein verloren hat.« Sie rieb sich über den Mund. »Er hat sie auch mit Drogen versorgt. Übles Zeug. Ich war sieben, als sie an einer Überdosis gestorben ist – also weiß ich, wovon du sprichst, Ellie. Ich verstehe, was du mir über deine Mutter erzählt hast.«

Ich wurde ganz still.

Sie atmete tief durch. »Eigentlich sollte ich ins Heim kommen, doch dann wurde mein Vater gerade noch rechtzeitig aus der Haft entlassen, um mich zu ›befreien‹. Wir haben auf der Straße gelebt, haben uns durchgeschlagen. Er hat mir einiges beigebracht. Auch andere auf der Straße haben mich gewisse Dinge gelehrt. Hauptsächlich, wie man überlebt. Dann ist mein Vater obdachlos gestorben. Ich habe mich aus dieser schlimmen Kindheit herausgekämpft, El. Ich war in Therapie, und ich glaube, die Beschützerin in mir wollte selbst Therapeutin werden, damit niemandem sonst je wieder so etwas zustößt. Oder zumindest wollte ich da sein, um zu helfen.«

Auf einmal erschienen mir meine eigenen Probleme blass im Vergleich zu dieser Geschichte. Ich kam mir dumm vor. Ich erkannte, wie privilegiert ich war. Ich starrte sie an. Man wusste nie, welche Geschichten die Menschen mit sich trugen, nicht wahr?

Sie lächelte traurig. »Ich denke gern, dass ich das alles für ihn tue, und für meine Mom. Hauptsächlich tue ich es für mich.«

»Es tut mir so leid. Ich …«

Sie hob die Hand und brachte mich damit zum Schweigen. Dann lächelte sie wieder. »Lass mich dir einfach helfen, okay? Ich muss dafür sorgen, dass du von Martin wegkommst, also tue ich es auch für mich selbst. Eines Tages kannst du dich revanchieren, indem du wieder nach vorne schaust.«

Über Willows Gartentor schwang sich ein mit Jasmin überwucherter Bogen. Der Duft der regenfeuchten, warmen Blumen hatte etwas Fruchtbares, Berauschendes. Verheißungsvolles. Auf einmal hatte ich wieder Hoffnung. Ich hatte eine Freundin.

Ich öffnete das Tor. Es knarrte. Ich blieb stehen und drehte mich zu Willows Haus um. Sie stand an einem der Fenster im ersten Stock und hielt sich ihr Handy ans Ohr. Lächelnd winkte sie mir.

Ich winkte zurück.

Dann trat ich auf den Bürgersteig hinaus und sah das braune Auto am Ende der Straße.

Ich blieb stehen und sah zu, wie das Auto anrollte und davonfuhr. Ja, dachte ich. Ich wollte Antworten. Ich würde mir einen Privatdetektiv besorgen und herausfinden, was hier vor sich ging.

Schluss mit der passiven Ellie.

Damals

ELLIE

Vor über einem Jahr, 14. November, Jarrawarra Bay, New South Wales

Es war Mittag. Zwei Wochen waren seit meinem Besuch bei Willow vergangen. Es war ungewöhnlich heiß für diese Jahreszeit. Aus meinem Schlafzimmerfenster konnte ich die Hitze über der Straße flirren sehen – sogar die Vögel waren verstummt. Mein T-Shirt klebte mir am Rücken, als ich Martins Schrank öffnete. Der Ventilator lief und alle Fenster standen weit offen. Ich war angespannt, bewegte mich vorsichtig, schnell, versuchte, alles wieder genau dorthin zu legen, wo ich es gefunden hatte. Sonst würde er etwas merken.

Ich nahm keine Medikamente mehr, ich trank nicht mehr. Ich tat alles, was eine »gute Ehefrau« tun sollte. Ich kochte Abendessen. Trieb Sport, schlief. Machte mich so hübsch zurecht, wie ich konnte.

Ich hatte mein Atelier eingerichtet, meine Fotos und meine Bilder aufgehängt und konzentrierte mich auf meine Arbeit. Wenn ich mit Entzugserscheinungen zu kämpfen hatte, rief ich

Willow an. Wir machten lange Strandspaziergänge. Oder wir gingen im »Muffin Shop« einen Kaffee trinken. Nie ins Puggo. Sowohl Martin als auch ich mieden das Puggo, obwohl Martin darauf beharrte, dass zwischen Rabz und ihm nichts lief. Ich hatte ihm versichert, ich würde ihm glauben. Ich wiegte ihn in einem falschen Gefühl der Sicherheit. Mittlerweile hatte Willow mir eine Privatdetektivin vermittelt. Ich ließ Martin beschatten.

Was meinen Ehemann anging, so hatte er eine komplette Hundertachtzig-Grad-Wende hingelegt. Er hätte nicht aufmerksamer und liebenswürdiger sein können. Es war, als wären all die schlimmen Dinge nie passiert. Fast.

Ich zog seine Unterwäscheschublade heraus und tastete an der Rückseite umher.

Martin hatte mir sein Büro aufgeschlossen und mich dazu aufgefordert, mir die Zahlen des Unternehmens anzusehen. Er hatte recht – die Vorverkäufe gingen durch die Decke. Der Umweltbericht würde eindeutig zu unseren Gunsten ausfallen. Die erste Phase stand kurz vor der dritten Lesung des Rats. Sämtliche bürokratischen Hürden würden sich von selbst erledigen. Trotzdem hatte Martin sein Büro wieder abgeschlossen, nachdem er mich hinausgeführt hatte.

Und es blieb verschlossen, wenn er jeden Tag zum Agnes Basin zur Arbeit fuhr.

Er traute mir immer noch nicht. Nicht ganz.

Dann, vor fünf Tagen, verkündete er unvermittelt, dass er für zwei Wochen nach Sydney müsse. Irgendein Notfall mit den Banken und ein Treffen mit einer Werbeagentur. Zwei Stunden später brach er auf, um ein kleines Flugzeug in Moruya zu erwischen. Während der vergangenen Tage hatte ich nach dem Büroschlüssel suchen können, ohne Angst davor haben zu müssen, dass er jederzeit hereinkommen könnte.

Es *musste* irgendwo einen Ersatzschlüssel geben. Oder hatte er vielleicht alle Schlüssel mitgenommen?

Ich öffnete eine weitere Schublade und tastete am hinteren Rand entlang.

Gestern hatte ich im Erdgeschoss alles abgesucht. Heute hatte ich die Suche hier oben fortgesetzt. Als Nächstes zog ich die Sockenschublade auf. Nacheinander nahm ich jedes der ordentlichen Sockenbündel heraus und sah darin nach. Dann ließ ich die Hand über den Boden der Schublade gleiten. Ganz hinten stießen meine Finger gegen etwas Metallisches. Mein Herz schlug schneller. Ich schob den Arm tiefer in die Schublade und schloss die Hand um meinen Fund. Ich hatte sie.

Seine Schlüssel.

Ich zog sie heraus. Drei Schlüssel an einem Ring. Ich starrte sie an, Schweiß prickelte auf meiner Stirn. Es war nicht falsch von mir, in sein Büro einzubrechen. Es war falsch, dass er es vor mir verschloss – vor seiner gleichberechtigten Partnerin in *unserem* Unternehmen.

Ich eilte nach unten.

Vor der Bürotür blieb ich stehen, um mich zu beruhigen. Keine Tabletten. Nur tiefe, gleichmäßige Atemzüge. Er würde erst in über einer Woche zurückkommen. Mir blieb jede Menge Zeit. Trotzdem sah ich mich rasch um. Da war der Rest einer vagen Erinnerung, die mich einfach nicht losließ – das Echo des Gefühls, beobachtet zu werden. Doch ich sah nichts Ungewöhnliches.

Ich schloss die Tür auf und öffnete sie. Betrat das Büro.

Es war stickig darin. Alle Fenster waren geschlossen. Ich schaltete den Ventilator an. Ratternd erwachte er zum Leben. Ich stellte ihn auf die höchste Stufe. Der Luftzug hob die Ecken der Papiere auf Martins Schreibtisch an. Sein Büro war genauso ordentlich aufgeräumt wie seine Schränke. Ich ließ die Schlüssel durch die Finger gleiten und überlegte.

Als er mich hier hereingebracht hatte, war mir aufgefallen, dass er die Schlüssel seines Aktenschranks in einer verschlossenen Schublade seines Schreibtischs aufbewahrte. Ich schob den kleinsten der Schlüssel ins Schloss besagter Schublade. Widerstandslos glitt er hinein, und es klickte. Kurz erfasste mich der Anflug eines schlechten Gewissens, gefolgt von grimmiger Entschlossenheit. Ich öffnete die Schublade.

Der Beobachter

Die App der Überwachungskameras meldete sich mit einem »Ping«. Der Bewegungsmelder hatte angeschlagen. Die Zielperson hatte einen kritischen Bereich des Hauses betreten.

Der Beobachter griff nach dem Handy, öffnete die App und sah sich die Live-Aufnahmen aus dem Haus der Cresswell-Smiths an.

Ellie Cresswell-Smith betrat das Büro ihres Ehemanns.

Sie musste einen Schlüssel gefunden haben.

Der Beobachter zoomte heran und sah dabei zu, wie Ellie eine Schublade unter dem Schreibtisch aufzog. Er konnte sie durch die offene Bürotür sehen. Der Luftzug des Ventilators fing sich in ihrem dunklen Haar. Sie sah über die Schulter zurück ins Wohnzimmer, ihre Augen wirkten groß und dunkel. Sie hatte Angst, entdeckt zu werden. Sie wusste, dass sie nicht dort sein sollte. Allerdings hatte sie keine Ahnung von der Kamera in der Wanduhr, die sie durch die offene Bürotür filmte. Genauso wenig ahnte sie etwas von der Kamera in der Uhr in ihrem Atelier oder in der digitalen Wetteruhr neben ihrem Bett.

Ellie widmete sich wieder der Schublade und holte ein kleines Kästchen hervor. Sie stellte es auf den Schreibtisch und klappte es auf. Holte ein kleines Schlüsselbund heraus. Sie ging zum Aktenschrank hinüber und schloss ihn auf. Einen nach dem anderen ging sie die Ordner durch und zog dann einen hervor.

Der Beobachter zoomte näher heran, bis er die Beschriftung des Ordners lesen konnte: AGNES HOLDINGS.

Ellie legte den Ordner auf den Schreibtisch und klappte ihn auf. Offensichtlich angespannt beugte sie sich darüber und fuhr mit dem Finger einzelne Zahlenreihen nach. Sie sah auf. Schweiß glänzte auf ihrem Gesicht. Dann wandte sie ihre Aufmerksamkeit wieder den Unterlagen zu – und erstarrte. Ihr Finger hielt inne. Rasch blätterte sie um und überflog die nächste Seite. Sie bewegte sich schneller, noch schneller, blätterte hektisch die Seiten durch. Mit beiden Händen fuhr sie sich übers Haar, als müsste sie sich sammeln, als versuchte sie zu begreifen, was sie gerade gesehen hatte. Sie kehrte zum Aktenschrank zurück und zog einen weiteren Ordner heraus. Schlug ihn auf. Ein Dokument fiel zu Boden. Sie hob es auf.

Ihr ganzer Körper schien zu Stein zu werden.

Hektisch ging sie weitere Ordner durch, wurde unordentlich, während sie die Unterlagen überflog. Auf einer der Seiten hielt sie erneut inne. Mit dem Papier in der Hand sank sie langsam auf einen Stuhl und hob die Hand an den Mund.

Damals

ELLIE

Ich starrte den Mietvertrag an, den ich gefunden hatte. Für eine Luxusvilla auf Kap Verde. Auf Martins Namen. Für zwei Erwachsene. Der Vertrag galt für die Dauer eines Jahres, mit der Option auf Verlängerung. Die Vereinbarung würde im kommenden Monat in Kraft treten. Der Windhauch des Ventilators kühlte den Schweiß auf meiner Haut. Eine Gänsehaut lief mir über die Arme.

Zusammen mit dem Mietvertrag lag in diesem Ordner darüber hinaus ein Umschlag von einer Reiseagentur in Sydney. Der Rechnung zufolge hatte Martin zwei Flugtickets über Singapur und Frankfurt nach Kap Verde gekauft. Kein Rückflug. In etwas über zwei Wochen würde das Flugzeug am Flughafen in Sydney starten.

Zwei Wochen?

Ich sah zum Wandkalender hinüber – vielleicht wollte er mich damit überraschen? Es bliebe immer noch genug Zeit, um mir zu sagen, dass wir irgendwohin fliegen würden. Doch obwohl mein Verstand trotz allem nach anderen möglichen

Erklärungen suchte, wusste ich längst, dass es nur *eine* Erklärung dafür gab. Dieses Flugticket war nicht für mich bestimmt.

Mein Atem ging flach. Mir war schwindlig. Meine Gedanken wanderten zu meinen Tabletten, doch ich hatte sie Willow gegeben. Außerdem wusste ich tief in mir, in einem auf schieres Überleben programmierten Teil meines Gehirns, dass ich nur mit vollkommen klarem Verstand in der Lage sein würde, hiermit umzugehen. Es zu begreifen. Es zu ergründen und zu verarbeiten.

Hastig ging ich weitere Unterlagen durch … dann hielt ich erneut inne.

Er hat eine Hypothek auf dieses Haus aufgenommen?

Die höchstmögliche Hypothek. Alles Blut wich mir aus dem Kopf. Ich – wir hatten das Haus bereits vollständig bezahlt. Was hatte Martin mit dem Geld getan, das er von der Bank bekommen hatte? Der Kaufpreis hatte bei 4,56 Millionen Dollar gelegen. Ich hatte das Geld zur Verfügung gestellt, doch der Kauf war unter dem Namen unseres Unternehmens abgewickelt worden. Diesen Unterlagen zufolge hatte Martin die Hypothek jedoch auf seinen eigenen Namen beantragt. Ich las alles noch einmal genauer durch – so genau, wie ich eben konnte, denn immer wieder verschwamm mir alles vor den Augen.

Der Hypothekenvertrag beinhaltete auch eine Versicherung. Eine Lebensversicherung. Auf *mein* Leben.

Eine Übelkeit erregende Kälte sickerte in meinen Bauch. Ich sah auf und starrte aus dem Fenster. Ich wollte mir nicht ausmalen, was das bedeuten konnte.

Ein Knacken kam aus dem Wohnzimmer.

Ich lauschte.

Doch da war nichts.

Wahrscheinlich nur ein Ast, der draußen von einem der Eukalyptusbäume abgebrochen war – ich hatte die Schiebetür zum Garten wegen der Hitze offen gelassen. Wenn es besonders heiß wurde, dann warfen die Eukalyptusbäume ihre Äste ab, es war eine Überlebensstrategie. Wie ich erfahren hatte, nannte man diese Bäume deshalb auch Witwenmacher, weil so häufig Leute von den gewaltigen, plötzlich herabstürzenden Ästen erschlagen wurden.

Über die Schulter hinweg warf ich einen Blick durch die offene Tür ins Wohnzimmer. Ich sah die Uhr. Es war schon fast drei am Nachmittag. Es gab keinen Grund zu befürchten, dass Martin auf einmal hereinkommen könnte. Er würde frühestens in neun Tagen zurückkehren.

Konzentrier dich.

Ich wandte meine Aufmerksamkeit wieder den Papieren zu und öffnete einen braunen Briefumschlag, auf dem »Vertraulich« stand. Darin befand sich der Bericht eines Fachberaters. In Auftrag gegeben von der Agnes Holdings. Es war nicht der Bericht, den Martin mir gezeigt hatte. Ich überflog die Zusammenfassung, bei jedem Satz schlug mein Herz schneller. Dieser Bericht war zu dem Schluss gekommen, dass es bei einer Bodenentwicklung der sulfatsauren Böden des Mangrovensumpfes, wie beispielsweise durch das Graben von Kanälen, zu einer Übersäuerung des Grundwassers kommen könnte, was wiederum arsenhaltige Verbindungen in der Erde freisetzen und zu einer massiven Zerstörung des Habitats führen würde. Die Fische – eine ganze Reihe von Wasserlebewesen – würden sterben. Es wäre eine Naturkatastrophe. Zur Verdeutlichung wurde das Beispiel eines anderen Bauprojekts herangezogen, bei dem es zu einer ganz ähnlichen Zerstörung gekommen war. Man müsste Kalksteinwände einziehen, um die Säure zu neutralisieren. Die Kosten für das Bauprojekt würden jeden Rahmen sprengen. Ich blätterte durch die Seiten. Die Worte verschwammen mir vor Augen. *Zerstörung des Habitats … Population der Fischadler dezimiert … Umwelteinfluss … Großer Gleithörnchenbeutler … Frösche …*

Ich ließ mich gegen die Lehne sinken, atmete schwer. Falls dieser Bericht ans Licht käme, wäre das Bauvorhaben erledigt. Doch Martin hatte alles vertuscht. Er hatte einen zweiten Bericht in Auftrag gegeben – der Bericht, den er mir gezeigt hatte und in dem die potenziellen Probleme heruntergespielt wurden. Wenn der Shire Council dies hier zu Gesicht bekommen hätte, wenn die potenziellen Käufer davon wüssten, dann wären die Vorverkäufe vollständig zum Erliegen gekommen. Wir konnten dafür haftbar gemacht werden. Das hier war Betrug. Ich sprang auf, lief hin und her, fuhr mir durchs Haar. Was hatte Martin vor? Wollte er in dieses Flugzeug nach Kap Verde steigen und einfach verschwinden? Wollte er mir die Schuld an allem in die Schuhe schieben? Hatte er jemals tatsächlich vorgehabt, dieses Projekt zu verwirklichen? Oder hatte er damit nur die Käufer über den Tisch ziehen wollen? Wie bei dem gewaltigen Betrug in Florida in den 1920er-Jahren, bei dem ein Sumpfgebiet angeblich in ein elegantes Resort verwandelt werden sollte?

Nein. Das konnte nicht wahr sein.

Ich setzte mich an seinen Schreibtisch und schaltete Martins Computer ein. Er war passwortgeschützt, aber ich hatte genau zugesehen, als er mir die offensichtlich gefälschten Unterlagen gezeigt hatte. Der Bildschirm erwachte zum Leben und ich tippte das Passwort ein, das er verwendet hatte. Es war falsch. Weil ich nervös war und einen der Buchstaben fälschlicherweise kleingeschrieben hatte. Ich versuche es noch einmal.

Der PC fuhr hoch.

Mit wild klopfendem Herzen öffnete ich den Onlineaccount unserer Bank. Martin hatte die Seite unter seinen Favoriten gespeichert, und sein Computer setzte die Zugangscodes selbst ein. Eine Sicherheitsfrage ploppte auf.

»In welcher Stadt haben Sie geheiratet?«

Ich tippte »Las Vegas«.

Der Zugang wurde verweigert.

Ich tippte »Vegas«.

Wieder nichts.

Meine Hände schwebten über der Tastatur. Ich hatte nur noch einen Versuch. Wenn er wieder fehlschlug, dann würde mich die Seite sperren. Ich überlegte. Dann entschied ich mich dafür, eine andere Frage anzufordern.

»Wo wurde Ihr Vater geboren?«

Ich tippte »Melbourne«.

Der Account wurde geöffnet. Ich konnte nicht fassen, was ich sah. Auf dem Konto der Agnes Holdings befanden sich noch fünftausend Dollar und fünfundachtzig Cent. Als Martin mir das Konto gezeigt hatte, waren darauf über dreißig Millionen in kurzfristigen Einlagen deponiert, und einen großen Teil davon hatten die Anzahlungen für die Vorverkäufe ausgemacht.

Ich klickte auf »Letzte Überweisungen«.

Ich starrte die Liste an. Fassungslos. Seit dem Tag, an dem er mir das Konto gezeigt hatte, waren in regelmäßigen Intervallen größere Beträge abgebucht worden. Ich klickte auf die Details dieser Transaktionen. Das Geld war auf ein Nummernkonto im Ausland geflossen, auf das ich keinen Zugriff hatte.

Ich lehnte mich zurück. Alles drehte sich. Ich war in ein Netz gelockt und ausgesaugt worden. Mehr als dreißig Millionen Dollar waren weg. Ich war ausgeblutet worden. Willows Worte trieben durch meine Gedanken.

»Wir wollen glauben, was ein Betrüger uns erzählt, Ellie. Sie manipulieren unsere Wirklichkeit. Falls dies hier tatsächlich das ist, für das du es hältst – ein Betrug im großen Stil, der Wochen, Monate oder sogar Jahre braucht, um seine Wirkung zu entfalten, dann ist dafür eine Manipulation der Wirklichkeit auf einer sehr viel höheren Ebene nötig. Dabei werden unsere grundlegendsten Glaubenssätze über uns selbst gegen uns eingesetzt.«

Ich dachte an Danas Warnung. Ich dachte an den orangefarbenen Subaru, der draußen auf der Straße vor meiner Wohnung in Vancouver geparkt hatte. Dasselbe Modell, dieselbe Farbe wie das Auto in der Tiefgarage. Der »Doppelgänger«. Der eine Frau mit langem, welligem, kastanienbraunem Haar geküsst hatte, deren Gesicht ich nicht hatte sehen können.

Ich fühlte mich benommen. Mir war schlecht.

Ich dachte noch weiter zurück, bis zu jener Winternacht vor zehn Monaten, als ich Martin im Hotel meines Vaters buchstäblich in die Arme gestolpert war.

Betrunken. Verwundbar.

Ich war laut geworden, als ich mich mit meinem Vater gestritten hatte. Ich hatte gemerkt, wie die Leute an den Nachbartischen lauschten. Jemand könnte gehört haben, wie mir mein Vater das Kapital für ein Projekt anbot, für irgendein Projekt meiner Wahl. Es war sogar wahrscheinlich, dass es jemand mitbekommen hatte. Könnte Martin selbst an einem dieser Tische gesessen und uns belauscht haben? Oder hatte jemand Dana und mich in der Bar bespitzelt, als sie mich gefragt hatte, wie viel mir mein Vater geben würde? Ein Bild tauchte vor meinem inneren Auge auf. The Rock, der von seinem Handy aus telefonierte, den Blick fest auf mich gerichtet. Irgendjemand in der Bar hätte die Falle aufstellen können, in die ich später am Abend tappen sollte. War es möglich, dass Martin auf mich gewartet hatte wie eine Spinne in einem Netz aus falschen Geschichten, in denen sich mein Herz verfangen sollte?

Ich schluckte, als aus den Tiefen meiner Seele Martins fieberhafter Monolog aufstieg.

»Wenn wir eine Zaubervorstellung besuchen, dann wollen *wir getäuscht werden. Magie ist … Es ist eine Art erwünschter Betrug. Du bist keine Idiotin, weil du darauf hereinfällst. Wenn du* nicht *darauf hereinfallen würdest, dann würde der Zauberer etwas falsch machen.«*

Er hatte mich reingelegt. Er hatte mich geködert, an den Haken bekommen und mir monatelang etwas vorgemacht. Er hatte mich nach Europa mitgenommen, auf eine wilde Wirbelwindreise. Er hatte für alles bezahlt. Dann war er wochenlang verschwunden, nur um plötzlich wieder aufzutauchen. Er hatte mich dazu gebracht, ihm alles zu geben, sogar meine Hand zur Ehe.

Und ich hatte es gewollt. Ich hatte nach dem gelechzt, was er mir anbot. Ich fühlte mich krank. Ich sah auf die Lebensversicherungspolice hinab, die an die Unterlagen für die Hypothek geheftet worden waren. Wie der Schlag einer Axt traf mich ein weiterer Gedanke. Wollte er mich umbringen?

Da hörte ich etwas im Wohnzimmer.

Ich horchte. Hörte es wieder – Schritte auf den Fliesen.

Martin.

Hastig sprang ich auf und raffte die Papiere auf dem Schreibtisch zusammen, stopfte sie zurück in die Ordner und Umschläge. Einzelne Blätter segelten zu Boden. Ich packte den Stapel und war mit einem Satz beim Aktenschrank. Ein Schatten erschien in der Tür.

»Ellie?«

Ich fuhr herum.

Damals

ELLIE

Willow.

Sie stand auf der Türschwelle, ihr Blick huschte über das Chaos und die Papiere und Ordner in meinen Armen.

»Was in aller Welt machst du denn da?«, fragte sie.

Einen Moment lang konnte ich nicht sprechen. Kurz hatte ich gedacht, Martin wäre wieder da. Eilig schob ich sämtliche Unterlagen zurück in den Aktenschrank und schloss ihn wieder ab. »Du hast mich überrascht. Ich … ich habe dich nicht reinkommen hören.«

»Der Ventilator ist laut«, sagte sie. »Die Schiebetür war offen. Ich habe angeklopft.«

Ich streckte den Arm aus. »Wir können uns im Wohnzimmer unterhalten.«

Doch sie blieb in der Tür zu Martins Büro stehen, sah mich an. Mein Gesicht glühte. Ich schwitzte, zitterte.

»Ist alles okay?«

Nein, gar nichts ist okay, verdammte Scheiße. »Ja. Prima. Bitte, ich würde hier gern wieder abschließen.« Ich trat näher an sie heran, drang in ihren persönlichen Raum ein, versuchte, sie hinauszuscheuchen.

»Hast du nicht gesagt, dass du hier nicht reindarfst?«

»Seit ich mit den Tabletten aufgehört habe, ist er anders. Unsere … unsere Beziehung hat sich verbessert.« Meine Stimme brach.

»Ellie …«

»Hey, ich habe nicht vergessen, dass er mich geschlagen hat, okay? Können wir bitte einfach draußen weiterreden?«

Ich drängte sie zurück ins Wohnzimmer, zog die Tür zu und schloss hinter mir ab. Dann steckte ich Martins Büroschlüssel in die Tasche meiner Shorts. Ihr Blick folgte meiner Hand. Erst da fiel mir auf, dass sie eine große Tüte bei sich trug, aus der ein brauner Umschlag ragte.

»Was willst du hier?«, fragte ich. »Du hast mich erschreckt.«

»Wie gesagt – ich habe angeklopft. Aber du hast nicht aufgemacht. Die Schiebetür war offen, also dachte ich, dass du bestimmt irgendwo im Haus bist.«

»Tja, ja.« Ich strich mir den schweißfeuchten Pony aus der Stirn. »Ich habe dir doch gesagt, dass ich Beweise will. Ich habe nach … irgendetwas gesucht.«

»Und was hast du gefunden?«

»Nichts weiter.« Fieberhaft dachte ich nach, versuchte, das alles zu verarbeiten und zu entscheiden, wie viel ich ihr erzählen sollte. Inwiefern es mir helfen oder mir schaden könnte. »Was hast du dadrin?« Ich nickte zu dem Umschlag in der Tüte hinab.

Sie presste die Lippen zusammen. »Das kommt von der Privatdetektivin. Ich dachte, du willst es bestimmt sofort sehen.«

»Was ist das?«

Willow zögerte. »Bist du sicher, dass es dir gut geht, Ellie? Dass du das wirklich jetzt sehen willst?«

»Ja«, fauchte ich.

»Wollen wir uns setzen?«

Ich sah mich in meinem weißen Käfig um. In diesem brandneuen »Architektenhaus« am Ufer des Bonny River – das jetzt der Bank gehörte. Es sei denn, ich starb. Dann würde alles an Martin gehen. Ich drückte mir die Hand auf den Bauch.

Willow berührte mich am Arm. Sanft. Ihre Augen waren groß. »Ellie?«

»Mein Atelier«, sagte ich. »Wir … wir können uns in meinem Atelier unterhalten.«

Hier drinnen kam ich mir immer noch beobachtet vor – auch wenn ich nicht erklären konnte, warum. Allerdings wusste ich schließlich, dass ein solches Gefühl durchaus real sein konnte. Und nach allem, was ich in Martins Unterlagen entdeckt hatte, konnte ich gar nicht paranoid genug sein. Ich vertraute nichts und niemandem mehr. Und in diesem Moment ahnte ich, dass dieser Raum Augen hatte.

* * *

»Sieht toll aus hier, Ellie«, sagte Willow, als sie hinter mir mein Atelier betrat. Ich schob die Glastür auf, die zu dem kleinen Steg hinausführte. Beim Anblick der Flussmündung erschauerte ich – dort hatten wir bei unserem Bootsausflug mit der Brandung gekämpft.

Mittlerweile war ich mir absolut sicher, dass Martin mich damit hatte terrorisieren wollen. Er war ein Soziopath. Ein aalglatter Lügner. Ein Betrüger. Ein grausamer und machtgeiler Sadist. Genauso sicher war ich mir, dass er mich mehr als einmal vergewaltigt hatte, während ich nicht vollständig bei Bewusstsein gewesen war. Und ja, er hatte mich unter Drogen gesetzt. Auch in diesem Punkt war ich mir fast sicher. Als ich verkündet hatte, dass ich nicht mehr trank, keine Medikamente mehr nahm und meine Tabletten weggegeben hatte, war damit

Schluss gewesen. Damit hatte ich es ihm schwer gemacht, mir vorzugaukeln, ich würde mir das alles selbst antun.

Mit einer Geste bot ich Willow einen Platz auf der Liege an.

Bevor sie sich setzte, sah sie sich einige der Fotos genauer an, die gerahmt an der Wand über der Liege hingen.

»Wer ist das auf diesem Foto mit dir?«, fragte sie.

»Meine Freundin Dana«, gab ich schlicht zurück.

Sie sah mich an. »Die Freundin, die Martin nicht mag?«

»Ja, die Freundin, die ich seinetwegen verloren habe.« Dana hatte recht gehabt. Sie hatte auf Anhieb gespürt, dass er etwas in mir veränderte.

»Trotzdem hängst du ein Foto von ihr auf.«

»Sie hat mich endlich zurückgerufen. Sie hat meine Entschuldigung angenommen. Wir versuchen, wieder Freundinnen zu werden.«

Mehr als eine Stunde lang hatten Dana und ich über die Ozeane hinweg miteinander gesprochen, während ich wehmütig das Foto von uns beiden in der Mallard Lounge betrachtet hatte. Das Foto aus jener Nacht, in der ich Martin begegnet war. Während ich ihrer Stimme gelauscht hatte, war da wieder diese Dissonanz gewesen, die am Rande meines Bewusstseins zu knistern schien. Es hatte irgendetwas mit dem Foto von Dana und mir in der Bar in jener Nacht zu tun. Irgendetwas Wichtiges, das sich meiner Erkenntnis knapp entzog, etwas, das ich übersah … Doch ich bekam es einfach nicht zu fassen.

»Also, was ist in dem Umschlag?«

Willow ließ sich auf der Liege nieder. Ich setzte mich ihr gegenüber. Zwischen uns stand ein kleiner Kaffeetisch. Sie öffnete den Umschlag und zog mehrere glänzende Fotografien heraus. Dann zögerte sie. »Bist du sicher, Ellie?«

»Zeig einfach her.«

Sie legte die Fotos auf den Tisch und breitete sie vor mir aus. Groß. Hochglanz. Schonungslos. In meinen Ohren schwoll ein

Rauschen an. Eine Spinne huschte an der Tischkante entlang, und Willow schlug mit der flachen Hand darauf.

Ich zuckte nicht mit der Wimper.

»Eine Rotrückenspinne«, sagte sie. »Ich hasse die Viecher. Das Weibchen tötet ihren Partner nach der Paarung.«

Ihre Worte kreisten in meinem Kopf, während ich voll abgrundtiefem Hass die Fotos von Martin anstarrte. Meinem Ehemann, meinem Geschäftspartner. Mit Bodie »Rabz« Rabinovitch. Da war er, wie er aus einem Mietauto stieg, in Sydney mit ihr. Martins Hand an ihrer Taille. Eine Geste, die mir sehr vertraut war. Rabz, die lachend den Kopf zurückgeworfen hatte. Martins Grinsen. Licht, das in seinen Augen tanzte. Sonnenschein, golden auf seinem Haar. Ich zog eines der Bilder näher heran. Martin und Rabz, die sich küssten. Offenbar in einer Tiefgarage. Ein weiteres Foto, das sie beim Betreten eines Hotels zeigte, sein Arm um ihre Schultern gelegt. Noch ein Foto, beide beim Eisessen, während sie in der Nähe der Sydney Harbour Bridge entlangschlenderten, die unverkennbare Silhouette des Sydney Opera House im Hintergrund. Ich nahm eines der Fotos, das offenbar mithilfe eines gewaltigen Teleobjektivs von außen durch ein Hotelfenster geschossen worden war. Martin und Rabz in einer intimen Umarmung. Rabz, bereits teilweise entkleidet.

Ich schluckte und ließ das Foto sinken. »Dann … ist Rabz also mit nach Sydney gegangen.«

»Es tut mir leid, Ellie.«

Ich holte tief Luft.

»Wenigstens weißt du es jetzt, El.« Tränen schimmerten in ihren hübschen blauen Augen. Ihre Kiefermuskeln wirkten gespannt. »Wenigstens hast du jetzt einen Beweis.«

Ich leckte mir über die Lippen und versuchte, die Fakten in meinem Kopf zu sortieren. Die Puzzleteile, die seltsamen kleinen Unstimmigkeiten – alles glitt an seinen Platz, und das

Gesamtbild, das sich allmählich zusammenfügte, war entsetzlich. Er hatte mich manipuliert und betrogen. Wollte er mich umbringen? Oder mich dazu treiben, dass ich mich selbst umbrachte? War dies sein Endspiel? Das Finale, bevor er in zwei Wochen nach Kap Verde aufbrach?

»Da ist noch etwas, Ellie.«

»Was?« Meine Stimme klang papierdünn.

»Die Privatdetektivin hat außerdem herausgefunden, dass Rabz das Puggo verkauft hat. Der neue Eigentümer übernimmt es nächsten Monat.«

Ich ließ das Gesicht in die Hände sinken und rieb hart darüber. »Er hat mich benutzt, Willow. Er hat unser Bankkonto leer geräumt. Er haut mit den Anzahlungen der Vorverkäufe ab. Er hat eine Hypothek auf unser Haus aufgenommen. Er hat mich ausgesaugt, und jetzt verschwindet er und hinterlässt mir den ganzen Schlamassel der Agnes Holdings. Dafür könnte ich im Gefängnis landen. Und sie geht mit ihm?« Ich sprang auf, begann, auf und ab zu tigern. »Das ist es doch, was der Verkauf des Puggos bedeuten muss. Rabz fliegt mit meinem Ehemann nach Kap Verde. Ich wette, dort gibt es kein Auslieferungsgesetz. Ich …«

»*Was* hast du gesagt?«

»Dass es dort sicher kein Auslieferungsgesetz …«

»Hast du Kap Verde gesagt?«

»Ich habe in seinem Büro zwei Flugtickets gefunden. In etwas über zwei Wochen startet der Flug. Nach Kap Verde. Außerdem habe ich einen Mietvertrag für eine Luxusvilla gefunden.«

»Bist … bist du sicher?«

»Ja, ich bin sicher, verdammt sicher!« Ich ging immer schneller, meine Wut trieb mich voran. Martin hatte mich zu Fall gebracht. Fast hatte er mir meine Identität gestohlen – mein Selbstbild. Aber noch nicht ganz. Ich war immer noch hier. Ich war ihm rechtzeitig auf die Schliche gekommen. Jetzt stand ich vor einem Scheideweg. Zwei Wahlmöglichkeiten lagen vor mir: Ich konnte zusammenbrechen und mich in mein Schicksal fügen. Oder zurückschlagen. Ihn fertigmachen. Ihm zeigen, dass er es niemals mit mir hätte aufnehmen sollen.

Ich fuhr zu Willow herum. »Ich könnte ihn umbringen. Ich würde ihn so gern einfach kaltmachen.«

Sie saß da, totenblass. »Ich kann es nicht fassen«, sagte sie leise. »Rabz? Er brennt mit *ihr* durch? Sie gehört sozusagen zum Inventar in Jarrawarra – ich kann nicht fassen, dass sie das tun würde.«

»Ich hätte richtig zustechen sollen mit dem Messer.« Ich hob eine imaginäre Waffe und stach damit mehrmals zu. *Stich, Stich, Stich.*

»Ellie …« Willow sprang auf und packte meinen Arm. »Hör auf. Hör jetzt auf.«

»Hau ab, Willow. Fass mich nicht an.«

Erschrocken wich sie zurück.

Beim Anblick ihres Gesichts kam ich wieder zu mir. Ich atmete schwer. Ich ballte die Hände zu Fäusten, löste sie wieder, strich mir das Haar aus der Stirn. »Ich meine es ernst«, sagte ich dann leiser. »Ich kriege ihn. Ich nagle ihn fest und es wird ihm noch leidtun, dass ich ihm jemals in die Arme gestolpert bin.«

»Was hast du vor?«

»Zurückschlagen. Und weißt du noch was? Wenn er *mir* das angetan hat … ein so ausgefeilter Betrug, dann wette ich, dass er es schon einmal getan hat. So etwas muss man üben. Da draußen muss es noch weitere Opfer geben. Alle möglichen Opfer. Zum Beispiel die Leute, die eine beträchtliche Anzahlung für die Agnes Marina geleistet haben. Für Bauland, das nie bebaut werden wird. Für ein Projekt, das es wegen der Umweltschutzrichtlinien niemals geben wird. Und jetzt ist ihr ganzes Geld verschwunden? Ich ziehe in den Krieg, Willow. Ich werde eine gottverdammte Armee zusammenziehen und diesen Dreckskerl erledigen.« Ich deutete zu den Fotos auf dem Tisch. »Und die da – die kommen in meine Beweissammlung.«

»Willst du zur Polizei gehen?«

»Zuerst packe ich meine Sachen und verschwinde aus diesem Haus, bevor Martin aus Sydney zurückkommt. Er ist gefährlich. Er hat hier so viel zu verlieren – er hat mir über dreißig Millionen Dollar abgenommen. Ich habe Angst, dass er versucht, mich aufzuhalten, oder Schlimmeres. Ich muss hier weg sein, bevor er nach Hause kommt. Mir bleiben noch neun Tage. Ich werde das ganze Haus durchsuchen und die Beweise auf seinem PC kopieren. Ich scanne die Akten und sichere sie auf einem USB-Stick. Dann fliege ich nach Kanada zurück und marschiere auf direktem Weg zu den Anwälten meines Vaters. Dort bin ich in Sicherheit und kann das beste Anwaltsteam der Welt zusammenstellen, und dann sehe ich weiter. Ich wette, dass Martins Opfer auf der ganzen Welt verstreut sind. Die Polizei in Kanada kann global mit Australien und anderen Ländern zusammenarbeiten.«

»Ich weiß nicht, Ellie. Wenn er mit den Anzahlungen abgehauen ist, dann hat er das Verbrechen *hier* begangen, in New South Wales.« Sie wirkte verstört. »Du solltest hier zur Polizei gehen. Und wenn er wirklich gefährlich ist …«

»Und was soll die Polizei tun? Ganz ehrlich? Mich in ein Zeugenschutzprogramm aufnehmen, bevor sie Gelegenheit hatten herauszufinden, ob ich vielleicht wirklich nur irgendeine verrückte Säuferin bin? Nein, das hier ist zu groß für die Polizei von Jarrawarra. Ich muss hier weg, und mir bleibt dafür noch etwas über eine Woche.«

»Was kann ich tun?«

»Du musst jetzt gehen, Willow. Ich will allein sein, ich muss nachdenken.«

»Ellie …«

»Nein, bitte. Geh.« Ich sah zu den Fotos auf dem Tisch hinüber, und meine Kehle wurde eng. »Ich muss das erst einmal verarbeiten.«

Sie sah sich im Zimmer um, Sorge in den blauen Augen. Ihre Bewegungen wirkten zögerlich. Ihr Blick huschte zurück zu mir. »Ich kann das alles gar nicht fassen. Lass uns doch erst einmal hier verschwinden. Eine Runde spazieren gehen?«

»Ich muss allein sein.«

Sie legte den Kopf schief.

»Ich werde keine Tabletten schlucken, Willow. Versprochen. Ich suche die Akten zusammen, packe meine Koffer und kaufe ein Flugticket nach Hause. Und dann gehe ich vielleicht allein eine Runde spazieren. Ich bin dir sehr dankbar für die Fotos.« Ich deutete auf die Hochglanzbeweise. »Ich schulde dir etwas. Und der Detektivin auch. Aber ich muss jetzt erst einmal nachdenken.«

Sie ging, und ich betrachtete das Foto von Dana und mir über der Liege, auf der Willow gesessen hatte. Diese finstere Ahnung kroch immer tiefer in mein Bewusstsein.

Der Mordprozess

Gerichtspsychologisches Einschätzungsgespräch vor der Verhandlung

Der Psychologe hat mich gefragt, ob Martin meinem Vater ähnlich war. Ich finde es abscheulich, dass er damit recht hat – ich fühle mich tatsächlich zu Männern wie meinem Vater hingezogen. Groß, mächtig und dominierend, und ich will, dass sie mich lieben und ehren und mir das Gefühl geben, ich wäre bei ihnen sicher. Etwas Besonderes. Wie eine Prinzessin. Wie in einem Märchen, das sich irgendwo in der Psyche des kleinen Mädchens, das ich einmal gewesen bin, festgesetzt hat und das ich einfach nicht abschütteln kann. Ein Teil von mir sehnt sich immer noch nach einem »Und sie lebten glücklich und zufrieden bis ans Ende ihrer Tage«.

»Wenn Sie Martin also Übles gewünscht haben, wünschen Sie dann auch Ihrem Vater Übles?«

Ein misstönendes Klirren setzt in meinem Kopf ein – zwei Teile meines Bewusstseins, die zusammen vor einen Spiegel gezwungen werden.

»Mein Vater war nie gewalttätig mir gegenüber.«

Er mustert mich. Ich habe seine Frage nicht beantwortet. Wieder steigt die Panik in mir auf. Er kommt jenen verborgenen, geheimen Orten im Kellergewölbe meiner Seele erneut gefährlich nah.

»Ich sehe, dass diese Frage Ihnen unangenehm ist, Ellie. Wir können mit einer anderen weitermachen, wenn Ihnen das lieber ist. Sie haben Ihre Mutter als schwach bezeichnet.«

»Das war sie auch. Ich habe sie dafür verachtet. Dafür, dass sie mich verlassen hat.«

Ein paar Augenblicke lang sieht er mich nur an. »Wenn Sie diese Seite Ihrer Mutter verachtet haben, und wenn Sie glauben, dass Sie ihr in bestimmter Hinsicht ähnlich sind, bedeutet das dann, dass Sie diese Seiten an sich selbst auch verabscheuen?«

»Das ist jetzt die Stelle, an der ich Ja sagen soll? An der ich erklären soll, dass ich die Wahrheit darüber vor mir selbst verberge, indem ich auf Alkohol und Tabletten zurückgreife?«

»Was ist mit Doug? Hat er Ihnen die Aufmerksamkeit gegeben, die Sie gebraucht haben?«

»Was soll das heißen?«

Stille.

Die Flammen der Panik schlagen höher in meinem Bauch. »Doug und ich haben uns geliebt. Aber nachdem wir Chloe verloren hatten, ist das alles kaputtgegangen. Die Trauer war zu groß. Alles, was wir waren, hat sich darum gedreht, Chloes Eltern zu sein.«

»Dann war er also nicht für Sie da, als Sie ihn am meisten gebraucht haben?«

Wut lodert auf – fundamentale, rudimentäre Wut. Unartikuliert. Dunkel. »Er ist ein Arschloch, okay? Er hatte Affären.«

Ruckartig hebt er den Kopf und sieht von seinen Notizen auf. »War es mehr als eine?«

»Kurz nach Chloes Geburt hat er … das Interesse an mir verloren.«

»In sexueller Hinsicht?«

Ich schlinge die Finger ineinander. Mein Gesicht wird heiß. »Ich habe eine ganze Menge Babyspeck mit mir herumgeschleppt. Ich habe nicht geschlafen und nicht sonderlich gut ausgesehen. Das Stillen war anstrengend. Stressig. Ich hatte Angst, es nicht richtig zu machen.« Tränen sammeln sich in meinen Augen. »Ich wünschte, meine Mutter wäre da gewesen, um mir Rat zu geben. Ich hatte alles Geld der Welt, aber das, was ich gebraucht habe, konnte ich mir davon nicht kaufen. Ich war so verloren. Hatte Angst.«

Wieder sieht er auf seine Notizen hinab. »Wie ich sehe, wurde bei Ihnen eine postpartale Depression diagnostiziert. Sie waren schon vor Chloes Ertrinken klinisch depressiv gewesen.«

»Woher wissen Sie das?«

»Aus dem Transkript Ihrer Zeugenaussage bei der hawaiianischen Polizei«, antwortet er.

»Dazu haben Sie kein Recht.«

»Die Staatsanwaltschaft wird ebenfalls Zugang zu diesen Unterlagen haben, Ellie.«

Damals

LOZZA

Vor über einem Jahr, 16. November, Jarrawarra Bay, New South Wales

Lozza fing eine letzte Welle und ließ sich von ihr bis ins seichte Wasser tragen, wo ihre achtjährige Tochter Maya schon mit ihrem Board auf sie wartete. Die Sonne sank bereits, und ihre langen Strahlen warfen einen Kupferglanz über das Meer. Die frühsommerliche Brise strich ihnen warm und sanft über die Haut und ließ einen feinen Sprühnebel über die Wellenrücken tanzen. Es war das erste Mal dieses Jahr, dass sie ohne Neoprenanzug beim Surfen waren, und es war ein herrliches Gefühl.

Lozza glitt von ihrem Board und ließ es einen Moment neben sich hertreiben, kam wieder zu Atem, während Maya zu ihr herübergepaddelt kam. Lozzas Muskeln schmerzten, und ihre Augen brannten von Salz, Wind und Sonne. Es war genau die Art körperlicher Verausgabung, die sie nach dieser langen Woche gebraucht hatte. Sie war Teil einer Einsatztruppe gewesen, die gegen eine Bikergang ermittelt und schließlich ein

Stück die Küste hinauf eine Drogenrazzia durchgeführt hatte. Seit Lozza nach Jarrawarra gezogen war, hatte sie festgestellt, dass Surfen mit ihrer Kleinen ein viel besseres Beruhigungsmittel war als der Alkohol, dem sie sich nach einer harten Schicht in der Mordkommission in Sydney früher so oft ergeben hatte. Nachdem sie ihren Ehemann verloren hatte, war ihr Leben in einen selbstzerstörerischen Kreislauf abgerutscht. Letztendlich hatte sie das ihre begehrte Stellung als Detective bei einer Eliteeinheit des State Crime Command gekostet. Allerdings hatten ihr Boss und ihre Waffenbrüder bei der Polizei sie immerhin davor bewahrt, ihre Dienstmarke endgültig zu verlieren. Sie hatten dafür gesorgt, dass es »der Zwischenfall« nie in die Presse schaffte, und die stillschweigende Versetzung zur Polizei ins Hinterland der South Coast hatte Lozza mehr oder weniger das Leben gerettet. Hier hatte sie sich vom Alkohol lossagen und Maya adoptieren können. Es hatte Lozza auch ihrer eigenen Mutter nähergebracht, die mit in das Strandhäuschen gezogen war, das Lozza gemietet hatte. So konnte sie auf Maya aufpassen, wenn Lozza bis spät in die Nacht arbeiten musste oder zu unrühmlichen Zeiten zu einem Einsatz gerufen wurde.

»Hast du meine letzte Welle gesehen, Mom? Hast du gesehen, dass ich es durch die Barrel geschafft habe?« Maya strahlte.

»Klar habe ich das, Kleine.« Lozza grinste ihre Tochter an und griff hinab ins Wasser, um den Klettverschluss an ihrem Knöchel zu lösen, an dem das Sicherheitsband für ihr Board befestigt war. Sie schlang das Band um eine der drei Finnen und klemmte sich das Board unter den Arm, dann wateten Maya und sie durch das seichte Wasser auf den harten Sandstrand hinaus. Kleine Vögel huschten davon, während sie sich ihren Weg in Richtung der Dünen bahnten, wo sie ihre Ausrüstung liegen gelassen hatten.

»Sollen wir zu Hause die Pizza von gestern aufessen?«, fragte Maya schwer atmend. Sie musste sich anstrengen, um auf ihren dünnen braunen Beinen mit Lozza mitzuhalten.

Lozza lächelte. Ihre Tochter dachte praktisch immer ans Essen. Etwas, was sie beide gemeinsam hatten.

»Jep. Aber die Anchovis bekomme ich.«

»Igitt!«

Lozza lachte. In diesem Moment sah sie die Frau, die oben zwischen den Dünen saß. Ihr taillenlanges Haar – dunkel wie Ebenholz – wehte wie ein Wimpel im Wind. Sie hatte die Arme fest um die Knie geschlungen. Blasse Haut. Ein Handtuch um die Schultern.

Sie beobachtete Lozza und Maya. Oder wahrscheinlich sah sie sich eher den Sonnenuntergang hinter ihnen an. Trotzdem hatte Lozza das Gefühl, ganz genau gemustert zu werden. Sie zögerte einen Moment.

Eigentlich wollte sie der Frau gern Raum geben, doch ihre und Mayas Sachen lagen neben dem Pfad durch das Dünengras, genau dort, wo die Frau saß. Lozza bemerkte, dass die Frau kein Board bei sich hatte. Keine Surferin also. Sie war schön. Die Art von Schönheit, von der Lozza nicht mal träumen konnte.

»Hi, wie geht's?«, fragte Lozza und legte ihr Board mit den Finnen nach oben auf einen von Küstengras bewachsenen Flecken. Es klang beiläufig – so wie es jeder hier sagen würde. Sie schnappte sich Mayas Handtuch und warf es ihrer Tochter zu, bevor sie nach ihrem eigenen griff. Dann begann sie, sich ihr zerzaustes Haar trocken zu rubbeln.

Die Frau sah auf, und etwas in Lozza wurde ganz still. Die Augen der Frau waren groß, von einem unwahrscheinlichen Kobaltblau. Wie die dunkelblauen Tiefen fünfzehn Kilometer weit draußen in der Tasmanischen See, wo die großen Wander- und Raubfische – Marline, Thunfische, Bonitos und weiße Haie – tief durch die klare, sedimentfreie Strömung strichen.

Doch es lag nicht an der Farbe. Da war noch etwas anderes – ein Ausdruck schierer Verzweiflung. Not.

Lozza hatte genügend Verhöre hinter sich, um die Zeichen deuten zu können, sowohl die offensichtlichen als auch die auf Mikroebene. Mittlerweile war es ihr zur zweiten Natur geworden. Und irgendetwas an dieser Frau schrie »Angst«.

Die Retterin in Lozza, diese gottverdammte Gladiatorin in ihrer DNS, die sie überhaupt erst dazu getrieben hatte, Polizistin zu werden – dieselben Impulse, die sie auch schon in ernste Schwierigkeiten geführt hatten –, brachten sie nun dazu, den Mund aufzumachen. »Schöner Abend, was?« Denn nun war sie neugierig, und sie warf ihre Netze aus.

»Ähm … ja, ist es«, antwortete die Frau, während ihr Blick zu Maya wanderte. »Wunderschön.«

Amerikanerin. Vielleicht. Da war etwas an der Art, wie die Frau Maya anstarrte, das Lozza nervös machte, aus Gründen, die sie nicht in Worte fassen konnte.

»Wollen Sie noch eine kurze Runde schwimmen?« Lozza hatte die Bikiniträger unter dem Trägertop der Frau gesehen. »Das Wasser ist ziemlich warm – das war unser erstes Mal dieses Jahr ohne Neopren.« Sie lächelte.

Die Frau schlang die Arme noch fester um die Knie, als sie auf das offene Meer hinausblickte. Da sah Lozza die bereits verblassenden Blutergüsse an ihrem Hals. Und an ihrem Schlüsselbein. Und an ihrem Arm. Eine Windböe blies der Frau den Pony aus dem Gesicht. An ihrer Schläfe prangte eine Schnittwunde mit einem weiteren gelb-grünen Bluterguss. Lozzas Atem verlangsamte sich. Solche Blutergüsse hatte sie schon gesehen.

In ihr erhob sich ein stummer Wettkampf – sie war hin- und hergerissen. Sollte sie dieser Frau Privatsphäre geben, damit sie mit dem fertigwerden konnte, was auch immer ihr gerade zu schaffen machte, oder sollte sie ihrer Neugier nachgeben? Einer

Neugier, die an Sorge grenzte. Sie legte sich das Handtuch um den Hals, der Wind wurde frischer und jagte ihr eine Gänsehaut über die Arme.

»Dann machen Sie also Urlaub in Jarrawarra?«

»Nein. Ich … ich bin neu hier. Ich bin letzten Monat hergezogen.« Sie lachte nervös. »Allerdings kommt es mir schon vor wie eine Ewigkeit.«

»Kommen Sie aus den USA?«, fragte Maya und warf sich das Handtuch wie ein Batmancape um die knochigen Schultern.

»Aus Kanada. Von der Westküste.«

»Ich war noch nie in Kanada.« Maya grinste ihr Zahnlückengrinsen, woraufhin die Frau sie wieder auf diese sonderbare Art musterte.

»Ich wusste nicht, dass Kanadier in die Stadt gezogen sind«, sagte Lozza, um tiefer nachzubohren.

»Sollten Sie das denn? Darüber Bescheid wissen, meine ich?«

Lozza zuckte mit den Schultern. »Ich bin Polizistin. Als Kleinstadt-Cop auf dem Land sollte man vielleicht wissen, was im Ort so los ist.«

Die Frau zuckte zurück. Die Muskeln an ihrem Hals spannten sich. *»Polizistin?«*

Nun hatte sie Lozzas volle Konzentration. Irgendetwas ging hier vor – eine dunkle Unterströmung.

Dies war der Moment, in dem Lozza vielleicht hätte gehen sollen. Doch sie konnte nicht, denn sie hatte bereits eine Grenze überschritten, eine unsichtbare, undefinierbare Linie. Also streckte sie der Frau die Hand hin. »Laurel Bianchi«, sagte sie.

»Aber alle nennen sie Lozza«, warf Maya hilfsbereit ein.

»Und das hier ist meine Tochter, Maya.«

Die Frau zögerte, dann schüttelte sie Mayas Hand. »Ellie.«

Ihre Hand war kalt, feinknochig. Glatte Haut. Keine Ringe. »Tja, dann, Ellie, willkommen in Jarrawarra Bay, New South Wales.«

Lozza wartete auf einen Nachnamen. Ellie sagte nichts.

Lozza hob ihr Board vom Boden auf, klemmte es sich unter den Arm, zögerte und sagte dann: »Gehört zu Ellie auch ein Nachname?«

Die Frau wurde blass und sah aus, als wäre sie am liebsten abgehauen.

»Hey, schon gut. Wir sehen uns – genießen Sie das Schwimmen. Komm, Maya-Bienchen. Die Pizza wartet.«

Maya schnappte sich ihr Board und ihre Sandalen und lief auf dem Pfad durch die Dünen voraus.

»Ist … ist es sicher? Im Moment, meine ich?«, rief Ellie ihnen nach.

Lozza blieb stehen, drehte sich um. »Wie bitte?«

»Ist es sicher, jetzt in diesem Teil der Bucht zu schwimmen? Abends, wenn die Haie vielleicht unterwegs sind und so? Ich habe gehört, dass sie in der Abenddämmerung jagen und dass es hier manchmal heftigen Brandungsrückstrom gibt. Und … ich schätze, ich habe erwartet, dass noch andere Schwimmer draußen sind. Aber der Strand ist menschenleer.«

Lozza runzelte die Stirn. Sie war verwirrt.

»Ich *kann* schwimmen«, fuhr Ellie nachdrücklich fort. Es klang irgendwie unpassend. »Ich bin nur eine ganze Weile nicht in … großen Wellen geschwommen, wissen Sie.«

Lozza blickte auf das Meer hinaus. Die Brandung krachte gegen das Riff, Gischt schoss in die Luft und fing die letzten goldenen Strahlen der Sonne ein. Die Flut drückte in die Mündung des Flusses und wirbelte Sand vom Flussboden auf, was das Wasser trüb und braun machte.

»Ach, egal«, sagte Ellie rasch. »Blöde Frage, ich komme mir dumm vor.«

»Gott, nein. Es ist klug. Herauszufinden, wie man das Meer liest, und zu lernen, wo sich Brandungsrückströmungen bilden und worauf man achten muss.« Sie zögerte. »Hey, Maya! Warte mal. Komm doch kurz zurück.«

Maya kam den Pfad wieder heruntergerannt.

Lozza legte ihr Board wieder zu Boden. »Kommen Sie.« Sie ruckte mit dem Kinn in Richtung Meer. »Wir gehen mit Ihnen rein. Eine kurze Runde, bevor die Sonne untergeht. Sie sind doch ganz offensichtlich in Schwimmsachen zum Strand gekommen, weil Sie ins Meer wollten.«

»Mom! Was ist mit der Pizza?« Maya streckte die freie Hand aus, mit der Handfläche nach oben.

»Die kann noch zwanzig Minuten warten. Wir gehen kurz mit Ellie rein, und dann kriegst du zum Nachtisch eine Extraportion Eis – abgemacht?«

Maya strahlte und legte ihr Board ab. Ins Wasser zurückkehren zu müssen war für Maya Bianchi kein großes Opfer. Das Meer, Surfen, Schwimmen – das alles kam bei ihr gleich hinter Essen und Spinnen, Mayas Prioritäten im Leben.

Überrascht öffnete Ellie den Mund, ihre Lippen formten ein perfektes O. Dann warf sie einen Blick über die Schulter, als würde sie erwarten, dass jemand über die Dünen auf sie zugerannt käme. Sie biss sich auf die Lippe, wandte sich dann wieder an Lozza und Maya.

»Seid ihr beiden sicher?«

»Klar sind wir sicher.«

DAMALS

LOZZA

Lozza und Maya blieben dort stehen, wo Ellie noch Boden unter den Füßen hatte. Das Wasser reichte ihr nur bis zur Taille. Sie tauchten unter den Wellen hindurch und kamen auf der anderen Seite wieder hoch. Lozza wurde nicht schlau aus Ellie. Sie hatte offenbar eine sonderbare Angst vor dem Meer, doch gleichzeitig strahlte sie eine wilde Entschlossenheit aus. Jedes Mal, wenn sie hinter der Welle wieder auftauchten, zupfte sie die Dreiecke ihres Bikinis wieder zurecht. Ihre Blutergüsse sahen aus, als wäre sie vor nicht allzu langer Zeit durch die Hölle gegangen. Außerdem war die Art, wie sie Maya in den Wellen immer wieder fixierte, irgendwie … eigenartig.

Nachdem sie noch ein paar Mal unter den Wellen hindurchgetaucht waren, schien sich ein Schleier von Ellies Gesicht zu heben. Die Art, wie sie sich bewegte, veränderte sich, wurde lockerer. Sie lächelte Lozza und Maya an, und ein Leuchten trat in ihre Augen – ein Funke wilder Begeisterung.

»Es ist unglaublich, mit euch beiden so im Meer zu sein«, sagte sie. »Mutter und Tochter. In den Wellen.«

Lozza runzelte die Stirn, ihre Neugier wuchs.

»Schaut mal!« Auf einmal deutete Maya auf eine Reihe außergewöhnlich großer Wellen, die gleichmäßig aus der Ferne heranrollten und dabei immer weiter anwuchsen. »Da kommen ein paar ganz große.«

Ellie wurde stockstarr.

»Das ist kein Problem«, versicherte Maya ihr.

»Wirklich nicht«, ergänzte Lozza. »Machen Sie es uns einfach nach, okay? Sobald die erste Welle fast da ist und beginnt, sich zu kräuseln, tauchen wir hinein. In den Grund der Welle, ganz tief runter. Und dann kommen wir auf der anderen Seite wieder hoch … Die erste kommt. Bereit?«

Doch Ellie schien zu Eis gefroren zu sein. Ihr Gesicht war kreideweiß, ihre Züge starr.

Lozza begriff, dass Ellie nicht bereit war. Doch sie musste es sein, weil es jetzt keinen anderen Weg mehr gab als durch die Welle hindurch. Wenn sie versuchte, zum Strand zurückzuwaten und die Welle sie in den Rücken traf, oder wenn die Welle sie hochriss und umherwirbelte, dann würde es nur noch schlimmer werden.

Maya, die näher bei ihr stand, erkannte es auch. Sie umfasste Ellies Handgelenk und zog sie zu sich. »Halt die Luft an, Ellie! Ich halte dich fest!«

Sie holten tief Luft, dann tauchten sie alle drei mit dem Kopf voran in die gewaltige, sich erhebende Woge. Die Kraft des Wassers zog an Lozzas Haar, an ihren Augenlidern, spülte ihr über die Haut. Druck baute sich in ihren Ohren auf, bis sie zu bersten drohten, während sie unter dem grünen, sandgefüllten Waschmaschinenstrudel hindurchschwammen. Wie Korken tauchten sie auf der anderen Seite inmitten einer Schaumschicht wieder auf, während der Brecher hinter ihnen auf den Strand zurollte. Maya hielt noch immer Ellies Hand fest. Lozza zeigte ihrer Tochter den erhobenen Daumen und blickte aufs Meer hinaus, um abzuschätzen, wie weit die nächste Welle entfernt war.

»Da kommt noch eine große«, rief sie Ellie zu. »Wir können jetzt zum Strand zurückwaten, aber sobald die Welle kommt, drehen wir uns wieder zu ihr um. Wir machen es genauso wie gerade eben. Wir tauchen darunter hindurch. Dann waten wir weiter Richtung Strand, bis zur nächsten Welle, und so weiter – bereit?«

Ellie nickte.

Die Welle kam, und wieder tauchten sie hinab.

Als sie auf der anderen Seite an die Oberfläche kamen, sah Lozza schiere Freude auf Ellies Gesicht. Ihr Blick landete auf Mayas Hand auf ihrem Arm und sie lachte laut auf. Ihr Blick war wild. Auch Maya lachte, doch Lozza war verunsichert darüber, was sie da eigentlich vor sich sah. Irgendetwas an dieser Frau stimmte nicht.

Sie wiederholten den Vorgang und kurz darauf reichte ihnen das Wasser nur noch bis zu den Knöcheln, und die gewaltigen Brecher waren vorübergerollt.

»Danke«, sagte Ellie atemlos und zupfte ihren Bikini wieder zurecht. »Das … das habe ich schon eine sehr, sehr lange Zeit nicht mehr tun können. Ich danke euch beiden so sehr.«

»Meinst du … in den Wellen spielen?«, fragte Maya.

Ellie nickte grinsend. An ihren dunklen Wimpern glitzerten Wassertropfen. »So ähnlich … Wie wenn man nach einem schlimmen Reitunfall wieder aufs Pferd steigt. Ich wollte es schon so lange wieder versuchen, aber …« Auf einmal entdeckte sie etwas am Strand, und sie gefror mitten in der Bewegung. Ihr Gesicht wurde gespenstisch blass, ihre Miene starr. Hastig watete sie aus dem Wasser auf den Strand hinaus.

»Ellie?«, rief Maya ihr nach.

Doch sobald Ellie den harten Sand erreicht hatte, rannte sie los, in Richtung Dünen. Ihre Pobacken wippten unter dem winzigen Bikinislip.

Lozza beschattete ihre Augen und sah hinauf zu den Dünen, um herauszufinden, was in aller Welt Ellie so erschreckt hatte.

Ein Mann.

Er saß dort, wo sie vorhin Ellie gefunden hatte. Neben Lozzas und Mayas Sachen. Ein Mann mit blondem Haar, das in den Strahlen der untergehenden Sonne schimmerte.

»Komm«, sagte sie leise zu Maya.

Sie holten Ellie ein. Jetzt war es Lozzas Instinkt, der sie vorantrieb. Ihr Polizistenverstand hatte Ellies Verletzungen längst mit einem großen bösen Mann in Verbindung gebracht, noch bevor ihr dieser Gedanke richtig bewusst geworden war.

»Martin«, rief Ellie atemlos, als sie bei dem Mann ankamen. »Ich … ich habe dich noch nicht zurückerwartet. Was … was ist los? Warum bist du so früh wieder da?«

»Bedeck dich, Ellie«, sagte Martin leise und hielt Ellie ihr Handtuch hin. Australischer Akzent, aber mit einem Hauch Kanadisch darin.

Ein Schauer rieselte Lozza den Rücken hinab. Jedes Molekül ihres Körpers war mit einem Mal wachsam. Sie griff nach ihrem Handtuch und wechselte einen Blick mit Maya. Ihre Tochter spürte es auch. Sie war ganz still geworden, während sie ebenfalls ihr Handtuch aufhob und es sich um den dünnen Körper schlang.

Rasch musterte Lozza den Mann. Das dichte blonde Haar war leicht gewellt. Hellblaue Augen, die von seiner gebräunten Haut kontrastiert wurden. Gleichmäßiger, faltenloser Teint. Kräftige Züge. Ein breiter Kiefer. Gebaut wie ein Rugbyspieler – ein kleines bisschen zu massig vielleicht. Ein gut aussehender Kerl, wenn man auf so etwas stand. Er sah Lozza nicht einmal an. Sein Blick blieb fest auf Ellie gerichtet. Neben ihm im weichen Sand steckten zwei Weingläser aus Edelstahl und eine kleine Kühlbox.

Zitternd nahm Ellie das Handtuch von ihm entgegen und legte es sich um die Schultern. Der Wind hatte zwar aufgefrischt und die Luft war abgekühlt – wie so oft, kurz bevor die Sonne in der Tasmanischen See versank –, doch Ellie fror nicht. Sie zitterte aus einem anderen Grund. Eine heiße, gefährliche Energie begann in Lozzas Brust zu brodeln. Unwillkürlich biss sie die Zähne zusammen.

»Hey, Kumpel«, sagte sie und legte sich das Handtuch um den Hals.

»Wer ist deine Freundin, Ellie?«, fragte Martin, ohne Lozza auch nur eines Blickes zu würdigen.

Wütend. Bedrohlich.

»Das ist Lozza«, antwortete Ellie, sehr leise. »Sie ist Polizistin.«

Jetzt schoss Martins Blick zu Lozza, und er betrachtete sie mit unlesbarer Miene.

»Lozza, das ist Martin«, sagte Ellie.

Martin lächelte. Seine Eckzähne waren lang und spitz. Es war das kälteste Lächeln, das Lozza je gesehen hatte.

»Lozza Bianchi.« Sie streckte ihm die Hand hin. Martin sah darauf, ergriff sie jedoch nicht.

»Martin Cresswell-Smith«, sagte er. »Ich bin Ellies Ehemann.«

Und da war sie, eine Schlachtlinie im weichen Dünensand der Jarrawarra Bay, zwischen Lozza, der Polizistin, und diesem gefährlich wirkenden Mann, der wohl der Bauunternehmer des Jachthafenprojekts im Agnes Basin sein musste. Sie hatte seinen Namen auf den Schildern und Plakaten gesehen.

Ihr fiel auf, dass er einen Ring trug. Während sie bei Ellie keinen Ehering entdecken konnte, prangte an Martins Finger ein Platinband mit einem blutroten Edelstein. Vermutlich ein Rubin, wenn man Rückschlüsse aus der schicken bronzefarbenen Rolex am Handgelenk dieses Mannes ziehen wollte.

Lozza ließ ihre zurückgewiesene Hand sinken. Sie sah Ellie an. Doch die hatte sich abgewandt.

Verängstigt. Sie will ihren Ehemann nicht verärgern.

Diese Frau war in Gefahr. Eine heftige Windböe strich über sie hinweg. Lozza roch den Rauch eines fernen Wildfeuers.

»Alles in Ordnung, Ellie?«, fragte sie.

»Ja, ja, bestens.«

Lozza zögerte. »Komm, Maya«, sagte sie schließlich.

Martin und Ellie schwiegen, als sie sich zum Gehen wandten.

Als Lozza und Maya die Dünen hinter sich gelassen hatten, sagte Maya: »Er ist irgendwie unheimlich. Ich glaube, der ist böse.«

»Ja. Das ist er.«

Damals

LOZZA

Während Lozza mit Maya auf dem Beifahrersitz und den Boards auf dem Dach nach Hause fuhr, kaute sie auf ihrer Unterlippe herum und drehte und wendete das Rätsel um Ellie und Martin Cresswell-Smith im Kopf. Die Blutergüsse der Frau. Ihre entsetzte Reaktion, als sie ihren Ehemann in den Dünen entdeckt hatte. Wie er sie kontrollierte. Der Ausdruck in seinen Augen.

Die Frau steckte in Schwierigkeiten.

Doch wo war die Grenze, die ein polizeiliches Eingreifen ohne offiziellen Grund von Lozzas eigenen tief sitzenden persönlichen Problemen mit häuslicher Gewalt trennte? Gerade Lozza musste genau aufpassen, diese Grenze nicht noch einmal zu überschreiten. Ihre Degradierung war eine Folge ihrer katastrophalen Reaktion auf einen gewaltsamen Vorfall gewesen. Sie war selbst gewalttätig geworden.

Der Grund, warum das Jugendamt ihr schließlich erlaubt hatte, Maya zu adoptieren, war der, dass Lozza ungeheure Anstrengungen unternommen hatte, um zu zeigen, dass sie einen Neuanfang gemacht hatte und eine verantwortungsbewusste, liebevolle alleinerziehende Mutter für Maya sein konnte, die durch häusliche Gewalt zur Waise geworden war.

Nach dem, was bei der Mordkommission passiert war, durfte sie sich nicht den leisesten Fehltritt erlauben, sonst wäre sie ihre Dienstmarke ganz schnell los.

Sie warf Maya einen Blick zu, die auf der Suche nach einem anderen Sender am Radio herumdrehte. Sie schuldete es ihrer Tochter, dass sie weder ihren Job noch ihren Ruf aufs Spiel setzte. Sie schuldete es ihr, ein gutes Beispiel abzugeben. Lozza war sich bewusst, dass sie sich mehr als alles andere im Leben ein glückliches, warmes Zuhause für ihre Tochter wünschte. Sie wollte, dass Maya in einer Welt aufwuchs, in der es keine Gewalt gab. In der sie sich nicht mehr vor lauter Angst unterm Bett verkriechen musste.

Lozza bog auf die Straße zum Puggo ein. Im Pub war offenbar der Teufel los, und durch das offene Autofenster wehte der köstliche Geruch nach auf dem Grill brutzelnden Burgerpattys herein. Ihr Magen knurrte – vom Surfen bekam sie immer Hunger.

Lozza fuhr langsamer und ließ den Blick über die vor dem Pub geparkten Autos schweifen. Halb erwartete sie schon, den Truck ihres Partners darunter zu entdecken. Das Puggo war Greggs zweites Zuhause. Darüber hinaus war es ein Umschlagplatz für den neuesten Klatsch und Tratsch. Da kam ihr ein Gedanke.

Falls irgendjemand etwas über die Cresswell-Smiths wusste, dann Rabz.

»Hey, Maya, wie wär's mit Burgern und Pommes statt Pizza von gestern?«

»*Echt* jetzt?«

»Klar.«

»Können wir noch eine Portion Pommes extra mitnehmen?«

Lozza grinste. »Aber so was von.« Ein Stück weiter fand sie einen Parkplatz am Straßenrand unter einem gewaltigen Lilly-Pilly-Baum. Im Puggo wurde Alkohol ausgeschenkt, weshalb Minderjährige keinen Zutritt hatten, doch während sie an der Theke auf ihr Essen zum Mitnehmen wartete, würde sie Rabz oder auch irgendjemand anderen ein bisschen ausfragen. »Ist es okay, wenn du hier kurz warten musst?«, fragte sie Maya.

»Willst du mich veräppeln? Hier geht's um Burger und Pommes!«

Lozza ließ für Maya ein Hörbuch laufen und eilte die Straße entlang. Sie kam an einem zerbeulten Geländemotorrad vorbei, das ein paar Fahrzeuge hinter ihrem Auto parkte. Es sah nicht sonderlich verkehrssicher aus, und sie merkte sich das Kennzeichen aus Queensland. Polizeigewohnheiten waren schwer abzuschütteln. Ihr Magen knurrte nun vernehmlich, als sie die Stufen zur Veranda des Puggo hinaufstieg, und sie beschloss, für sich selbst auch eine Extraportion Pommes zu bestellen.

Sie schob den Vorhang aus Plastiklamellen beiseite und betrat den Pub. Ihre Augen gewöhnten sich an die Dunkelheit, und ihre Stimmung hob sich angesichts der ausgelassenen Atmosphäre.

Keine Spur von Rabz.

Stattdessen stand ein Neuer hinter der Bar – jung und sonnengebräunt, mit langen Dreadlocks und einem fröhlichen Gesicht. Er plauderte und lachte mit zwei Frauen, die am Tresen lehnten. Sue und Mitzi. Zwei Veteraninnen der hiesigen Surferszene. Lozza trat ebenfalls an die Theke, begrüßte die beiden Frauen und gab bei dem jungen Barkeeper ihre Bestellung auf, der sie mit einem Ruf über die Schulter in der Küche meldete.

»Rabz arbeitet heute Abend nicht?«, fragte sie ihn.

»Die ist in Sydney«, gab der Barkeeper zurück. »Sie kommt erst in einer Woche oder so zurück.«

Mitzi und Sue tratschten über die Ökos, die in einer Nische im hinteren Teil des Pubs saßen.

Lozza folgte ihrem Blick. Mitzi wandte sich an sie. »Ist jeden Abend dasselbe. Sie kommen her und schmieden Pläne, wie sie das Bauprojekt im Agnes Basin stoppen können. Dann besaufen sie sich und wissen irgendwann nicht mehr, worum es eigentlich geht.« Sie grinste. »Heute Abend sind sie total auf der Palme wegen einem Umweltgutachten, das offensichtlich den Weg für eine Regierungsgenehmigung frei macht.«

»Wer hat das Gutachten denn erstellt?«, fragte Lozza. Persönlich war sie ebenfalls gegen eine Bebauung dieses Gebiets.

»Die krummen Brüder«, antwortete Sue.

»Ja. Man munkelt, dass man diesen Gebrüdern ein bisschen Kohle zuschieben kann, und schon schreiben sie alles, was man nur will, in ihr Gutachten«, ergänzte Mitzi. Sie griff nach ihrem Bier, trank einen herzhaften Schluck und wischte sich mit der Hand über den Mund. Lozza grinste verstohlen. Mitzi war ein echtes Original. Sie lebte schon seit einer Ewigkeit hier, ließ sich nichts vormachen und nahm kein Blatt vor den Mund. »Wenn du mich fragst, stinkt das zum Himmel. Ich schätze, diese Cresswell-Smiths haben Dreck am Stecken, genau wie der Bürgermeister und die Stadträte, wenn sie dieses Gutachten akzeptieren.«

»Kennt ihr die Cresswell-Smiths denn?«

»Ich weiß, dass sie das Agnes Basin zerstören wollen.« Mitzi trankt ihr Bier aus, stellte das leere Glas mit einem Knall auf den Tresen und orderte mit einem Wink ein weiteres Bier. »Anscheinend kommt das Geld für das Projekt von Ellies Daddy, und sie hat eigentlich keine Ahnung, was ihr Mann mit der Kohle überhaupt anstellt.«

»Ich schätze, die Dame ist ein bisschen neben der Spur«, warf Sue ein und machte eine Handbewegung, als würde sie ein Glas leeren. »Alk und Pillen, wie man munkelt.«

Lozza runzelte die Stirn, ihre Neugier war geweckt.

Der Barkeeper stellte zwei Schachteln vor Lozza auf die Theke, aus denen es verlockend dampfte. »Habt ihr gerade von Ellie Cresswell-Smith geredet?«, fragte er.

»Jep«, bestätigte Mitzi.

»Ich habe mich schon gefragt, wer das ist. Gestern hat jemand ein Päckchen für sie hier abgeliefert«, erklärte er. »So ein Biker mit Glatze und einem Tattoo am Hals.«

»Ein Päckchen?«, fragte Lozza. »Hier?« Jetzt hatte sie definitiv angebissen, denn Gregg und sie hatten die vergangenen Wochen damit verbracht, bei der Strike Force Tinto auszuhelfen, einer Ermittlungseinheit, die sich mit den illegalen Geschäften einer Bikergang befasst hatte, die in einer Stadt weiter im Norden einen Drogendeal hatte durchführen wollen.

»Ja. Der Typ hat nach ›Ellie‹ gefragt – hat gesagt, er hätte eine Lieferung für sie. Aber Rabz hat keine Anweisungen oder so hinterlassen, also hat der Typ gefragt, ob das Päckchen einfach hierbleiben kann, damit Ellie es sich dann abholt.«

»Und hat sie es sich abgeholt?«, fragte Lozza.

»Nee, liegt im Büro«, sagte der Barkeeper. »Ihr Name steht drauf. Ich dachte, ich lasse es einfach für Rabz liegen, damit sie sich darum kümmern kann, wenn sie wieder da ist.«

Lozza bezahlte für ihr Essen und verließ das Puggo.

Draußen hatten die Flughunde zu streiten begonnen. Wie alte Hexen keiften sie in den Bäumen – es wurde allmählich dunkel. Orangefarbener Fledermausmist befleckte den Bürgersteig und klebte unter Lozzas Flip-Flops. Als sie fast bei ihrem Toyota RAV4 angekommen war, hörte sie Stimmen. Einen Mann und eine Frau. Sie stritten miteinander. Ihr Tonfall war gedämpft, aber zornig, sodass man einfach nicht weghören konnte. Lozza blieb stehen. Nun wurde die Stimme der Frau lauter. »Nein«, befahl sie. »Hau ab! Hör auf. Lass mich in Ruhe!«

Lozza lief los. Unter einem Baum an einem Zaun sah sie einen Mann, der eine Frau am Arm gepackt hielt. Die Frau riss sich los. Erschrocken erkannte Lozza sie.

»Willow?«, rief sie. »Alles in Ordnung?«

Rasch wich der Mann zurück in die Schatten. Er hatte eine glänzende Glatze. Schwarzes T-Shirt, schwarze Jeans. Bikerboots. In der linken Hand hielt er eine Art Reisetasche.

Mit den Schachteln voller Essen in den Händen eilte Lozza zu Willow hinüber. »Hey! Geh weg von ihr. Sofort.«

»Sie … sie ist Polizistin«, rief Willow laut und deutlich. »Hör lieber auf sie, Mann.«

Der Typ musterte Lozza in ihrem Sarong, den Flipflops und den Essensschachteln in der Hand. Sein Gesicht wurde von Schatten verborgen. Eine Fledermaus huschte durch die Luft. Der Mann fuhr herum, schlang sich die Tasche über die Schultern und eilte zu dem verbeulten Geländebike hinüber, das bei Lozzas Toyota stand. In einer fließenden Bewegung schwang er sich in den Sattel und erweckte das Bike mit einem Fußtritt zum Leben. Im Schein der Straßenlaterne sah Lozza ein Tattoo an seinem Hals. Der Mann gab Vollgas und raste laut dröhnend die Straße hinab. Kurz vor der Kurve riss er das Vorderrad hoch und fuhr auf dem Hinterrad, dann war er verschwunden. Ein Känguru brach aufgeschreckt aus den Büschen hervor und verschwand dann wieder darin.

Lozza trat zu Willow. »Bist du okay?«

Sie zitterte. »Was für ein Arschloch.« Ihre Stimme bebte leicht. »Danke.«

»Wer war das? Was wollte er von dir?«

»Ich habe keine Ahnung, wer zum Teufel das war. Er ist einfach aufgetaucht und hat mich blöd angequatscht, als ich vorbeigelaufen bin. Er wollte mich auf was zu trinken einladen, und ein Nein hat er nicht gelten lassen. Er wollte mich mitzerren, aber dann warst du da.« Sie rieb sich über den Oberarm, wo der Kerl sie gepackt hatte. »Gutes Timing – danke, Lozza.«

Lozza zögerte. »Wolltest du zum Puggo? Kommst du klar?«

Während sie sprach, tauchte Gregg am Ende der Straße auf und kam auf sie zu. »Was ist denn hier los?«

»Irgendein Arschloch hat Willow belästigt«, erklärte Lozza.

»Geht's dir gut?« Gregg berührte Willow am Arm. Eine intime Geste. Unwillkürlich biss Lozza die Zähne zusammen. Natürlich interessierte sich Gregg für Willow. Sie war Single. Verflucht sexy. So wenig es Lozza auch zugeben wollte, nicht einmal vor sich selbst, sie fühlte sich mehr als nur ein bisschen zu ihrem attraktiven Partner hingezogen. Gregg mochte ein noch unerfahrener und nicht sonderlich guter Cop sein, aber er war durchaus lebensklug. Bevor er zur New South Wales Police Force gekommen war, hatte er im Baugewerbe gearbeitet. Er war geschickt mit den Händen, er konnte Dinge reparieren. Probleme lösen. Und er konnte gut mit Kindern umgehen. Was auf Lozzas Hitliste ganz oben stand. In seiner Freizeit gab er Surfunterricht und half dabei, den Nachwuchs bei den Rettungsschwimmern auszubilden. Und ja, Lozza war eifersüchtig. Sie würde nie so gut aussehen wie die Willows oder Ellies oder Rabz dieser Welt. Vielleicht war das der Grund, warum es ihr so gefiel, Polizistin zu sein und eine Waffe zu tragen. Es gab ihr einen Sinn. Eine Macht, über die diese anderen Frauen nicht verfügten.

»Tja, wir sehen uns. Viel Spaß euch noch.«

»Ciao«, rief Gregg.

»Danke, Lozza«, sagte Willow noch einmal.

»Hey, keine Ursache.« Sie lief in Richtung Auto, während Willow und Gregg das Puggo ansteuerten.

»Super, Mom!«, rief Maya, als Lozza ihr die Schachtel reichte. Prompt stibitzte sie eine Handvoll Pommes aus einer davon, und Lozza erlaubte ihrer Tochter, sich die ganze Ladung auf einmal in den Mund zu stopfen, während sie selbst den Zündschlüssel ins Schloss schob. Ihr fiel wieder ein, was der Barkeeper gesagt hatte.

»So ein Biker mit Glatze und einem Tattoo am Hals … Der Typ hat nach ›Ellie‹ gefragt.«

Sie ließ die Hand wieder sinken, bevor sie den Motor angelassen hatte, und schluckte ihre eigenen Pommes hinunter. Dann sagte sie: »Kannst du noch mal einen Moment warten, Maya? Ich habe was im Puggo vergessen. Bin gleich wieder da – du kannst schon mal mit dem Essen anfangen, wenn du willst.«

Bevor Maya etwas erwidern konnte, war Lozza schon ausgestiegen und joggte zurück zum Puggo. Sie wischte sich Pommeskrümel und Salz vom Kinn und betrat den Pub. Sie sah Gregg und Willow in einer Nische sitzen. Sie hatten die Köpfe einander zugeneigt und unterhielten sich miteinander. Lozza ging auf direktem Weg zum Barkeeper.

»Dieses Päckchen für Ellie Cresswell-Smith. Ich nehme es – ich bringe es ihr nach Hause.«

Der Barkeeper wirkte unsicher.

»Hey, ich bin Polizistin. Wie schief kann das schon gehen?«

Der Barkeeper lachte. »Sie würden sich wundern.« Er nahm Lozza mit ins Büro und reichte ihr ein kleines Päckchen. Es war in braunes Papier gewickelt und darauf stand »Ellie Cresswell-Smith«. Lozza schüttelte es. Es rasselte. Wie Pillen in Tablettendöschen.

»Gibt es hier Sicherheitskameras?«, fragte sie.

»Meinen Sie hier im Büro?«

»Nein. Vor dem Eingang.«

»Ja. Jeweils eine Kamera für den Außenbereich und für die Ein- und Ausgänge.«

»Haben Sie die Aufnahmen von dem Tag, an dem das Päckchen gebracht wurde, noch?«

»Glauben Sie, da sind Drogen drin oder so?«

»Wie kommen Sie darauf?«

Ein Schulterzucken. »Keine Ahnung. Wie gesagt, der Typ sah aus wie ein Biker. Und in den Nachrichten kam diese Geschichte von der Drogenrazzia bei einer Bikergang neulich. Aber ja, die Aufnahmen müssten eigentlich noch nicht wieder überspielt worden sein. Ich kann sie für Sie raussuchen, aber lieber später, wenn es geht?« Er ruckte mit dem Kinn in Richtung Tür. »Da draußen warten jede Menge Gäste. Und ich weiß nicht … vielleicht sollte ich vorher Rabz fragen, ob das klargeht, okay?«

Lozza musterte das Päckchen. Ellies Name. »Ja, tun Sie das. Ich kann in Uniform zurückkommen und es offiziell machen.«

Der Barkeeper zögerte. »Rabz hat bestimmt nichts dagegen – das wird schon gehen.«

»Okay, suchen Sie mir die Aufnahmen später raus und bewahren Sie sie für mich auf. Ich komme morgen vorbei und hole sie ab.«

Lozza joggte zum Auto zurück. Es würde nicht weiter schwer sein, die Adresse der Cresswell-Smiths herauszufinden. Sie legte das Päckchen hinter ihren Sitz auf den Boden. Maya sah zu.

»Was ist das?«, fragte sie.

»Nur etwas, was ich vergessen habe.«

Damals

LOZZA

Vor über einem Jahr, 17. November, Jarrawarra Bay, New South Wales

Den ganzen Tag war Lozza mit einem Ex-Häftling beschäftigt gewesen, der versucht hatte, das Auto des Liebhabers seiner Ehefrau mit einer selbst gebastelten Rohrbombe in die Luft zu jagen. Mittlerweile war es dunkel, und sie trug noch immer ihre Uniform, als sie erschöpft ihren Dienstwagen, einen Holden Commodore, auf einem Parkplatz vor dem Puggo abstellte.

Dann betrat sie den Pub, um sich die Aufnahmen der Überwachungskamera abzuholen. Offenbar war Rabz immer noch in Sydney, weshalb ihr der Barkeeper einen USB-Stick mit der betreffenden Aufnahme reichte.

»Der Biker ist drauf«, verkündete er. »Einmal dreht er den Kopf, da sieht man sein Tattoo ziemlich gut. Ist ein Kolibri an seinem Hals.«

Sie dankte ihm und stieg wieder in ihren Polizeiwagen, dann fuhr sie zum Haus der Cresswell-Smiths am Bonny River. Das Haus war dunkel, nur hinter einem der Fenster im ersten Stock brannte Licht. Kein Boot oder Bootsanhänger in der Einfahrt. Das Tor zu der großen Garage stand offen. Kein Fahrzeug darin.

Lozza schaltete den Motor aus und beobachtete das Haus eine Weile. Der Wind hatte seit dem Morgen aufgefrischt. Sie griff nach dem Päckchen, das sie am vergangenen Abend aus dem Puggo mitgenommen hatte. Als sie aus dem Auto stieg, sah sie einen Schatten hinter dem erleuchteten Fenster des Nachbarhauses. Der Vorhang bewegte sich. Irgendjemand stand dort und sah zu.

In ihrer Uniform marschierte sie zur Eingangstür der Cresswell-Smiths. Die Tür bestand aus dickem Holz, das geschnitzte Muster darauf sah nach Aboriginal-Kunst aus. Eine dicke Glasscheibe verlief seitlich über die Länge der Tür. Ein Bewegungsmelder ließ Licht aufflammen, als Lozza die Hand nach der Klingel ausstreckte.

Das Klingeln hallte durch das Innere des Hauses. Niemand kam. Das Haus fühlte sich verlassen an. Wieder klingelte sie. *Ding-Dong.* Keine Antwort. Sie versuchte es ein weiteres Mal. Nichts. Das Licht im oberen Stockwerk musste versehentlich angelassen worden sein, als das Paar das Haus verlassen hatte.

Als sich Lozza jedoch gerade zum Gehen wenden wollte, erhaschte sie aus dem Augenwinkel eine schnelle Bewegung im Haus. Ihr Puls schoss in die Höhe. Sie legte die Hand an die Glasscheibe, um hindurchspähen zu können. Dunkel. Sie konnte nichts erkennen. Sie überlegte, ob sie die Taschenlampe an ihrem Gürtel einschalten und ins Haus leuchten sollte, doch sie verwarf den Gedanken wieder. Dies war kein Tatort. Abgesehen von ihrem Bauchgefühl hatte sie keinen Grund, sich hier einzumischen. Trotzdem blieb dieses ungute Gefühl, während sie ein weiteres Mal in die Schatten des Hauses spähte. Sie war sicher, dass sich dort etwas bewegt hatte.

Sie wartete ein paar Momente, dann drückte sie noch einmal auf die Türglocke. Keine Antwort.

Es gab nichts, was sie noch tun konnte. Sie würde am nächsten Morgen mit dem Päckchen zurückkehren, denn nun wollte sie wirklich unbedingt wissen, was darin war. Sie würde einfach so lange bleiben, bis Ellie das Päckchen öffnete.

Gerade wollte Lozza die Einfahrt wieder in Richtung Straße überqueren, als die Silhouette einer Frau hinter dem erleuchteten Fenster des Nachbarhauses auftauchte. Lozza blieb stehen und sah hinauf. Der Wind trieb trockene Eukalyptusblätter über den Asphalt. Eine Eule rief leise. Der Vorhang wurde zurückgezogen und das Fenster geöffnet. Eine Frau lehnte sich heraus.

»Suchen Sie nach den Cresswell-Smiths?«, rief sie Lozza zu. Sie klang betagt, aber Lozza konnte ihr Gesicht nicht erkennen. *Muss eine neue Mieterin in dem Haus sein,* dachte sie. Soweit sie wusste, wurde das Anwesen von den Besitzern nur während der Sommerferien bewohnt.

»Wissen Sie, wo sie sind?«, rief Lozza hinauf.

»Sie sind heute Morgen ganz früh mit ihrem Boot zum Fischen rausgefahren. Die Frau ist allein zurückgekommen. Über den Pfad vom Fluss her. Sie ist dadrin – im Haus. Die Frau.«

Lozza blickte zurück zum Haus und runzelte die Stirn. Sie ließ den Blick auf dem einsamen erleuchteten Fenster im ersten Stock ruhen.

»Sind Sie sicher?«

»Ich habe sie kommen sehen, kurz nachdem es dunkel geworden ist – vor einer halben Stunde etwa. Irgendetwas war komisch an ihr.«

»Wie meinen Sie das?«

»Sie ist bei ihrem Atelier herumgestolpert und hat die Mülltonne umgeworfen. Der Metalldeckel hat furchtbar gescheppert, deshalb habe ich aus dem Fenster geschaut – ich dachte, dass dieses Opossum vielleicht mal wieder da ist. Dann habe ich sie gesehen. Mit Baseballkappe und Jacke. Sie hat sich erschreckt, als ich das Licht eingeschaltet habe. Hat sich hinter dem Atelier versteckt. Also habe ich das Licht wieder ausgeschaltet und sie aus dem Dunkeln beobachtet, weil sie mir irgendwie komisch vorgekommen ist. Irgendwann ist sie durch den Garten durch die Glasschiebetür ins Haus gegangen. Die steht immer noch offen. Man kann es von meinem Fenster aus sehen.«

Neugierige Frau.

»Dann ist sie also allein dadrin?«

»Soweit ich weiß, schon. Ihren Mann habe ich nicht zurückkommen sehen. Der Truck und das Boot sind auch nicht da.«

Lozza stand da, ihr Bauchgefühl sandte ein wahres Sperrfeuer an Signalen an ihr Hirn. Sie musste sich absichern, bevor sie uneingeladen das Haus betrat.

»Machen Sie sich Sorgen, dass Mrs Cresswell-Smith in Schwierigkeiten stecken könnte?«, rief sie zu der Nachbarin hinauf. Wenn die Frau angab, Angst um Ellies Wohlbefinden zu haben, dann würde das Lozza wenigstens etwas mehr Grund geben, durch das offene Garagentor das Grundstück zu betreten und zur Hinterseite des Hauses zu gehen.

»Ihr Ehemann schlägt sie.«

Lozzas Herz machte einen Satz. »Was?«

»Ich habe es gesehen. Durch das Fenster unten zwischen Wohnzimmer und Küche. Ich habe gesehen, wie er sie schlägt. Einmal hat er sie auch gewürgt. Und gestern Abend habe ich sie schreien gehört.«

»Gestern Abend? Wann genau?«

»Gegen sieben, glaube ich.«

Nachdem sie vom Strand nach Hause gekommen sind. Ich hätte irgendetwas tun sollen!

»Haben Sie den Notruf gewählt? Den Vorfall gemeldet?«

»Geht mich nichts an. Jeder kehrt vor seiner eigenen Tür, sage ich immer.«

Lozza fluchte leise. »Dann glauben Sie also, dass Mrs Cresswell-Smith jetzt im Haus ist und in Gefahr sein könnte?«

»Vielleicht. Irgendwas stimmt da jedenfalls nicht.«

»Danke.« Lozza betrat die Garage und ging durch eine Seitentür in den dunklen Garten. Die gläserne Schiebetür stand tatsächlich offen. Sie hörte etwas – das Rascheln von Blättern, dann einen knackenden Zweig. Gefolgt von einem plötzlichen lauten Rascheln in den Büschen auf dem leer stehenden Grundstück auf der anderen Seite des Gartens. Lozzas Herz raste.

Vorsichtig ging sie in die Hocke und legte das Päckchen auf den Boden. Den Blick fest auf die Schatten des leeren Grundstücks gerichtet, öffnete sie den Verschluss des Holsters, um freien Zugang zu der selbstladenden Dienstwaffe an ihrer Hüfte zu haben, einer Glock 22 im Kaliber .40. Sie zog die Taschenlampe aus dem Gürtel, schaltete sie ein und leuchtete in die Büsche. Adrenalin wurde durch ihre Adern gepumpt, und sie zuckte zusammen, als der Lichtstrahl plötzlich auf ein glühendes Augenpaar traf.

Verdammtes Opossum.

Lozza atmete tief durch, um sich zu beruhigen, und leuchtete auch noch das restliche Grundstück ab. Am unteren Rand des Gartens, hinter einer Baumreihe und jenseits eines kleinen Bootshauses, strömte der Fluss vorüber, dunkel und schimmernd im silbernen Mondlicht. Sie spürte, wie sich ihre Nackenhaare sträubten. Irgendetwas war hier nicht in Ordnung. Unheilvoll. Sie ließ das Päckchen neben der Garagentür liegen und überquerte den Rasen.

Lozza betrat die Terrasse und rief durch die offene Schiebetür ins Haus, eine Hand an der Waffe.

»Hallo? Ist da jemand?«

Schweigen sickerte aus dem Haus.

»Hallo!«, rief sie lauter.

Stille.

Lozza betrat das Haus, jede Faser ihres Körpers war hellwach. Sie ließ den Strahl der Taschenlampe durch das Wohnzimmer schweifen. »Irgendjemand zu Hause? Ellie Cresswell-Smith, sind Sie da? Hier ist Senior Constable Laurel Bianchi von der Jarrawarra Police. Ich habe ein Päckchen für Sie.«

Auf einmal drang ein lautes Rascheln von draußen herein. Irgendetwas kämpfte sich dort durch das trockene Gestrüpp, und es war zu groß für ein Opossum. Lozza eilte wieder hinaus und leuchtete die Büsche ab. Eine Autotür wurde jenseits des leeren Grundstücks zugeschlagen – durch das Dickicht konnte Lozza jedoch nichts erkennen. Ein Motor grollte auf. Reifen knirschten auf dem Kies. Das Auto raste in die Nacht davon. Lozzas Atem ging schnell.

Hastig ging sie wieder ins Haus, und nun verfolgte sie eine klare Absicht.

Sie leuchtete umher, bis sie einen Schalter fand, und drückte darauf. Der Raum wurde in grelles Licht getaucht. Das Wohnzimmer wirkte kahl, alles war weiß und seltsam steril. Auf dem Küchentresen standen zwei leere Weinflaschen. Ein leeres Weinglas daneben. Lozza durchquerte das Wohnzimmer und ging zum Küchenbereich. Sie sah zerbrochenes Glas auf dem Boden. Rote Schlieren an einem der Schränke.

Ellie?

Sie ging weiter zur Treppe. Auf der ersten Stufe entdeckte sie Blut, eine kleine Lache. Mit der Taschenlampe leuchtete sie die Treppe hinauf. Auch an der Wand über den Stufen war Blut verschmiert worden.

Mit großen Sätzen eilte sie die Treppe hinauf, lief direkt auf die Tür zu, hinter der das Licht brannte.

»Ellie!«, rief sie, als sie den Raum betrat.

Sie erstarrte.

Weiße zerwühlte Decken auf dem Bett – blutig. Eine leere Weinflasche lag umgekippt auf dem Nachttisch. Frauenkleider neben zwei Koffern, die aussahen, als wären sie explodiert und hätten ihren Inhalt überall verteilt. Eine Blutspur führte zum Badezimmer. Lozza sah einen nackten Fuß, der durch die Tür ragte. Sie rannte hinüber.

Ellie lag nackt auf den Fliesen, die Augen geschlossen. Reglos. Ihre Haut hatte einen tödlichen bläulich weißen Schimmer angenommen. Eine Lache aus geronnenem Blut umgab ihren Kopf und über ihre Stirn zog sich eine Platzwunde. Neben ihrer ausgestreckten Hand lag ein Tablettendöschen. Pillen über den ganzen Boden verteilt. Ein Handy mit gesprungenem Display klemmte hinter dem Sockel der Toilette. Rasch ging Lozza neben Ellie in die Hocke. Ihr Blick huschte über die Aufschrift des Tablettendöschens. In dicken schwarzen Großbuchstaben stand »Verschreibungspflichtiges Arzneimittel. Hypnodorm« darauf.

Sie tastete nach einem Puls, während sie das Funkgerät an ihrer Schulter einschaltete.

Damals

LOZZA

Sorgfältig leuchtete Lozza den trockenen Sand der ungepflasterten Straße hinter dem leeren Grundstück neben dem Haus der Cresswell-Smiths ab.

Die Sanitäter waren schnell vor Ort gewesen. Man hatte Ellie ins Krankenhaus gebracht. Offenbar lag sie im Koma, doch die Ärzte kümmerten sich um sie. Lozza hatte die Tabletten eingetütet und den Vorfall bei ihrer Polizeidienststelle gemeldet. Dann war sie das Haus der Cresswell-Smiths langsam abgelaufen, hatte Fotos von den Blutspuren geschossen, von den Weinflaschen und dem zerbrochenen Glas. Im Zuge der Meldung bei ihrer Dienststelle hatte sie erfahren, dass die Seenotrettung eine Suche nach dem Boot der Cresswell-Smiths eingeleitet hatte.

Offenbar hatte sich die Abracadabra um 5.49 Uhr an diesem Morgen bei der Jarrawarra Bay Marine Rescue gemeldet und angegeben, unterwegs zum FSG zu sein. Allerdings hatte sich die Abracadabra nicht wieder abgemeldet, was letztendlich dazu geführt hatte, dass nach ihr gesucht wurde.

Bisher fehlte jede Spur von dem Boot. Martin Cresswell-Smith antwortete weder auf Funksprüche noch ging er an sein Handy.

Er schien verschwunden zu ein.

Lozza verharrte, als der Lichtstrahl ihrer Taschenlampe etwas einfing.

Reifenspuren.

Sie ging in die Hocke und schoss Fotos mit ihrem Handy. Der Blitz leuchtete grell in der Dunkelheit. Sie sah auf und ließ den Blick über die Häuser auf der gegenüberliegenden Straßenseite gleiten, während sie noch einmal im Kopf durchspielte, wie irgendetwas durch das Gebüsch gebrochen war. Der Klang der zuschlagenden Autotür. Das Grollen des Motors. Das Knirschen der Reifen, als das Fahrzeug davongerast war. Sie dachte an den Schatten, den sie durch das Glas neben der Tür der Cresswell-Smiths gesehen hatte. Sie dachte an das Blut. Ellie auf dem Badezimmerboden. Die Tabletten.

Ein Mann trat aus der Eingangstür des Hauses, das dem unbebauten Grundstück gegenüberlag. Er rollte seine Recyclingtonne die Auffahrt hinunter. Lozza stand auf und überquerte die Straße, um mit ihm zu sprechen.

»Guten Abend, Sir, ich bin Lozza Bianchi von der Jarrawarra Police.«

»Officer«, grüßte er sie und stellte die Tonne vor dem Gartentor ab. »Was gibt's?«

»Von Ihrem Haus aus hat man Blick auf das leer stehende Grundstück – haben Sie zufällig gesehen, ob dort vorhin ein Fahrzeug geparkt hat?«

»Ein braunes Auto, meinen Sie?«

»Dann haben Sie also ein Auto gesehen?«

»Na ja, schon.« Der Wind fegte raschelndes Laub über seine Einfahrt. Eine Fledermaus flitzte unter den Ästen hindurch. »Es war ein Corolla. Ist mir aufgefallen, weil er fast meine Katze überfahren hätte, als er davongerast ist. Vollidiot.«

Lozza spürte Aufregung erwachen. »Sind Sie sicher, dass es ein Corolla war?«

»Ja. Ich habe ihn schon mal gesehen. Hat ein paar Mal an der Straße geparkt. Mit einem Typen drin, der das Haus von diesem Bauunternehmer beobachtet hat. So hat's jedenfalls ausgesehen. Meine Frau findet das ziemlich unheimlich. Sie sagt, wenn sie den Typen noch mal hier sieht, ruft sie euch Polizisten an.«

»Sie haben sich nicht zufällig auch das Kennzeichen gemerkt?«

»Das war ziemlich verdreckt, aber ich glaube, die Buchstaben G-I-N standen drauf.«

»Ein gelbes Nummernschild?«

Im Schein der Straßenlaterne erkannte sie, dass er die Stirn runzelte, während er sich offenbar zu erinnern versuchte. »Nein. Braun auf Weiß, glaube ich.«

»Queensland?«

»Möglich. Jedenfalls ganz sicher nicht Schwarz auf Gelb wie bei einem Nummernschild aus New South Wales.«

Lozza bedankte sich bei dem Mann. Dann holte sie das Päckchen für Ellie, das sie im Gras neben der Seitentür der Garage hatte liegen lassen, und stieg in ihren Commodore. Sie sah auf die Uhr, dann rief sie ihre Mutter an.

»Hey, Mom. Ich komme heute Abend wahrscheinlich ziemlich spät nach Hause.«

»Ist alles in Ordnung, Schatz?«, fragte ihre Mutter.

»Ja. Nur die Arbeit. Ein neuer Fall, jemand wird vermisst. Kann ich mit Maya sprechen?«

»Sie badet gerade.«

Lozza lächelte und spürte die Wärme in ihrem Herzen. »Sag ihr, dass ich noch einmal nach ihr sehe und sie zudecke, wenn ich nach Hause komme. Und erinnere sie an das Schulprojekt, das muss sie morgen abgeben.«

Lozza legte auf und fuhr hinab zur Bootsrampe des Bonny River, die dunkel und verlassen dalag. Ein einsamer Toyota Hilux mit einem leeren Bootsanhänger stand auf dem Parkplatz.

Lozza stieg aus und ging langsam um den Truck und den Anhänger herum. Der Sichelmond spendete ein wenig silbernes Licht, und wieder wehte der leise Ruf einer Eule durch die Nacht.

Wenn Ellie und Martin Cresswell-Smith an diesem Morgen tatsächlich beide mit der Abracadabra hinausgefahren waren, wie die Nachbarin behauptet hatte, und wenn das Boot nie zurückgekehrt war, wie war Ellie dann nach Hause gekommen?

Was war passiert zwischen 5.49 Uhr, als sie sich bei der Seenotrettung angemeldet hatten, und 19.40 Uhr, als die Nachbarin gesehen hatte, wie Ellie vom Fluss heraufgekommen war?

Damals

LOZZA

Vor über einem Jahr, 18. November, Jarrawarra Bay, New South Wales

»Setz dich, Lozza.«

Sergeant Jon Ratcliffe – der Polizeichef der Jarrawarra Police – deutete auf einen Stuhl vor seinem Schreibtisch. Er hatte Lozza gleich als erste Amtshandlung an diesem Morgen in sein Büro gerufen.

Sie zögerte, dann setzte sie sich. Sie hatte das Päckchen dabei, das sie am vergangenen Abend mit zu dem Haus am Bonny River genommen hatte. Sie legte es sich auf den Schoß, zusammen mit einem Foto des Bikers von den Aufnahmen, die von der Überwachungskamera am Eingang des Puggos stammten.

»Bring mich auf den neuesten Stand«, sagte Jon und beugte sich vor. Seine Augen waren von einem dunklen Käferbraun, sein Blick durchdringend. Er war ein großer, imposanter Mann. Er führte ein straffes Regiment und hatte seine Dienststelle fest im Griff, doch Lozza kannte ihn als fairen Chef. Dies war eine kleine Stadt, weshalb sie auch außerhalb des Dienstes schon mit ihm zu tun gehabt hatte. Er hatte eine große Familie – fünf Kinder –, und unter der rauen Schale schlug ein Herz aus Gold. »Erzähl mal, was gestern Abend im Haus der Cresswell-Smiths passiert ist – warum warst du da?«

Lozza befeuchtete sich die Lippen und erklärte alles, so gut sie konnte. Und sie war ehrlich. Sie zeigte ihrem Vorgesetzten das Foto des Bikers. »Das ist der Typ, der das Päckchen abgeliefert hat. Ich habe gesehen, wie er auf einer Geländemaschine davongefahren ist. Ich habe mir das Kennzeichen gemerkt, weil es nicht verkehrssicher aussah. Es war ein Kennzeichen aus Queensland. Ich habe es heute Morgen überprüfen lassen, nach dem, was gestern passiert ist. Es wurde als gestohlen gemeldet.« Sie hielt kurz inne. »Und ein Nachbar hat ausgesagt, das Auto, das vom Haus der Cresswell-Smiths davongefahren ist, hätte auch ein Kennzeichen aus Queensland gehabt. Ich weiß nicht, ob das von Bedeutung ist.«

Er sah sich das Foto von dem Mann an, lehnte sich dann zurück und verschränkte die Hände hinter dem Kopf. Er musterte Lozza eine Weile. »Was ist in dem Päckchen?«

»Ich weiß es nicht.«

»Angesichts der Umstände – vermisster Ehemann, Ehefrau mit einer Vorgeschichte, in der Medikamentenmissbrauch eine Rolle spielt, und die jetzt im Koma liegt – mach es auf.«

Darauf hatte sie gewartet. Sie stellte das Päckchen auf den Schreibtisch, und Jon reichte ihr eine Schere.

Sie hatte das Päckchen bereits fotografiert.

Nachdem sie Handschuhe übergestreift hatte, schnitt sie vorsichtig das Klebeband durch und klappte den Deckel auf. Im Päckchen lagen fünf Döschen, alle mit demselben Etikett wie bei den Tabletten, die sie bei Ellie auf dem Badezimmerboden gefunden hatte. Jon stand auf und kam um den Schreibtisch herum.

»Hypnodorm«, sagte er. »Verschreibungspflichtige Medikamente.«

»Sieht aus wie das Zeug, von dem sie eine Überdosis geschluckt hat.«

Er sah sie an. Die mögliche Bedeutung dieser Entdeckung hing schwer in der Luft. Sie, eine Polizistin, hatte offensichtlich illegal erworbene Tabletten zum Haus einer Frau gebracht, die vielleicht an einer Überdosis ebenjenes Medikaments sterben würde.

Jon rieb sich über das Kinn. »Lass die Tabletten als Beweismittel sichern. Und lass sie testen.« Leise sagte er: »Hoffen wir mal, dass das kein Problem wird, Lozza. Wenigstens ist es kein Mordfall, der viel öffentliche Aufmerksamkeit erregt. Bis jetzt wird nur jemand auf See vermisst – ein Mann, der immer noch wieder auftauchen könnte. Dazu die häusliche Gewalt und die Sache mit der Drogensucht.« Er setzte sich wieder hinter seinen Schreibtisch. »Hör dich um. Und finde diesen Biker.«

»Ja, Sir.«

Lozza stand auf und verließ den Raum. Leise schloss sie die Bürotür hinter sich. Ihr war nicht gut. Ihr Bauchgefühl sagte ihr, dass dieser Fall nicht so einfach werden würde.

Damals

LOZZA

Gregg wartete draußen auf dem Parkplatz auf sie.

»Du fährst.« Sie warf ihm die Schlüssel zu. Sie war nicht in der Stimmung dafür.

Er fing die Schlüssel auf. »Was hat der Chef gesagt?«

»Er hat gesagt, wir sollen unsere Hintern da rausschwingen und uns umhören.« Sie würde ihr Treffen mit ihrem Vorgesetzten nicht mit dem Frischling Gregg besprechen. Nicht jetzt.

Sie ließ sich auf den Beifahrersitz fallen und griff nach dem Gurt. Gregg ließ den Wagen an und fuhr los. Es war ein strahlender Sonnentag, und es wurde jetzt schon heiß. Doch am nördlichen Horizont ballten sich Wolken zusammen. Er fuhr in Richtung der Landzunge. Viele der Anwohner dort besaßen ein Teleskop und sahen jeden Morgen aufs Meer hinaus. Eine davon war Willow Larsen. Sie steuerten ihr Haus an.

Als sie fast da waren, wurde Gregg seltsam still. Lozza sah ihn an. Er räusperte sich.

»Ich war mit Willow zusammen«, sagte er.

»Was?«

»Ich war bei ihr. An dem Morgen. Gestern, vor sechs Uhr. Ich habe sie gesehen – die Cresswell-Smiths –, wie sie in ihrem Quinnie rausgefahren sind.«

»Und wann hattest du vor, mir das zu erzählen?«

»Ich hab's dir doch gerade erzählt.«

Lozzas Blutdruck schnellte in die Höhe. Sie sah aus dem Fenster und versuchte, tief durchzuatmen.

Sie hielten vor einem von Jasminranken überwuchertem Gartentor. Willows limettengrüner VW-Käfer war am Straßenrand geparkt. Lozza zögerte. »Dann schläfst du also mit ihr?«

»Was spielt das für eine Rolle?«

»Ich habe nicht gesagt, dass es eine Rolle spielt. Ich frage dich nur.«

»Das geht dich eigentlich wirklich nichts an, Lozza.«

»Ich will nur wissen, womit ich es zu tun habe, bevor wir da reingehen.«

»Und wenn es so ist – inwiefern würde das etwas an der Befragung ändern?«

»Wenn es so ist, dann heißt das, dass ich das Reden übernehme.« Sie stieg aus und knallte die Autotür zu.

Gregg folgte ihr auf dem Fuß. »Komm runter, Lozza. Ist ja nicht so, als hätte ich ihr Drogen geliefert oder so.«

Leise fluchend öffnete sie das Gartentor.

Damals

LOZZA

Willow öffnete ihnen. Sie trug einen türkisblauen Kimono mit einer Drachenstickerei. Sie war barfuß, und ihr Haar war verwuschelt – sie hatten sie eindeutig geweckt.

»Hey.« Sie sah erst Gregg, dann Lozza an. »Was ist denn los?«

»Martin Cresswell-Smith und sein Boot werden vermisst«, erklärte Lozza. »Gregg sagt, dass du gesehen hast, wie sein Boot aufs Meer rausgefahren ist.«

Sie runzelte die Stirn, wirkte verwirrt. »Ja, wir haben es beide gesehen. Die Abracadabra ist rausgefahren, und Martin und Ellie waren an Bord. Was soll das heißen, er wird vermisst – wo ist Ellie?«

»Sie ist im Krankenhaus. Überdosis.«

»Was?«

»Können wir reinkommen, Willow?«

Doch sie schien einen Moment wie erstarrt. »Geht … geht es ihr gut?«

»Sie liegt im Koma.«

Willow hob die Hand an den Mund. Ihre Augen tränten. »O mein Gott«, flüsterte sie. »Wie … wie ist das passiert … wenn sie doch beide mit dem Boot rausgefahren sind?«

»Genau das versuchen wir herauszufinden«, sagte Gregg behutsam. »Können wir kurz reinkommen, Willow? Wir müssen alle befragen, die gesehen haben, wie die beiden rausgefahren sind.«

»Ja, natürlich.« Sie wich einen Schritt zurück und ließ sie eintreten.

»Tut mir leid, wenn wir dich geweckt haben«, sagte Lozza, während sie ihr in ein atemberaubendes Wohnzimmer mit Blick aufs Meer folgten.

»Schon gut, ich habe gestern bis spät in die Nacht gearbeitet. Manchmal habe ich Onlinelesungen mit Kunden in anderen Zeitzonen auf der Welt. Ziemlich verrückte Arbeitszeiten sind das dann. Setzt euch. Kann ich euch einen Kaffee oder Tee holen?«

»Nein danke«, lehnte Lozza ab. »Wir bleiben nicht lang.«

Sie setzten sich, und Lozza zog ihr Notizbuch hervor. »Beschreib uns bitte, was du gesehen hast.«

»Ich konnte sie durch das Teleskop ziemlich gut erkennen.« Willow nickte zu dem auf einem Stativ befestigten Teleskop vor den Panoramafenstern des Wohnzimmers hinüber. »Gregg war bei mir. Er hat sie auch gesehen.«

Gregg gab ein Brummen von sich.

»Wann genau war das?«, wollte Lozza wissen.

»Das war … so kurz vor sechs, glaube ich. Ich habe gerade Kaffee gemacht, als ich ein Boot in der Bucht bemerkt habe. Ich bin zum Teleskop gegangen, um es mir näher anzuschauen. Dann habe ich erkannt, dass es die Abracadabra war, ich konnte den Namen lesen. Und ich habe Martin und Ellie an Bord gesehen.«

Lozza machte sich Notizen. Sie schwitzte und fühlte sich plump in ihren großen Stiefeln und mit ihren albernen, widerspenstigen orangeroten Krauslocken und dem Sonnenbrand auf der Nase, während Willow ihr in ihrem hübschen Kimono in ihrem eleganten Haus gegenübersaß. Obwohl sie spät ins Bett gekommen war und dunkle Schatten unter den Augen hatte, brachte sie es irgendwie fertig, sexy auszusehen.

»Was hatten sie an?«, fragte Lozza. »Woher hast du gewusst, dass sie es waren?«

»Ich konnte es erkennen. Martin hatte … ein Khakishirt an, glaube ich. Cargohosen. Dieselben, die er neulich beim Fischen anhatte, als es für die beiden in der Brandung ganz schön brenzlig geworden ist. Kein Hut. Ellie hatte ein hellblaues Cap an. Und eine königsblaue Jacke. Das Haar hatte sie zu einem Pferdeschwanz gebunden. Das ist mir aufgefallen, weil er so lang war und im Wind geweht ist. Sie waren in Richtung Point of No Return unterwegs. Es hat mich überrascht, die beiden zu sehen, weil ich dachte, Martin wäre auf Geschäftsreise. Die Wellen hatten Schaumkronen, und es war ziemlich windig. Nicht gerade das beste Wetter zum Fischen …« Ihre Stimme verklang.

Lozza sah auf. »Sonst noch etwas?«

»Nein. Ich glaube nicht.«

»Danke.« Lozza klappte ihr Notizbuch zu und stand auf.

»Wird Ellie denn wieder?«, fragte Willow. »Kann sie schon Besucher empfangen?«

»Sie ist nicht bei Bewusstsein. Ich weiß es noch nicht.«

Sorgenfalten bildeten sich auf Willows Stirn. »Das … das verstehe ich nicht. Ich rufe im Krankenhaus an. Ich muss sie sehen.«

»Kennst du Ellie denn gut, Willow?«, hakte Lozza nach.

»Wir sind befreundet.« Sie schniefte, schien Tränen zurückhalten zu müssen. »Ellie hat sich mir anvertraut, als Freundin.«

Sie zögerte. »Also, eigentlich steht es mir nicht zu, irgendetwas darüber zu erzählen, weil … weil es persönlich ist. Aber …« Sie fühlte sich offensichtlich immer unwohler. »Angesichts der Umstände ist es vielleicht wichtig. Ellie … sie hat gerade den Beweis erhalten, dass ihr Mann eine Affäre hat.«

»Was soll das heißen?« Plötzlich war Lozza ganz Ohr.

»Sie hat eine Privatdetektivin angeheuert, die Martin und seine Geliebte beschatten sollte, und vor Kurzem hat Ellie die Beweisfotos bekommen. Sie hat mir gesagt, dass sie vorhatte, ihn zu verlassen und nach Kanada zu fliegen, bevor er von seiner Geschäftsreise zurück sein wollte. Er muss allerdings früher zurückgekommen sein. Deshalb ist es wirklich merkwürdig, dass sie überhaupt zusammen einen Bootsausflug gemacht haben. Besonders nach ihrem ersten Angelausflug, bei dem Ellie so schlimme Erfahrungen gemacht hat. Es ergibt einfach keinen Sinn. Nichts davon.«

»Hast du die Fotos gesehen?«, fragte Lozza, deren Gedanken sich jetzt überschlugen.

Willow nickte zögerlich, dann sagte sie: »Außerdem hat Ellie offenbar Beweise dafür gefunden, dass ihr Mann Geld von ihrem gemeinsamen Konto abgebucht hat. Sie hat befürchtet, dass er sie nur deshalb so schnell geheiratet hat, weil er an ihr Geld herankommen wollte. Sie hat ihn sogar verdächtigt, sie unter Drogen zu setzen.« Sie murmelte etwas Unwirsches vor sich hin, dann fügte sie hinzu: »Ellie hat Belege für zwei Flugtickets nach Kap Verde gefunden. Der Flug geht in zwei Wochen, und die Tickets waren nicht für Ellie, zumindest wusste sie nichts davon.« Sie überlegte kurz. »Ich kann es einfach nicht fassen. Sie haben erst im Mai geheiratet. In Las Vegas. Es war wohl eine ziemlich stürmische Romanze, hat Ellie erzählt.«

Lozza starrte sie an. »Du meinst, Martin wollte abhauen?«

»Ich weiß es nicht genau, aber es sieht so aus.«

»Mit seiner Geliebten?«, schaltete sich Gregg ein.

»Das hat Ellie zumindest befürchtet.«

»Wer ist seine Geliebte, Willow?«, wollte Lozza wissen.

Willow sah aus dem Fenster, eindeutig hin- und hergerissen.

»Willow …«, drängte Gregg. »Das rückt *alles* in ein anderes Licht. Wenn Martin da draußen irgendwo in Not ist« – er machte eine ausladende Geste in Richtung der Panoramafenster und des Meeres dahinter – »dann geht es hier vielleicht um Leben und Tod. Die Uhr tickt. Aber wenn er es nicht ist – wenn er abgehauen ist –, dann geht es um die freiwilligen Helfer, die jetzt dort draußen sind. Gute Menschen, die ihr Leben riskieren und Arbeitszeit verlieren, weil sie nach ihm suchen. Wir müssen wissen, ob die Möglichkeit besteht, dass er mit einer Frau das Land verlassen hat oder etwas Ähnliches.«

»Rabz«, sagte Willow leise. »Es ist Bodie Rabinovitch.«

* * *

Während Lozza und Gregg zu ihrem auf der Straße geparkten Commodore zurückkehrten, sagte Lozza: »Auf zum Puggo. Sehen wir mal, ob Rabz dort ist.«

»Genau das wollte ich auch gerade vorschlagen.« Gregg stieß das Gartentor auf. »Wer hätte das gedacht, hm? Rabz.«

»Dann passt Willows Zeugenaussage also zu dem, was du gesehen hast, als die Abracadabra rausgefahren ist?«, vergewisserte sich Lozza.

»Ja. Zwei Leute an Bord. Ein Quinnie. Ellie in einer blauen Jacke und mit einem hellblauen Cap und Pferdeschwanz. Martin ohne Hut. Gegen sechs Uhr. Ich wollte noch einen Kaffee trinken und dann heimgehen und mich für die Arbeit fertig machen.«

Sie stiegen ins Auto. »Ich habe zwei Koffer im Haus der Cresswell-Smiths gesehen, bevor ich Ellie bewusstlos im Badezimmer gefunden habe. Frauenkleider. Überall verteilt.«

»Als hätte sie gepackt?« Er beugte sich vor und ließ den Motor an.

»Genau. Vielleicht wollte sie tatsächlich zurück nach Kanada, wie Willow gesagt hat. Davor ist sie noch ein letztes Mal zum Strand gegangen, wo ich sie am sechzehnten November gesehen habe. Und dann war Martin auf einmal da. Er hat in den Dünen gesessen. Ellie ist vor Schreck fast umgefallen, als sie ihn gesehen hat. Und er hat auf mich gewirkt, als würde er jeden Moment explodieren. Da war etwas Böses an ihm. Sogar Maya hat das gesagt.«

Gregg fuhr los. »Maya war auch dabei?«

»Wir sind mit Ellie schwimmen gegangen.«

Sein Blick schoss zu ihr. »Warum?«

»Das war schon irgendwie komisch. Sie hat neben unseren Handtüchern gesessen, als wir vom Surfen zurückgekommen sind. Sie hatte offenbar furchtbare Angst vor dem Wasser, besonders vor den Wellen, aber sie war fest entschlossen, trotzdem reinzugehen. Und weil sie sich so gefürchtet hat … Ich weiß auch nicht. Da habe ich ihr angeboten mitzugehen.«

»Lozza, die Retterin.«

Sie zuckte mit den Schultern. »Sie hat mir leidgetan. Und dann habe ich ihre blauen Flecken gesehen. Das passt dazu, dass ihre Nachbarin behauptet hat, Martin würde sie schlagen. Allmählich wird die ganze Geschichte ziemlich hässlich.«

Gregg fluchte. »Das kannst du laut sagen.«

»Also, vielleicht kehrt Martin früher als geplant von seiner Geschäftsreise zurück. Er sieht die gepackten Koffer. Sie streiten sich an diesem Abend, wobei die gepackten Sachen durch die Gegend fliegen … aber warum hätten sie dann am nächsten Morgen zusammen mit dem Boot rausfahren sollen? Und jetzt liegt Ellie im Koma. Und Martin ist verschwunden.« Sie überlegte. »Wir müssen nachprüfen, ob Ellie wirklich ein Flugticket nach Kanada gekauft hat. Und für welches Datum. Wir müssen mehr über die beiden herausfinden.«

Als sie auf die Straße einbogen, die zum Pug and Whistler führte, klingelte Lozzas Handy. Sie warf einen Blick aufs Display. Jon Ratcliffe. Sie nahm den Anruf an.

»Bianchi.«

»Lozza, Ellie Cresswell-Smith ist aufgewacht. Ihr müsst sofort zu ihr.«

»Umdrehen«, rief Lozza. »Zum Krankenhaus.«

Damals

LOZZA

»Was ist passiert, nachdem Sie und Martin mit dem Boot rausgefahren sind, Ellie?«, fragte Lozza. Sie saß auf einem Stuhl neben Ellies Krankenhausbett. Gregg lehnte mit dem Hintern am Fensterbrett, die Arme vor der Brust verschränkt, ein Notizbuch in der Hand. Aufmerksam. Spätes Morgenlicht fiel hinter ihm herein, winzige Staubflocken tanzten in den diffusen Strahlen.

Ellie kam ihr verwirrt vor. Ihr Blick huschte durch das Krankenhauszimmer. Sie hob die Hand an den Verband um ihren Kopf. »Ich … ich erinnere mich nicht daran, dass wir auf einem Boot waren.«

Auf dem Weg ins Krankenhaus hatte Lozza bei der Seenotrettung nachgefragt und erfahren, dass es noch immer keine Spur von der Abracadabra oder von Martin gab. Die anderen Officers der Jarrawarra Bay Police, die gerade sämtliche Leute befragten, die in der Nähe der Bootsrampe und entlang der Klippe wohnten, hatten bestätigt, was auch Gregg und Willow ausgesagt hatten. Sie alle hatten bezeugt, wie Martin und Ellie Cresswell-Smith in ihrem Quinnie um kurz nach sechs aufs Meer hinausgefahren waren. Niemand hatte das Boot jedoch zurückkehren sehen.

»Ellie, Ihr Ehemann wird vermisst. Er ist seit gestern früh verschwunden. Helikopter, Flugzeuge, Rettungsboote, Freiwillige, Polizei, sie alle suchen entlang der Küste nach ihm und nach der Abracadabra. Alles, was Sie sagen, könnte hilfreich sein – die Zeit ist entscheidend.«

Ellie blinzelte, runzelte die Stirn und verzog dann das Gesicht, da die Bewegung ihr offenbar wehtat. Ihre Augen waren rot geändert und wässrig. Ihre Wangen waren unter den Knochen tief eingesunken, und ihre Haut war so weiß, dass sie fast durchsichtig wirkte. Lozza hatte geglaubt, sie wäre tot. Sie konnte immer noch nicht ganz glauben, dass sie gerade noch rechtzeitig gekommen war, um der Frau das Leben zu retten. Wenn das Medikamentenpäckchen nicht gewesen wäre …

»Ellie, wissen Sie, wo Martin sein könnte?«, fragte sie ein weiteres Mal.

»Ich weiß nicht, wovon Sie sprechen.«

»Wissen Sie, warum Sie hier sind, Ellie?«, fragte Gregg vom Fenster aus. Lozza hörte, wie sein Gürtel quietschend über das Fensterbrett strich, als er sein Gewicht verlagerte.

Ellies Blick huschte zu Gregg, und wieder zuckte sie zurück, da das Sonnenlicht in ihren Augen zu schmerzen schien. Sie drehte den Kopf weg, schloss kurz die Augen und versuchte, ihre Lippen zu befeuchten. Lozza hielt ihr ein Glas Wasser mit einem Strohhalm hin. Langsam nippte Ellie daran. Auch das Schlucken tat ihr wohl weh.

Lozza kämpfte ihre Frustration nieder und formulierte Greggs Frage neu. »Haben die Ärzte Ihnen gesagt, warum Sie hier sind, Ellie?«

»Sie haben mir gesagt, dass ich eine Überdosis Medikamente und Drogen geschluckt habe.« Sie hob die Hand ein weiteres Mal an ihren Verband. »Die Ärzte … haben gesagt, sie haben in meinem Körper einen ganzen Cocktail aus Alkohol, Liquid Ecstasy und noch irgendetwas anderem gefunden. Ich erinnere mich nicht daran, etwas davon genommen zu haben.«

»Was haben die Ärzte Ihnen noch erzählt?«

»Dass ich wahrscheinlich unter Drogeneinfluss im Badezimmer gestürzt bin und mir den Kopf aufgeschlagen habe. Oder vielleicht auch in der Küche, bevor ich ins Badezimmer gegangen bin. Die Wunde wurde genäht. Sie haben gesagt, dass ich vaginale Blutungen und Risse habe … Ich erinnere mich an überhaupt nichts. Außerdem haben sie etwas von einer retrograden Amnesie gesagt und dass die Erinnerungen daran, was dem … Unfall vorausgegangen ist, vielleicht zurückkommen werden, aber vielleicht auch nicht.«

Innerlich wüste Flüche ausstoßend sah Lozza zu Gregg hinüber. Er hob eine Schulter. Bisher hatte Lozza nichts von den vaginalen Verletzungen gewusst. Ihre Gedanken wanderten zurück zu dem, was die Nachbarin berichtet hatte. Sie hatte behauptet, Schreie gehört und gesehen zu haben, wie Martin seine Frau schlug. Sie dachte an die Blutergüsse, die angebliche Geliebte und die anderen Dinge, die Willow erwähnt hatte.

»Okay, Folgendes wissen wir bis jetzt, Ellie«, erklärte Lozza ruhig und beugte sich vor. »Vielleicht kommen die Erinnerungen ja langsam zurück, wenn wir es einmal mit Ihnen durchgehen. Mehrere Zeugen, darunter auch Constable Abbott hier, haben gesehen, wie die Abracadabra gestern Morgen von der Bootsrampe des Bonny River ausgelaufen ist. Der Jarrawarra Bay Marine Rescue zufolge hat sich die Abracadabra um 5.49 Uhr per Funk gemeldet und dem Funker mitgeteilt, dass sich zwei Erwachsene an Bord befänden und dass sie zum FSG unterwegs wären. Gegen achtzehn Uhr sollte die Abracadabra zurückkehren. Das war das Letzte, was man von dem Boot gehört hat. Erinnern Sie sich daran, Ellie?«

Ausdruckslos starrte Ellie sie an. »Es tut mir leid, ich weiß davon nichts mehr.«

Lozza spürte Missmut in sich aufsteigen. »Okay, wir wissen auch, dass Ihre Nachbarin Sie im Dunkeln zum Haus zurückkommen sehen hat, gegen zwanzig vor acht Uhr abends.«

»Diese Frau von nebenan, die von ihrem Fenster aus alles beobachtet?«

»Sie hat Sie aus einem Fenster im ersten Stock gesehen«, bestätigte Lozza. »Sie hat ausgesagt, dass Sie gestolpert sind und neben dem Bootshaus einen Mülleimer umgeworfen haben. Dann hat sie gesehen, wie Sie über den Rasen gegangen sind und das Haus durch die gläsernen Schiebetüren betreten haben. Wie sind Sie an Land zurückgekommen, wenn das Boot verschwunden ist?«

Wieder hob Ellie die Hand an den Verband um ihren Kopf, wie um sich zu vergewissern, dass er noch da war. Sie wirkte verwirrt.

Lozza machte etwas Druck. »Ihre Nachbarin hat gesagt, dass Sie offenbar nass waren und dass Sie ein Baseball-Cap und eine Windjacke getragen haben – dieselben Kleidungsstücke, die Sie am Morgen getragen haben sollen, als Sie mit dem Boot hinausgefahren sind.«

Nun wirkte Ellie eingeschüchtert. Sie sah zu Gregg hinüber.

»Ich bin um 20.02 Uhr bei Ihrem Haus eingetroffen, Ellie«, fuhr Lozza fort. »Die Schiebetür war offen. Ich habe Sie bewusstlos im Bad gefunden. Unten waren Glasscherben, Blutschlieren in der Küche, Blut auf der Treppe. Überall im Schlafzimmer lagen Kleider verteilt, dazu offene Koffer und etwas Blut auf dem Bettlaken.« Sie hielt inne und dachte wieder an das Geräusch, das von dem unbebauten Grundstück gekommen war, und an den Corolla, der in die Dunkelheit davongerast war. »Können Sie sich daran erinnern, was in Ihrem Haus passiert ist?«

Ellie schwieg mehrere Sekunden. Ihr Blick flackerte, und Lozza spannte sich erwartungsvoll, doch dann schüttelte Ellie den Kopf. »Es tut mir leid. Ich habe … Da ist nur ein schwarzes Loch.«

»War irgendjemand bei Ihnen im Haus?«, fragte Gregg.

»Es tut mir leid. Ich erinnere mich nicht.«

Lozza leckte sich über die Lippen und nickte. »Okay. Ich muss das jetzt zur Sprache bringen – es könnte wichtig sein. Wissen Sie noch, dass Sie sich an dem Abend vor dem Bootsausflug mit Ihrem Mann gestritten haben?«

Ellie zögerte. »Nein.«

Lozza sah ihr aufmerksam in die Augen. Die Frau log. Sie erinnerte sich an etwas. Vielleicht war es nur eine vage Ahnung. Oder vielleicht vermutete sie auch nur, dass etwas Bestimmtes geschehen war.

»Ellie, Sie haben gerade vaginale Verletzungen erwähnt. Erinnern Sie sich an aggressiven Geschlechtsverkehr, der zu diesen Verletzungen geführt haben könnte?«

Tränen sammelten sich in ihren Augen. »Nein«, flüsterte sie. »Ich weiß nur das, was die Ärzte mir gesagt haben.«

Hinter Lozza atmete Gregg tief ein. Er fühlte sich unwohl.

Ruhig fuhr Lozza fort: »Ellie, ich bin mit einem Päckchen zu Ihrem Haus gekommen, das im Pug and Whistler für Sie abgegeben worden war. Darin befanden sich dieselben verschreibungspflichtigen Medikamente, von denen Sie eine Überdosis genommen haben. Auf dem Päckchen stand Ihr Name. Was können Sie mir darüber sagen?«

Vollkommen ausdruckslos sah sie Lozza an, doch das deutlich sichtbare Pulsieren an ihrem Hals wurde schneller. Ihr

Atem ging flacher. »Ich … ich weiß nichts von einem Päckchen oder von diesen Tabletten, die ich angeblich geschluckt habe – ich nehme so etwas nicht. Ich habe Lorazepam genommen, aber damit habe ich aufgehört.«

Lozza zeigte ihr das Foto des Glatzkopfs in der Lederjacke mit dem Tattoo am Hals. »Kennen Sie diesen Mann?«

Ellie betrachtete das Foto. Ein Schweißfilm glänzte auf ihrer Stirn. Sie schluckte. »Den habe ich noch nie gesehen. Wer ist das?«

Wieder kam es Lozza so vor, als würde sie lügen.

»Dieser Mann hat das Päckchen mit den Tabletten für Sie im Puggo abgegeben. Er hat einen Kolibri auf den Hals tätowiert, und er fährt ein Geländemotorrad mit einem Kennzeichen aus Queensland.«

Ellie wirkte verschreckt. Sie schwieg.

»Haben Sie schon zuvor Lieferungen von diesem Mann erhalten?«

»Ich habe es Ihnen doch gesagt, ich weiß nicht, wer das ist! Vielleicht weiß es Martin.«

»Martin wird vermisst, Ellie«, betonte Lozza.

Ellie wischte sich über den Mund. Sie zitterte. Sie war sogar noch blasser geworden. Lozza hörte die Uhr ticken. Jeden Moment konnte eine Krankenschwester oder ein Arzt hereinkommen, eingreifen und das Verhör abbrechen.

»Wie, glauben Sie, sind Sie von dem Boot heruntergekommen, Ellie?«, drängte Gregg weiter.

»Ich weiß es nicht!« Sie funkelte Gregg an. »Ich habe es Ihnen doch schon gesagt. Haben Sie eine Ahnung, wie sich das anfühlt? Das alles von Ihnen zu hören, zu glauben, dass ich vielleicht vergewaltigt wurde, und sich dabei an absolut nichts mehr zu erinnern? Haben Sie eine Ahnung, wie *verwundbar* ich mich fühle?«

»Es tut mir leid, Ellie«, sagte Lozza fest. »Aber Ihr Ehemann wird vermisst, und Sie haben im Koma gelegen. Wir müssen Ihnen diese Fragen jetzt stellen. Wenn Martin immer noch irgendwo am Leben ist, dann könnte er in großer Gefahr sein. Jede Minute zählt.«

Ellie erwiderte ihren Blick unverwandt. Ihre Kiefermuskeln spannten sich. »Ich hoffe, Sie finden ihn *nicht*. Und wenn Sie ihn finden, dann hoffe ich, dass er tot ist und dass er gelitten hat.«

Stille schlug über ihnen zusammen.

Lozza atmete tief und langsam durch. Sie hörte, wie Gregg etwas in sein Notizbuch schrieb.

»Warum sagen Sie das, Ellie?«

»Weil … ich ihn hasse.«

Sie wartete. Doch Ellie sagte nichts mehr.

»Hassen Sie ihn, weil Sie herausgefunden haben, dass er eine Affäre hat? Oder weil Sie glauben, dass er Sie Ihres Geldes wegen geheiratet hat?«

Plötzlich wurde Ellies Blick verschlossen. Sie ballte die Hände um die Bettdecke zu Fäusten. »Sie müssen jetzt gehen, sofort«, brachte sie durch zusammengebissene Zähne hervor. »Ich bin müde. Mir ist übel.«

Rasch, bevor Ellie den Rufknopf drücken und eine der Krankenschwestern alarmieren konnte, warf Lozza ein: »Können wir wenigstens versuchen herauszufinden, an was Sie sich denn als Letztes erinnern, Ellie? Wissen Sie noch, dass wir uns am Strand begegnet sind? Wir sind zusammen mit meiner Tochter schwimmen gegangen.«

»Ja«, flüsterte Ellie. »Das weiß ich noch.«

Lozza räusperte sich. »Und als wir wieder aus dem Wasser gekommen sind, haben Sie Martin oben in den Dünen gesehen.«

Sie nickte.

»Sie haben vollkommen entsetzt gewirkt.«

»Er sollte eigentlich noch nicht zu Hause sein. Er war auf Geschäftsreise in Sydney. Ich habe ihn erst in ein paar Tagen erwartet.«

»Und das hat Ihnen Angst gemacht?«

Sie wirkte ganz durcheinander, so als würde sie tatsächlich versuchen, sich an etwas zu erinnern.

»Was ist passiert, nachdem Maya und ich Sie mit Martin in den Dünen allein gelassen haben?«

»Ich … wir …« Wieder schien sie mit ihrer Verwirrung zu kämpfen. Ihre Worte verklangen.

»Lassen Sie sich Zeit«, sagte Lozza sanft.

»Ich hatte Angst, aber ich weiß nicht mehr, warum.«

»Martin hatte eine Kühlbox und Weingläser zum Strand mitgebracht. Hatten Sie vielleicht einen Sundowner, nachdem ich gegangen bin?«

»Vielleicht.«

»Was hatte Martin zu trinken mitgebracht?«, fragte Gregg.

»Weißwein, glaube ich.«

Gregg notierte es. »Wie haben Sie sich nach dem Wein gefühlt?«

»Ähm … mir war schwindlig, glaube ich. Ich war sehr gestresst. Vielleicht … habe ich etwas mehr getrunken, als ich hätte sollen. Um … mich ein bisschen zu beruhigen.«

»Warum mussten Sie sich beruhigen?«, übernahm Lozza wieder das Wort. »Warum waren Sie an diesem Tag so gestresst?«

Noch einmal leckte sich Ellie über die Lippen und schloss die Augen. Tränen sickerten unter ihren Wimpern hervor. Sehr leise, mit fest zusammengebissenen Zähnen sagte sie: »Ich. Kann. Mich. Nicht. Erinnern.«

»Erinnern Sie sich daran, dass Sie Ihre Koffer gepackt haben?«

»Nichts. Ich weiß nicht mehr … was vorher passiert ist.« Auf einmal griff sie mit einer hastigen Bewegung nach dem Rufknopf und drückte ihn.

»Ellie, bitte, schnell, denken Sie nach, nur noch einmal – haben Sie *irgendeine* Idee, wo Martin sein könnte?«

»Nein«, sagte sie, die Augen wieder geschlossen.

Eine Krankenschwester kam herein. Ein Blick auf Ellie genügte ihr. »Okay, Sie müssen gehen«, sagte sie. »Sofort.«

Damals

LOZZA

»Sie lügt«, sagte Gregg, als sie zum Puggo weiterfuhren, um Rabz zu befragen. »Diese Geschichte mit der retrograden Amnesie ist verdächtig praktisch.«

»Das glaube ich auch – sie verheimlicht uns irgendetwas«, sagte Lozza, die nun am Steuer saß, und bog in die Straße zum Pub ein. Sie fand einen Parkplatz direkt vor dem Eingang und stellte den Motor ab. Gregg löste den Anschnallgurt.

»Selbst wenn ein Teil ihrer Erinnerungen wieder zurückkommt«, sagte er, »woher sollen wir wissen, ob sie uns irgendwas davon erzählt, was ihr vielleicht wieder einfällt? Außerdem können wir einfach nicht mit Sicherheit sagen, wie weit diese komische Amnesie zurückreicht – oder wie selektiv sie ist.« Er stieg aus. Lozza tat es ihm nach und schlug die Tür hinter sich zu.

»Und dann wäre da auch noch dieser abgefahrene Mist mit dem Corolla, den du vom Haus hast wegfahren hören.«

»Ja.« Lozza sah zur Überwachungskamera hoch, während sie darunter hindurchgingen.

Nicht zu vergessen der Biker mit dem Drogenpäckchen und das Kennzeichen aus Queensland.

* * *

Rabz saß hinter dem Schreibtisch in ihrem Büro und drehte die Bänder ihrer Schürze zwischen den Fingern. Ihr Gesicht war blutleer, ihre Augen waren geschwollen. Lozza und Gregg saßen ihr gegenüber auf der anderen Seite des Schreibtisches.

»Ja«, sagte sie. »Ich bin mit Martin zusammen.«

»Wie lange schon?«, fragte Lozza.

»Ist das wichtig? Ich verstehe ja, dass ihr alle Hilfe braucht, die ihr kriegen könnt, um ihn zu finden, aber …«

Lozza beugte sich vor. »Je vollständiger das Profil einer vermissten Person ist, desto eher können wir Rückschlüsse auf Gemütszustand, Motivation und eventuelle Taten ziehen – das alles stattet uns mit dem Rüstzeug aus, das wir brauchen, um einen Vermissten zu finden.«

»Da hat Lozza recht«, bekräftigte Gregg. »Wenn Martin draußen auf dem Meer einen Unfall hatte oder wenn er irgendwo an Land getrieben wurde, dann können uns ein gutes Profil und eine genaue Einschätzung seiner Gefühlslage dabei helfen herauszufinden, wie er reagieren könnte. Wohin er gehen und was er tun würde.«

Rabz senkte den Blick auf ihre Hände. »Wir sind schon seit einer ganzen Weile zusammen.«

»Wie lange ist ›eine ganze Weile‹?«, fragte Lozza und behielt sie genau im Blick.

Rabz wurde rot. »Es hat angefangen, bevor seine Frau hergekommen ist.«

»Seine Frau heißt Ellie.«

Rabz schluckte, nickte. »Bevor Ellie nach Jarrawarra gekommen ist.«

»Wie lange, bevor Ellie nach Jarra gezogen ist?«, hakte Gregg nach.

Stille.

»Rabz?«

Eine Träne lief ihr über die Wange. Rasch wischte Rabz sie fort. »Im Oktober letzten Jahres. Ich habe Martin kennengelernt, als er zum ersten Mal nach Agnes gekommen ist, um sich hier nach geeignetem Bauland umzusehen.«

Lozza runzelte die Stirn. Sie dachte daran, was Willow über die Hochzeit in Vegas gesagt hatte. »Ich dachte, die Cresswell-Smiths sind erst seit Kurzem verheiratet? Seit Mai oder so?«

Rabz zögerte, warf einen nervösen Blick zur Tür, wie auf der Suche nach einer Fluchtmöglichkeit. Dann sagte sie: »Martin und ich waren schon zusammen, bevor er Ellie überhaupt begegnet ist. Er hat sie Anfang Januar kennengelernt. In Vancouver.«

Lozza wechselte einen raschen Blick mit Gregg. Sie spürte, wie ihr Puls in die Höhe schnellte.

»Nur um ein klares Bild zu bekommen«, sagte sie. »Martin und du, ihr wart schon zusammen, bevor er Ellie begegnet ist? Und dann habt ihr eine Fernbeziehung geführt, während sich Martin mit Ellie getroffen und sie schließlich geheiratet hat? Danach ist er hierhergezogen, und Martin und du habt eure Affäre fortgesetzt?«

Sie nickte.

Ein dunkler, tintenschwarzer Gedanke, der sich mit dem verband, was Willow ausgesagt hatte, sickerte in Lozzas Gehirn. »Hat Martin sie nur ihres Geldes wegen geheiratet, Rabz? Geht es darum? Er liebt dich, aber sie finanziert euch euer Leben?«

»So ist das nicht.«

»Wie ist es dann?«, fragte Gregg.

»Warum findet ihr ihn nicht einfach und fragt ihn dann selbst, verdammt!«

Lozza und Gregg schwiegen. Warteten ab.

Rabz wischte sich das Haar aus dem Gesicht. »Tut mir leid. Ich bin ein bisschen daneben – ich habe solche Angst, dass er tot ist oder so, und ich … ich habe niemanden, mit dem ich sprechen oder meine Sorge teilen kann. Wir waren zusammen in Sydney, dann hat er plötzlich einen Anruf von ihr bekommen. Sie hat ihm gesagt, es sei dringend und er müsse sofort zurückkommen. Also ist er früher zurückgeflogen.«

»Mit ›sie‹ meinst du Ellie, seine Frau?«, fragte Lozza.

»Ja«, fauchte Rabz. »Ellie. Er hat gesagt, dass er sie verlassen wird. Wir haben Flugtickets nach … Wir wollten zusammen weggehen. Im Ausland leben, durch die Welt reisen. Ich weiß auch nicht, was so wichtig war, dass er auf einmal zurückfliegen musste.«

Ruhig sagte Lozza: »Was ich nicht verstehe: Martin und du beginnt eine Beziehung, etwa um die Zeit, als er Interesse an einem großen, teuren Bauprojekt in New South Wales entwickelt. Du bist Single, er ist Single – warum habt ihr es nicht offiziell gemacht?«

Sie senkte den Blick. Sagte nichts.

»Dann lernt er Ellie kennen, die, wie wir inzwischen wissen, eine reiche kanadische Erbin ist – ihr Vater gehört zu den wohlhabendsten Männern des Landes. Und Martin heiratet sie sehr schnell, vermutlich auf einer Reise nach Las Vegas, während ihr beide eure heimliche Affäre weiterführt. Seine reiche Frau und er gehen eine geschäftliche Partnerschaft ein, finanziert von dem Geld ihres Vaters, und auf einmal wird Martin Cresswell-Smith geradezu mit finanziellen Mitteln überflutet, mit denen er sein Bauprojekt vorantreiben kann. Trotzdem plant er, sie zu verlassen und mit dir durchzubrennen?« Lozza verstummte.

Gregg behielt Rabz genau im Auge. »Mir kommt das so vor, als wäre er ein Goldgräber, Rabz, und als hättest du das genau gewusst.«

»Er ist selbst reich«, konterte Rabz. »Er hat mit Ellie nur einen Fehler gemacht, mehr nicht. Einen schlimmen Fehler. Er hat es begriffen, nachdem sie zu ihm hierhergezogen ist. Sie ist nicht die, für die er sie gehalten hat. Er wollte noch alles abwickeln und seine Hälfte der Agnes Holdings verkaufen, und dann wollte er sie verlassen, bevor sie ausflippt und versucht, ihm etwas anzutun oder so. Sie war ständig zugedröhnt, und dann hat sie Dinge nach ihm geschleudert. Auf dem Boot hat sie auf ihn eingestochen – eine ganze Menge Leute haben sie an diesem Tag gesehen. Später ist sie mit einer gusseisernen Bratpfanne auf ihn losgegangen. Und jetzt seid ihr hier, und er ist verschwunden, aber sie ist von der Bootstour zurückgekommen? Ich habe Angst, dass *sie* ihm etwas angetan hat. Er hätte sie auf keinen Fall noch einmal zum Fischen mit rausgenommen. Das weiß ich genau. Es ergibt einfach keinen Sinn, dass sie noch einmal das Boot genommen haben. Kurz nachdem er so dringend zurückkommen sollte. Sie muss ihn irgendwie ausgetrickst oder auf das Boot gelockt haben.«

Lozza dachte daran, was Willow gesagt hatte – sie hatte es auch für unwahrscheinlich gehalten, dass Ellie noch einmal mit Martin rausfahren würde. Hier passte irgendetwas nicht zusammen.

»Du hast erwähnt, dass Martin und du Flugtickets gekauft habt?«

»Wir wollten in etwas über zwei Wochen zusammen nach Kap Verde fliegen. Martin hat uns dort für ein Jahr ein Haus gemietet.«

»Und du glaubst, dass er sein Unternehmen hier abwickeln wollte – sein großes Bauprojekt?«, fragte Gregg.

»Na ja, er hat gesagt, er würde seinen Anteil loswerden und alles andere einfach Ellie überlassen. Sie kann es ja verkaufen oder was auch immer.«

»Wusste Ellie davon, dass ihr Ehemann in zwei Wochen in ein Flugzeug steigen und verschwinden würde?«, fragte Lozza, um Rabz zu testen.

Rabz wirkte beschämt. »Nein … ich glaube nicht. Woher sollte sie?«

»Ist dir bewusst, dass Ellie eine Privatdetektivin angeheuert hat, um ihren Ehemann und dich zu beschatten, und dass diese offenbar kompromittierende Fotos von Martin und dir geschossen hat?«

Schweißperlen bildeten sich auf Rabz' Oberlippe. Mit zitternden Fingern wischte sie darüber. »Nein«, flüsterte sie.

Lozza legte das Foto aus den Aufnahmen der Überwachungskamera von dem Glatzkopf auf den Schreibtisch und schob es zu Rabz hinüber.

»Erkennst du diesen Mann, Rabz?«

Sie musterte das Foto. »Nein. Warum?«

»Dieser Mann ist mit einem Päckchen für Ellie ins Puggo gekommen, während du weg warst. Er hat das Päckchen hiergelassen, damit sie es sich abholen kann. War er vorher schon einmal hier?«

»Noch nie. So jemanden würde ich wiedererkennen.« Sie sah auf. »Was hat er mit allem zu tun?«

»Vielleicht gar nichts«, antwortete Lozza. Ihr Handy summte. Sie ignorierte es und betrachtete Rabz' Gesicht, während diese ein weiteres Mal das Foto studierte. Dann begann Greggs Handy zu summen. Gregg warf einen Blick auf das Display und gab Lozza dann gestisch zu verstehen, dass er kurz rausgehen und den Anruf annehmen würde. Sie nickte.

»Da ist noch etwas«, sagte Rabz leise, sobald Gregg fort war. »Es könnte wichtig sein … wenn man bedenkt, was alles passiert ist.« Sie zögerte, wischte sich wieder über den Mund. »An dem Abend, bevor die beiden mit dem Quinnie rausgefahren sind, hat Martin mich von seinem Haus aus angerufen. Er hat gesagt, dass es eine plötzliche Planänderung gebe. Dass er nicht zu mir zurück nach Sydney kommen könne, um nach Kap Verde zu fliegen. Er hat mich gebeten, mich stattdessen mit ihm in einem Hotel in Kuala Lumpur zu treffen. Er hat gesagt, er würde so bald wie möglich dorthin reisen und dort auf mich warten – die Details wollte er mir noch schicken. Und von Kuala Lumpur aus wollten wir dann weiter nach Kap Verde.«

Lozza zog die Stirn in Falten. »Du glaubst also, dass er vielleicht nach Kuala Lumpur abgehauen ist?«

»Er geht nicht an sein Handy. Er hat gesagt, er würde mir eine Textnachricht mit den Hoteldaten schicken, das hat er aber nicht getan.«

»Hat er denn gesagt, warum er seine Pläne so plötzlich geändert hat?«

»Nein. Er meinte nur, dass etwas vorgefallen ist, um das er sich kümmern muss. Dann hat er aufgelegt. Am nächsten Morgen fährt er mit Ellie in einem Boot aufs Meer und kommt nie zurück.«

Nachdenklich sah Lozza sie an.

»Ellie ist nicht das, was sie zu sein scheint, Lozza«, sagte Rabz. »Sie wirkt vielleicht zurückhaltend und sanft und introvertiert, aber diese Art Frauen können die gefährlichsten von allen sein, wenn sie betrogen oder verletzt werden, weil man es von ihnen am wenigsten erwartet. Sie können tödlich sein. Hast du gewusst, dass sie auf ihren Ex-Mann eingestochen hat, als sie ihn mit seiner Geliebten in einem Restaurant beim Abendessen erwischt hat? Wusstest du, dass die Polizei in Hawaii sie verdächtigt hat, ihre dreijährige Tochter im Meer bei Waimea Bay ertränkt zu haben?«

Das überraschte Lozza. »Ihre Tochter ist ertrunken?«

»Ellie ist mit ihr in zu große Wellen hinausgegangen.«

Auf einmal bekam Ellies seltsames Verhalten im Meer eine ganz neue Bedeutung. Lozza hielt Rabz' Blick, sagte nichts, wartete darauf, dass Rabz die Stille ein weiteres Mal füllte.

»Wenn Ellie von unserer Affäre wusste … Ich glaube, sie könnte ihm etwas Schreckliches angetan haben.«

»Lozza?« Gregg stand wieder in der Tür. Er wirkte angespannt. »Ich muss dich sprechen. Sofort.«

Lozza verließ das Büro.

Gregg hielt die Stimme gesenkt. »Man hat eine Leiche gefunden. Oben in Agnes. Er könnte es sein.«

Damals

LOZZA

Donner krachte über ihnen, und Lozza zuckte zusammen. Das Grollen rollte über den Mangrovensumpf hinweg Richtung Meer. Das Gewitter war heraufgezogen, während sie mit Gregg, ihrem Skipper Mac McGonigle und Barney den Agnes River hinaufgefahren waren, damit Barney sie zu dem schaurigen Fund führte, der sich in den Seilen seiner illegalen Krabbenfallen verfangen hatte.

Mittlerweile war es dunkel und es regnete wie aus Eimern. Und sie war ziemlich sicher, dass es Martin Cresswell-Smith war, der da ohne Hose in der kleinen Bucht trieb. Statur und Haarfarbe passten. Sie hatte den Ring wiedererkannt, den er auch an dem Abend in den Dünen getragen hatte.

Lozza hatte Fotos gemacht. Gregg hatte den unmittelbaren Bereich um die Wasserleiche abgesperrt, und nun warteten sie auf das Team der Spurensicherung und auf die Detectives aus dem Morddezernat, die allerdings von dem Gewitter aufgehalten wurden.

Wieder grollte Donner, und der Regen wurde noch stärker. Die Tropfen prasselten auf den schwarzen Kanal nieder, sodass das wieder hochspritzende Wasser im Licht der Scheinwerfer und im gelegentlichen Aufflammen der Blitze wie ein Wasserfall aussah. Unter dem Schutzdach des Bootes hatten nur zwei Leute Platz, weshalb Gregg und sie draußen im Regen saßen. Wasser tropfte stetig vom Schirm ihrer Mütze und lief ihr den Nacken hinunter. Ihr Haar triefte. Sie wischte sich über das Gesicht und sah auf die Uhr. Etwas über zwei Stunden, seit sie die Leiche gemeldet hatte.

Greggs Blick folgte ihrer Bewegung. »Das Gaff in seiner Brust – das ist wie eine Aussage.«

Sie nickte. In Gedanken war sie bei Maya. Hoffentlich machte sie ihre Hausaufgaben. »Ja. Persönlich. Overkill bei den Stichverletzungen.«

»Und die fehlenden Finger? Das ergibt einfach alles keinen Sinn.«

Sie warteten weitere fünfzehn Minuten ab, schweigend, wofür Lozza ein leises Dankgebet gen Himmel schickte. Seit sie von der verlassenen Farm, wo sie die abgetrennten Finger, Seile, Fäkalien, eine Windjacke aus Kanada und ein hellblaues Nike-Cap gefunden hatte, zum Boot zurückgekehrt war, hatte Gregg unentwegt nervös vor sich hin geplappert.

Ein Blitz zuckte. Alles wurde in weißsilbernes Licht getaucht. Das Bild der Leiche stand ihr plötzlich wieder lebhaft vor Augen.

Weiße Haut vor schwarzem Wasser, die leeren Augenhöhlen, das nasenlose Gesicht, der offene, lippenlose Mund. Ihre Gedanken kreisten wieder um das, was Rabz gesagt hatte, kurz bevor sie die Nachricht über den Fund erhalten hatten.

»Ellie ist nicht das, was sie zu sein scheint, Lozza. Sie wirkt vielleicht zurückhaltend und sanft und introvertiert, aber diese Art Frauen können die gefährlichsten von allen sein, wenn sie betrogen oder verletzt werden, weil man es von ihnen am wenigsten erwartet. Sie können tödlich sein. Hast du gewusst, dass sie auf

ihren Ex-Mann eingestochen hat, als sie ihn mit seiner Geliebten in einem Restaurant beim Abendessen erwischt hat?«

Lozza wusste nicht, ob Ellie Cresswell-Smith zu so etwas fähig wäre. Hatte sie einen Komplizen? Gab es überhaupt ein ausreichend großes Zeitfenster für sie zwischen dem Morgen, an dem sie mehrere Zeugen mit ihrem Ehemann – dem Opfer – in dem Quinnie hinausfahren gesehen hatten, und dem Moment, in dem Lozza sie auf dem Badezimmerboden gefunden hatte?

Die Fragen kreisten in ihrem Kopf, und weitere Minuten vertickten. Der Regen verebbte. Dann hörten sie endlich das Wummern eines Hubschraubers hinter den Wolken.

»Sie sind es«, sagte Mac.

Sie sah wieder auf die Uhr. Insgesamt waren es zwei Stunden und dreiundzwanzig Minuten gewesen. Sie stand auf. Das Boot schaukelte. Kurz darauf hörten sie Motorengeräusche. Helle Scheinwerfer blitzten durch das Dickicht der Mangrovenbäume. Das Funkgerät knisterte. Mac nahm den Funkspruch entgegen und lotste das sich nähernde Team zu der Anlegestelle am Steg, an dem sie sich befanden.

Lozza schirmte die Augen gegen das blendend grelle Licht der Scheinwerfer ab, als das Boot in der Dunkelheit auf sie zukam. Sie konnte mehrere Silhouetten erkennen, weiße Flecken – die Spurensicherer hatten sich bereits ihre Anzüge angezogen. Das Boot legte an der gegenüberliegenden Seite des Stegs an, Lozza stieg aus und wartete auf dem Steg. Wellen schlugen gegen die Pfähle.

Ein Mann tauchte auf, ein schwarzer Umriss vor der Scheinwerferreihe auf dem gerade eingetroffenen Polizeiboot. Er ging auf Lozza zu.

Etwas in den Tiefen ihres Unterbewusstseins regte sich, als der Mann näher kam. Da war etwas an seinen Bewegungen. Bevor ihr Verstand begriff, was ihr Körper längst erkannt hatte, fiel das Licht auf sein Gesicht.

Lozza blieb das Herz stehen. Sie schluckte. Dann brach sie innerlich in wüste Flüche aus.

»Lozza«, sagte er.

»Corneil.« Von allen Mordermittlern hatte man ausgerechnet diesen hier geschickt. Ihre Nemesis. Den einen Polizisten, der Himmel und Hölle in Bewegung gesetzt hatte, um zu erreichen, dass sie ihre Dienstmarke nach dem »Vorfall« loswurde. Ein Mann, der verheiratet gewesen war und dennoch eine Affäre mit ihr gehabt hatte. Ein Mann, der sie nun leidenschaftlich hasste.

»Ich habe nicht erwartet, dich hier zu sehen«, sagte er gedämpft.

Seine Stimme klang genau wie früher. Flach. Ausdruckslos. Genau wie sein Gesicht. Wie seine Augen. Unlesbar. Emotionslos. Dieser Mordermittler zeigte kaum einmal Gefühle – er beobachtete. Gott allein wusste, was sie je in ihm gesehen hatte. Sie hatte geglaubt, dass es ihr um den Sex gegangen war, doch in Wahrheit hatte sie nur jemanden gebraucht, der sie in den Armen hielt. Es hatte in einer Toilettenkabine begonnen, in einer sehr alkoholreichen Nacht genau ein Jahr, nachdem Lozzas Ehemann gestorben war. Er war Feuerwehrmann gewesen, und sie hatte ihn mehr geliebt als die ganze Welt. Sie hatten über Kinder gesprochen. Sie hatten Pläne für die Zukunft. Dann, innerhalb eines Wimpernschlags, war er fort gewesen. Getötet von einem betrunkenen Autofahrer.

Dann war Corneil gekommen.

Und nach Corneil die zu vielen harten Fälle, zu viele betrunkene Abende und dann letztendlich der Einsatz, bei dem Lozza die Kontrolle verloren hatte. Der Einsatz wegen eines brutalen Schlägers, der seine Frau zu Tode geprügelt hatte, obwohl ein Kontaktverbot bestanden hatte. Und es war geschehen, während die kleine Tochter des Paars, ein Kleinkind, zu Tode erschrocken unter dem Bett kauerte.

Ein kleines Mädchen, das alles gesehen hatte.

Ein kleines Mädchen namens Maya, das durch diesen Vorfall letztendlich zur Waise geworden war.

Ein Kind, das Lozza dazu gezwungen hatte, in den Spiegel zu schauen und sich wieder auf die Reihe zu kriegen. Alles an ihrem Leben infrage zu stellen. Nachdem sie dem Alkohol abgeschworen und um eine Versetzung gebeten hatte, nachdem sie mithilfe einiger mitfühlender Vorgesetzter die Stelle in Jarrawarra ergattert hatte – *trotz* Corneils Feldzug gegen sie –, hatte sie einen Adoptionsantrag gestellt, um Maya zu sich zu holen.

Corneil hatte aus purem persönlichem Rachedurst gehandelt. Ein hässliches Motiv. Er hatte Lozza einen Schlag versetzen wollen – er hatte die ganze Welt dafür büßen lassen wollen, dass seine Frau ihn verlassen hatte, nachdem sie von der Affäre erfahren hatte. Sie hatte das Sorgerecht für die drei Kinder bekommen. Er hatte nichts mehr. Und er war damit fertiggeworden, indem er Lozza die Schuld an allem gegeben hatte. Es war zu einem Geschwür in ihm geworden, und er hatte den gewaltsamen Vorfall wie eine Waffe gegen sie eingesetzt, um sie zu Fall zu bringen.

Es war ihm nicht gelungen.

Sie war hier.

Sie hatte Maya.

Sie hatte ihr neues normales Leben.

Und jetzt stand dieser Mistkerl verdammt noch mal mittendrin.

Sie hob das Kinn und straffte die Schultern.

»Kriegen wir das hin?«, fragte er leise.

»Schnee von gestern, Sir.« Sie betonte das letzte Wort.

»Da du diesem Fall zugeteilt wurdest und da du investigative Aufgaben dabei übernehmen wirst, nimmst du wieder den Rang eines Detectives ein«, verkündete Corneil. »Vorübergehend.«

Dies war kein Aufstieg. Lozza war in Ausübung ihrer Aufgaben nie etwas anderes gewesen als ein Detective. Man nannte sie nur nicht mehr so.

»Okay«, sagte sie. Für Corneil war der Schnee von gestern ganz offensichtlich noch nicht geschmolzen. Ein kleiner toxischer Rest davon hatte sich gehalten.

Gregg kam auf sie zu.

»Gregg, das hier ist Detective Senior Constable Corneil Tremayne aus der Mordkommission.«

»Detective *Sergeant* Tremayne«, korrigierte er sie und reichte Gregg die Hand.

Lozza spürte einen Stich der Verbitterung. Während sie die Karriereleiter hinuntergeschubst worden war und im Hinterland allgemeine Pflichten erfüllte, war Corneil weiter hinaufgeklettert und hatte inzwischen die Stellung eines Sergeants bei einer der begehrtesten Einheiten der Stadt inne. Und nun war er in diesem Fall Lozzas Boss. In ihrem Revier.

Ich habe die Degradierung für Maya hingenommen. Hier geht es jetzt um Maya und mich, um unsere neue Normalität. Lass dich nicht wieder in seine Aura und seine Machtspielchen hineinziehen. Ich will das, was er hat, gar nicht haben … oder doch?

Gregg sah Lozza an – er konnte die Spannung eindeutig fühlen. »Constable Abbot.« Er schüttelte Corneils Hand.

»Wo ist die Leiche?«, fragte Corneil.

»Hier entlang, Sir«, sagte Gregg und ging voraus. Vorhin war es Lozza gewesen, die für Gregg einen Weg durch das Dickicht hatte bahnen müssen. Bevor er ins Wasser gefallen war und alles vollgekotzt hatte.

Sie blieb noch einen Moment stehen und sah den beiden Männern nach. Gregg war schon dabei, dem Neuen am Tatort in den Hintern zu kriechen.

Damals

LOZZA

Vor über einem Jahr, 19. November, Polizeirevier Jarrawarra Bay, New South Wales

Lozza betrat das Besprechungszimmer mit einem Stapel Akten auf den Armen und einem dreifachen Kaffee in der Hand. Es war bereits früher Vormittag, und sie hatte in dieser Nacht etwa eine Stunde geschlafen. Wenn überhaupt. Gregg, Corneil und sie waren fast bis zum Morgengrauen am Fundort in Agnes geblieben.

Die Stimmung im Raum war nüchtern, doch die Anspannung knisterte förmlich in der Luft.

Corneil hatte sich vor einem Whiteboard an der Wand aufgestellt. Ein Bildschirm war hereingeschoben worden. Auf einem Tisch vor ihm stand ein Laptop. Gregg hatte sich tatsächlich direkt vor Corneil gepflanzt. Wie ein eifriges Haustier. Jon Ratcliffe saß an einem Schreibtisch in der Ecke. Er war hauptsächlich als Beobachter hier. Dies hier war seine Wache, sein Revier, in dem er mithilfe seiner Officers für Ordnung sorgte, doch die Ermittlung selbst wurde vom State Crime Command geleitet.

»Danke, dass Sie sich zu uns gesellen, Senior Constable«, sagte Corneil, als sie eintrat.

Sie nickte, hielt aber den Mund. Sie suchte sich einen Platz an einem Schreibtisch beim Fenster, legte ihre Akten ab und trank einen großen Schluck Kaffee.

Ebenfalls anwesend war eine schlicht gekleidete Polizistin, die Lozza nicht kannte, sowie der große und schlaksige Constable »Henge« Markham, der nebenbei Hydrofoil-Surfer war, und Constable »Jimmo« Duff, der aussah wie Kevin Costner und eine derart charmante Art mit den Frauen hatte, dass sie seine gedrungene Statur dafür übersahen. Das Polizeiteam in Jarrawarra war klein, doch es erhielt Rückendeckung vom State Crime Command und konnte über dessen komplette Ressourcen verfügen, inklusive der staatlichen forensischen Einheit, zusätzlichen Mordermittlern aus dem Hauptsitz und technischem Support aus dem Dezernat für Betrug und Cyberkriminalität. Corneil konnte jederzeit so viel Unterstützung beantragen, wie er wollte, und auch Spezialeinheiten herbeordern, um bei den Ermittlungen zu helfen.

Nun schrieb Corneil etwas ganz oben auf das Whiteboard: Strike Force Abra. Der Name, den er dieser Mordermittlung gegeben hatte.

Er tippte sich mit dem schwarzen Filzstift gegen die Handfläche und wandte sich zur Gruppe der Ermittler um.

»Okay, guten Morgen. Ich möchte Ihnen allen Detective Constable Sybil Grant vom Crime Command vorstellen.«

Sybil – die schlicht gekleidete Polizistin – nickte, ohne zu lächeln. Sie wirkte frisch und sauber. Das dunkelblonde Haar hatte sie zu einem straffen Pferdeschwanz zurückgebunden. Sie strahlte Erfahrenheit aus.

»Ich mache es kurz. Im Augenblick sind die Dinge noch immer dabei, sich zu entwickeln, und die Zeit spielt eine wichtige Rolle. Ellie Cresswell-Smith hat den Ring, den wir bei dem Verstorbenen gefunden haben, als den ihres Ehemanns erkannt. Darüber hinaus hat Mrs Cresswell-Smith die Leiche auf einigen der schonenderen Fotos identifiziert, die DC Grant ihr heute Morgen vorgelegt hat, kurz bevor sie aus dem Krankenhaus entlassen wurde. Die Autopsie läuft gerade. Sehr wahrscheinlich wird sie uns den DNS-Beweis liefern, den wir für eine zweifelsfreie Identifizierung brauchen, aber wir arbeiten derzeit mit der Annahme, dass es sich bei der Leiche im Agnes-Bay-Kanal um Martin Cresswell-Smith handelt.«

»Wo ist Ellie jetzt?«, fragte Lozza. »Sie haben erwähnt, dass man sie aus dem Krankenhaus entlassen hat.«

»DC Grant hat sie hierhergebracht, ins Revier. Sie wartet derzeit auf ihre Befragung. Außerdem haben wir einige Officers mit einem Durchsuchungsbefehl zu ihr nach Hause geschickt. Das Haus selbst ist zwar kein Tatort. Trotzdem sind wir ermächtigt, Martin Cresswell-Smiths Computer sowie sämtliche anderen Kommunikationsmittel mitzunehmen, die uns bei unseren Ermittlungen helfen können.«

Zügig ging Corneil die Fakten durch, die sie bisher hatten. Darunter auch die Tatsache, dass mehrere Zeugen gesehen hatten, wie die Cresswell-Smiths mit dem Boot rausfuhren, wohingegen allerdings nur Ellie zurückgekommen zu sein schien.

»Derzeit werden Fingerabdrücke und Teilabdrücke aus dem alten Farmhaus verarbeitet«, fuhr Corneil fort. »Dasselbe gilt für die biologischen und auch alle anderen Beweismittel. Bisher fehlt die Rolex Daytona, die Martin Cresswell-Smith laut seiner Ehefrau immer getragen hat. Außerdem suchen wir nach dem Mann mit der Tätowierung am Hals, der das Päckchen mit den verschreibungspflichtigen Medikamenten für Mrs Cresswell-Smith im Pug and Whistler abgegeben hat. Im

Augenblick ist Mrs Cresswell-Smith unsere Hauptverdächtige, allerdings gehen wir von der Möglichkeit aus, dass sie einen Komplizen hat.«

Gregg meldete sich zu Wort: »Das war kein kalter, planvoller Mord. Die vielen Stichwunden sind eindeutig Overkill, und das Gaff in der Brust? Damit will der Mörder etwas Bestimmtes aussagen.«

Lozza rollte innerlich mit den Augen. Der Frischling, der sich vor dem hohen Tier aus dem Hauptquartier in die Brust warf. Es machte sie ganz krank, aber sie musste zugeben, dass sie früher auch nicht besser gewesen war. Sie alle hatten einmal angefangen. Sie alle hatten versucht, sich eine gute Position zu sichern und ihre Vorgesetzten zu beeindrucken.

»Es ist möglich, dass es kontrolliert begonnen hat«, warf Sybil – DC Grant – ein. »Doch dann könnte sich unkontrollierte Brutalität daraus entwickelt haben.« Sie deutete auf ein Foto der Gartenschere, das vorne am Whiteboard hing. »Finger abzuschneiden – das lässt an Folter denken. An jemanden, der Informationen haben will. Genauso wie die Seile und der Stuhl in dem verlassenen Farmhaus.«

»Der Kerl hatte Angst«, warf Jimmo ein. »Er hat sich die Hose eingesaut.«

»Vielleicht hat er nicht getan, was sein Angreifer wollte«, schlug Lozza vor. »Vielleicht hat Martin Cresswell-Smith Widerstand geleistet, was seinen Angreifer wütend gemacht hat, und dann ist er durchgedreht.«

Corneils Blick ruhte auf ihr. Was sie stinksauer machte. Er wollte sie daran erinnern, dass auch sie zum Durchdrehen neigte – dass sie tatsächlich durchgedreht war. Dass sie ausgerastet und gewalttätig geworden war.

»Ich frage mich, warum man ihn auf diese Weise im Wasser hat verschwinden lassen. Wenn man versucht hat, die Leiche zu verstecken, warum lagen dann die Seile und die Gartenschere und all die anderen Beweismittel offen im Farmhaus herum?«

»Vielleicht ist etwas schiefgegangen?«, schlug Henge vor. »Vielleicht gab es einen Plan, der sich aber spontan geändert hat. Der oder die Täter mussten überstürzt handeln. Vielleicht wurden sie gestört und mussten fliehen.«

»Gibt es schon eine Schätzung, wie lange die Leiche im Wasser gelegen hat?«, fragte Sybil.

»Die vorläufige Einschätzung des Pathologen lautet, dass er irgendwann am späten Abend des siebzehnten Novembers getötet wurde«, antwortete Corneil. »Die Leiche war also etwa vierundzwanzig Stunden lang im Wasser. Diese Schlammies arbeiten schnell.«

Das stimmte allerdings. Lozza wusste, dass man spätabends riesige Fischköpfe als Köder in den Krabbenfallen zurücklassen konnte, die dann früh am nächsten Morgen praktisch verschwunden waren.

Corneil fuhr fort: »Also gibt es für Mrs Cresswell-Smith ein mögliches Zeitfenster zwischen zwanzig vor sechs am Morgen des siebzehnten November – als mehrere Zeugen sie auf der Abracadabra gesehen haben – und zwanzig vor acht am Abend desselben Tages, als die Nachbarin beobachtet hat, wie sie nach Hause zurückgestolpert kam. Jedenfalls, wenn sich die Schätzung des Pathologen bestätigt.«

»Sie könnte die Überdosis auch absichtlich geschluckt haben, um das Bewusstsein zu verlieren, als eine Art Alibi«, warf Gregg ein. »Der angebliche Erinnerungsverlust könnte ein praktisches Werkzeug sein. Nur ist dann alles schiefgelaufen. Sie ist gestürzt und hat sich den Kopf aufgeschlagen.«

»Oder vielleicht wollte sie mit der Überdosis auch nur den Verdacht von sich selbst ablenken«, ergänzte Henge. »Sie könnte einen Komplizen haben. Solche Frauen – Erbinnen, die ihr Leben lang im Geld geschwommen sind … Solche Leute überlassen lieber anderen die Drecksarbeit.«

»Vielleicht ist es dieser Biker«, spann Gregg den Faden weiter.

Lozza jonglierte mit diversen Puzzlestücken im Kopf, doch sie beteiligte sich nicht weiter an der Diskussion. Im Augenblick wollte sie lieber nicht ins Fadenkreuz von Corneils Aufmerksamkeit geraten. Jon hatte ihm offenbar bereits davon erzählt, dass sie das Päckchen mit den Medikamenten zum Haus der Cresswell-Smiths gebracht hatte. Das konnte Corneil gegen sie verwenden, wenn er die Chance dazu bekam.

»Okay«, sagte Corneil. »Aufgabenverteilung. DC Grant, Sie machen sich an die Viktimologie. Wir brauchen alles, was wir über Martin Cresswell-Smith erfahren können – wer er war, woher er kommt, wer seine Freunde und seine Familie sind, woran er geglaubt hat, wer seine Feinde sind, was er getan hat, bevor er nach Australien gekommen ist, und ob er sich schon einmal irgendwo strafbar gemacht hat.«

»Alles klar, Sir«, sagte Sybil.

»Constable Markham, Duff, Ihnen fallen die Naturschützer zu. Bringen Sie die Anführer her. Constable Bianchi, Abbott, da Sie beide bereits mit der Ehefrau gesprochen haben, möchte ich, dass Sie das erste Verhör mit Ellie Cresswell-Smith übernehmen.«

Es entging Lozza nicht, dass Corneil sie nicht als Senior Constable betitelt hatte. Der Kerl war ein Arsch.

»Als DC Grant sie heute Morgen aus dem Krankenhaus ins Revier gebracht hat, ist sie darüber in Kenntnis gesetzt worden, dass Mrs Cresswell-Smith einen Flug vom Moruya Airport gebucht hat, der gestern gestartet ist«, erklärte Corneil. »Sie hat ihn natürlich verpasst, weil sie im Krankenhaus lag. Mrs Cresswell-Smith hat DC Grant gegenüber allerdings betont, dass sie einen weiteren Flug buchen und sobald wie möglich nach Kanada zurückkehren will. Also finden Sie etwas, das uns dazu berechtigt, sie hier im Land zu halten. Sie ist unsere Hauptverdächtige. Ich will nicht den Zugang zu ihr verlieren.« Er hielt inne. »Noch Fragen?«

Niemand sagte etwas.

»Gut, dann an die Arbeit. Wir haben Fotos von Martin Cresswell-Smiths verschwundener Rolex Daytona bei Crime Stoppers und in den Medien. Sie ist ungefähr siebzigtausend Dollar wert. Wenn jemand versucht, sie zu verticken, dann will ich das wissen. Außerdem verbreiten wir die Bootsnummer der Abracadabra und Fotos eines sehr ähnlichen Quinnie-Modells. Wenn irgendjemand versucht, ein Boot mit dieser Nummer loszuwerden, dann will ich das auch wissen. Dieser Mann hier«, er tippte mit seinem Filzstift auf das Foto des Bikers auf dem Whiteboard, »wurde zur Fahndung ausgeschrieben. Wer ist er? Wie steht er mit den Cresswell-Smiths in Verbindung? Wie passen die verschreibungspflichtigen Medikamente ins Bild? Warum wurde das Päckchen so offensichtlich für Ellie im Pug and Whistler hinterlegt?« Er sah jedem der Anwesenden in die Augen. »Wir treffen uns heute Abend wieder hier zur Besprechung. Die Uhr tickt. Bringt mir etwas.«

Damals

LOZZA

»Danke, dass Sie hergekommen sind«, sagte Lozza, als sie sich Ellie gegenüber an den Tisch setzte. Gregg ließ sich links von Lozza nieder. »Wie geht es Ihnen?«

Ellie wirkte geschwächt. Dünner. Sehr blass. Sie hatte dunkle Ringe unter den Augen, und um ihre Stirn trug sie noch immer den Verband. Lozza fragte sich, ob es richtig war, dass sie so hierhergeschleift worden war, direkt aus dem Krankenhaus.

Kurz begegnete Ellie ihrem Blick, dann sah sie hoch zur Überwachungskamera dicht unter der Decke. Ihr war bewusst, dass sie beobachtet wurden. Genau wie Lozza. Sie spürte Corneils Blick auf sich.

»Ich erinnere mich immer noch nicht an mehr, falls Sie das glauben«, sagte Ellie. »Und ich bin nicht hergekommen. Man hat mich hergebracht.«

Defensiv.

Lozza nickte Gregg zu. Er drückte auf den Aufnahmeknopf, das Verhör wurde mitgeschnitten.

»Befragung von Ellie Cresswell-Smith, neunzehnter November, 11.02 Uhr, durchgeführt von Senior Constable

Laurel Bianchi und in Anwesenheit von Constable Gregg Abbott, in Jarrawarra Bay.« Sie nannte ihre Dienstnummern.

»Es tut mir sehr leid wegen Ihres Ehemanns, Ellie«, sagte Lozza ruhig und fest. »Wie ich gehört habe, waren Sie in der Lage, seine Identität anhand von Fotos zu bestätigen.«

Sie nickte.

»Könnten Sie Ihre Antworten für die Aufnahme bitte laut aussprechen?«, bat Lozza.

»Ja«, sagte Ellie mit einem weiteren raschen Blick zur Kamera.

»Wir warten immer noch auf die positiven DNS-Ergebnisse …«

»Er ist es. Ich weiß, dass er es ist.«

Lozza hielt ihren Blick. »Sie sind sich sehr sicher.«

Ellie schluckte. Ihre Nasenspitze wurde rot. »Ich konnte es auf den Fotos erkennen. Ich habe keinen Zweifel.«

Lozza nickte. »Okay, und Sie verstehen, dass wir Ihnen zugunsten unserer Ermittlungen darüber, was Ihrem Ehemann zugestoßen ist, ein paar Fragen stellen müssen?«

»Ja.«

»Haben Sie irgendeine Vorstellung davon, was geschehen sein könnte?«

»Ich habe Ihnen schon im Krankenhaus alles gesagt, was ich weiß. Ich bin nicht mit ihm im Boot rausgefahren.«

»Wir haben allerdings mehrere Zeugen, die Sie im Boot gesehen haben, Ellie. Darunter auch Constable Abbott hier. Er hat Sie durch ein Teleskop gesehen.«

Kurz flackerten ihre Augen zu Gregg.

Ein Muskel an seinem Kiefer zuckte.

»Fangen wir damit an, was Sie über die vorzeitige Rückkehr Ihres Mannes aus Sydney wissen, einverstanden? Was hat ihn früher zurückgebracht?«

»Ich weiß es nicht. Wenn er es mir gesagt hat, erinnere ich mich nicht daran.«

»Haben Sie ihn vielleicht angerufen und ihn gebeten zu kommen?«

»Warum sollte ich? Ich hatte meine Koffer gepackt und war aufbruchbereit. Ich hatte ein Flugticket. Ich wollte längst weg sein, wenn er zurückkommt.«

»Daran erinnern Sie sich inzwischen also wieder?«

Kurz wirkte sie nervös. »Ich … glaube schon. Einzelne Bruchstücke fallen mir wieder ein.«

»Warum wollten Sie weg sein, wenn er zurückkommt?«

»Er hatte eine Affäre. Ich habe Beweise dafür. Ich wollte ihn nicht zur Rede stellen, weil er gewalttätig werden kann. Außerdem hatte ich zu dem Zeitpunkt schon begriffen, dass er ein Hochstapler war. Er hat alles gestohlen, was ich mit in die Ehe gebracht habe.« Ihre Stimme verklang. Auf ihren Wangenknochen erschienen zornig rote Flecken.

»Was hat er in Sydney gemacht?«, fragte Lozza.

»Seine Geliebte gevögelt und sich darauf vorbereitet, mit meinem Geld ins Ausland zu fliehen – weiß der Teufel. Mit den rechtlichen Auswirkungen werde ich mich von zu Hause aus beschäftigen.«

Lozza sah sie fest an. »Seine Geliebte ist …«

»Oh, bitte, verkaufen Sie mich nicht für dumm. Ihre Leute durchsuchen mein Haus, während wir uns hier unterhalten. Wahrscheinlich haben sie die Fotos von meinem Mann und Rabz längst in meinem Atelier gefunden. Sie haben sie sicher schon befragt, sie und alle anderen, die Martin und mich kennen. Genauso wie jeden, der uns an diesem Morgen im Boot gesehen haben will, und natürlich meine Nachbarin. Was wollen Sie noch von mir? Ich bin doch nicht verdächtig, oder?«

»Wir müssen nur ein paar Dinge überprüfen, Ellie.« Lozza klappte den Ordner vor sich auf und zog ein paar der Tatortfotos heraus. »Erkennen Sie die hier?« Sie schob Ellie die Bilder der blauen Windjacke und des blutbefleckten Baseball-Caps zu.

»Ja. Das sind meine. Die Flecken darauf sind Blut.«

»Blut?«

»Hauptsächlich Martins. Und wahrscheinlich auch meines. Von dem Messer.«

Lozza blinzelte. »Sie geben zu, ihn mit einem Messer verletzt zu haben?«

»Als wir mit der Abracadabra auf dem Meer waren, kurz nachdem ich in Jarrawarra angekommen bin. Es gab einen Unfall mit dem Messer, bei dem ich Martin damit geschnitten habe. Dabei habe ich diese Jacke und das Cap getragen. Ich habe alles in der Garage liegen gelassen. Sie können jeden fragen, der an diesem Tag bei der Bootsrampe war. Martin hatte einen Fischhaken im Hals, und … wir waren beide blutverschmiert. Die Leute auf den Klippen haben gesehen, wie wir zurückgekommen sind. Martin ist ins Krankenhaus gefahren, also müssten auch die Ärzte Bescheid wissen. Wahrscheinlich finden Sie meine Fingerabdrücke auf dem Fischmesser und auch auf dem Gaff, weil ich an diesem Tag beides in der Hand hatte.«

»Woher wissen Sie von dem Gaff?«

»Es war auf einem der Fotos zu sehen, die Detective Constable Sybil Grant mir gezeigt hat, damit ich die Leiche identifiziere.«

Lozza beugte sich vor. »Ellie, wie sind Ihre Jacke und das Cap in dem halb verfallenen Farmhaus in Agnes gelandet?«

»Ich weiß es nicht.«

»Man hat Sie in diesen Sachen gesehen, als Sie am siebzehnten November mit Martin in der Abracadabra aufs Meer gefahren sind.«

»Ich … ich bin nicht wieder mit ihm rausgefahren. Das hätte ich nie getan.«

»Wie gesagt, Sie wurden von mehreren Zeugen dabei gesehen, inklusive Constable Abbott.«

»Tja, dann erinnere ich mich nicht daran. Und ich kann mir auch wirklich nicht vorstellen, warum ich das hätte tun sollen. Ich hasse dieses Boot. Ich hatte schreckliche Angst bei der ersten Ausfahrt. Martin *wollte* mir Angst einjagen. Es ist ihm gelungen.«

Lozza formulierte die Frage anders, sprach langsam: »Gut, was *glauben* Sie, wie diese Jacke und das Cap mit Martins und Ihrem Blut darauf in dem verlassenen Farmhaus im Mangrovenwald in Agnes gelandet sind, wo Martin ermordet wurde?«

»Ich habe keine Ahnung.«

Gregg sagte: »Sind Sie jemals in diesem verlassenen Farmhaus gewesen, Ellie?«

Nervös sah sie zu Gregg hinüber. »Ich weiß es nicht. Vielleicht.«

»Vielleicht?«, hakte Lozza nach.

Sie holte tief Luft. »An dem Tag, an dem ich in Jarrawarra angekommen bin, ist Martin mit mir nach Agnes gefahren und hat mich zum Agnes Basin gebracht. Wir sind mit der Abracadabra in einen der Kanäle gefahren. Wir haben etwas zu Mittag gegessen, und ich … habe auf dem Boot das Bewusstsein verloren. Rückblickend glaube ich, dass er mein Wasser oder meinen Wein mit irgendwelchen Drogen versetzt hat, und vielleicht auch den Cider, den er mir direkt nach der Landung gegeben hat. Weil ich immer wieder diese Aussetzer hatte. Ich glaube, er war ein Gaslighter. Er hat versucht, mich in den Wahnsinn zu treiben oder mir das Gefühl zu geben, dass ich wahnsinnig werde, damit es niemanden mehr wundert, wenn ich an einer Überdosis sterbe oder Ähnliches. Dann wollte er die

Versicherung einstreichen, die er auf mein Leben abgeschlossen hat, und dazu alles, was ich in Agnes Holdings investiert habe.«

Lozza ließ ihren Kugelschreiber klicken. »Okay, kehren wir noch einmal zu dem Tag zurück, an dem Martin Sie mit dem Boot in den Kanal gebracht hat. Haben Sie das Boot irgendwo festgemacht?«

»An einem Steg. Da gab es einen Pfad, der vom Steg zu einem verlassenen Farmhaus führt. Das hat er mir gesagt. Wir haben auf dem Boot etwas gegessen, und ich habe das Bewusstsein verloren. Als ich wieder zu mir gekommen bin, habe ich auf dem Bootsboden gelegen, und es ist schon dunkel geworden. Martin war wütend, und er hatte ein paar Protestbanner mit zum Boot gebracht. Er hat gesagt, er hätte sie in dem alten Farmhaus gefunden. Er hat gesagt, die ›Protestler‹ wären auf seinem Privatbesitz gewesen.« Wieder sah sie zur Kamera. Lozza hatte den Eindruck, als würde sie für die Zuschauer dahinter eine Vorstellung liefern. Vielleicht machte sie ihnen allen etwas vor. Sie dachte an das, was Rabz gesagt hatte.

»Bis zu diesem Moment hatte ich Martin noch nie so wütend gesehen. Er meinte, wenn er diese Protestler in die Finger kriegen würde, dann …« Sie erbleichte, als ihr etwas wieder einzufallen schien. Dann räusperte sie sich. »Er hat gesagt, er würde sie in Fetzen schneiden, ihnen sein Gaff in den Bauch rammen und sie an die Schlammies verfüttern.«

Gregg und Lozza starrten sie an. Die Luft im Raum wurde dick. Eine unsichtbare Energie knisterte um sie herum. Schließlich ergriff Lozza wieder das Wort. »Daran erinnern Sie sich, aber Sie wissen nicht mehr, ob Sie mit Martin diesen Pfad entlang zu dem alten Farmhaus gegangen sind?«

Ellie schluckte. »Ich habe nicht nur das Bewusstsein verloren, ich hatte einen Blackout, Detective. Während meiner Blackouts kann ich Dinge tun, von denen ich hinterher nichts mehr weiß. Ich habe keine Erinnerung daran, weil das, was während der Phasen passiert, in denen ich unter dem Einfluss von zu starken Medikamenten oder zu viel Alkohol stehe, von meinem Gehirn nicht in Erinnerungen umgewandelt wird. Das hat mir mein Therapeut einmal erklärt. Ich hatte auf dem Boot einen Blackout, dann bin ich auf dem Boden liegend wieder zu mir gekommen. Mehr weiß ich nicht. Dann hat Martin das gesagt, was ich gerade wiederholt habe. Das hat mich zutiefst erschreckt … die Vorstellung, dass der Mann, den ich geheiratet habe, so bösartig werden könnte. Bis zu diesem Punkt in unserer Beziehung hatte ich diese hässliche Seite an Martin noch nicht zu Gesicht bekommen. In Australien war er ein vollkommen anderer Mann als zu Hause in Kanada. Es war, als hätte er mich fest am Haken und müsste sich keine Mühe mehr geben, mir etwas vorzumachen.«

»Ihr Arzt hat Ihnen Ihre Blackouts erklärt?«, fragte Gregg.

»Mein Therapeut. Mein Psychotherapeut.«

»Warum waren Sie in Therapie?«, übernahm Lozza wieder.

»Ich könnte jetzt darauf antworten, dass das privat und vertraulich ist. Ich könnte Ihnen auch sagen, dass meine Tochter ertrunken ist, als sie drei Jahre alt war, und dass ich die Trauer nicht ertragen habe. Es hat mich fast umgebracht, und meine Bewältigungsstrategien waren nicht gut.« Sie presste die Lippen aufeinander, und in ihren Augen schimmerten Tränen. »Ich weiß, dass Sie mein ganzes Leben auf den Kopf stellen und dass Sie all die schrecklichen Dinge über mich erfahren werden, die mich für immer verfolgen werden, wie zum Beispiel die Tatsache, dass ich einmal zwangseingewiesen wurde. Jetzt wissen Sie es. Trauer, Verlust kann einen umbringen. In den Wahnsinn treiben. Aber ich habe meinen Ehemann nicht umgebracht, Detectives, und ich möchte jetzt gerne gehen.«

Lozza musterte sie und dachte an noch etwas anderes, das Rabz gesagt hatte.

»Wusstest du, dass die Polizei in Hawaii sie verdächtigt hat, ihre dreijährige Tochter im Meer bei Waimea Bay ertränkt zu haben? Ellie ist mit ihr in zu große Wellen hinausgegangen.«

»Ellie.« Lozza beugte sich vor. »Können wir noch einmal auf die Kleider zurückkommen, die Sie, wie Sie sagen, bei Ihrer ersten Ausfahrt auf der Abracadabra getragen haben und auf denen sich sowohl Ihr als auch Martins Blut befindet? Sie haben gesagt, dass Sie die Kleider in der Garage gelassen haben?«

Sie rutschte auf ihrem Stuhl herum und wischte sich über die Nase. »Ja.«

»Und Sie wissen nicht, wie die Jacke und das Cap letztendlich in Agnes gelandet sind?«

»Nein. Ich habe sie in der Garage gelassen, mitsamt einer Cargohose und meinen Schuhen.«

Also mussten sie herausfinden, was aus der Hose und den Schuhen geworden war. Lozza machte sich eine mentale Notiz.

»Und ich weiß nicht, was daraus geworden ist oder wie sie nach Agnes gekommen sind.«

Lozza rieb sich über das Kinn. »Das Blut darauf …«

»Ist meines. Und Martins. Das habe ich Ihnen doch schon gesagt.« Die roten Flecken auf ihren Wangen wurden dunkler. Die Atmosphäre im Raum verdichtete sich, wurde wärmer. Aufgeladener.

»Es besteht also die Möglichkeit, dass Sie kurz nach Ihrer Ankunft in Jarrawarra in diesem verlassenen Farmhaus gewesen sind, Sie erinnern sich nur nicht daran?«

»Ja, das stimmt. Ich könnte dort gewesen sein. Ich weiß es nicht. Ich erinnere mich zwar nicht daran, aber es ist möglich.«

Lozza musste sich zusammennehmen, um nicht laut zu fluchen. Damit hatte Ellie einen dicken Strich durch jede mögliche Anklage gemacht, die gegen sie aufgebaut werden könnte. Wenn sie zuvor schon einmal am Tatort gewesen war – im Haus –, dann konnte sie behaupten, dass mögliche

DNS-Spuren oder Fingerabdrücke oder Haare oder Fasern, die man dort vielleicht finden würde, von diesem früheren Besuch stammten. Dasselbe galt für mögliche Beweise, die eventuell auch bei dem Vorfall auf dem Boot zustande gekommen sein konnten. Ellie hatte eine Verteidigung.

Lozza schob ihr weitere Fotos zu – das Fischmesser und das Gaff, auf dem der Bootsname stand.

»Erkennen Sie das hier?«

Ellie zog die Fotos näher zu sich heran. »Ja, das ist das Messer, mit dem ich Martin die Angelschnur vom Hals geschnitten habe, als er den Haken in die Kehle bekommen hat. Und das ist das Gaff, das ich ihm gegeben habe.«

»Dann haben Sie also sowohl das Messer als auch das Gaff angefasst?«

»Ja, das habe ich Ihnen auch schon gesagt. Als ich Martin losschneiden wollte, hat das Boot geschaukelt, und ich bin abgerutscht und habe ihm den Arm aufgeschlitzt und meinen Handrücken.«

»Was ist damit – erkennen Sie das hier?« Lozza zeigte ihr ein weiteres Tatortfoto.

»Das sieht aus wie die Seile auf der Abracadabra. Dieselbe Farbe wie die Leinen, an denen ich das Boot an dem Tag, an dem wir rausgefahren sind, festhalten musste. Dabei habe ich mir die Handflächen aufgescheuert.«

Lozza holte tief Luft. Das bedeutete, dass auch mögliche von Ellie stammende DNS-Spuren auf den Seilen am Tatort durch diesen früheren Zwischenfall erklärt werden konnten. Das würde die Staatsanwaltschaft gar nicht freuen. Lozza ließ den Blick auf ihr ruhen, und das ungute Gefühl, etwas vorgespielt zu bekommen, wurde stärker. War diese Frau selbst eine Betrügerin? Wie sie es von ihrem Ehemann behauptete? War es vorstellbar, dass sie jenen ersten Tag auf dem Boot dazu genutzt hatte, ein Szenario aufzubauen, das spätere Beweise am Tatort entkräftigen würde? Allmählich kam es Lozza vor, als wäre dies hier weniger ein Verhör als vielmehr eine Chance für Ellie Cresswell-Smith, die Grundlagen für ihre spätere Verteidigungsstrategie zu legen. Ein noch dunklerer Gedanke kam ihr – konnte es sein, dass Ellie an jenem Tag, an dem sie zu dritt im Meer schwimmen waren, absichtlich auf sie gewartet hatte? Konnte es sein, dass Ellie aus irgendeinem Grund gewollt hatte, dass sie ihre Blutergüsse sah, ihren Ehemann kennenlernte und Mitleid mit ihr bekam? Konnte auch das Teil eines ausgefeilten Plans gewesen sein?

Lozza zeigte Ellie noch einmal das Foto des Glatzkopfs. Wieder bestritt Ellie, irgendetwas über ihn oder das Tablettenpäckchen zu wissen.

»Ich würde jetzt gern gehen«, sagte sie.

»Nur noch ein paar Fragen. Wer war die Privatdetektivin, die Sie angeheuert haben und die diese Fotos von Ihrem Mann und Bodie Rabinovitch geschossen hat?«

»Hören Sie, ich bin wirklich sehr müde. Es geht mir nicht gut. Ich möchte jetzt gerne gehen und mir ein Flugticket nach Hause kaufen.« Sie wollte aufstehen.

»Bitte bleiben Sie sitzen, Ellie.«

»Sie können mich nicht dazu zwingen, Lozza. Ich kenne meine Rechte. Wenn Sie mich hier festhalten und mir weitere Fragen stellen wollen, dann müssen Sie mich schon verhaften und sich erst mit meinen Anwälten auseinandersetzen. Ich war so kooperativ, wie ich nur kann, aber ich bin in einer wirklich sehr schlechten Lage mit dem ganzen Chaos, das Martin mir hinterlassen hat. Ich muss zurück nach Hause nach Kanada und mich dort mit meinen Anwälten treffen.«

Lozza atmete tief und langsam durch, den Blick fest auf Ellie gerichtet. »Gut.«

»Gut was?«

»Gut. Sie können gehen.«

Ellie zögerte, dann stand sie auf und ging zur Tür. Sie griff nach der Klinke, zögerte wieder, drehte sich zu Lozza und Gregg um. Sie wirkte unentschlossen, doch dann sagte sie: »Ein Auto hat uns verfolgt. Es ist mir kurz nach meiner Ankunft in Jarrawarra aufgefallen.«

Lozza und Gregg sahen einander an. »Was für ein Auto?«, fragte Lozza.

»Ein brauner Toyota Corolla. Er hat eine Delle hinten und ein Kennzeichen aus Queensland. Die letzten drei Buchstaben lauten GIN – wie das Getränk. Deshalb weiß ich das noch.«

Lozzas Herz schlug schneller. »Sind Sie sicher, dass es ein Kennzeichen aus Queensland war?«

»Ja. Ich habe Martin das Auto sogar gezeigt. Er ist mir sehr beunruhigt vorgekommen, als er den Wagen gesehen hat.«

»Wusste er denn, wer der Fahrer war?«

»Nein. Er hat gesagt, es sei ein sehr verbreitetes Modell mit einer sehr üblichen Farbe. Er meinte, es wären vielleicht immer andere Autos gewesen, die ich gesehen habe. Aber ich habe trotzdem bemerkt, dass es ihm Sorgen gemacht hat.« Damit verließ sie den Raum und ging.

Aus einem Impuls heraus folgte Lozza ihr auf die Straße hinaus. »Ellie?«, rief sie ihr nach.

Sie drehte sich um. Sonnenlicht fing sich auf ihrem dunklen, taillenlangen Haar.

Lozza trat zu ihr und reichte ihr eine Visitenkarte. Leise sagte sie: »Wenn Ihre Erinnerungen zurückkommen, dann rufen Sie mich bitte an. Nichts ist zu unbedeutend oder zu belanglos.«

Ellie sah sie an. Die Erinnerung an ihr gemeinsames Erlebnis in den Wellen hing zwischen ihnen. Unsicher betrachtete Ellie die Karte.

»Ich sehe, dass Sie Angst haben, Ellie. Ich weiß, dass Martin Ihnen wehgetan hat. Ich verstehe Ihre Verwirrung und Ihre Scham wegen der Tabletten und dem Alkohol.«

Ellies große blaue Augen glänzten verräterisch, und Lozza hatte das Gefühl, dass sie etwas sagen wollte. Doch dann bremste sie sich. Diese Frau war entweder sehr, sehr allein oder sehr klug und gefährlich. Lozza wollte ihr die Möglichkeit geben, sich zu öffnen. Mit ihr in Kontakt zu treten. Auf welche Weise auch immer. Guter Cop, böser Cop, das alte Spiel. Im Moment war sie der gute Cop.

»Falls Sie diesen Corolla wiedersehen, dann lassen Sie es mich wissen, okay?«

Ellie nickte, wandte sich ab und lief die Straße hinunter.

Lozza sah ihr nach, bis Ellie um eine Ecke verschwand.

Sie drehte sich um und wollte in das Polizeirevier zurückkehren, doch dann hielt sie inne. Sah auf. Hinter einem der Fenster stand Corneil. Wachsam.

Damals

ELLIE

Ich betrat unser Haus, dicht gefolgt von Willow, die nach meinem Besuch beim Reisebüro, wo ich ein weiteres Flugticket gekauft hatte, zu mir gekommen war. Ich hatte sie angerufen. Nachdem mich die Polizei in die Mangel genommen hatte, war ich mir in meinem geschwächten Zustand auf einmal so allein vorgekommen. Ich hatte Angst gehabt. Ich hatte ihre Gesellschaft gebraucht. Mein Flugzeug würde in zwei Tagen starten. Bis dahin musste ich irgendwie zurechtkommen. Die Polizei hatte mir mitgeteilt, dass ich in mein Haus zurückkehren konnte – es war kein Tatort. Sie hatten alles fotografiert und Martins Computer und die Akten aus seinem Schrank mitgenommen. In seinem Büro herrschte ein furchtbares Chaos. Die Schubladen standen offen, und alles war auf dem Boden verteilt worden.

In der Tür blieb ich stehen und starrte das Durcheinander an.

Das Türschloss war aufgebrochen worden. Ich spürte Galle in der Kehle aufsteigen. Wenigstens hatte ich Kopien von allem.

Langsam, benommen ging ich ins Wohnzimmer und setzte mich.

»Kann ich dir etwas zu trinken holen? Oder zu essen?«, fragte Willow und legte ihre Handtasche auf den Küchentresen. In der Küche hatte Martin mich vergewaltigt. Sie wirkte besorgt.

»Wasser, danke.«

Sie brachte mir ein Glas. Ich nahm es mit zitternder Hand und nippte daran. Bizarre und unscharfe, nicht zusammenhängende Erinnerungsfetzen blitzten in meinem Kopf auf.

»Ich kann eine Weile bleiben«, sagte Willow. »Auch über Nacht – oder bis du abfliegst, wenn du das möchtest?«

Ich verharrte, den Blick auf einen leeren Fleck an der Wand gerichtet.

»Die Uhr.«

»Was?«

»Sie haben die Uhr mitgenommen.« Ich stellte mein Glas ab und stand auf, mein Herz raste. Ich ging auf die Schiebetür zu.

»Ellie? Wohin willst du denn?«

Ich schob die Tür auf und stürmte über den Rasen auf mein Atelier zu. Willow kam mir hinterhergeeilt.

Ich betrat das Atelier und blieb wie angewurzelt stehen.

Auch hier war die Uhr verschwunden. Ich drehte mich zu Willow um.

»Warum sollte die Polizei Wanduhren mitnehmen?«

»Ich … ich habe keine Ahnung.«

»Da hing eine Uhr.« Ich deutete darauf. »Und zwar genau die gleiche wie im Wohnzimmer. Beide sind verschwunden.«

Willow starrte mich an, als hätte ich den Verstand verloren.

Rasch ließ ich den Blick durch den restlichen Raum schweifen. Sie hatten auch das gerahmte Foto von Dana und mir mitgenommen. Das Foto, das in jener Nacht aufgenommen worden war, in der ich Martin kennengelernt hatte.

Ich verließ das Atelier und lief über den Rasen zurück zum Haus. Der Schweiß brach mir aus.

Willow folgte mir eilig. »Ellie! Beruhige dich erst mal. Und dann …«

Ich fuhr zu ihr herum. »*Beruhigen?* Mein Ehemann wurde brutal ermordet, und offenbar bin ich verdächtig. Und ich kann mich an nichts erinnern. Warum sollte ich mich beruhigen, Willow, warum?«

»Ich wollte doch nur …«

»Du musst jetzt gehen. Bitte. Danke, dass du mich abgeholt hast, und danke für all deine Hilfe. Ich weiß das wirklich zu schätzen. Aber jetzt muss ich allein sein.«

Sie zögerte, unsicher. »Okay … okay.« Sie ging ins Haus, um ihre Handtasche zu holen, dann blieb sie noch einmal bei mir stehen. »Wenn du mich brauchst, dann ruf einfach an, in Ordnung?«

Ich nickte, innerlich bebte ich, auf einmal war alles zu viel.

Willow ging. Ich wartete, bis sie fort war, dann zog ich Lozzas Karte hervor. Darauf stand sowohl ihre Nummer im Revier als auch ihre Handynummer. Ich entschied mich für das Handy.

Es läutete einmal.

»Bianchi.«

»Hier ist Ellie. Warum haben Ihre Leute meine Uhren und ein gerahmtes Foto aus dem Atelier mitgenommen?«

Lozza bat mich, einen Moment zu warten, während sie dies überprüfte. Ich tigerte auf und ab, auf und ab, grässliche Bilder aus meiner Erinnerung stürzten auf mich ein. Martin, der mich an den Haaren packte. Der mich trat. Mich schlug …

»Ellie?«

Ich blieb stehen. »Ich bin noch dran.«

»Auf unseren Listen wurde nichts über Uhren oder Fotos vermerkt, die aus Ihrem Haus mitgenommen wurden. Unsere Befugnisse beschränken sich auf Computer, Akten und Kommunikationsgeräte.«

Ich legte auf und starrte auf die Stelle an der Wand, an der die Uhr gehangen hatte, das laute Rauschen meines Blutes in den Ohren.

Damals

LOZZA

Vor über einem Jahr, 20. November, Jarrawarra Bay, New South Wales

Lozza wälzte sich in ihrem Bett von einer Seite auf die andere. Sie hatte die Fenster weit geöffnet, und draußen wogte und seufzte das Meer unter dem Mond. Sie hatte dieses Haus am Meer gemietet, auf der weniger noblen Seite des Bonny River. Es war ziemlich heruntergekommen, von der Holzverschalung blätterte die Farbe ab und im Winter war es bitterkalt darin. Doch es verfügte über eine kleine Gästewohnung, in der ihre Mutter wohnen konnte. Die Tatsache, dass sie sich bereit erklärt hatte, zu Lozza nach Jarrawarra zu ziehen, war ein wichtiger Grund dafür gewesen, dass man Lozza erlaubt hatte, Maya zu adoptieren. Das Arrangement hatte auch für Lozzas Mutter sein Gutes. Sie war Witwe gewesen, und dass sie nun dabei half, Maya großzuziehen, hatte ihr einen neuen Lebenssinn gegeben.

Lozza boxte ihr Kissen zurecht und legte sich wieder hin. Die Hitze war drückend, schwül. Sie war spät nach Hause gekommen und musste am nächsten Morgen wieder früh raus, doch ihr Gehirn wollte einfach nicht damit aufhören, die Fakten des Falls herumzuwälzen. Sie dachte an Ellie, daran, wie es sein musste, seine Tochter zu verlieren. Sie dachte an Mayas Mutter, getötet von Mayas brutalem Vater. Sie dachte daran, wie sie selbst die Kontrolle verloren hatte, als sie ihn hatte verhaften wollen, während Maya – die damals drei Jahre alt gewesen war, genau wie Ellies Tochter – unter dem Bett gekauert hatte.

An jenem Tag hätte sie ihre gewalttätige Reaktion fast alles gekostet.

Doch sie hatte um Maya gekämpft, als niemand sonst das Mädchen hatte haben wollen. Und als Mayas Vater schließlich im Gefängnis gestorben war, hatte Lozza alles gewonnen.

Sie drehte sich auf die Seite. Die roten Ziffern auf ihrem Digitalwecker zeigten 3.25 Uhr an. Noch einmal klopfte sie ihr Kissen zurecht. Nichts an diesem Fall ergab einen Sinn.

Ihr Handy klingelte. Wieder sah Lozza auf die Uhr. 3.50 Uhr. Sie griff nach dem Handy und nahm den Anruf an.

»Lozza? Hier ist Ellie.«

Lozza fuhr hoch. »Ellie?«

»Ich … ich brauche Hilfe – ich muss mit Ihnen sprechen.«

»Jetzt? Wissen Sie, wie spät es ist?«

»Es ist dringend. Es geht um das Foto, das verschwunden ist.«

Lozza runzelte die Stirn und sah noch einmal auf die Uhr. »Haben Sie Medikamente genommen, Ellie? Haben Sie Alkohol getrunken?«

»Herrgott, Lozza, hören Sie mir zu. Ich habe Dana angerufen, meine Freundin aus Vancouver. Sie war mit mir auf diesem Foto. Etwas daran hat mich schon gestört, bevor es verschwunden ist. Und als es dann plötzlich weg war, hat es mich einfach nicht mehr losgelassen. Also habe ich Dana angerufen

– in Vancouver ist es jetzt fast elf Uhr vormittags, aber immer noch gestern …« Lozza hörte, dass Ellie beim Sprechen umherlief, da war ein Geräusch im Hintergrund, das nach einem Drucker bei der Arbeit klang. Papier raschelte. »Ich habe Dana gefragt, ob sie das Foto von uns beiden an diesem Abend noch auf ihrem Handy hat.« Weiteres Rattern und Rascheln. Wieder der Drucker? »Hat sie. Es sind gleich mehrere Fotos. Sie hat sie mir gerade zugeschickt, und …«

Stille.

»Ellie?«

»Verdammt«, flüsterte Ellie. »O verdammt!« Wieder diese Hintergrundgeräusche. »Da ist ein Auto draußen. Ich …«

Lozza hörte Rauschen, Rumpeln. Ellie, die durchs Haus lief?

Lozza schwang die Beine über den Bettrand und griff nach ihrer Hose.

»O Gott … Hilfe, ich brauche Hilfe! Ich muss hier raus …« Lozza hörte, wie das Telefon klappernd zu Boden fiel, dann ein Schrei, gefolgt von einem Krachen und einem schrecklichen dumpfen Schlag – als würde ein Körper gegen eine Wand geschleudert. Adrenalin rauschte durch Lozzas Adern. Ein T-Shirt hatte sie schon an. Sie rannte zur Tür, das Handy ans Ohr gedrückt. »Wo sind Sie, Ellie? Was ist los?«

Rumpeln. Das Splittern von Glas. Gedämpfte Laute.

Lozza fand ein Paar Schuhe, holte ihre Waffe aus dem Safe, überprüfte und lud sie, stopfte sie ins Holster und rannte hinaus zu ihrem Auto, immer noch mit dem Handy am Ohr. Sie hörte nichts mehr.

Sie stieg ein, ließ den Motor an, schaltete das Handy auf Lautsprecher und steckte es in den Tassenhalter. Sie fuhr los, schnell, in Richtung der Brücke, die sie über den Fluss bringen würde. Von dort aus konnte sie zum Bonny River Drive abbiegen. Ein Augenpaar leuchtete in der Dunkelheit auf. Ein Känguru, das mitten auf der Straße stehen blieb. Sie wich aus, das Herz klopfte ihr bis zum Hals. Sie hatte keine Ahnung, ob Ellie von zu Hause aus angerufen hatte, doch sie nahm es an, wegen der Druckergeräusche. Vielleicht war sie wieder auf Tabletten und hatte das Bewusstsein verloren. Leider hatte es viel schlimmer geklungen.

Der Mordprozess

Jetzt, Februar, Supreme Court, New South Wales

Eine Frau mit dichtem kastanienbraunem Haar, das ihr auf die Schultern fällt, geht zum Zeugenstand.

Ich weiß genau, wer sie ist.

Ihre Aussage wird die Stimmung der Geschworenen gegen mich wenden. Mein Herz pocht schnell. Lorringtons Team wirkt angespannt. Diese Frau ist der Grund dafür, warum die Polizei in Schutzausrüstung vor meiner Tür aufgetaucht ist. Lorrington wird sich anstrengen müssen, um das hier wieder auszubügeln.

»Nennen Sie uns bitte Ihren vollen Namen und Ihren Wohnort«, bittet Ms Konikova, die vogelartige Staatsanwältin.

»Dana Bainbridge. Ich wohne in Vancouver, BC, in Kanada.«

Die Geschworenen rutschen auf ihren Plätzen herum. Einige von ihnen richten sich auf. Aus dem Augenwinkel sehe ich, wie auf der Galerie dasselbe passiert. Alle sind bereit für den Höhepunkt. Die Schlacht der Erzählungen hat sie voll in ihren Bann gezogen. Sie sind bereit für das Ende.

»Ms Bainbridge«, sagt Konikova. »Erinnern Sie sich daran, dass Sie am neunzehnten November vor etwas über einem Jahr gegen elf Uhr vormittags in Vancouver einen Anruf bekommen haben?«

Dana beugt sich zum Mikrofon vor. »Ich erinnere mich.«

»Das ist lange her – warum erinnern Sie sich an diesen bestimmten Anruf?«

Ich spüre, wie Danas Aufmerksamkeit zu mir driftet. Wahrscheinlich hat man ihr wie allen anderen auch geraten, nicht direkt zu mir herüberzuschauen, und das tut sie auch nicht. Sie hält den Blick fest auf die Staatsanwältin gerichtet, räuspert sich, dann antwortet sie: »Weil er von ihr gekommen ist – von Ellie. Und ich habe mir die Uhrzeit gemerkt, weil es bei ihr in Australien erst gegen vier Uhr morgens gewesen ist. Ich dachte, dass sie vielleicht in Schwierigkeiten steckt, und das hat mir einen Schrecken eingejagt.«

»Was wollte sie?«

»Sie hat mich gefragt, ob ich mich an ein Foto von uns erinnere, das ein Barkeeper in der Mallard Lounge am Geburtstag ihres Vaters geschossen hat.«

»Die Mallard Lounge befindet sich wo?«

»Im Hartley Plaza Hotel am Hafen von Vancouver. Das Hotel ist nach Ellies Vater benannt – es war eines seiner Bauprojekte.«

»Und was ist im Hartley Plaza geschehen, als Sie dort waren?«

»Die AGORA Convention hat gerade dort stattgefunden. Sie wird jedes Jahr von der Hartley Group im Hotel ausgerichtet. Die Hartley Group ist das Unternehmen von Ellies Vater.«

Ich bin sicher, mich gleich übergeben zu müssen. Ich starre Lorringtons Profil an. Seine Kiefermuskeln sind gespannt. Er weiß, was jetzt kommt.

»Was ist die AGORA Convention?«

Dana ist nervös. Sie greift nach ihrem Wasserglas. Ihre Hand zittert, als sie daran nippt. Dann sagt sie: »Ellie hat es immer als eine Art Speed-Dating bezeichnet, bei dem Investoren mit Menschen zusammengebracht werden sollen, die für alle möglichen Projekte eine Finanzierung brauchen. Hauptsächlich geht es dabei um Bauvorhaben, Immobilien, so etwas.«

Die Staatsanwältin wirft einen Blick in ihre Notizen. »Und die Gäste in der Mallard Lounge an diesem Abend waren wegen der AGORA Convention dort?«

»Viele von ihnen haben zumindest so gewirkt. Businesskleidung, Namensschildchen und so weiter.«

»Dann waren also all diese Leute auf Geld aus?«

»Einspruch.« Lorrington springt auf. »Zeugenbeeinflussung.«

»Ich formuliere die Frage anders«, sagt Konikova »Worin bestand das Ziel der meisten der Hotelgäste an jenem Abend?«

»Tja, es waren Leute, die auf Geld aus waren. Oder die Geld verleihen oder investieren wollten, um Profit daraus zu schlagen.«

»Und warum waren Ellie und Sie dort?«

Sie räuspert sich. »Ellie hatte sich vorher mit ihrem Vater zum Abendessen getroffen, was nicht gut gelaufen war, als ich sie zufällig angerufen habe. Sie hat vorgeschlagen, dass ich doch vorbeikommen sollte, und ich hatte Lust auf einen Abend in der Stadt mit ihr. Wir haben uns in der Mallard Lounge getroffen, wo sie vorher auch schon gegessen hatte. Wir haben eine ganze Menge getrunken. Dann haben wir den Barkeeper gebeten, ein Foto von uns zu schießen.«

»Ist das hier das Foto, Ms Bainbridge?«

Das Foto erscheint auf einem Bildschirm, sodass es alle sehen können. Es ist zehnfach vergrößert und so bearbeitet worden, dass es viel schärfer wirkt. Mein Atem geht schneller. Ich spüre, wie sich meine Brust hebt und senkt, aber ich bekomme keine Luft.

»Ja«, sagt Dana.

Der Moment baut sich auf, schwillt an. Ich sehe mich im Gerichtssaal um. Ich muss hier raus.

»Können Sie der Richterin bitte sagen, wer sich auf diesem Foto befindet, Ms Bainbridge?«

»Das bin ich. Und das da ist Ellie.«

»Und im Hintergrund, zwischen den anderen Gästen der Mallard Lounge? Ist da noch irgendjemand, den Sie erkennen?«

»Ja. Ich erkenne die Person direkt hinter Ellie an der Bar.«

Meine Kopfhaut fühlt sich an, als würde sie einschrumpfen. Je mehr ich versuche, meinen Atem zu kontrollieren, desto schneller wird er. Gleich fange ich an zu hyperventilieren.

»Befindet sich diese Person in diesem Moment hier im Gerichtssaal?«

»Ja, Ma'am.«

»Ms Bainbridge, können Sie uns diese Person bitte zeigen?«

Dana hebt die Hand.

Damals

LOZZA

Lozza raste die Bonny River Road entlang und kam mit quietschenden Reifen vor dem Haus der Cresswell-Smiths zum Stehen. Im Innern des Hauses brannte Licht. Die Eingangstür stand weit offen.

Die Frau von nebenan kam im Nachthemd auf die Straße gerannt, ein Handy in der Hand. »Gott sei Dank sind Sie hier … Ich habe den Notruf gewählt. Er hat sie mitgenommen! Ich habe es gesehen! Er hat sie in sein Auto gebracht und ist mit ihr weggefahren.«

»*Wer* hat sie mitgenommen? Was ist passiert?« Lozza hörte das Heulen von Sirenen in der Ferne. Hilfe war auf dem Weg. Noch mehr Sirenen aus einer anderen Richtung, die immer lauter wurden.

»Ich … ich … wusste nicht, was ich tun soll«, schluchzte die alte Frau.

Lozza nahm sie an den Schultern. Sie sah ihr direkt in die Augen und sagte ruhig und deutlich: »Erzählen Sie mir, was passiert ist. Alles.«

»Da … war ein Schrei. Ein furchtbarer Schrei. Ich bin davon aufgewacht – ich habe mit offenem Fenster geschlafen, wegen der Hitze. Es war das Schlimmste, was ich jemals gehört habe. Ich habe aus dem Fenster geschaut. Da war ein Auto in der Einfahrt da drüben.« Sie deutete auf die Einfahrt. »Die Fahrertür und die Beifahrertür standen beide offen, und der Motor ist gelaufen. Die Scheinwerfer haben gebrannt. Dann habe ich Krachen und Poltern gehört, und dann ist er wieder aus dem Haus gekommen und hat etwas Schweres hinter sich hergeschleift. Er hat es über den Rasen zum Auto gebracht und …« Sie erschauderte und schlang beide Arme fest um sich, das Handy noch immer umklammert. »Es hat ausgesehen wie ein menschlicher Körper. Ich glaube, es könnte jemand gewesen sein, der in eine Decke oder ein Laken oder so gewickelt wurde, um das der Kerl dann ein Seil festgezogen hat. Ich glaube, sie war es – die Ehefrau. In dem Laken. Er hatte wirklich Mühe, seine Last auf den Rücksitz seines Autos zu bekommen. Als ich begriffen habe, was da gerade vielleicht passiert, bin ich die Treppe runter zu meinem Handy gelaufen. Aber ich konnte es nicht finden …« Sie wischte sich die Tränen von den Wangen. »O Gott, ich konnte es erst nirgends finden. Dann habe ich es doch gefunden. Es war auf dem Sofa zwischen die Kissen gerutscht. Ich habe den Notruf gewählt. Aber als ich dann wieder zum Fenster gegangen bin, ist er schon rückwärts aus der Einfahrt gerollt.«

»Konnten Sie den Angreifer deutlich sehen?«

»Er war ganz in Schwarz gekleidet. Und er hatte eine Sturmmütze auf.«

»Was für ein Auto war es?«

»Ein braunes. Ich glaube, es war braun.«

»Eine Limousine, ein Kombi, ein Truck?«

»Eine Limousine. So ein … ein …«

»Corolla? War es ein Toyota Corolla?«

»Ja, ja, ich glaube, das könnte es gewesen sein.«

»Haben Sie das Nummernschild erkannt?«

Sie schüttelte den Kopf.

»Wohin ist er gefahren?«

»Nach rechts.« Sie deutete rechts die Straße entlang. »Er ist da entlang davongerast. Ich habe die Reifen quietschen gehört, in der Kurve am Ende der Straße.«

Die Sirenen wurden lauter. Fieberhaft dachte Lozza nach. Die Bonny River Road war wie ein Halbmond geformt. Sie führte sowohl in nördlicher als auch in südlicher Richtung zum Princes Highway. Eine andere Straße gab es entlang der Küste nicht. Wenn der Angreifer hier nach Norden gefahren war, dann war es wahrscheinlich, dass er auch nach Norden fahren würde, wenn er erst auf der A1 war.

Sie rannte zurück zu ihrem Auto und stieg ein. Sie brauchte eine volle Autobahnsperre. Schwer atmend und mit hämmerndem Puls wählte sie die Nummer des benachbarten Zuständigkeitsbereichs, der über mehr Kapazitäten und eine größere Nachtschichtbelegschaft verfügte. Über den Lautsprecher drang das Läuten an ihre Ohren, während sie eine Kehrtwende über die gesamte Breite der Bonny River Road fuhr und Gas gab.

Ihr Anruf wurde entgegengenommen. Während sie auf den Highway zuraste, erklärte sie, um welchen Notfall es sich handelte, und gab ihren Namen und ihren Rang durch. »Ich habe die Verfolgung aufgenommen und bin auf der A1 nach Norden unterwegs. Sobald ich das Fahrzeug sehe, melde ich es.«

Es war ein Glückspiel. Der Corolla könnte auch nach Süden gefahren sein. Oder er könnte in irgendeine kleine Seitenstraße eingebogen und überhaupt nicht auf die A1 aufgefahren sein. Vielleicht wartete er irgendwo in einer ruhigen Wohngegend einfach ab. Doch ihre Instinkte sagten ihr, dass der Kidnapper schnell so weit wie möglich würde wegkommen wollen. Es war einfach Pech für ihn, dass die Cresswell-Smiths eine so neugierige Nachbarin hatten. Sonst wäre er vielleicht schon längst über alle Berge.

Lozza erreichte den Highway. Sie drückte das Gaspedal durch. Plötzlich brachen drei Kängurus aus dem Eukalyptuswald hervor und sprangen über die Fahrbahn. Heftig schlingernd wich Lozza aus. Die Kängurus verschwanden auf der anderen Straßenseite zwischen den Bäumen. Das war knapp gewesen. Schweiß trat ihr auf die Stirn, und sie dachte an Maya und all die Gründe, warum sie die Mordkommission in der Großstadt verlassen hatte. Ein Sattelschlepper kam auf der Gegenfahrbahn auf sie zugerast. Grell strahlten ihr die Scheinwerfer und Lightbars entgegen, während der Lastwagen durch den dunklen Waldtunnel donnerte. Brüllend raste er so dicht an ihr vorbei, dass ihr kleines Auto durchgeschüttelt wurde. Lozza packte das Steuerrad fester und fuhr weiter, so schnell sie es wagte. Sie hatte fest vor, zu ihrer Tochter zurückzukehren. Lebendig.

Ein weiterer Truck donnerte vorbei. Das Aufflammen der Scheinwerfer triggerte einen Erinnerungsblitz – der Anblick von Martin Cresswell-Smiths blasser Leiche, die im Sumpf trieb. Seine Pobacken, die durch die tintenschwarze Wasseroberfläche brachen. Martin, der auf den Rücken rollte, als Gregg gegen ihn stieß. Die blicklosen Augenhöhlen, die zerfetzten Lippen, das albtraumhafte Werk der Schlammies, Martins von Fischläusen wimmelnde Lenden. Das blutige Messer. Die Seile. Der Stuhl. Die Fäkalien. Die abgetrennten Finger. Der Gestank. Sie konzentrierte sich wieder auf die Straße, als sie um eine Kurve fuhr. Wenn derjenige, der Martin Cresswell-Smith getötet hatte, nun Ellie in seiner Gewalt hatte, dann befürchtete Lozza das Schlimmste für sie.

Ein anderer, tief liegender Teil in Lozzas Hirn verstand jedoch noch immer nicht, wie alles zusammenpasste – sie hatte immer noch das Gefühl, dass Ellie ihnen etwas vormachte.

Was entging ihr hier?

Wer war der Mann aus dem Puggo – der Biker –, der die Tabletten abgeliefert hatte, von denen Ellie später eine Überdosis geschluckt hatte?

Auf einmal sah Lozza es. Sie hatte eine weitere Kurve umrundet, und plötzlich leuchteten rote Rücklichter vor ihr. Der Corolla. Sie drückte noch fester aufs Gas.

Damals

LOZZA

Lozza holte auf, kam den Rücklichtern näher. Als das Fahrzeug besser in Sicht kam, erkannte sie, dass es eindeutig ein Corolla war. Er hatte eine Delle am Heck, und auf dem Kennzeichen stand QUEENSLAND 549-GIN.

Sie trat voll aufs Gas, obwohl die Gefahr eines Wildunfalls hier auf dieser Waldstraße hoch war, bei dem sie vermutlich sowohl sich selbst als auch das Tier ins Jenseits schicken würde. Mit jeder Faser ihres Körpers konzentrierte sie sich auf die Straße, jederzeit bereit, eine Vollbremsung hinzulegen.

Bäume peitschten vorüber, während sie immer schneller durch den Eukalyptustunnel raste. Ohne den Blick auch nur für einen Moment von der Straße zu nehmen, rief sie mittels Spracherkennung ein weiteres Mal in der zentralen Dienststelle der Polizei an.

»Hier spricht Senior Constable Lozza Bianchi. Ich habe Sichtkontakt zu dem Fahrzeug des Verdächtigen. Ich wiederhole, ich sehe den Verdächtigen. Ein brauner Toyota Corolla. Queensland 549-GIN. Er fährt Richtung Norden auf der A1 zwischen Jarrawarra und Keelongong. Wir befinden uns etwa zwei Kilometer südlich der Ausfahrt nach Keelongong.«

Sie fuhr um eine enge Kurve, und die Reifen kreischten. Ihr stockte der Atem, als sie spürte, wie der Wagen auf dem feinen Strandsand die Bodenhaftung verlor. Dann hatte sie das Auto wieder im Griff. Der Fahrer des Corolla vor ihr schien erkannt zu haben, dass er verfolgt wurde, und wurde schneller. Schlingernd jagte er um eine weitere Kurve auf der engen Straße.

Lozza ließ sich etwas zurückfallen. Bis zur Ausfahrt konnte er nirgendwohin, und bis dort war es nun kaum noch ein Kilometer. Die Highway Patrol hatte hoffentlich genug Zeit gehabt, um Nagelsperren zu errichten.

Die roten Rücklichter verschwanden hinter den Bäumen.

Nach der nächsten Kurve sah Lozza sie jedoch wieder. Auf einmal flammten die Bremsleuchten auf, der Wagen wich zur Seite aus und schleuderte hin und her. Dann ging ein Ruck durch das Fahrzeug, als wäre es gegen etwas geprallt. Die Bremsleuchten stotterten, während der Corolla seitlich wegrutschte und auf den unbefestigten Seitenstreifen geriet. Er holperte ein Stück über den Sand, dann gerieten die Reifen wieder auf die Fahrbahn, und der Wagen wurde herumgerissen. Was auch immer den Zusammenstoß verursacht hatte, wurde die Sandbank hinuntergeschleudert. Lozza biss die Zähne zusammen, Übelkeit packte sie.

Da klingelte ihr Handy.

Sie bremste ein wenig ab und nahm den Anruf an.

»Straßensperre intakt. Nagelbremsen sind aufgestellt. Bleiben Sie zurück, Officer, ich wiederhole, bleiben Sie zurück. Wir haben die Situation unter Kontrolle …«

Sie legte auf und ging vom Gas, sie spürte, wie ihr Herz gegen die Rippen pochte. Ihr T-Shirt war schweißnass. Hinter der nächsten Kurve sah sie die rot und blau pulsierenden Lichter der Polizeifahrzeuge an der Abfahrt vor sich. Die silbrigen Stämme der Eukalyptusbäume warfen das Leuchten zurück. Plötzlich schnellte der Adrenalinwert in ihrem Blut wieder in die Höhe – *der Corolla bremste nicht!* Er raste einfach weiter mit unverminderter Geschwindigkeit auf die Warnlichter zu.

Lozza ließ sich noch weiter zurückfallen, und ihr wurde kalt vor Grauen, als sich das Unvermeidliche wie in Zeitlupe vor ihr abspielte.

Auf einmal wurde der Corolla so heftig zur Seite gerissen, dass er fast kippte, doch dann fing er sich wieder und schoss von der Fahrbahn des Highways auf einen unbefestigten Sandweg und hinein in den schwarzen Wald. Die Scheinwerfer des Fluchtfahrzeugs blitzten immer wieder zwischen den Baumstämmen auf, doch mehr konnte Lozza nicht erkennen. Sie meldete es.

»Der Verdächtige fährt Richtung Osten über einen unbefestigten Pfad durch den Wald …« Sie erhaschte einen Blick auf ein Schild, das den Campingplatz von Keelongong auswies. »Der Pfad könnte zum Campingplatz am Strand führen.« Sie bog ebenfalls auf den Sandweg ab und folgte dem Toyota.

Die Straße war holperig, der Sand an einigen Stellen tief. Die Reifen sanken ein und drehten durch. Sie hörte das Heulen der Sirenen hinter sich, aber es drang auch von irgendwo vor ihr heran. Weitere Verstärkung näherte sich vermutlich aus Richtung des Strands, um dem Toyota von Osten her den Weg abzuschneiden.

Geisterhafte Baumstämme leuchteten im Licht der Scheinwerfer auf. Glühende Augenpaare beobachteten sie aus dem Wald heraus. Sie erhaschte einen Blick auf rote Rücklichter vor ihr.

Der Fliehende trat aufs Gas und jagte in halsbrecherischem Tempo den Pfad entlang. Dann verschwand das Auto wieder hinter dichten Farnen und Bäumen. Eine ohrenzerreißend laute

Explosion zerriss die Nacht. Dann fegte das Krachen einer weiteren Explosion durch den Wald. Fledermäuse barsten aus den Baumkronen hervor. Sie tauchten herab und flatterten durch den Lichtkegel vor Lozzas Auto. Als sie näher kam, sah sie ein orangerotes Flackern durch die Baumstämme. Hinter dem Feuer pulsierten die Scheinwerfer der Polizeiautos, und Lozza begriff entsetzt, was passiert sein musste. Das Auto des Fliehenden war frontal gegen einen Streifenwagen der Highway Patrol gekracht.

Sie fuhr näher heran, blieb stehen, stieß die Tür auf und rannte stolpernd über Wurzeln und Fahrspuren zu dem lichterloh brennenden Fahrzeug. Schwarzer, beißender Rauch rollte durch die Bäume. Hitze schlug ihr entgegen. Sie hörte das wilde Knistern der Flammen. Dann krachte es noch einmal, und eine grellweiße Feuerzunge schlug in den Himmel empor. Die Hitze wurde unerträglich. Sie konnte nicht atmen. Sie blieb stehen, starrte die Katastrophe vor ihr an und presste sich die Hände auf den Kopf, so als wollte sie das Grauen wieder dorthin zurückschieben.

Ellie.

Sie war immer noch dadrin.

Lozza hörte weitere Sirenen von jenseits des Feuers. Irgendwo hinter ihr hielt ein Löschwagen. Einer der Feuerwehrleute kam zu ihr gerannt und nahm sie am Arm.

»Ma'am, bitte, Sie müssen zurückgehen, Ma'am.«

»Das Opfer ist – sie ist immer noch dadrin.«

»Ma'am. Treten Sie zurück. Sofort.«

Damals

LOZZA

Sie war tot.

Ellie Cresswell-Smith war mitsamt ihrem Angreifer verbrannt.

Lozza hatte versagt. Dieser Gedanke, die Last all dessen umkreiste sie und drückte auf sie nieder. Dazu kamen unzählige Fragen, während sie zitternd auf der Heckstoßstange eines Krankenwagens saß, mit einer Decke um die Schultern. Trotz der Hitze hatten sie der Schock und ihre verschwitzte Kleidung auskühlen lassen.

Blasses Morgenlicht sickerte durch den rauchigen Wald. Das Feuer des Fahrzeugbrands hatte sich rasend schnell im staubtrockenen Unterholz und den leicht entflammbaren Eukalyptusbäumen ausgebreitet. Mittlerweile war der Brand unter Kontrolle. Rauch kratzte ihr in Nase und Kehle.

Ein Funke von dem Zusammenstoß musste vergossenes Benzin entzündet haben. Der Officer der Highway Patrol hatte noch rechtzeitig aus seinem Wagen geborgen werden können, doch dem in dichte Flammen gehüllten Toyota Corolla konnte sich noch niemand nähern. Der Officer aus dem Unfallwagen war verletzt und hatte ins Krankenhaus gebracht werden müssen, doch er schwebte glücklicherweise nicht in Lebensgefahr.

Die Feuerwehrleute kämpften immer noch gegen die Flammen, und es war weiterhin nicht daran zu denken, an das Fahrzeug zu treten. Jemand reichte ihr einen Becher Kaffee. Lozza sah auf. Es war Gregg. Mitfühlend und freundlich sah er sie an. Noch nie war ihr der Anblick seines rauen Gesichts und seines Lächelns so willkommen gewesen.

»Danke«, sagte sie und nahm den Becher von ihm entgegen.

»Hast du Maya angerufen und ihr gesagt, dass es dir gut geht?«

Sie nickte, trank einen Schluck.

Corneil näherte sich. Seine Miene war so ausdruckslos und unlesbar wie immer. Über ihnen flog ein Helikopter.

Lozza hatte Corneil bereits detailliert berichtet, was geschehen war – wie sie um 3.50 Uhr den Anruf von Ellie bekommen und einen Schrei gehört hatte. Wie sie zum Haus der Cresswell-Smiths gefahren war und dann die Verfolgung aufgenommen hatte. Corneil hatte sich Notizen gemacht. Lozza ahnte, dass dies nicht gut ausgehen würde.

»Wie ist sie an deine Privatnummer gekommen?«, fragte er sie jetzt.

»Ich habe sie ihr gegeben. Nachdem wir sie befragt haben. Du hast selbst gesehen, wie ich ihr meine Karte gegeben habe. Du hast aus dem Fenster geschaut.«

»Warum hast du ihr deine Karte gegeben?«

»Falls sie beschließen sollte, uns doch mehr zu sagen, oder falls ihr etwas wieder einfallen würde.«

Corneil hob die Brauen. »Was genau hat sie am Telefon gesagt?«

Lozza wiederholte ein weiteres Mal, woran sie sich von dem Anruf noch erinnerte.

»Bist du sicher, dass Ellie Cresswell-Smith nicht im Haus war, als du dort angekommen bist?«

Lozza sank das Herz. »Die Nachbarin hat gesehen, wie etwas, das aussah wie ein in Decken gewickelter Körper, aus dem Haus getragen wurde.«

»Bist du sicher, dass es ein Körper war?«

Lozza räusperte sich. »Ich habe aufgrund einer Annahme gehandelt.«

»Eine Annahme«, sagte Corneil leise und griff nach seinem Handy. Als er jedoch gerade einen Anruf tätigen wollte, rief einer der Polizisten, denen es nun endlich gelungen war, sich dem Unfallwagen zu nähern, ihnen etwas zu.

»Dadrin ist niemand!«

Alle sahen ihn an. Lozza stand auf.

»Da ist niemand im Auto!« Die verkohlte Fahrertür stand offen. Ein Polizist im Schutzanzug hatte einen Blick hineingeworfen. »Sieht aus, als wäre der Fahrer geflohen.«

Corneil trat an das Wrack heran und rief zurück: »Was ist mit dem Rücksitz? Wo ist das Opfer? Habt ihr im Kofferraum nachgesehen?«

»Im Kofferraum ist nichts. Keine menschlichen Überreste im Fahrzeug, soweit wir es bisher sagen können. Anscheinend gibt es keine Unfalltoten.«

Gregg berührte Lozzas Arm. Übelkeit stieg in ihr auf.

»Ich habe aufgrund der Aussage der Nachbarin gehandelt«, sagte sie leise.

»Du hast eine Entscheidung getroffen, Lozza«, sagte Gregg. »Du hattest keine Zeit zu verlieren. Wir alle hätten in dieser Situation dasselbe getan.«

Doch da war sich Lozza nicht so sicher. Ganz und gar nicht.

Corneil kam zu ihr zurück, das Handy am Ohr.

»Sybil«, sagte er gerade. »Sind Sie beim Haus der Cresswell-Smiths angekommen?« Er lauschte, den Blick auf Lozza gerichtet. Seine Brauen senkten sich tiefer über die Augen herab. »Und Sie sind sicher, dass sie sich nicht mehr im Haus befindet?«

Er nickte und legte auf.

»Das Haus ist leer«, sagte er. »Hinweise auf einen Kampf. Blut, Mrs Cresswell-Smiths Handy wurde im Haus gefunden. Die Aussage der Nachbarin bleibt unverändert. Aber sie ist weg. Ellie Cresswell-Smith ist weg.«

Damals

LOZZA

Langsam fuhr Lozza über den Princes Highway zurück. Die Sonne stand inzwischen höher, und über der Straße flirrte bereits die Hitze. Der Verkehr nahm zu. Lozza ließ noch einmal alles vor ihrem inneren Auge vorbeiziehen, auf der Suche nach einem Moment, in dem sie anders hätte handeln sollen. Immer noch ließ sie dieses wahnhafte Gefühl nicht los, dass Ellie Cresswell-Smith in Wahrheit nur eine brillante Trickbetrügerin war, die dies alles eingefädelt hatte. Aber warum?

Zu welchem Zweck?

Vielleicht, um zu verschleiern, dass sie ihren Ehemann ermordet hatte – sie täuschte mithilfe ihres Komplizen eine Entführung vor und gab sich als das Opfer aus? Doch ihr Betrug war durchkreuzt worden, weil Lozza zu schnell bei ihr gewesen war und die Verfolgung hatte aufnehmen können. Und dabei war es zu dem Unfall gekommen.

Hundestaffeln waren zum Unfallort gebracht worden. Ein weiterer Helikopter war im Einsatz. Eine großräumige Suchaktion lief. Das Gebiet wurde nach dem Fahrer durchkämmt, der vermutlich zu Fuß geflohen war, doch er hatte einen gewaltigen Vorsprung, weil alle zunächst durch das Feuer abgelenkt worden waren, das sich nach dem Unfall rasend schnell im Wald ausgebreitet hatte. Darüber hinaus hatte der Brand wohl alle Spuren zerstört.

Als sie sich der Kurve näherte, in der das Auto mit einem Tier zusammengestoßen und fast außer Kontrolle geraten war, fuhr Lozza langsamer.

Eine Erinnerung blitzte in ihrem Kopf auf, als sie an der Stelle vorbeikam, an der sie gesehen hatte, wie das verletzte Tier die Böschung heruntergeschleudert worden war.

Plötzlich begriff sie. Sie hatte gesehen, was sie zu sehen erwartet hatte – ein verletztes Känguru. Doch als sie nun daran dachte … Die Art, wie das Bündel durch die Luft geflogen, wie der Wagen ins Schlingern geraten war – konnte es sein, dass die hintere Tür aufgeschwungen war? Nachdenklich sah Lozza in den Rückspiegel. Die Straße war frei. Sie vollführte eine Kehrtwende über den Highway und fuhr zurück.

Als sie die Stelle entdeckte, an der die Reifen des Corolla den weichen Sand des Straßenrands aufgewühlt hatten, bremste sie und hielt auf dem Seitenstreifen. Sie öffnete die Fahrertür und stieg aus. Es roch stark nach Eukalyptus, und die Insekten summten laut. Ein Truck rumpelte vorüber. Lozza näherte sich der Böschung, eine Ahnung begann Gestalt anzunehmen.

Da sah sie es, am Stamm einiger Bäume. Etwas Hellbraunes … *kein Känguru.*

Eine mit Seilen verschnürte Decke. Eine blutverschmierte menschliche Hand ragte heraus. Ein dunkler Haarschopf. Das Bündel bewegte sich.

Sie wurde aus dem Auto geschleudert. Sie war nicht im Wagen, als er gegen den Streifenwagen gekracht und explodiert ist.

»Ellie!«, schrie sie und eilte seitlich springend den steilen Hang hinab. Wieder bewegte sich das Bündel. Die Finger zuckten. Ellie lebte. Tränen stiegen Lozza in die Augen.

Sie ging in die Hocke. »Ellie, schon gut. Ich bin hier. Hilfe ist unterwegs.« Lozza griff nach ihrem Handy und meldete ihre Entdeckung. Dann machte sie sich daran, die Knoten zu lösen. Schließlich schlug sie die Decke über Ellies Gesicht zurück. Ellie starrte zu ihr herauf.

»Ganz ruhig«, flüsterte Lozza. »Ich bin bei Ihnen. Hilfe ist unterwegs.«

Sie löste auch die anderen Knoten und wickelte vorsichtig den Rest der Decke ab. Ellie stöhnte.

»Wo tut es weh?«

Ellie bewegte den Mund. Ihre Lippen waren trocken. »Über… über…all«, flüsterte sie. »Mein Bein … gebrochen … Hüfte … tut weh … Schlag auf … den Kopf.«

Lozza hörte Sirenen heulen, lauter und immer lauter.

Wieder versuchte Ellie zu sprechen.

»Schhh, sagen Sie nichts.« Lozza zog sich das T-Shirt aus, kniete sich nur noch in BH und Hose neben Ellie und drückte ihr das Shirt auf die blutende Wunde am Kopf.

»Ich … habe meine Hand … befreit«, flüsterte Ellie. »Geschafft … die Tür zu öffnen … Als … Auto geschlingert ist … rausgeschleudert.«

Lozza nickte. »Ja, ja, das haben Sie. Gut gemacht, Ellie. Sie werden schon wieder. Halten Sie durch.«

Ellie versuchte, ihre Lippen zu befeuchten, stöhnte. Ihre Augenlider flatterten. »Das Foto …«

»Schhh, nicht sprechen. Sparen Sie Ihre Kraft. Der Krankenwagen ist gleich hier.« Sie würden Lozzas Wagen am Straßenrand sehen. Lozza strich Ellie das Haar aus den Augen.

»Ich weiß, wer … Person … auf dem Foto … mit mir und Dana … Die ganze Zeit … sie … Ziel verfolgt …« Ihre Stimme verklang. Das Sirenengeheul wurde ohrenbetäubend – sie waren fast da. Ellies Augenlider flatterten. Sie versuchte, ihre Lippen zu befeuchten, versuchte wieder zu sprechen. Lozza beugte sich über sie.

»Willow«, flüsterte Ellie. »Sie … sie war … in dieser Bar an dem Abend. Gelauscht … sie und … sie haben … es zusammen getan.«

Der Mordprozess

Jetzt, Februar, Supreme Court, New South Wales

Dana Bainbridge deutet auf mich. Alle im Saal starren mich an. Spannung drückt auf die Menge herab. Mir wird die Kehle eng.

Konzentrier dich. Bleib ruhig. Lorrington hat das im Griff.

Ich bin ein Opfer.

Nicht reagieren.

Atmen.

»Für das Protokoll«, ruft die Staatsanwältin so laut ins Mikrofon, dass ihre Stimme von den Wänden widerhallt und durch die schwere Stille im Saal schwingt. »Ms Bainbridge identifiziert die Angeklagte Mrs Sabrina Cresswell-Smith. Die echte Mrs Cresswell-Smith. Fünfzehn Jahre lang verheiratet mit Martin Cresswell-Smith.« Sie hält inne. Die Kreide der Gerichtszeichnerin kratzt wie verrückt über das Blatt. »Auch bekannt als Willow Larsen, eine ihrer vielen falschen Identitäten, die sie verwendet hat, während sie an der Seite ihres Ehemanns auf der ganzen Welt ihre betrügerischen Machenschaften ausgeführt hat.« Die Staatsanwältin richtet ihre Aufmerksamkeit wieder auf Dana.

»Ms Bainbridge, sind Sie sicher, dass die Angeklagte diese Frau auf dem Foto ist?«

Dana beugt sich dicht zum Mikrofon vor. »Ja. Sie hat am Bartresen neben uns gesessen – unnötig dicht neben uns, weil auf ihrer anderen Seite noch ein Barhocker frei war.«

»Was hat sie dort gemacht?«

»Sie hat uns belauscht, während sie mit jemandem per Handy Textnachrichten ausgetauscht hat. Damals war sie brünett.«

»Hat Ellie die Frau Ihnen gegenüber erwähnt?«

Dana greift nach ihrem Wasserglas. Sie trinkt einen Schluck und stellt das Glas dann umsichtig wieder ab. Sie nutzt den Moment, um sich zu sammeln.

»Damals nicht. Aber als Ellie mich angerufen und gefragt hat, ob ich auf meinem Handy noch die Fotos gespeichert habe, da hat sie erwähnt, dass sie glaubt, die Frau von der Bar könnte vorher schon am Nachbartisch gesessen haben, als sie mit ihrem Vater und dessen Freundin zu Abend gegessen hat. Ellie hat eingeräumt, dass sie sich an diesem Abend sehr laut mit ihrem Vater gestritten hat. Sabrina Cresswell-Smith muss gehört haben, wie Hartley Sterling seiner Tochter Geld für ein Projekt ihrer Wahl angeboten hat. Ellie hat gesagt, sie hätte das Foto ausgedruckt, eingerahmt und in ihrem Atelier aufgehängt. Schon da hat sie irgendetwas an dem Bild nicht losgelassen. Man konnte Willow – Mrs Cresswell-Smith – auf diesem Foto nicht gut erkennen, aber auf den Bildern auf meinem Handy sieht man sie viel besser.« Sie trinkt noch einen Schluck. Ihre Hände zittern immer noch. »Ellie hat gesagt, jemand hätte das Foto aus ihrem Atelier geholt, während sie im Koma lag.«

»Hat sie auch gesagt, warum das jemand getan hat?«

Langsam drehe ich den Kopf und sehe Ellie an, die in der Galerie neben Gregg sitzt. Sie starrt mich an. Genau wie Gregg. Das Team der Staatsanwaltschaft hat beschlossen, sie nicht in den Zeugenstand zu rufen. Ich wette, dass sie Angst haben, sie könnte dem Fall schaden – sie würde zugeben müssen, dass sie Martin gehasst hat und dass sie ihn selbst hatte erstechen, ihn umbringen wollen. Ellie im Zeugenstand hätte Lorrington alles geliefert, um die Zweifel zu säen, die wir brauchen.

In Gedanken kehre ich zu jenem schicksalhaften Winterabend vor über zwei Jahren in Vancouver zurück. Martin und ich steckten in Schwierigkeiten. In Europa wurden wir wegen zahlreicher Betrugsdelikte gesucht, also waren wir in die Staaten gezogen, wo ich damit begonnen hatte, reiche Frauen finanziell zu erleichtern, indem ich ihnen spirituelle Lesungen anbot. Schon bald lernte ich jedoch, dass Geistheilung ein noch viel lukrativeres Geschäft war – Menschen, die sich dem Tod gegenübersehen, tun alles und geben alles für die Chance, wieder gesund zu werden. Dann richtete sich der Blick der Gesetzeshüter jedoch auch in den USA auf mich, wegen meiner Zaubertropfen, die ich für fast tausend Dollar pro winzigem Fläschchen verkaufte. Mein angebliches Wundermittel gegen Krebs, das aus Wasser, Kräutern und ein paar Tropfen Peroxid bestand. Also hatten wir nach Kanada umziehen müssen, und ich vermarktete meine Zaubertropfen von da an über diverse Verteilerzentren online. Leider waren auch in Kanada Beschwerden eingegangen, und auch dort wurden Ermittlungen eingeleitet. Wir brauchten einen neuen Plan – einen letzten großen Coup, nach dem wir uns auf irgendeine Insel ohne Auslieferungsabkommen zurückziehen konnten.

Es war Martins Idee gewesen, auf der AGORA Convention nach möglichen Zielpersonen Ausschau zu halten, die wir in eine von Martins Immobilienbetrugsgeschichten verwickeln konnten. Als sich Ellie und ihr Vater an den Tisch neben mir setzten, war es ein Geschenk des Himmels. Reines Manna. Ich schrieb Martin, der in einem anderen Teil des Hotels arbeitete, eine Nachricht und trug ihm auf, Ellie und ihren Vater zu googeln und alles über die beiden herauszufinden, was es herauszufinden gab. Ich hielt mich an Ellie und ihre Freundin Dana, als sie an den Bartresen weiterzogen. Je mehr ich hörte, desto deutlicher begriff ich, dass sie die perfekte Zielperson war. Ich wusste, dass es auch von unserer Seite Opfer verlangen würde. Ein langer Betrug. Über viele Monate. Doch wenn er sich auszahlte, dann so richtig. Unser letzter Job. Ein letzter Volltreffer. Danach könnten wir uns zur Ruhe setzen.

Nachdem Dana die Bar also verlassen hatte und Ellie in Richtung der Toiletten ging, passte Martin sie dort ab.

Wir waren im Spiel.

Ich muss zugeben, dass ich von Anfang an nervös war. Die Rolle meines Ehemanns verlangte, dass er unsere verwundbare Erbin verführte, dass er mit ihr schlief und mit ihr lebte. Sie war schön. Sanft. Künstlerisch. Reich. Liebevoll. Ich befürchtete – mehr als nur ein bisschen –, dass sich Martin in sie verlieben könnte. Ich stalkte die beiden, damit ich es sofort wissen würde, wenn die Dinge schiefzulaufen begannen. Ich folgte ihnen in meinem Subaru und blieb Martin auf den Fersen. Ich brachte ihn dazu, Spyware auf Ellies Handy zu installieren, damit ich immer wusste, wo sie sich befanden, wenn sie zusammen waren. Ich ließ Kameras im Haus am Bonny River installieren, versteckt in den Uhren. Martin wusste nicht, dass ich ihn und Ellie überwachte. Ich hatte recht. Ich war tatsächlich dabei, Martin zu verlieren. Aber nicht an Ellie.

Sondern an Rabz.

Wie hätte ich ahnen können, dass ausgerechnet unsere Zielperson Ellie mir letztendlich zeigen würde, dass mein Ehemann einen weiteren finalen Betrug plante? Einen noch größeren. Dass er *mich* hinterging?

Wie hätte er ahnen können, dass Ellie mir sein Geheimnis verraten hatte?

Der Mordprozess

Detective Corneil Tremayne wird in den Zeugenstand gerufen. Ich mag ihn nicht. Ich kann ihn nicht lesen. Ich glaube, dass er eine böse Ader hat. Bei einer vorherigen Aussage hat er dem Gericht bereits die forensischen Details der Ermittlungen dargelegt, trotzdem hat Lorrington ihn noch einmal zurückgerufen.

»Sergeant Corneil«, sagt Lorrington. »Können Sie ein paar der Fakten für das Gericht rekapitulieren? Die Haare im Klettverschluss des Nike-Caps – zu wem gehörten sie?«

Der Sergeant bleibt fast vollkommen reglos, während er spricht. »Wie schon gesagt, es waren synthetische Haare. Von einer Perücke.«

»Dann gehörten sie also nicht zu der Angeklagten?«

»Nein, Sir.«

»Und das Blut auf dem Cap?«

»Die DNS stimmt mit der von Ellie Hartley überein. Das Blut ist bei einem früheren Zwischenfall auf das Cap gekommen, woraufhin das Cap in der Garage liegen gelassen wurde.«

»Dann ist es also nicht das Blut meiner Mandantin?«

»Nein, Sir.«

»Und das Blut auf dem Messer?«

»Wie sich herausgestellt hat, stammt es von dem Verstorbenen, Martin Cresswell-Smith. Darüber hinaus wurden auch Blutspuren von Ellie Hartley gefunden, die ebenfalls von einem früheren Zwischenfall auf dem Boot stammten.«

»Wurden in dem alten Farmhaus irgendwelche Fingerabdrücke gefunden, die der Angeklagten, Mrs Sabrina Cresswell-Smith, zugeordnet werden konnten?«

»Nein.«

Lorrington nickt bedächtig. »Gibt es einen Beweis dafür, dass sich die Angeklagte zu irgendeinem Zeitpunkt im Haus befunden hat?«

»Nein, den gibt es nicht, aber sie hat mit einem Komplizen zusammengearbeitet, der sich wiederum im Haus aufgehalten hat.«

»Damit meinen Sie diesen mysteriösen ›Biker‹, der dabei gesehen wurde, wie er meine Mandantin bedrängt hat?«

»Wir glauben, dass er mit Sabrina Cresswell-Smith zusammengearbeitet hat. Sie hat ihm aufgetragen, auf dem Schwarzmarkt erworbene Medikamente für Ellie Hartley abzugeben, um ihre Medikamentensucht öffentlich bekannt zu machen und damit den Weg für ihren möglichen Tod zu ebnen.«

In der Galerie hebt Gemurmel an.

»Detective«, donnert Lorrington auf einmal. »Sie haben keinerlei materielle Beweise, keine Zeugenaussagen, gar nichts geliefert, was meine Mandantin tatsächlich mit diesem mysteriösen Biker in Verbindung bringt. Sie haben keinen Beweis dafür präsentiert, dass sie ihm Anweisungen erteilt hat. Sie haben den Mann nicht einmal ausfindig machen können. Darüber hinaus hat einer Ihrer Ermittler, Constable Gregg Abbott, mit der Angeklagten geschlafen. Ihre andere Ermittlerin, Senior Constable Laurel Bianchi, hat eine gewalttätige Vorgeschichte, was sie vor diesem Gericht bereits eingeräumt hat. Sie musste das Crime Command verlassen, weil sie einen Verdächtigen in ihrem Gewahrsam körperlich angegriffen und verletzt hat. Sie trägt heute noch Narben davon. Darüber hinaus hat sie das Kind adoptiert, das sich damals unter dem Bett versteckt und alles mitangesehen hat. Constable Bianchi ist vehement – beinahe radikal, könnte man sagen –, was ihren persönlichen Rachefeldzug gegen männliche Gewalt gegen Frauen angeht. Ja, sie hat versucht, diesen Kreuzzug und ihre abgerissene Karriere in Sydney zurückzulassen. Ja, sie hat versucht, sich bedeckt zu halten und in Jarrawarra ein neues Leben zu beginnen, doch dann ist sie Ellie Hartley begegnet. Sie hat die Blutergüsse gesehen. Ihrer eigenen Aussage vor diesem Gericht zufolge hat sich Constable Bianchi um die Sicherheit der Frau gesorgt. Ich behaupte vor diesem Gericht, dass Constable Bianchi von Anfang an einen Groll gegen Martin Cresswell-Smith gehegt hat und dass sie daher keine unvoreingenommene Ermittlerin war. Des Weiteren hat Constable Bianchi das Päckchen mit den illegal erworbenen Medikamenten auch noch persönlich zum Haus am Bonny River gebracht. Dies war keine objektive Ermittlung, Euer Ehren, und genauso wenig war sie sauber oder fair.« Er wendet sich den Geschworenen zu. »Mord besteht aus zwei Elementen. Wie ich schon zu Beginn dieses Prozesses gesagt habe, muss eine Tötungsabsicht nachgewiesen werden. Außerdem muss ebenfalls bewiesen werden, dass der oder die Angeklagte tatsächlich getötet hat.« Er hält inne und sieht jedem der Geschworenen in die Augen. »Ich bringe vor Gericht, dass es der Staatsanwaltschaft nicht gelungen ist, den wesentlichen Teil dieser Gleichung nachzuweisen. Ja, vielleicht könnte man argumentieren, dass die Angeklagte – Sabrina Cresswell-Smith – den Mann töten wollte, den sie einmal geliebt hat. Den Mann, an dessen Seite sie gelebt hat, seit sie etwa neunzehn Jahre alt war. Den Mann, der sie schließlich betrogen und Gelder veruntreut hat, die sie für die ihren gehalten hat. Der mit seiner Geliebten durchbrennen wollte, um mit ihr in einem Land ohne Auslieferungsabkommen zu leben. Ja, man könnte argumentieren, dass Sabrina Cresswell-Smith eine Hochstaplerin ist, dass sie Menschen hintergangen und um ihr Geld betrogen hat. Man könnte sogar argumentieren, dass ihr Hass auf ihren Ehemann, nachdem sie von seinem doppelten Spiel erfahren hatte, so groß wurde, dass sie ihn vielleicht tatsächlich umbringen wollte. Möglicherweise hatte sie es sogar vor. Aber« – er hebt einen Finger in die Luft – »sie hat es nicht getan.« Lorrington hält inne und lässt das in der Luft hängen. »Detective Corneil«, sagt er dann und wendet sich wieder dem Detective von der Mordkommission zu. »Ist es denn möglich, dass ein anderer den mysteriösen Biker oder einen bisher Unbekannten angeheuert hat, um Martin Cresswell-Smith umzubringen? Vielleicht jemand aus seiner Vergangenheit, den er einmal hintergangen hat, oder jemand, der wütend darüber war, betrogen worden zu sein? Oder jemand, der im gesamten Agnes Basin Schilder aufgestellt und lautstark nach seinem Tod verlangt hat?«

Stille.

»Sergeant Corneil?«, fragt Richterin Parr.

Der Detective räuspert sich. »Es ist möglich, Sir, aber die Hinweise auf Folter deuten an …«

»Deuten an!« Lorrington fährt zur Jury herum, wieder hebt er den Finger in die Luft. »Haben Sie das gehört? Es ›deutet an‹. Ist das alles, was Sie haben? Eine Andeutung?«

Als er sich wieder zu Corneil umdreht, wird die Tür zum Gerichtssaal aufgestoßen. Lorrington hält inne. Eine Gerichtsdienerin kommt den Mittelgang heruntergeeilt und steuert auf direktem Weg die Seite der Staatsanwaltschaft an. Sie beugt sich vor und flüstert dem Solicitor etwas zu, der wiederum Konikova etwas zuflüstert. Im selben Moment springt die Journalistin Melody Watts auf und verlässt schnellen Schritts den Gerichtssaal. Dicht gefolgt von zwei Polizisten. Irgendetwas geht da vor. *Was* geht da vor?

Bevor Lorrington noch etwas sagen kann, ist Konikova auf den Füßen. »Euer Ehren, dürfen wir vortreten?«

»Worum geht es hier, Frau Staatsanwältin?«, fragt die Richterin.

»Es … es gibt eine brandaktuelle … Entwicklung. Wir haben neue Beweise, einen möglichen neuen Zeugen.«

»Einspruch«, ruft Lorrington. Er sieht besorgt aus. Auf einmal habe ich Angst. »Wir wurden darüber nicht informiert.«

»Das ist höchst unüblich, Frau Staatsanwältin«, sagt die Richterin.

»Wir haben es selbst gerade erst erfahren.«

Die Richterin macht eine unwirsche Handbewegung. »Treten Sie vor.«

Der Mordprozess

Früher an diesem Morgen, Toomba, Queensland

Berle Geller sieht fern in ihrem gedrungenen Haus mit dem Wellblechdach, das unter der australischen Sonne glüht. Das Haus kauert auf einer Anhöhe inmitten eines verwahrlosten Farmlandes, ein paar Kilometer außerhalb der ländlichen Kleinstadt Toomba in Queensland, nahe der Grenze nach New South Wales. Fliegen summen durch das Zimmer, und ein Ventilator wälzt träge die Luft herum. Ein Hund sitzt vor ihrem Fernsehsessel und kratzt sich. Berle hat eine Bierdose auf ihrem Bauch abgestellt. Ihr Mann ist im Nebenzimmer und tut, was auch immer Herb Geller eben tut, aber Berle ist wie festgewachsen vor der Realityshow, die der Mordprozess um Martin Cresswell-Smith darstellt. Sie ist überzeugt davon, dass Sabrina Cresswell-Smith schuldig ist, aber sie ist sich mit den TV-Experten einig darüber, dass alle Beweise, die gegen sie vorliegen, bestenfalls als Indizienbeweise gelten können. Außerdem hat Berle Verständnis für die Frau. Klingt, als wäre ihr Ehemann ein richtiges Arschloch gewesen. Ein Mistkerl. Sie hätte ihn auch erstochen. Gott helfe ihr, aber manchmal hätte sie sogar Lust, Herb zu erstechen. Berle weiß, wie sich rasende Wut anfühlt.

Sie kennt den Geschmack von Verrat und Versagen. Sie sieht zu dem alten Hochzeitsfoto von sich selbst und Herb auf dem Büfett hinüber. Was für Träume sie damals hatten. Und was war jetzt aus ihrem Leben geworden? Wenn sie einen Haufen Geld hätte, und ihr Ehemann würde damit durchbrennen, mit seiner Geliebten, dann …

Melody Watts taucht auf dem Bildschirm auf.

»Melody ist wieder da, Herb!«

Herb murmelt irgendetwas im Nebenzimmer.

»Du verpasst sie noch!«

»Du erzählst es mir dann bestimmt«, ruft Herb herüber.

Die Kamera zoomt an Melody Watts heran. Sie steht vor den Türen des Gerichtsgebäudes. Ihr Make-up ist makellos und sie trägt eine fuchsienrote Jacke, die einen hübschen Kontrast zu ihrer blonden Fernsehfrisur bildet. Sie ist so hübsch.

Berle stößt den Hund mit ihrem aufgedunsenen Fuß an, damit er aufhört, sich zu kratzen. Gebannt trinkt sie einen Schluck Bier aus der Dose.

»Wenn der Prozess um den Mord an Martin Cresswell-Smith heute fortgesetzt wird, sollte Richterin Geraldine Parr erwartungsgemäß die zentralen Argumente noch einmal zusammenfassen. Wir nehmen an, dass Richterin Parr die Schlüsselargumente jedes Zeugen herausstellen und der Jury die dazu relevanten Gesetze erklären wird. Darüber hinaus wird sie wohl darlegen, wie diese Gesetze konkret auf den Fall angewendet werden können. Der nächste Schritt wird in der Beratung der Jury bestehen.«

Der Bildschirm teilt sich und zeigt nun auch den männlichen Moderator hinter seinem Schreibtisch im Nachrichtenstudio. »Danke, Melody«, sagt er. »Und die Polizei in New South Wales hat immer noch keine Spur von dem angeblichen Komplizen oder der verschwundenen Abracadabra?«

»Das ist richtig, Harlan. Der mysteriöse Biker mit dem Tattoo am Hals ist nach wie vor eine Person von besonderem polizeilichen Interesse, und er ist auch über ein Jahr nach dem Mord im Agnes Basin noch immer flüchtig.«

»Besteht die Chance, dass Mrs Cresswell-Smith freigesprochen wird?«

»Wie ich unseren Zuschauern bereits erklärt habe, hat Mr Lorrington die Schwachstellen in der Beweisführung der Staatsanwaltschaft dargelegt. Außerdem hat er der Jury mögliche alternative Handlungsabläufe präsentiert. Und genau wie es Mr Lorrington dem Gericht bereits in seiner Eröffnungsrede verkündet hat, kann bei einem Geschworenenprozess alles passieren. Wenn die Geschworenen Mitgefühl mit Mrs Cresswell-Smith empfinden oder wenn sie sich mit ihr identifizieren oder sie als Opfer ihres Ehemanns betrachten, dann steigt damit die Wahrscheinlichkeit dafür, dass sie berechtigte Zweifel sehen und dass ihr Urteil ›nicht schuldig‹ lauten wird. Die Verteidigungsstrategie der Anwälte besteht darin, einzuräumen, dass Sabrina Cresswell-Smith zwar eine gerissene und erfahrene Hochstaplerin ist, aber keine Mörderin.«

»Danke, Melody«, sagt der Moderator. Melody verabschiedet sich und verschwindet vom Bildschirm. Stattdessen taucht das Foto eines Quintrex-Cuddy-Cabin-Bootes auf. Der Moderator sagt: »Die New South Wales Police bittet die Öffentlichkeit noch immer um Mithilfe. Jeder, der ein solches Boot unter verdächtigen Umständen gesehen hat, wird aufgefordert, sich zu melden. Die Nummer des anonymen Hinweistelefons wird unten im Bild eingeblendet. Außerdem sucht die Polizei weiterhin nach diesem Mann …«

Ein Foto aus den Aufnahmen einer Überwachungskamera erscheint. Ein glatzköpfiger Mann. Interessiert beugt sich Berle vor. Sie hat zwar den Großteil der Berichterstattung über diesen Fall verfolgt, doch dieses Foto kennt sie noch nicht. Der

Bildschirm teilt sich und zeigt eine höhere Auflösung der Tätowierung am Hals des Mannes. Etwas regt sich in Berles Erinnerung. Ihr Herz beginnt, schneller zu schlagen. Sie trinkt einen weiteren hastigen Schluck, ist ganz auf die Nahaufnahme der Tätowierung konzentriert. Es ist ein Kolibri. Nun erscheint das Bild einer schicken Bronzeuhr auf dem Fernseher.

»Und auch nach einer Rolex Daytona wie dieser hier wird weiterhin gesucht.« Berle verschluckt sich an ihrem Bier und hustet.

»Hey, Herb!«

»Was?«

»Komm her, schnell.« Sie hockt nur noch am Rand des Sessels.

Herb kommt um die Ecke geschlurft, in einem Unterhemd, das früher einmal weiß war. Berle deutet mit der Bierdose auf den Fernseher. »Da! Die Uhr da. Die kenn ich.«

»Was redest du da?«

»Unser Mieter, du Idiot. Der Typ, der die Hütte ganz unten auf der Farm gemietet hat.«

»Mit dem hab ich nichts zu tun, Berle. Du wolltest die Bruchbude unbedingt vermieten. Ich hab den Typ kaum gesehen. Er kommt nie raus, wenn ich in der Nähe bin.«

Schwerfällig stemmt sie sich hoch und watschelt eilig zum Festnetztelefon, das neben dem gerahmten Hochzeitsfoto steht.

»Was machst du denn da?«

Sie leert die Dose, stellt sie schwungvoll ab und greift nach dem Hörer. Sie fühlt sich fiebrig, aufgeregt. »Wir kommen ins Fernsehen, Herb. Und wir werden auch noch dafür bezahlt. Wir treffen Melody Watts. In Fleisch und Blut. Genau hier. Sie kommt her.«

»Bist du irre? Wen rufst du da an?«

»Ich rufe beim Fernsehen an. Bei Melody Watts. Ich habe die Uhr da bei unserem Mieter gesehen. Und er hat so ein

Tattoo. Er ist vor etwas über einem Jahr hier angekommen, und er hat dieses Boot in der Scheune abgestellt und lässt es einfach dadrin, mit seiner alten Geländemaschine. Er ist es. Ich schwöre dir, er ist es! Er hat sich die ganze Zeit auf unserer Farm versteckt!«

Herb starrt seine Frau an. Die Fliegen schwirren um seinen Kopf herum.

»Berle«, sagt er schließlich ganz ruhig. »Wenn er es wirklich ist, dann solltest du bei der Nummer von Crime Stoppers anrufen. Du musst die Polizei anrufen, nicht Melody Watts.«

Sie hält sich den Hörer ans Ohr. »Wir kommen ins Fernsehen, Herb.«

Der Mordprozess

Jetzt, Februar, Supreme Court, New South Wales

Fünf Tage sind vergangen, seit Justice Parr die Gerichtsverhandlung unterbrochen hat, infolge einer höchst unüblichen Bitte der Staatsanwaltschaft, eine brandaktuelle neue Entwicklung sowie einen möglichen neuen Zeugen in die Verhandlung einbringen zu dürfen. Als sich das Gericht an diesem Morgen wieder versammelt, wirkt Lorrington grau. Er ist kein Mann, der gern verliert, schon gar nicht vor Zuschauern.

Der Gerichtsdiener öffnet die Tür. Es wird totenstill im Raum.

Er kommt herein.

Einen Moment fürchte ich schon, ich würde ohnmächtig werden. Er ist gekommen. Ich habe gehofft, er würde es nicht tun. Das kann nur eines bedeuten. Er tritt als Kronzeuge auf. Meine Sorge wächst. Ich sehe zu Lorrington hinüber. Er glaubt, er hätte immer noch einen Plan. Aber das hat er nicht, jetzt nicht mehr. Er weiß noch nicht, wie tief mein Betrug tatsächlich reicht.

Soeben bin ich zum schlimmsten Albtraum eines jeden Anwalts geworden – ich bin die Mandantin, die ihn belogen hat.

Der neue Zeuge schwört auf die Bibel und nimmt im Zeugenstand Platz. Dunkle Schatten liegen unter seinen Augen. Er ist müde. Ich wette, die Cops haben ihn rund um die Uhr durch die Mangel gedreht.

»Können Sie dem Gericht bitte Ihren Namen nennen?«, fragt Konikova.

»Jack Barker.«

Bewegung auf der Galerie. Dort oben ist alles voller Polizisten. Ellie sitzt dicht neben Gregg. Ich frage mich, ob sie wohl Händchen halten. In dem Jahr, das verstrichen ist, bis mein Fall vor Gericht gebracht wurde, kann viel passiert sein.

Konikova sagt: »Mr Barker, können Sie der Richterin beschreiben, woher Sie die Angeklagte kennen?«

»Wir sind einander begegnet, nachdem ihr Vater gestorben ist, auf der Straße in Sydney. Sie war obdachlos. Wir sind Freunde geworden, haben uns zusammen durchgeschlagen – ganz klassisch: Kümmelblättchen, Muschelspiele. Wir haben in Parks geschlafen. In Hauseingängen.« Er hält inne und sieht mich an. »Wir waren Freunde.«

Ich sehe, wie sich Ellie zu Gregg hinüberbeugt und ihm etwas zuflüstert. Sie begreift, dass ich ihr tatsächlich die Wahrheit über meine Mutter und meinen Vater erzählt habe, über meine Geschichte, an jenem Tag, an dem sie zu mir gekommen ist. Es war nicht nur ein Bluff, um sie an mich zu binden. Ich habe tatsächlich gelernt, wie man auf der Straße zurechtkommt. Ich habe von Jack gelernt. Von Dad …

»Schau genau hin, Kleine, schau auf die Muscheln …« Du hättest die Muscheln in meinem Spiel genauer im Blick behalten sollen, Ellie, denke ich.

»Dann haben Sie beide also eine lange gemeinsame Geschichte?«

»Ja.«

»Sind Sie während all der Jahre seither miteinander in Kontakt geblieben?«

»Immer mal wieder, seit sie Australien verlassen hat – sie hat mich ab und zu angerufen, und als sie schließlich nach Australien zurückgekehrt ist, um in Jarrawarra zu leben, hat sie sich wieder bei mir gemeldet. Sie ist ein paar Monate vor ihrem Ehemann und der Zielperson dort angekommen.«

»Die Zielperson?«

»Ellie Hartley. Sie war damals die neue Zielperson. Die neue ›Mrs Cresswell-Smith‹.« Er tupft Anführungszeichen in die Luft. »Wie Sabrina mir erklärt hat, war Ellie eigentlich nie richtig mit Martin verheiratet, weil Sabrina und er bereits verheiratet waren – Martin hat auf den Formularen in Nevada falsche Angaben gemacht.«

Gemurmel in der Galerie.

»Ordnung, bitte, Ruhe«, ruft der Gerichtsdiener. Mein Blick ist fest auf Jack gerichtet, stumm beschwöre ich ihn, nicht weiterzureden – aber das wird er. Warum sonst sollte er jetzt hier sein?

»Können Sie der Richterin erklären, warum Sie nach Jarrawarra Bay gekommen sind?«

»Sabrina hat mich angeheuert.«

»Können Sie der Richterin beschreiben, wofür Sabrina Cresswell-Smith Sie angeheuert hat?«

»Sie wollte, dass ich ihren Ehemann und die Zielperson überwache. Sie hat mich gut dafür bezahlt. Ich wurde unehrenhaft aus der Navy entlassen und ich brauchte dringend Geld. Sie – Sabrina – hatte das Gefühl, dass ihr Ehemann irgendetwas plante, und sie hat gesagt, sie würde sich Sorgen machen. Also bin ich ihnen gefolgt, wenn sie das Haus verlassen haben, und ich habe Bericht darüber erstattet.«

»Welches Fahrzeug haben Sie verwendet, um ihnen zu folgen?«

»Einen braunen Toyota Corolla.«

Noch mehr Gemurmel aus der Galerie.

»Ordnung! Ruhe im Gerichtssaal, bitte!«

Die Gerichtszeichnerin blättert eine frische Seite auf, ihr Blick huscht zwischen mir, Jack und ihrer Zeichnung hin und her. Reporter machen sich hektisch Notizen. Fast kann ich fühlen, wie die Übertragungswagen draußen warten, mit ihren gewaltigen Satellitenschüsseln auf dem Dach. Hitze drückt auf den Raum herab.

»Hat Mrs Cresswell-Smith jemals etwas anderes von Ihnen verlangt als Überwachungsaufgaben?«

»Sie hat mich gebeten, ein Päckchen zum Pug and Whistler zu bringen, auf dem ›Ellie Cresswell-Smith‹ stand.«

»Warum?«

»Das hat sie mir nicht gesagt.«

»Haben Sie auch eine Frau namens Bodie Rabinovitch überwacht?«

Er räuspert sich. »Ja.«

»Warum?«

»Sabrina hatte gesagt bekommen, dass Martin eine Affäre hätte, aber er verbarg es gut. Zuvor hatte ich Martin immer nur verfolgt, wenn er mit Ellie zusammen war. Oder ich habe Ellie überwacht, wenn sie alleine war. Als ich dann Bodie Rabinovitch nach Sydney verfolgt habe, konnte ich Martin und sie zusammen fotografieren.«

»Wie hat Sabrina Cresswell-Smith reagiert, als Sie ihr diese Fotos gezeigt haben?«

Kurz senkt er den Blick. Ich sehe seine angespannten Nackenmuskeln. »Wütend«, antwortet er dann leise.

»Wie wütend?«

»Einspruch«, ruft Lorrington und springt auf. »Aufforderung zur Spekulation.«

»Ich formuliere die Frage neu. Worum hat Mrs Cresswell-Smith Sie als Nächstes gebeten?«

Stille.

»Mr Barker«, ergreift Richterin Parr das Wort. »Sie müssen die Frage beantworten.«

Er holt tief Luft. »Sie … sie hat mir aufgetragen, Martin zu ertränken.«

Ein Reporter eilt zur Tür hinaus. Einer der Geschworenen klappt der Mund auf.

Ich spüre, wie mein Gesicht heiß wird, mein ganzer Körper.

»Wie?«, fragt Konikova.

»Sie hatte einen Plan. Sie hat Martin dringend aus Sydney zurückgerufen. Sie hat ihm gesagt, dass Ellie ihm auf die Spur gekommen ist und dass sie sich schleunigst um Ellie kümmern, bei ihrem Immobilienbetrug den Stecker ziehen und so schnell wie möglich aus Australien verschwinden müssten.«

»Was hat sie mit ›um Ellie kümmern‹ gemeint?«

»Sie umbringen.«

»Wie?«

»Sabrina hat Martin gesagt, dass sie es am besten so aussehen lassen sollten, als wären Martin und Ellie mit der Abracadabra rausgefahren und auf See verunglückt. Wenn das Boot mit ihnen nicht zurückkehren würde, dann würde die Seenotrettung zwar eine Suche einleiten, aber niemand würde einen Mord vermuten. Die ›Cresswell-Smiths‹ wären einfach ein Paar, das auf dem Meer verschwunden ist. Martin sollte schnell einen Truck mit Anhänger kaufen und damit von Sydney aus zum Agnes Basin fahren, Sabrina wollte ihn vom Agnes Basin abholen und dann zum Moruya Airport bringen, wo er seinen eigenen Truck holen und damit zum Haus am Bonny River fahren könnte, so, als wäre er einfach früher zurückgeflogen. Sie hat gesagt, Ellie würde auf keinen Fall noch einmal auf das Boot steigen, also sollte Martin sie unter Drogen setzen – er sollte ihr genug Hypnodorm und Liquid Ecstasy geben, dass es sie umbringen könnte. Ich sollte mich vor Tagesanbruch mit ihm in der Garage treffen, die er für mich auflassen würde – sie hat Martin gesagt, ich wäre ein alter Freund und würde für den richtigen Preis alles tun und nichts verraten. Das Baseball-Cap und die Windjacke hatte sie mir schon vor dem Puggo gegeben. Sie hatte beides aus der Garage geholt. Der Plan war also, das Haus sehr früh zu verlassen, damit die Leute das sehen sollten, was sie zu sehen glaubten. Ellie und Martin Cresswell-Smith, die aufs Meer rausfuhren. Wie Sie sicher bemerkt haben, bin ich eher klein und dünn, weshalb ich aus der Ferne mit Perücke für Ellie gehalten werden konnte.«

»Woher hatten Sie die Perücke?«

»Sabrina hat sie in Moruya gekauft. Als wir mit dem Boot rausgefahren sind, sollte sich Martin bei der Seenotrettung anmelden. Sabrina hat Martin gesagt, dass ich schließlich die Bootsregistrierung und den Bootsnamen mit gefälschten Nummern und Buchstaben überkleben, Ellies Cap und ihre Jacke in der Nähe des FSG über Bord werfen und dann mit Martin rauf zur Flussmündung in Agnes fahren würde. Im Mündungsgebiet sollten wir anlegen und das Quinnie auf einen Anhänger laden. Sabrina hat Martin gesagt, sie würde Ellie im Corolla nach Agnes bringen. Sie wäre zu diesem Zeitpunkt entweder tot oder bewusstlos. Wir sollten sie in einem Kanal versenken, wo sich die Schlammies um sie kümmern würden. Dann sollten Martin und ich mit dem Boot auf dem Anhänger zurück nach Sydney fahren, wo Martin in ein Flugzeug steigen und das Land vor Sabrina verlassen sollte. Ich würde weiter nach Norden fahren und das Boot und den Anhänger irgendwo verstecken. Alle würden nach dem verlorenen Paar auf See suchen, während Sabrina nach Melbourne fahren, in ein Flugzeug steigen und zu Martin fliegen würde.«

»Aber so ist es nicht passiert, nicht wahr?«

Er trinkt einen Schluck Wasser. »Nein. Das war nur die Geschichte für Martin. Sie hatte vor, ihn zu hintergehen. Ich sollte Martin draußen auf dem Meer unter Drogen setzen und ihn über Bord ins Meer werfen, weit draußen vor der Küste. Mitsamt Ellies Jacke und ihrem Cap. Dann sollte ich die falsche Registrierung anbringen und rauf zur Flussmündung in Agnes fahren, wo ich das Boot auf den Anhänger laden, in den Norden weiterfahren und das Boot und den Anhänger loswerden sollte. Während wir auf dem Meer draußen wären, wollte Sabrina das Geld von ihrem gemeinsamen Auslandskonto – wohin Martin schon alles verschoben hatte – auf ein anderes Konto überweisen. Das war es, was Ellie gesehen hat, als sie in Martins Büro eingebrochen ist. Dann wollte Sabrina nach Melbourne fahren und das Land verlassen, bevor auch nur bekannt würde, dass die Abracadabra weg war.«

»Aber das hat auch nicht funktioniert?«

»Nein.«

»Was ist schiefgelaufen, Mr Barker?«

Stille.

»Mr Barker?«, fragt Richterin Parr.

Er reibt sich über die Stirn. »Sobald Sabrina gesehen hatte, wie Martin und ich aufs Meer fuhren – ich als Ellie verkleidet –, hat sie sich in ihren Onlineaccount eingeloggt und herausgefunden, dass Martin schon ihr gesamtes Geld von ihrem gemeinsamen Auslandskonto verschoben hatte. Er hatte sie komplett ausgeplündert. Da ist sie in Panik geraten. Sie hat geschäumt vor Wut. Sie hat mich auf dem Handy angerufen und mir gesagt, dass wir den Plan sofort ändern müssten. Sie brauchte die Kontodaten von Martin. Ich hatte ihn zu diesem Zeitpunkt schon betäubt. Also hat sie mir aufgetragen, ihn zu dem alten Farmhaus in Agnes zu bringen und ihn dort festzuhalten, bis sie selbst kommen und die Informationen aus ihm herausholen könnte, sobald er wieder aufwachte.«

»Was sollte aus Ellie Hartley werden?«

»Sabrina hatte immer noch vor, sie in einem der Kanäle loszuwerden – beide Leichen sollten jetzt in den Kanälen landen, sobald sie die Kontodaten bekommen hätte.«

»War es Sabrina Cresswell-Smith, die Martin gefoltert hat?«

Er schluckt. Mir ist schlecht. Dies ist das Ende, ich weiß es. Lorrington sieht mich an. Ich sehe, wie er zu begreifen beginnt. Ich spüre Ellies Blick auf mir. Ich spüre, wie mich die Cops anstarren. Und die Reporter und Geschworenen. Ich spüre die wartenden Kameras vor der Tür.

»Mr Barker«, erhebt Richterin Parr wieder das Wort.

»Ja. Sie hat ihm die Finger abgeschnitten, während ich weg war, um Ellie zu holen.«

»Und haben Sie Ellie ›geholt‹, Mr Baker?«

»Die Polizistin – Constable Bianchi – ist beim Haus aufgetaucht und hat mich überrascht. Ich war im Haus. Ich konnte durch die Glasschiebetür fliehen, mit den Kamerauhren und dem gerahmten Foto aus dem Atelier. Sabrina hatte mir aufgetragen, das auch mitzunehmen, aber mir ist keine Zeit mehr geblieben, Ellie zu holen.«

»Was haben Sie vorgefunden, als Sie ohne Ellie wieder bei der verlassenen Farm angekommen sind?«

»Sie hatte ihn umgebracht.«

Lautes Luftschnappen von der Galerie. Lorringtons lodernder Blick trifft mich. Ohne zu blinzeln, sehe ich ihm in die Augen. Er vibriert vor Wut.

»Und hat Mrs Cresswell-Smith die Kontodaten von ihrem Mann bekommen?«

»Er hat ihr gesagt, Ellie hätte das Geld zurückgeholt.«

»Hatte sie das denn?«

»Ich weiß es nicht. Sabrina hat ihn in rasendem Zorn umgebracht.«

»Ist das der Grund, warum Sabrina schließlich beschlossen hat, Ellie zu entführen?«

»Ja, und auch, weil Ellie ihre Freundin angerufen und sie gebeten hat, ihr eines der Fotos auf deren Handy zu schicken. Dieses Foto war der Beweis dafür, dass Sabrina von dem Tag an, an dem Ellie im Hartley Plaza Hotel Martin begegnet ist, in den Betrug verwickelt war. Sabrina hatte immer noch die Spyware auf Ellies Handy. Sie konnte alles sehen und hören, was Ellie mit ihrem Handy tat. Sie hat gehört, wie Ellie ihrer Freundin erzählte, dass sie sofort zur Polizei gehen würde. Sie hatte Angst, dass sie verhaftet werden würde, jetzt auch wegen Mordes.«

»Was ist passiert, nachdem Sie erkannt haben, dass Mrs Cresswell-Smith – Sabrina – ihren Ehemann umgebracht hatte, Mr Barker?«

»Ich habe ihr dabei geholfen, seine Leiche in den Kanal zu werfen. Sabrina ist nach Jarrawarra zurückgefahren. Ich habe das Boot und den Trailer nach Queensland gebracht und mich versteckt gehalten.«

»Nur noch eine Frage, Mr Barker – Sie scheinen sich mit Booten auszukennen. Sie waren in der Lage, die Abracadabra zu steuern und sie die Küste hinauf in die Flussmündung zu navigieren?«

Er beugt sich zum Mikrofon vor. »Wie ich schon erwähnt habe, war ich bei der Navy. Ich kenne mich mit Booten aus. Und mit dem Meer.«

Stille hängt schwer über dem Saal. Sie schimmert und knistert wie ein ausgedörrter Wald, der auf einen Funken wartet.

»Mr Barker«, sagt Konikova langsam, leise. »Warum sagen Sie dem Gericht dies alles?«

»Weil ich Martin Cresswell-Smith nicht umgebracht habe. Sabrina Cresswell-Smith hat ihrem Anwalt gegenüber behauptet, ich hätte es getan. Und jetzt, nachdem man mich gefasst hat, will ich ihre Haftstrafe nicht auf mich nehmen.« Er sieht mich an. »Ein Freund verlangt nicht, dass man lebenslänglich für etwas im Gefängnis sitzt, das man nicht getan hat.«

Lorrington funkelt mich an. Sein Gesicht ist blutleer. Sein Blick fiebrig. Jetzt weiß er, was ich bin. Eine Lügnerin. Eine Betrügerin.

Auch Sie hätten die Muscheln besser im Blick behalten sollen, Mr Lorrington. Wieder höre ich die Stimme meines Vaters im Kopf. *Das Leben ist ein Muschelspiel, und bei einem Muschelspiel gewinnt nur der Muschelspieler. Entweder ist man selbst der Muschelspieler, oder man ist der Verlierer.*

Jetzt

ELLIE

Februar, The Bigwig Pub, New South Wales

Dana und Gregg sind bei mir. Wir haben uns in dem kleinen dunklen und kühlen Pub gegenüber dem Gerichtsgebäude versammelt. Auch ein paar von Greggs Kollegen sind anwesend, einige Reporter, Freunde.

Bierkrüge, Mineralwasserflaschen und Weingläser werden an den Tisch gebracht, dazu jede Menge Essen. Der große Fernseher hinter der Bar wurde laut gestellt, damit wir alle mithören können. Auf dem Bildschirm sehen wir Melody Watts im Nachrichtenstudio an einem Tisch mit dem Nachrichtensprecher von SBC-9, der sie über die »verblüffende« Wendung im Mordfall Martin Cresswell-Smith befragt und zu dem einstimmigen Urteil der Jury, die Mrs Sabrina Cresswell-Smith alias Willow Larsen nach kurzer Beratung in allen Punkten für schuldig befunden hat.

»Das Gericht erwartet nun die Urteilsverkündung an einem noch zu bestimmenden Termin«, erklärt Melody Watts dem

Moderator. »Verhandlungen über Auslieferungsersuche werden vermutlich ebenfalls in die Wege geleitet werden, da sich Mrs Cresswell-Smith zusätzlichen Anklagen wegen Betrugs in der EU, dem Vereinigten Königreich, den USA und in Kanada gegenübersieht.«

Der Moderator wendet sich der Kamera zu. »Und damit endet unsere Berichterstattung über einen Mordprozess, der die Öffentlichkeit in Atem gehalten hat, und das nicht nur hier in Australien, sondern auch in Kanada und den Vereinigten Staaten, wohin die Cresswell-Smiths starke Verbindungen hatten und wo sie zahlreiche Opfer zurückgelassen haben. Die Schlacht zwischen Mr und Mrs Cresswell-Smith endete schändlich in einem Schreckenshaus in den dunklen Mangrovensümpfen im Mündungsgebiet des Agnes Basin. Das angebliche Bauvorhaben in diesem Gebiet ist tot, und das Land wurde dem Staat zur Gründung eines Naturschutzgebiets überlassen, im Namen der Chloe Foundation, ins Leben gerufen von Ellie Hartley im Angedenken an ihre Tochter, die bei einem Unfall auf Hawaii im Alter von drei Jahren ertrunken ist.«

Auf einmal richten sich alle Blicke auf mich. Ich spüre, wie meine Wangen heiß werden. Greggs Augen leuchten, sie lodern fast. Verlegen zuckte ich mit den Schultern. »Irgendetwas Gutes musste doch dabei herauskommen.«

Gregg küsst mich stürmisch auf die Wange und flüstert mir ins Ohr: »Du bist der Wahnsinn, weißt du das, Ellie Hartley?«

»Ich bin Melody Watts und das waren die Nachrichten auf SBC-9. Danke fürs Zuschauen.«

Und damit ist es vorbei. Ein ganzes brutales und schreckliches Kapitel in meinem Leben. In meinem Opferdasein. Aber ich habe zurückgeschlagen. Ich habe tiefer geschürft, als ich es für möglich gehalten hätte, und hier bin ich nun. Meine Verletzungen von dem Autounfall während meiner Entführung vor über einem Jahr sind verheilt. Meinen Anwälten in Kanada ist es gelungen, das Geld, das Martin und Sabrina gestohlen haben, einzufrieren. Tropfen für Tropfen fließen die Mittel an mich zurück. Die rechtlichen Verfahren aufgrund der betrügerischen Vorverkäufe laufen noch. Ich habe neue Freunde. Ich habe meinen Mädchennamen wieder angenommen. Ich bin frei, frei von Doug und frei von den Drogen. Ich habe einen klaren Kopf. Endlich geht es mir gut.

»Ellie Hartley?«, ruft die Kellnerin über das Geplauder der Gruppe hinweg. »Da draußen ist jemand, der Sie sprechen möchte.«

»Wer ist es denn?«

»Eine Frau. Ihren Namen hat sie nicht gesagt.«

Ich schiebe meinen Stuhl zurück und stehe auf.

»Soll ich mitkommen?«, fragt Gregg.

Ich schüttle den Kopf und bahne mir einen Weg durch das Gedränge im Pub. Ich trete in die samtweiche Nacht hinaus. Eine Frau tritt vor. Überrascht erkenne ich Lozza.

»Hey«, sage ich, auf einmal nervös.

»Herzlichen Glückwunsch«, sagt sie, die Hände in den Hosentaschen. Allerdings klingt ihre Stimme nicht sonderlich beglückwünschend.

Ich zögere. »Warum … warum sind Sie nicht mit uns ins Pub gekommen?« Aber ich glaube, ich weiß, warum sie nicht mit uns anderen dort drinnen sitzt. Lozza ist scharf auf Gregg, und sie hat keine Lust, dabei zuzusehen, wie wir uns heute Abend beschwipst näherkommen. Außerdem schätze ich, dass sie sich immer noch wegen dem quält, was über ihre Zeit bei der Mordkommission berichtet wurde. Sie hat versucht, ihre Tochter davor zu beschützen, aber sie hat versagt. Lorrington hat ihren Namen durch den Dreck gezogen. Ich denke daran, wie ich mit ihr und ihrer Tochter in den Wellen geschwommen bin. Ich denke daran, dass sie mir helfen wollte. Ich denke daran, wie praktisch es war, dass sie meine Blutergüsse gesehen und Martin kennengelernt hat. Und dass sie das Päckchen zu meinem Haus gebracht und mir dadurch wahrscheinlich das Leben gerettet hat. Ich stehe in ihrer Schuld. Trotzdem will ich im Augenblick nur, dass sie geht. Weil sie mich sieht. Auf eine Art, wie es die anderen nicht tun.

»Ich muss nach Hause zu Maya«, sagt sie.

»Okay, gut. Ich sollte auch lieber wieder rein.« Mit dem Daumen deute ich über die Schulter zum Eingang des Pubs. »Die Leute dadrinnen warten auf mich.«

»Ihre Tochter hatte nicht die geringste Chance, nicht wahr, Ellie?«

Mein Herz setzt einen Schlag aus. »Ich … ich weiß nicht, was Sie damit meinen.«

Ein Auto fährt vorüber. Eine Gruppe fröhlicher betrunkener Nachtschwärmer kommt den Bürgersteig auf der anderen Straßenseite herab.

»Deshalb hat man Sie nicht in den Zeugenstand gerufen, oder? Sie. Eine Hauptzeugin. *Die* Hauptzeugin. Weil Sie vor Lorrington keine Chance gehabt hätten. Sie hätten ihm alles gegeben, was er für einen berechtigten Zweifel gebraucht hätte, ist es nicht so, Ellie?«

»Ich weiß nicht, was Sie von mir wollen, Lozza, aber mir gefallen Ihre Andeutungen nicht.« Ich wende mich zum Gehen.

»Ich habe mit dem damals zuständigen Officer auf Hawaii gesprochen. Er hat mir Kopien Ihrer Akte geschickt.«

Ich erstarre, ich kann mich nicht rühren.

»Ihre Schwiegereltern und Doug Tyler – Ihr Ex-Mann – waren es, die bei der Polizei darum gebeten haben, die Möglichkeit zu untersuchen, dass Sie Ihre Tochter ertränkt haben. Sie haben der Polizei berichtet, dass bei Ihnen nach Chloes Geburt eine schwere postpartale Depression diagnostiziert wurde. Steht alles in den Akten. Ihre Schwiegereltern haben damals ausgesagt, sie hätten sich immer Sorgen gemacht, dass Sie ihrem Enkelkind etwas antun könnten, um mehr von Dougs Aufmerksamkeit zu bekommen.«

»Er hat mir überhaupt keine Aufmerksamkeit gegeben, meine Ehe ist zerbrochen«, fauche ich. Mir bricht der Schweiß aus. Ich spüre die Panik in mir erwachen. Ich brauche Lorazepam. Ich muss weg von Lozza, aber ich kann nicht.

Sie tritt einen Schritt näher an mich heran. Das Licht des Schilds über der Pubtür fällt auf ihr Haar, wodurch es ganz orange aussieht. »Wissen Sie, was ich glaube, Ellie? Ich denke nicht, dass Sie das Zeug dazu haben, jemanden umzubringen. Ihre Aggression ist heimlich. Passiv. Sie feuern keine Waffen ab.« Sie hält inne, den Blick fest auf mich gerichtet. »Aber Sie sind eine Ermöglicherin, glaube ich. Vielleicht hat sich das Meer tatsächlich Ihre Tochter geholt, aber als sie unter Wasser die Arme nach Ihnen ausgestreckt hat, da konnten Sie vielleicht, nur vielleicht, für den Bruchteil einer Sekunde nicht nach ihr greifen. Oder Sie haben sich zurückgehalten. Und dann war sie fort. Vielleicht, nur vielleicht, haben Sie nicht den Notruf gewählt, nachdem Ihre Mutter eine Überdosis genommen hatte. Vielleicht haben Sie einfach neben ihr gesessen, bis Sie sicher waren, dass sie tot war. Damit Sie Daddys ganze Aufmerksamkeit für sich allein haben konnten.«

Ich versuche zu schlucken. »Sie … sind verrückt.«

»Ich habe mit Ihrem Ex-Mann und seiner neuen Ehefrau gesprochen. Doug Tyler hat mir erzählt, dass er irgendwann den Verdacht geschöpft hat, dass Sie den Tod Ihrer Mutter ermöglicht haben.«

»Das können Sie niemals beweisen. Ich erinnere mich nicht einmal daran, was an dem Tag passiert ist. Ich war erst neun Jahre alt.«

Sie tritt noch näher an mich heran. Ich kann nicht atmen. »Wann haben Sie wirklich herausgefunden, dass die Frau auf diesem Foto von Ihnen und Dana niemand anderer als Willow war?«

Ein Summen hebt in meinen Ohren an.

»War es, bevor Sie Willow besucht und sie um Hilfe dabei gebeten haben, einen Privatdetektiv zu engagieren? Haben Sie damals schon vermutet, dass sie mit Martin zusammenarbeitet? *Wollten* Sie, dass sie von Rabz erfährt? Weil Sie wussten, dass es sie wütend, vielleicht sogar gefährlich machen würde? War das der Grund, warum Sie ihr von den Tickets nach Kap Verde erzählt haben? Weil die dunkle Ermöglicherin in Ihnen, Ellie, sehen wollte, was passieren würde? Haben Sie sich gedacht, dass sie Martin umbringen würde?«

»Sie müssen jetzt gehen. Wie können Sie es wagen? Ich habe nichts getan. Sie sind ja völlig wahnsinnig.«

Gregg kommt aus dem Pub. »Alles in Ordnung?« Stirnrunzelnd sieht er von Lozza zu mir.

»Ganz genau, Ellie. Sie haben nichts getan.« Lozza nickt Gregg zu. »Alles in Ordnung. Ich wollte mich nur von Ellie verabschieden.«

Damit wendet sie sich ab und geht die Straße hinunter. Ich zittere am ganzen Körper. Ich sehe ihr nach. Ich sehe, wie der Schein der Straßenlaternen ihr Haar in Flammen zu setzen scheint. Erinnerungen an meine letzte Sitzung mit dem Gerichtspsychologen sickern in meine Gedanken.

»Kennen Sie sich mit dem Dramadreieck von Stephen Karpman aus, Ellie? Es ist eine Methode, um destruktives Verhalten einzuordnen, das zwischen Menschen entstehen kann, die in einem Konflikt gefangen sind.« Er zeichnet ein umgedrehtes Dreieck auf ein Papier und schreibt eine Rollenbezeichnung an jede der Spitzen des Dreiecks.

Verfolger.

Retter.

Opfer.

Er sieht mich an. »Die Person in der Rolle des Opfers in einer dysfunktionalen Beziehung lebt nach dem Motto ›Wehe mir, ich bin so arm!‹. Sie oder er fühlt sich hoffnungslos, machtlos, beschämt, unfähig, Entscheidungen zu treffen. Unfähig, Freude im Leben zu finden. Und wenn das Opfer nicht verfolgt wird, dann kann es sein, dass es sich aktiv einen Verfolger sucht. Gleichzeitig wird das Opfer versuchen, einen Retter zu finden, um gerettet zu werden. Doch indem der Retter genau dies tut, wird er die negativen Gefühle des Opfers in Bezug auf sich selbst weiter fortbestehen lassen. Manchmal wechseln Paare in einer Beziehung aktiv zwischen diesen Rollen hin und her – das Opfer wird für eine Weile zum Verfolger. Und dann zum Retter.« Er hält inne. »Wer sind Sie, Ellie?«

Und da begreife ich. Wir drei – Willow, Lozza und ich – wir sind wie diese drei Eckpunkte des Dreiecks. Die Verfolgerin, die Retterin, das Opfer.

Lozza bleibt noch einmal stehen, dreht sich um und ruft mir zu: »Sollten Sie jemals nach Jarrawarra zurückkommen, Ellie, dann werde ich da sein. Ich werde Sie im Auge behalten.«

»Worum ging es da gerade?«, fragt Gregg leise.

»Ach, es war nichts. Gar nichts. Lass uns wieder reingehen.«

Er legt mir die Hand an die Taille und führt mich zurück zum Pub. Der Druck seiner Finger ist sowohl sanft als auch fest. Sowohl erotisch als auch freundlich. Sowohl kontrollierend als auch charmant, ritterlich.

Doch an der Tür werfe ich noch einen letzten Blick zurück über die Schulter.

Dort steht sie. An der Straßenecke. Unter einer Laterne in einem orange glühenden Nimbus.

Wachsam.

Danksagung

Wieder einmal hatte ich das Glück, mit den Lektorinnen Alison Dasho und Charlotte Herscher zusammenarbeiten zu dürfen, die immer mit brillanten Ideen und geschickter Handwerkskunst ans Werk gehen. Vielen Dank euch beiden, von Herzen. Ein großes Dankeschön an mein Team bei Montlake dafür, dass ihr mir Spielraum bei den Abgabeterminen gegeben und mir Verständnis entgegengebracht habt während dieses herausfordernden Jahres für meine Familie. Ich liebe euch alle, und ich fühle mich geehrt, Teil dieses Teams sein zu dürfen. Jessica Errera und Amy Tannenbaum, ich danke euch beiden dafür, dass ihr mich durch den Prozess geführt habt, ein weiteres Buch in die Welt zu bringen – ich hoffe, es werden noch viele mehr! Aus ganzem Herzen vielen Dank an Melanie und Jay White dafür, dass ihr euer australisches Leben mit uns geteilt habt. Unsere Abenteuer an der South Coast eures sonnenverwöhnten Landes haben den Keim für diese Geschichte gepflanzt, und später, während ich ihn gehegt und gepflegt habe, hat mein Herz geweint, während ich aus der Ferne zusehen musste, wie alles in Flammen aufgegangen ist. Ich bin so froh, dass ihr in Sicherheit seid. Und danke, Melanie, für deine sorgfältige australische Kontextanalyse. Ein weiteres großes Dankeschön gilt meiner restlichen geliebten Familie. Ich werde nie an diese Geschichte denken können, ohne dabei auch an meine Mutter zu denken, die gestorben ist, während ich dieses Buch geschrieben habe. Du fehlst uns, Mom.

Printed in Poland
by Amazon Fulfillment
Poland Sp. z o.o., Wrocław

24550192R00262